중요한 건 살인

앤서니 호로위츠 장편소설 이은선 옮김

THE WORD IS MURDER
by ANTHONY HOROWITZ

Korean translation rights arranged with
Curtis Brown Group Limited through EYA (Eric Yang Agency).

1
장례 준비

하얀색에 가깝도록 빛나는 햇살이 아직 눈앞에 다다르지 않은 따스함을 예고하는 화창한 봄날 아침, 11시가 막 지났을 때 다이애나 쿠퍼는 풀럼로드를 건너 어느 장의업체로 들어갔다.

그녀는 키가 작고 아주 사무적인 분위기를 풍겼다. 눈빛과 날렵한 헤어스타일과 걸음걸이 자체에서 투지가 번뜩였다. 만약 누군가가 걸어오는 그녀를 보았다면 지나갈 수 있게 옆으로 비켜서고 싶다는 생각이 들었을 것이다. 하지만 매몰찬 구석은 전혀 없었다. 그녀는 60대였고 동그란 얼굴에 인상이 좋았다. 옅은 색 레인코트 앞섶 사이로 보이는 분홍색 셔츠와 회색 치마는 모두 비싼 옷이었다. 묵직한 구슬과 원석으로 만들어진 목걸이는 비쌀 수도 그렇지 않을 수도 있었지만 여러 개의 다이아몬드 반지는 분명 고가였다. 풀럼과 사우스켄징턴의 길거리에는 그녀와 비슷한 여자들이 많았다. 그녀는 점심을 먹으러 가거나 화랑에 가는 것처럼 보일지도 몰랐다.

장의업체 상호는 콘월리스 앤드 선스였다. 비슷한 모양의 건물이 죽 붙어 선 주택가의 맨 끝이었고, 건물 전면과 저 아래 옆면에 고전적인 서체로 상호가 적혀 있어서 어느 방향에서 접근하든 잘 보였다. 양쪽 상호 사이에는 빅토리아 시대 시계가 가로막고 있었는데, 대략 11시 59분에 멈추어 있었다. 자정 1분 전이었다. 상호 아래에 같은 소개 글이 다시 새겨져 있었다. 독자적인 장의업체. 1820년부터 이어져 내려온 가업. 도로 쪽으로 난 창문이 세 개인데, 두 개에는 커튼이 쳐져 있었고 세 번째 창문에는 커튼 없이 대리석으로 만든 책만 놓여 있었다. 펼쳐진 책장에 문구 하나가 새겨져 있었다. 불행이 닥쳐올 땐 혼자가 아니라 무더기로 오는 법.[1] 나무로 이루어진 창틀, 전면, 정문은 모두 검은색에 가까운 어두운 파란색이었다.

쿠퍼 부인이 문을 열자 구식 스프링에 달린 종이 요란하게 한 번 울렸다. 소파 두 개와 낮은 테이블이 있고 책꽂이에는 읽히지 않은 작품 특유의 서글픈 분위기가 감도는 책이 몇 권 꽂혀 있는 조그만 대기실이 나왔다. 다른 층으로 가는 계단이 보였고 좁은 복도가 앞으로 곧게 이어졌다.

통통하고 다리가 굵직하며 묵직한 까만색 가죽 신발을 신은 여자가 거의 곧바로 계단을 내려왔다. 상냥하고 깍듯한 미소를 짓고 있었다. 이 일은 섬세하고 괴로운 일이지만 여기에서는 침착하고 효율적으로 처리할 수 있다는 뜻이 담긴 미소였다. 그녀의 이름은 아이린 로스였다. 장의사인 로버트 콘월리스의 개인 비서이자 안내 담당이었다.

1 셰익스피어의 『햄릿』에 나오는 대사다. 이하 모든 주는 옮긴이의 주이다.

「안녕하세요. 어떻게 오셨나요?」 그녀가 물었다.
「네, 장례를 의뢰하고 싶어서요.」
「최근에 사망하신 분을 대신해서 오셨나요?」 이번에도 〈사망하신〉이라는 단어의 선택에 시사하는 바가 있었다. 〈눈을 감으신〉이 아니었다. 〈고인이 되신〉도 아니었다. 솔직한 표현을 쓰는 것이 그녀의 영업 원칙이었다. 결국에는 그 편이 당사자 모두의 괴로움을 덜 수 있기 때문이었다.
「아뇨.」 쿠퍼 부인은 대답했다. 「제 장례를 부탁드리고 싶어서요.」
「그렇군요.」 아이린 로스는 눈도 깜빡하지 않았다. 그럴 이유가 없었다. 자기 장례를 의뢰하는 것이 그리 특이한 일도 아니었다. 「예약하셨나요?」 그녀가 물었다.
「아뇨, 예약을 해야 되는 줄 몰랐어요.」
「콘월리스 씨가 시간이 되는지 확인해 볼게요. 앉으세요. 차나 커피 한잔 드릴까요?」
「아뇨, 괜찮아요.」
다이애나 쿠퍼는 의자에 앉았다. 아이린 로스는 복도를 따라 사라졌다가 잠시 후에 어떤 남자를 앞세우고 다시 등장했다. 그 역을 맡은 배우인가 싶을 정도로 장의사라고 하면 떠오르는 이미지와 딱 맞아떨어지는 남자였다. 두말하면 잔소리지만 검은색 양복과 수수한 넥타이는 기본이었다. 하지만 서 있는 자세에서는 그 자리에 자기가 있을 수밖에 없어 미안하다는 듯한 분위기를 풍겼다. 깍지 낀 두 손으로 깊은 유감을 표현했다. 얼굴을 침통하게 일그러뜨렸지만 거의 민머리에 가까울 정도로 숱이 없는 정수리와 실패한 실험의 결과처럼 보이는 턱수염은 별 도움이 되지 않았다. 콧잔등을 파고드는 색안경은 그냥 걸쳐진 정도가 아니라 눈을 아예 가렸다. 나이는 마흔 살쯤 되어 보였다. 그도 미소를 머금고 있었다.

「안녕하십니까.」 그가 말했다. 「저는 로버트 콘월리스라고 합니다. 저희와 장례를 준비하고 싶으시다고요.」

「네.」

「커피나 차는 괜찮으신가요? 이쪽으로 오시죠.」

새로운 고객은 복도를 따라 맨 끝 방으로 안내됐다. 여기도 대기실처럼 조심스러운 분위기였지만 한 가지 차이점이 있었다. 책 대신 관과 영구차(전형적인 영구차와 말이 끄는 영구차)의 사진과 가격 소개가 실린 서류 폴더와 책자가 있다는 점이었다. 화장 쪽으로 논의가 진행될 경우에 대비해 선반 두 개에 유골 단지 몇 개가 진열돼 있었다. 안락의자 두 개가 서로 마주 보고 있고 한쪽 의자 옆에 조그만 책상이 있었다. 콘월리스가 그쪽 의자에 앉았다. 은색 몽블랑 만년필을 꺼내 메모지 위에 올려놓았다.

「손님의 장례식이라고요.」 그가 말문을 열었다.

「네.」 본론으로 바로 들어가고 싶은 마음에 쿠퍼 부인의 말투가 갑자기 딱딱해졌다. 「몇 가지 세부적인 사항은 정해 놓았어요. 그래도 괜찮겠죠?」

「물론이죠. 저희는 개인적인 요구 사항을 중요하게 생각합니다. 요즘은 사전에 계획된 장례식과 이른바 맞춤 또는 테마가 있는 장례식이 대세라서요. 고객님의 요구를 정확히 반영할 수 있다면 저희로서는 그보다 더한 영광이 없죠. 이

자리에서 논의를 거쳐 저희의 조건을 수락하시면 완벽한 청구서와 합의 사항을 기록한 명세서를 드리겠습니다. 친척과 친구분 들께서는 장례식에 참석하는 것 말고는 아무것도 준비하실 필요가 없을 겁니다. 그리고 저희 경험상 그분들은 모든 것이 고객님의 뜻에 딱 맞게 준비됐다는 데서 엄청난 위안을 느낄 겁니다.」

쿠퍼 부인은 고개를 끄덕였다.「아주 좋네요. 그럼 얘기를 시작해 볼까요?」그녀는 숨을 한번 들이마시고 당장 본론으로 직행했다.「저는 판지로 만든 관에 안치되고 싶어요.」

콘월리스는 막 받아 적으려고 하던 참이었다. 만년필 펜촉이 메모지 위에서 머물렀다.「친환경적인 장례식을 생각 중이시라면 판지 말고 재활용 목재나 고리버들로 하면 어떨까요? 판지는…… 효율이 떨어지는 경우도 있어서요.」그는 조심스럽게 단어를 고르며 모든 가능성을 열어 두었다.「고리버들이 가격 면에서 별 차이가 없고 훨씬 보기가 좋습니다.」

「알겠어요. 그리고 브롬프턴 공동묘지의 내 남편 옆에 묻히고 싶어요.」

「부군께서 최근에 돌아가셨나요?」

「12년 전에요. 부지는 이미 마련해 놓았으니까 그 부분은 아무 문제 없을 거예요. 그리고 이게 제가 예식에서 원하는 내용인데…….」그녀는 핸드백을 열고 그 안에서 종이 한 장을 꺼내 책상에 올려놓았다.

장의사는 흘끗 내려다보았다.「준비를 많이 하셨군요.」그가 말했다.「이런 말씀을 드려도 될지 모르겠지만 상당히 여러 부분을 감안한 예식이 되겠습니다. 종교적이기도 하고 인본주의적이기도 한 예식요.」

「네, 〈시편〉 한 구절이 있고 — 비틀스 노래도 한 곡 있어요. 시 한 편, 약간의 클래식 음악 그리고 두어 사람의 조사. 너무 길지 않았으면 좋겠어요.」

「시간은 정확히 맞출 수 있습니다…….」

다이애나 쿠퍼는 자신의 장례 계획을 미리 잡아 놓았고 그것은 선견지명으로 밝혀졌다. 바로 그날 약 여섯 시간 뒤에 살해당했기 때문이었다.

나는 이전까지 그녀의 이름을 들은 적이 없었고 어떤 식으로 죽었는지 거의 알지 못했다. 신문에서 〈배우의 어머니 살해당하다〉라는 헤드라인을 접했을진 몰라도 사진과 기사 내용은 새로 시작되는 미국 TV 시리즈의 주연으로 발탁된, 그녀보다 세간에 널리 알려진 아들에게 초점이 맞추어져 있었다. 앞서 소개된 대화는 내가 그 자리에 없었기 때문에 대략적인 묘사에 불과하다. 하지만 나는 콘월리스 앤드 선스를 찾아가 로버트 콘월리스와 그의 조수인 아이린 로스(그의 사촌이기도 했다)와 세세하게 대화를 나누었다. 풀럼로드를 걷다 보면 그 장의업체를 단박에 찾을 수 있다. 내부 공간은 내가 설명한 그대로다. 다른 부분들은 대부분 목격자 진술서와 경찰 조서를 참고했다.

쿠퍼 부인이 장의업체에 들어간 시각은 명확하다. 길거리와 그날 아침에 그녀가 집에서 그곳까지 타고 온 버스, 두 군데 CCTV에 그녀의 행적이 찍혔기 때문이다. 항상 대중교통을 이용하는 것도 그녀의 특이한 습성이었다. 기사가 딸린

자가용을 타고 다닐 여력이 되는데도 그랬다.

그녀는 12시 15분 전에 장의업체에서 나와 사우스켄징턴 전철역까지 걸어가 피커딜리선을 타고 그린파크에 갔다. 세인트제임스스트리트에 있는 포트넘 앤드 메이슨 백화점 근처의 카페 무라노라는 비싼 음식점에서 친구와 이른 점심을 먹었다. 거기에서 택시를 타고 사우스뱅크에 있는 글로브 극장에 갔다. 연극을 보지는 않았다. 극장 임원이라 1층에서 2시부터 5시 조금 전까지 열린 회의에 참석했다. 집에 도착한 시각은 6시 5분이었다. 비가 내리기 시작했지만 우산을 들고 갔고 썼던 우산은 현관문 옆 빅토리아 시대 우산꽂이에 두었다.

그리고 30분 뒤에 누군가에게 목이 졸려서 죽었다.

그녀는 세상의 끝이라고 불리는 — 그녀의 경우에는 맞는 말이었다 — 첼시에서 조금만 더 가면 나오는 브리태니아로드의 비슷비슷한 건물이 늘어선 깔끔한 주택가에서 살았다. 도로에 CCTV가 없었기 때문에 살인 사건이 벌어진 시점에 드나든 사람을 파악할 도리가 없었다. 인접한 주택에는 사람이 없었다. 그중 한 집은 두바이의 어느 컨소시엄 소유였고 대개는 세를 주었는데 이때는 세입자가 없었다. 다른 집에는 은퇴한 변호사 부부가 살았는데 남프랑스 여행 중이었다. 그렇기 때문에 무슨 소리를 들은 사람이 아무도 없었다.

그녀는 이틀이 지나서야 발견됐다. 일주일에 두 번 청소를 하러 오는 슬로바키아 출신의 안드레아 클루바네크가 수요일 오전에 출근했다가 발견했다. 다이애나 쿠퍼는 거실 바닥에 엎드려 있었다. 원래 커튼을 묶을 때 썼던 빨간색 끈을 목에 감고 있었다. 검시 보고서에서는 무미건조하게, 그런 서류 특유의 거의 무심한 분위기로 목의 둔력에 의한 손상과 골절된 목뿔뼈와 눈의 결막에 대해 자세하게 기록했다. 안드레아가 맞닥뜨린 광경은 그보다 더 끔찍했다. 그녀는 이 집에서 일한 지 2년째였고 항상 친절하게 대해 주며 종종 같이 커피를 마시자고 하는 집주인을 좋아하게 됐다. 그런데 수요일에 문을 열었다가 오래전부터 쓰러져 있던 시신을 보았다. 얼굴은 옅은 자주색이었다. 두 눈은 공허하게 앞을 응시했고 섬뜩하게 늘어진 혀는 평소보다 두 배 더 길었다. 다이아몬드 반지를 낀 쪽 팔을 앞으로 뻗어 비난하는 듯 그녀를 가리키고 있었다. 난방이 돌아가고 있었다. 시신에서 벌써 냄새가 나기 시작했다.

안드레아의 증언에 따르면 그녀는 비명을 지르지 않았다. 구역질도 하지 않았다. 얼른 다시 나와 휴대 전화로 경찰에 연락했다. 경찰이 도착할 때까지 다시 들어가지 않았다.

처음에 경찰은 강도의 소행으로 추측했다. 보석과 노트북을 비롯해 몇 가지 물건이 집에서 없어졌다. 헤집어서 안에 들어 있던 것들을 흩뿌려 놓은 방도 여러 개였다. 하지만 무단 침입한 흔적이 없었다. 구면인지 초면인지는 알 수 없어도 쿠퍼 부인이 범인에게 문을 열어 준 것이 분명했다. 그녀는 기습을 당해 뒤에서 목이 졸렸다. 거의 반항하지 않았다. 지문도 DNA도 증거라고 할 것도 전혀 없는 것을 보면 치밀한 계획 아래 저질러진 범행이라는 것을 알 수 있었다. 범인은 그녀의 주의를 딴 데로 돌리고 거실의 벨벳 커튼 옆에 달린 고리에서 빨간색 끈을 뺐다. 그녀의 뒤로 살금살금 다가가 머리 위로 끈을 넘겨서 걸고 당겼다. 그녀가 죽기까지 걸린 시간은 겨우 1분 정도에 불과했을 것이다.

하지만 그녀가 콘월리스 앤드 선스를 찾아갔었다는 사실이 밝혀지자 경찰은 진정한 미스터리의 근원지가 그녀라는 것을 깨달았다. 생각해 보라. 자기 장례식을 준비하고 바로 그날 살해당하는 사람이 어디 있겠는가. 이건 우연의 일치가 아니었다. 두 사건이 연관이 있을 수밖에 없었다. 그녀는 자신이 죽을 거라는 걸 알았을까? 범인이 그녀가 장의업체에 들어가거나 거기서 나오는 것을 보고, 어떤 이유에서인지는 모르겠지만 행동을 개시한 걸까? 그녀가 장의업체에 다녀왔다는 걸 아는 사람이 누가 있었을까?

이 사건은 분명 미스터리였고 전문가적인 접근이 필요했다. 그런가 하면 나와는 전혀 상관없는 일이기도 했다.

상관있는 쪽으로 달라지려는 참이었지만.

2
호손

나는 다이애나 쿠퍼가 살해되던 날 저녁을 금세 떠올릴 수 있다. 그때 나는 아내와 축하 파티를 하고 있었다. 엑스머스 마켓 거리의 모로에서 저녁을 먹었고 술을 제법 많이 마셨다. 그날 오후 출판사에 신작 소설 원고를 이메일로 발송함으로써 8개월 동안의 대장정을 마무리한 참이었다.

『실크 하우스의 비밀』은 내가 쓸 생각이 전혀 없었던 〈셜록 홈스〉 시리즈의 속편이었다. 사상 처음 그들의 명성과 권위를 빌려 새로운 사업에 도전하기로 결정한 코넌 도일 재단 측에서 난데없이 나에게 연락을 해 왔다. 나는 그 기회를 덥석 잡았다. 나는 열일곱 살 때 〈셜록 홈스〉 시리즈를 처음 읽었고 그때부터 그 작품은 내 인생과 함께하고 있다. 그가 모든 현대 탐정의 아버지인 것은 의심의 여지가 없지만 내가 사랑한 것은 셜록 홈스라는 인물만은 아니었다. 인상적이기는 해도 그 추리극만도 아니었다. 내가 가장 큰 매력을 느낀 것은 홈스와 왓슨이 사는 세상이었다. 템스강, 자갈길을 요란하게 달리는 사륜마차, 가스등, 소용돌이치는 런던의 안개. 나는 마치 베이커스트리트 221b번지로 들어가 문학계 역사상 가장 위대한 두 친구의 우정을 말없이 지켜봐 달라고 초대를 받은 것이나 다름없었다. 그걸 무슨 수로 거부할 수 있겠는가?

나는 투명 인간이 내 역할이라는 것을 애초부터 알아차렸다. 나는 코넌의 그늘 안에 숨어 그의 문학적인 수사와 특징을 재연하되 절대 선을 넘지 않으려고 노력했다. 그가 쓰지 않았음 직한 문장은 하나도 쓰지 않았다. 이런 이야기를 하는 이유는 지금 이 책 안에서 내가 너무 도드라지게 등장하는 것이 불안하기 때문이다. 하지만 이번에는 선택의 여지가 없다. 지금 나는 어떤 일이 벌어졌는지 정확하게 글로 옮기고 있을 뿐이다.

그때 나는 TV 방송국 일을 마치고 잠깐 숨을 고르고 있었다. 제2차 세계 대전을 배경으로 한 탐정 드라마 「포일의 전쟁」 촬영이 끝났고 다음 시즌의 제작 여부는 아직 미정이었다. 나는 실제 전쟁 기간보다 세 배나 더 긴 16년 동안, 스물두 시간도 넘는 분량의 대본을 썼다. 그래서 지친 상태였다. 엎친 데 덮친 격으로 마침내 대일 전승 기념일인 1945년 8월 15일에 다다라 전쟁이 끝나 버렸다. 이제 뭘 하면 좋을지 알 수가 없었다. 배우 한 명이 「포일의 평화」를 만들면 어떻겠느냐고 제안했다. 내가 보기에는 잘될 것 같지 않았다.

그런가 하면 소설 집필도 잠시 쉬고 있었다. 이때만 해도 나는 주로 어린이 책 작가였지만 『실크 하우스의 비밀』로 달라질 수 있길 남몰래 소망하고 있었다. 2000년에 첫선을 보인 앨릭스 라이더라는 10대 스파이의 모험물이 전 세계로 수출됐고 어린이 책 작업도 즐거웠지만 한 해, 두 해 지날 때마다 내가 점점 독자들과 멀어지는 건 아닌지 걱정스러웠다. 내 나이도 이제 쉰다섯이었다. 변화를 도모해야 할 시점이었다. 마침 이 시리즈의 9권이자 마지막 권이 될 『스코피아의 부활』 소개차 헤이온와이에서 열리는 문학 축제에 참석하기로 되어 있었다.

아마 진행 중인 프로젝트 가운데 가장 기대됐던 프로젝트는 「틴틴 2」라는 영화의 시나리오 작업이었을 것이다. 놀랍게도 스티븐 스필버그가 시나리오를 의뢰했고 내가 넘긴 초안을 그가 검토하고 있었다. 감독은 피터 잭슨이 맡을 예정이었다. 내가 갑자기 전 세계에서 가장 위대한 두 감독과 일을 하게 됐다니 상당히 얼떨떨했다. 어쩌다 그렇게 됐는지 알다가도 모를 일이었다. 솔직히 불안했다. 나는 시나리오를 열두 번쯤 읽으며 방향을 제대로 잡았다는 확신을 가지려고 갖은 애를 썼다. 등장인물들은 설득력이 있나? 액션 시퀀스는 탄탄한가? 마침 잭슨과 스필버그가 1주일 뒤에 같이 런던을 방문할 예정이라 그들을 만나 의견을 듣기로 했다.

그랬기 때문에 휴대 전화가 울리고 모르는 번호가 떴을 때 나는 그 둘 중 한 명인가 했다. 물론 그들이 직접 전화할 리는 없었다. 비서가 나인지 확인하고 그들에게 연결시켜 줄 것이었다. 오전 10시쯤이었고 나는 내 아파트 2층에 있는 작업실에서 리베카 웨스트가 쓴 『반역의 의미』를 읽고 있었다. 제2차 세계 대전 이후 영국의 삶을 연구한 고전이었다. 〈포일〉 시리즈가 나아가야 할 방향이 이것일지 모르겠다는 생각이 들었다. 냉전, 스파이, 반역자, 공산주의자, 원자 과

학자가 사는 세상 속으로 그를 던지는 것이다. 나는 책을 덮고 휴대 전화를 집었다.

「토니?」 상대방이 물었다.

스필버그는 분명 아니었다. 나를 토니라고 부르는 사람은 몇 명 되지 않는다. 솔직히 나는 그 애칭이 싫다. 나는 항상 앤서니이고 몇몇 친구들 사이에서는 앤트다.

「누구시죠?」 나는 물었다.

「어이, 어떻게 지내요? 나 호손이에요.」

사실 나는 그가 이름을 밝히기 전부터 누군지 알고 있었다. 그 둔탁한 모음과, 런던과 북부의 억양이 묘하게 섞인 말투로 판단하건대 의심의 여지가 없었다. 〈어이〉라는 단어의 선택도 그렇고.

「호손 씨.」 나는 말했다. 그는 자기소개를 할 때 대니얼이라고 했지만 나는 처음부터 그의 이름을 부르기가 영 껄끄러웠다. 그도 대니얼이라는 이름을 쓰지 않았고……. 사실 그를 이름으로 부르는 사람을 한 번도 본 적이 없었다.

「맞아요, 맞아.」 그는 조바심이 난 말투였다. 「저기…… 시간 좀 있어요?」

「네? 무슨 일인데요?」

「좀 만날 수 있을까 해서요. 오늘 오후에 뭐 해요?」

그다운 질문이었다. 그는 세상을 보고 싶은 대로 보는 일종의 근시였다. 그는 내일이나 다음 주에 만날 수 있느냐고 묻지 않았다. 그의 마음이 내키는 대로 지금 당장이라야 했다. 앞에서도 설명했다시피 나는 그날 오후에 별로 할 일이 없었지만 그에게 이실직고할 생각은 없었다. 「음, 글쎄요…….」 나는 말문을 열었다.

「3시에 우리가 예전에 갔던 그 카페 어때요?」

「J&A요?」

「네, 거기요. 물어볼 게 있어서요. 시간 좀 내주면 정말 고맙겠는데.」

J&A라면 클라컨웰에 있었고 우리 집에서 걸어서 10분 거리였다. 그가 런던 반대편에서 만나자고 했으면 망설였을지 모르지만 사실 호기심이 동했다. 「좋아요.」 나는 말했다. 「3시요.」

「어이, 다행이로군요. 거기서 봅시다.」

그는 전화를 끊었다. 「틴틴 2」 시나리오가 여전히 내 앞 컴퓨터 화면에 띄워져 있었다. 나는 창을 닫고 호손에 대해 생각했다.

그를 처음 만난 것은 작년이었고 몇 달 뒤에 방영될 5부작 TV 시리즈를 작업하고 있었을 때였다. 「인저스티스」라는 법정 드라마였고 주연은 제임스 퓨어포이였다.

「인저스티스」는 드라마 작가들이 새로운 소재를 찾아 헤맬 때 가끔 자문하는 영원한 질문에서 비롯된 작품이었다. 의뢰인이 유죄라는 걸 알고 있을 때 변호사는 무슨 수로 그 의뢰인을 변호할 수 있을까? 여담이지만 대답은 간단하다. 할 수 없다는 것이다. 의뢰인이 재판 전에 범행을 자백하면 변호사가 변호를 거부할 테니…… 최소한 무죄 추정 상태라야 한다. 그래서 나는 윌리엄 트래버스(퓨어포이의 극 중 이름이었다) 변호사의 활약으로 무죄 선고를 받은 직후에 아이를 살해했다고 희희낙락 자백하는 동물 권리 보호 운동가라는 아이디어를 떠올렸다. 이로 인해 트래버스는 신경 쇠약증에 걸리고 서퍽으로 거처를 옮긴다. 그러던 어느 날 입스위치역에서 열차를 기다리다가 그 운동가를 우연히 다시 만난다. 며칠 뒤에 그 운동가가 살해되고 의문이 제기된다. 트래버스가 범인일까?

스토리는 변호사와 그를 수사하는 경위의 대결로 압축된다. 트래버스는 상처를 입었고 상당히 위험해질 수 있는 음울한 인물이지만 그래도 주인공이기에 시청자들은 그를 응원할 수밖에 없었다. 그렇기 때문에 나는 일부러 탐정을 최대한 매력 없는 인물로 만들었다. 시청자들의 눈에 비친 그는 험상궂고 예민하며 공격적인, 거의 인종 차별주의자였다. 내가 그때 모델로 삼은 사람이 호손이었다.

솔직히 호손은 전혀 해당 사항이 없었다. 적어도 인종 차별주의자는 아니었다. 하지만 사람의 신경을 어찌나 심하게 건드리는지 만나기가 싫어질 정도였다. 그와 나는 정반대였다. 나는 그저 그의 생각을 이해할 수가 없었다.

그는 그 시리즈의 제작 감독이 알아봐 준 사람이었다. 내가 듣기로는 런던 경찰청 소속 경위로 퍼트니의 지서에서 근무했다. 10년 동안 현장에서 살인 사건 전문가로 활동하다가 석연치 않은 이유로 해고됐다. 경찰 드라마 제작사를 돕는 전직 경찰관이 얼마나 많은지 모른다. 그들이 제공하는 소소한 정보 덕분에 이야기를 진짜처럼 오류 없이 만들 수가 있는데, 호손은 능력이 출중했다. 내가 무엇을 원하고 어떤 것이 화면 속에서 통할지 본능적으로 간파했다. 기억나는 한 가지 사례가 있다. 초반부에 내 (작품 속) 탐정이 1주일 지난 시신을 조사할 때 현장 감식관이 그에게 코 아래에 바르라고 빅스 베이퍼러브 멘톨 크림을 건넨다. 멘톨 향이 냄새를 덮어 주기 때문이다. 그걸 알려 준 사람이 호손이었고 그 장면을 보면 덕분에 그 순간이 얼마나 실감 나게 다가오는지 알 수 있다.

내가 그를 맨 처음 만난 곳은 그 드라마 제작사인 일레븐스 아워 필름 사무실이었다. 작업이 시작되면 내가 아무 때고 그에게 연락해 질문하고 들은 답변을 대본 속에 녹일 수 있을 것이었다. 모든 걸 전화상으로 처리할 수 있었다. 이날의 만남은 서로 통성명하는 형식적인 자리였다. 내가 도착했을 때 그는 이미 개킨 외투로 무릎을 덮고 다리를 꼰 채 대기실에 앉아 있었다. 나는 오늘 만날 사람이 그라는 것을 한눈에 알 수 있었다.

그는 거구는 아니었다. 인상이 특별히 험상궂지도 않았다. 하지만 자리에서 일어나는 그 몸짓 하나만으로도 나를 멈칫거리게 만들기에 충분했다. 퓨마나 표범처럼 몸놀림이 매끄러웠고, 묘하게 악의적인 옅은 갈색 눈은 내게 도전하거나 심지어 위협하는 듯이 느껴졌다. 나이는 마흔 살쯤이었고 무슨 색인지 애매한 머리칼을 귀 주변으로 아주 짧게 깎았는데 이제 막 희끗희끗해지기 시작했다. 수염은 깔끔하게 밀었다. 안색은 창백했다. 어렸을 때는 아주 잘생겼을지 모르지만 중간에 어떤 일이 생기는 바람에 추하지는 않아도 이상하게 볼품없어진 게 아닐까 싶었다. 꼭 못나게 찍힌 사진 같았다. 양복에 흰색 셔츠와 넥타이까지 갖추었고 레인코트는 벗어서 팔에 걸쳤다. 그는 나 때문에 놀라기라도 한 사람처럼 과하다 싶을 정도로 관심을 드러내며 나를 쳐다보았다. 나는 대기실로 들어선 순간부터 그에게 털리고 있는 듯한 기분을 느꼈다.

「안녕하세요, 앤서니 씨.」 그가 말했다. 「만나서 반갑습니다.」

내가 앤서니인 줄 어떻게 알았을까? 사무실을 드나드는 사람이 한두 명이 아니었고 아무도 나를 알은체하지 않았는데. 나도 내 이름을 밝히지 않았는데.

「선생님의 엄청난 팬입니다.」 그는 이렇게 말했지만, 내 작품을 한 권도 읽은 적이 없고 그렇다는 걸 내가 알아차린 들 상관하지 않는 말투였다.

「고맙습니다.」 나는 말했다.

「선생님이 만들려는 프로그램에 대해서 들었어요. 정말 재미있겠던데요?」 작정하고 비꼬는 걸까? 그는 이렇게 말하는 와중에도 지겨워하는 표정을 지었다.

나는 미소를 지었다. 「같이 일할 날이 기다려지네요.」

「재밌을 겁니다.」 그가 말했다.

하지만 아니었다.

우리는 상당히 자주 통화했고 대여섯 번 정도 대개 사무실 아니면 J&A 앞마당에서 만났다(그는 손으로 말아서 피우는 담배 아니면 램버트 앤드 버틀러나 리치먼드 같은 싸구려 담배를 내내 피워 댔다). 호손이 에식스에서 산다는 이야기는 들었지만 정확히 어딘지는 몰랐다. 그는 자기 자신이나 경찰에서 근무했던 시절에 대해 입도 벙긋하지 않았다. 그 시절이 어떤 식으로 끝났는지에 대해서는 두말할 나위도 없었다. 맨 처음에 접촉한 제작 감독에 따르면 그가 유명한 살인 사건 수사에 여러 건 관여했고 상당히 이름을 날렸다고 했지만 인터넷에는 아무 정보가 없었다. 머리가 비상한 것만큼은 분명했다. 자신은 글을 쓰는 데 소질이 없음을 분명히 밝혔고 내가 제작하려는 드라마 시리즈에 전혀 관심을 보이지 않았지만 항상 내가 부탁하기도 전에 완벽한 시나리오를 제안했다. 오프닝 장면에서 그의 솜씨를 또 한 번 감상할 수 있다. 윌리엄 트래버스가 도둑 누명을 쓴 흑인 남자아이를 구하는 장면이다. 경찰 측 주장에 따르면 아이의 재킷에서 메달이 나왔다고 했고, 닦은 지 얼마 안 된 물건이라 했다. 그러나 아이의 재킷 주머니에서 은제품 광택제에 가장 많이 쓰이는 설파민산이나 암모니아가 검출되지 않았으니 메달이 거기 있었을 리 없었다. 이 모든 게 그의 아이디어였다.

그가 내게 도움이 되었다는 것은 부인할 수 없는 사실이지만 그래도 그를 만나기가 살짝 꺼려졌다. 그는 항상 거두절미하고 본론으로 직행했다. 그에게도 날씨나 정부나 후쿠시마 지진이나 윌리엄 왕자의 결혼식을 둘러싼 나름의 의견이 있겠지만 당면한 문제 말고는 전혀 언급하지 않았다. 각설탕을 두 개 넣은 블랙커피를 마시고 담배를 피우지만 나를 만날 때는 하다못해 비스킷도 먹은 적이 없었다. 그리고 항상 같은 옷을 입었다. 솔직히 그가 들어올 때마다 사진을 건네받는 느낌이었다. 그 정도로 변함이 없었다.

그럼에도 묘한 부분이 있다면 나에 대해 엄청나게 많이 안다고 느껴진다는 것이었다. 내가 전날 저녁에 나가서 술을 마셨든지 보조 작가가 아팠든지 주말 내내 글을 썼든지 그에게 이야기할 필요가 없었다. 그가 먼저 내게 말했다! 사무실 직원을 통해 알아내는 건가 의심한 적도 있었지만 아는 정보가 뒤죽박죽이었고 일정한 기준이 없었다. 나는 절대 그의 정체를 파악할 수가 없었다.

내가 저지른 가장 큰 실수가 있다면 그에게 대본의 두 번째 수정본을 보여 준 것이었다. 나는 대개 촬영에 들어가기 전에 대본을 열두어 번 수정한다. 제작사, 방송사(이 경우에는 ITV였다), 에이전트로부터 피드백을 받고 나중에는 감독과 주인공에게도 피드백을 받는다. 이런 식의 공동 작업이 가끔 버거울 때도 있다. 이 빌어먹을 것이 제대로 완성되는 날이 있을까 싶다. 하지만 프로젝트가 조금씩 진행되는 중이고 수정본이 횟수를 거듭할수록 점점 나아지고 있다는 느낌만 들면 상관없다. 서로 어느 정도 양보를 할 수밖에 없고 결국에는 좀 더 효과적인 대본을 위해 관계 당사자 모두가 노력 중이라는 데서 일말의 위안을 얻을 수 있다.

호손은 이런 걸 이해하지 못했다. 벽돌과 같아서 뭔가가 틀렸다는 결론을 내리면 그 어떤 것도 그냥 통과시키지 않았다. 주인공 형사가 상사인 총경을 만나는 장면이 있었다. 외딴 농가에서 동물 권리 보호 운동가의 시신이 발견된 직후였다. 총경이 자리를 권하자 그는 이렇게 대답했다. 「괜찮으시다면 서 있겠습니다.」 사소한 부분이었다. 주인공이 삐딱한 성격이라는 것을 보여 주려는 설정이었을 뿐인데, 호손은 절대 동의하지 않았다.

「그건 있을 수 없는 일이에요.」 그는 딱 잘라 말했다. 우리는 대본을 얹은 테이블을 사이에 두고 스타벅스 야외석에 앉아 있었다(어디 스타벅스였는지는 기억이 나지 않는다). 늘 그러듯 그는 양복에 넥타이 차림이었다. 빈 갑을 재떨이 삼아 마지막 한 대 남은 담배를 피우고 있었다.

「왜요?」

「상사가 앉으라면 앉는 거니까요.」

「이 사람도 앉잖아요.」

「그렇죠. 하지만 처음에 반항하잖아요. 쓰펄, 뭐 하러 그래요? 자기만 바보 같아 보일 뿐인데.」

호손은 욕을 입에 달고 다녔다. 그의 말을 고스란히 옮기려면 한 줄 걸러 쌍시옷으로 시작되는 단어를 넣어야 할 것이다.

나는 설명을 시도했다. 「배우들은 내 의도를 이해할 거예요.」 나는 말했다. 「그냥 사소한 부분이에요. 이 장면의 도입부이긴 하지만 두 사람이 서로 어떤 사이인지를 보여 주는 열쇠고요.」

「하지만 진실이 아니잖아요. 순 개소리라고요.」

나는 진실에는 여러 종류가 있고 TV 속의 진실은 현실과 거의 상관없을 수도 있다고 설명을 시도했다. 누가 내게 묻는다면 나는 영상을 통해 경찰, 의사, 간호사…… 심지어 범죄자에 대해 이해하는 경우가 오히려 더 많다고 주장할 것이다. 하지만 호손은 꿈쩍하지 않았다. 내 대본을 잘 쓸 수 있게 도와주었는데 읽어 보니 납득이 가지 않았고 그래서 마음에 들지 않았던 것이다. 우리는 경찰이 등장하는 장면마다 사사건건 부딪혔다. 그의 눈에 보이는 것은 서류, 제복,

목이 꺾이는 스탠드뿐이었다. 스토리는 안중에도 없었다.

다섯 편의 대본을 완성해 송고하고 더 이상 그를 상대할 필요가 없어졌을 때 얼마나 속이 후련했는지 모른다. 추가 문의 사항이 생기면 제작사를 통해 그에게 이메일로 질문했다. 촬영은 서퍽과 런던에서 이루어졌다. 형사 역은 찰리 크리드마일스라는 훌륭한 배우가 맡았는데, 묘하게도 외모가 호손을 아주 많이 닮았다. 하지만 그게 다가 아니었다. 호손이 상당히 의도적으로 내 신경을 건드렸기 때문에 그에게 호손의 어두운 측면을 많이 반영했다. 그리고 이름도 비슷하게 지었다. 성서 속의 인물 대니얼을 마크로 바꾸는 식으로, 호손을 웬본으로 바꿨다.[2] 내가 종종 애용하는 수법이다. 4회에 그를 계단에서 굴러 죽게 만들었을 때 미소가 절로 나왔다.

그가 만나자는 이유가 궁금하긴 했지만 그날 오후에 카페까지 걸어가는 동안 어렴풋이 불안한 마음이 있기도 했다. 호손은 내 세상 밖의 인물이었고 솔직히 이제는 쓸모가 없었다. 하지만 나는 점심 전이었고 마침 J&A에서는 런던을 통틀어 가장 맛있는 케이크를 팔았다. J&A는 클라컨웰로드 바로 옆의 조그만 골목길에 숨어 있기 때문에 평소에는 별로 붐비지 않았다. 호손은 커피와 담배와 함께 야외 테이블에 앉아서 나를 기다리고 있었다. 마지막으로 만났을 때와 옷차림이 똑같았다. 그 양복에 그 넥타이에 그 레인코트였다. 내가 도착하자 그는 고개를 끄덕였다. 인사라고는 이게 전부일 것이다.

2 대니얼과 마크는 각각 성서 속 인물 다니엘과 마르코의 영어식 이름이다.

「드라마는 어떻게 돼가고 있어요?」 그가 물었다.

「기술 시사회 때 오지 그랬어요.」 내가 말했다. 우리는 런던의 한 호텔을 빌려 1화와 2화를 상영했다. 호손도 초대를 받았다.

「바빴어요.」 그가 대답했다.

종업원이 오자 나는 차와 빅토리아스펀지케이크 한 조각을 주문했다. 그런 것을 먹으면 안 된다는 걸 알지만 혼자서 하루에 여덟 시간을 지내 보라. 예전에는 한 꼭지를 끝낼 때마다 담배를 피웠지만 30년 전에 끊었다. 케이크도 그만큼 몸에 안 좋을지 모르지만.

「어떻게 지냈어요?」 나는 물었다.

그는 어깨를 으쓱했다. 「그럭저럭요.」 그는 나를 흘끗 쳐다보았다. 「시골에 다녀왔어요?」

마침 나는 그날 아침에 서퍽에서 올라온 참이었다. 아내와 함께 주말 동안 거기서 지내다 왔다. 「네.」 나는 조심스럽게 대답했다.

「그리고 강아지가 한 마리 새로 생겼네요!」

나는 신기해하며 그를 쳐다보았다. 그다웠다. 나는 주말 동안 어디에 다녀왔는지 아무에게도 이야기하지 않았다. SNS에 올리지도 않았다. 강아지로 말할 것 같으면 옆집에서 키우는 녀석이었다. 그들이 집을 비운 동안 우리가 맡아 주기로 했다. 「그걸 다 어떻게 알았어요?」 나는 물었다.

「경험에서 우러난 추측이에요.」 그는 내 질문을 일축했다. 「도움을 좀 받고 싶어서요.」

「어떤 도움을요?」

「나를 주인공으로 책을 써주세요.」

호손은 만날 때마다 나를 놀라게 하는 데 일가견이 있었다. 대부분의 사람들과는 위치 파악이 된다. 그들과 관계를 맺고 가까워지면 원칙이 거의 정해진다. 하지만 그와는 절대 그렇게 되지 않았다. 그에게는 수은 같은 묘한 면이 있었다. 우리가 어느 방향으로 가는지 알겠다는 생각이 들 때마다 그는 어떤 방식으로든 내 짐작이 틀렸다는 것을 입증하곤 했다.

「그게 무슨 소리예요?」 나는 물었다.

「나를 주인공으로 책을 써달라고요.」

「내가 왜 그래야 하는데요?」

「돈을 벌 수 있으니까요.」

「나한테 돈을 주고 맡기려고요?」

「아뇨. 50 대 50으로 할까 생각 중인데요.」

손님 둘이 들어와서 우리 옆 테이블에 앉았다. 나는 그들이 지나가는 틈을 이용해 뭐라고 할지 고민했다. 호손의 부탁을 거절하자니 껄끄러웠다. 하지만 나도 이미 알다시피 — 곧바로 결론이 내려졌다 — 거절할 작정이었다.

「무슨 소린지 잘 모르겠네요.」 나는 말했다. 「어떤 책을 얘기하는 건가요?」

호손은 성가대원 같은 흐리멍덩한 눈으로 나를 응시했다. 「내가 설명할게요.」 그는 빤하지 않으냐는 투로 말했다. 「알다시피 나는 이런저런 TV 프로그램 일을 하고 있어요. 내가 런던 경찰청에서 잘렸다는 건 소문을 들어서 알죠? 뭐, 그건 그쪽 손해고 어쩌다 그렇게 됐는지 구구절절 설명할 생각은 없어요. 중요한 건 내가 컨설팅도 좀 하고 있다는 거예요. 경찰 측에서. 비공식적으로. 특이한 사건이 벌어지면 그쪽에서 나한테 맡겨요. 대부분의 사건이 간단하지만 그렇지 않은 경우도 가끔 있거든요. 일상적인 사건의 범위에서 벗어나는 일이 벌어지면 그쪽에서 나를 찾아와요.」

「진짜로요?」 나로서는 믿기 힘든 이야기였다.

「요즘 경찰이 그래요. 감원을 하도 심하게 해서 일할 사람이 없어요. 그룹 4[3]하고 서코[4]라고 들어봤죠? 멍청이로 이루어진 집단인데 이 인간들이 수시로 들어왔다 나갔다 해요. 종이 봉지에서 나오는 길도 찾지 못할 수사관을 파견하고. 그뿐만이 아니에요. 예전에는 램버스에 큰 실험실이 있어서 거기에 혈액 샘플도 보내고 그랬는데 거길 매각해서 이젠 사설 업체에 의뢰를 해야 해요. 시간도 두 배 걸리고 비용도 두 배로 드는데 그들은 아랑곳하지 않아요. 내 경우도 마찬가지예요. 나는 외부 인력이니까.」

그는 말을 멈추고 내가 여기까지 알아들었는지 확인했다. 나는 고개를 끄덕였다. 그는 담배에 불을 붙이고 하던 얘기를 계속했다.

「나는 이 일로 짭짤하게 벌고 있어요. 일당에 경비에 기타 등등 받으니까. 그런데 문제는 뭔가 하면, 솔직히 이런 얘기 하기는 싫지만, 조금 부족하다는 거예요. 살해당하는 사람이 많지 않아서 말이죠. TV 프로그램 일로 선생을 만났을 때

3 영국의 보안업체. 영국 정부에서 이들에게 교도소 관리를 맡겼다가 재소자 탈옥 사건이 벌어진 바 있다.

4 영국의 전자 발찌 제조업체. 납품 대금을 부풀렸다가 벌금을 추징당했다.

듣자 하니 책을 쓴다고 하길래 우리가 공조할 수 있지 않을까 하는 생각이 들더군요. 50 대 50으로. 내가 아주 흥미진진한 사건을 몇 개 알고 있거든요. 선생이 나를 주인공으로 책을 쓰는 거죠.」

「하지만 나는 당신을 전혀 모르는걸요.」 나는 말했다.

「차차 알아 나가면 되죠. 사실 내가 지금 조사 중인 사건이 하나 있어요. 아직 초기 단계이긴 하지만 선생 입맛에 딱 맞을 거예요.」

종업원이 내 케이크와 차를 들고 왔지만 주문하지 말걸 그랬다는 생각이 들었다. 집에 가고 싶은 마음뿐이었다.

「사람들이 왜 당신 이야기를 읽고 싶어 할 거라고 생각해요?」 나는 물었다.

「내가 탐정이니까. 다들 탐정 이야기를 좋아하잖아요.」

「하지만 당신은 제대로 된 탐정도 아니잖아요. 해고당한 전직 경찰이지. 그나저나 잘린 이유가 뭐예요?」

「거기에 대해서는 얘기하고 싶지 않은데요.」

「내가 당신을 주인공으로 책을 쓰려면 알아야죠. 당신이 어디 사는지, 결혼은 했는지, 아침으로는 뭘 먹는지, 쉬는 날에는 뭘 하는지, 그런 것도 알아야 하고. 사람들이 살인 소설을 읽는 이유가 그 때문인걸요.」

「그렇게 생각하세요?」

「네!」

그는 고개를 저었다.「내 생각은 달라요. 중요한 건 살인이에요. 그게 관건이라고요.」

「저기, 미안하지만요.」 나는 조심스럽게 말을 꺼냈다.「훌륭한 아이디어고 정말 흥미진진한 사건이겠지만 나는 너무 바빠서요. 내가 하는 일도 아니고요. 내가 다루는 소재는 가상의 탐정이에요. 얼마 전에 〈셜록 홈스〉 작품을 탈고했어요. 예전에는 〈푸아로〉와 〈미드소머 살인 사건〉의 각본을 썼고요. 나는 소설가예요. 실제 사건은 다른 작가한테 맡기세요.」

「차이점이 뭔데요?」

「서로 전혀 다르죠. 내 이야기는 내 마음대로 만질 수 있잖아요. 나는 뭘 제대로 알고 쓰는 게 좋아요. 사건과 단서와 기타 등등을 창조하는 것이 창작의 묘미고요. 당신을 따라다니면서 당신이 목격한 광경과 한 말을 받아 적기만 하면 내가 뭐가 되나요? 미안하지만 나는 관심 없어요.」

그는 담배꽁초 너머로 나를 흘끗 쳐다보았다. 내가 이럴 줄 알았다는 듯 놀라워하지도 기분 나빠 하지도 않았다. 「엄청 잘 팔릴 텐데요.」 그가 말했다. 「그리고 일하기도 쉬울 테고. 내가 필요한 모든 걸 알려 줄 테니까요. 어떤 사건인지 듣고 싶지 않아요?」 듣고 싶지 않았지만 내가 말릴 겨를도 없이 그가 하던 이야기를 계속했다. 「어떤 여자가 런던 저쪽의 사우스켄징턴에 있는 장의업체를 찾아가 아주 세세한 부분까지 자기 장례식을 준비해요. 그리고 같은 날 여섯 시간 뒤에 살해당해요……. 집으로 찾아온 사람에게 목이 졸려서. 좀 특이하지 않은가요?」

「그 여자가 누군데요?」 나는 물었다.

「이름은 아직 몰라도 돼요. 하지만 부자였어요. 아들이 유명 인사였고요. 그리고 또 한 가지 특이 사항이 있다면 우리가 알기로 적이 한 명도 없었다는 거예요. 다들 그 사람을 좋아했어요. 그래서 내가 호출된 거예요. 도대체 앞뒤가 안 맞아서.」

나는 잠깐 귀가 솔깃했다.

범죄 소설을 쓸 때 가장 어려운 부분이 플롯 구상인데 그 당시 나는 아이디어 고갈 상태였다. 따지고 보면 사람이 사람을 죽이는 이유는 수없이 많다. 돈, 아내, 일자리. 그냥 겁이 나서 죽일 수도 있다. 그들이 내 약점을 쥐고 그것으로 협박을 하기 때문에. 아니면 그들이 알고서 혹은 모르고서 저지른 일을 복수하느라 죽일 수도 있다. 아니면 뜻하지 않게 죽일 수도 있다. 나는 「포일의 전쟁」 대본을 22화까지 쓰면서 각종 변주를 거의 섭렵했다.

그다음으로는 자료 조사가 문제였다. 예를 들어 범인을 호텔 주방장으로 정하면 그의 세계를 창조해야 한다. 호텔을 찾아가 보아야 한다. 케이터링 업계를 파악해야 한다. 그를 설득력 있는 인물로 창조하려면 손이 많이 가지만 그는 그런 식으로 만들어 내야 하는 스무 명 또는 서른 명 가운데 첫 번째에 불과하고 그들 모두는 내 머릿속 어딘가에 숨어 있다. 경찰 수사에 대해서도 파악해야 한다. 지문, 과학 수사, DNA, 기타 등등을 말이다. 그러다 보면 첫 단어를 쓰기까지 몇 개월이 걸릴 수도 있다. 나는 지쳐 있었다. 『실크 하우스의 비밀』을 끝내고 얼마 되지도 않았는데 다른 작품을 시작할 만한 여력이 있을지 자신이 없었다.

호손은 사실상 지름길을 제안한 셈이었다. 모든 것을 접시에 담아서 내밀고 있었다. 그리고 그의 말이 맞았다. 흥미진진한 사건인 듯했다. 장의업체를 찾은 여자. 도입부로서 상당히 훌륭했다. 벌써부터 첫 장이 그려졌다. 봄 햇살. 깔끔한 동네. 길을 건너는 여자…….

그래도 말도 안 되는 일이었다.

「어떻게 알았어요?」 나는 불쑥 물었다.

「뭘요?」

「아까요. 나더러 시골 다녀왔느냐고, 강아지가 생겼다고 했잖아요. 누구한테 들었어요?」

「누구한테 들은 거 아니에요.」

「그럼 어떻게 알았어요?」

그는 밝히고 싶지 않은지 인상을 썼다. 하지만 그가 내게 얻어 내고 싶은 게 있었으니 잠깐 동안은 내가 유리한 입장이었다. 「신발 밑창에 모래가 끼어 있길래요.」 그가 말했다. 「아까 선생이 다리를 꼴 때 봤어요. 그러니까 공사 현장을 지났거나 바닷가에 갔었다는 건데, 오퍼드에 선생 별장이 있다는 얘기를 들었으니 거기 다녀왔나 보다 했죠.」

「강아지는요?」

「선생 청바지에 발자국이 찍혀 있어요. 무릎 바로 아래에.」

나는 청바지를 살펴보았다. 과연 발자국이 있었다. 워낙 희미해서 나라면 알아차리지 못했을 텐데 그는 알아차렸다.

「잠깐만.」 내가 말했다. 「강아지라는 걸 어떻게 알았어요? 소형견일 수도 있잖아요. 그리고 그냥 길 가다 만난 개일 수도 있고요.」

그는 슬픈 눈빛으로 나를 쳐다보았다. 「누가 주저앉아서 선생의 왼쪽 구두끈을 씹어 놓았거든요.」 그가 말했다. 「선생이 그랬을 리는 없잖습니까.」

나는 그의 말이 맞는지 확인하지 않았다. 솔직히 놀라웠다. 하지만 나는 그걸 알아내지 못했다는 데 짜증이 난 것도 사실이었다. 「미안해요.」 내가 말했다. 「듣자 하니 흥미진진한 사건이라 당신의 제안에 응할 작가가 있을 거예요. 하지만 좀 전에 얘기했다시피 기자나 뭐 그런 사람한테 의뢰해 보세요. 나는 하고 싶어도 못 해요. 진행 중인 작품이 있어서.」

나는 그가 어떤 반응을 보일지 궁금했다. 이번에도 그는 내 허를 찔렀다. 그냥 어깨를 으쓱하고 그만이었던 것이다. 「네, 그렇군요. 그냥 한번 생각해 봤어요.」 그는 바지 주머니 쪽으로 손을 뻗으며 자리에서 일어났다. 「그거 내가 계산할까요?」

차와 케이크를 두고 하는 말이었다. 「아뇨, 괜찮아요. 내가 계산할게요.」 나는 말했다.

「내가 마신 커피도 있는데.」

「그것도 내가 계산할게요.」

「뭐, 생각이 바뀌면 어디로 연락하면 되는지 알죠?」

「네, 그럼요. 내 에이전트한테 한번 물어볼까요? 그녀가 괜찮은 사람을 알고 있을 수도 있는데.」

「아니에요. 괜찮습니다. 내가 알아볼게요.」 그는 몸을 돌려서 멀어졌다.

나는 케이크를 먹었다. 그냥 버리기엔 아까웠다. 그런 다음 집으로 돌아가 남은 오후 시간 동안 책을 읽었다. 호손에 대해서 생각하지 않으려고 했지만 머릿속에서 계속 맴돌았다.

전업 작가로서 하기 어려운 일 가운데 하나가 의뢰를 거절하는 것이다. 두 번 다시 열리지 않을지 모르는 문을 쾅 닫는 셈이라 그 너머의 무엇을 놓쳤을지 항상 불안해진다. 몇 년 전에 어느 제작사에서 나더러 스웨덴 팝 그룹의 노래로 뮤지컬을 만들려고 하는데 관심 있느냐고 연락한 적이 있었다. 나는 고사했고 「맘마미아」 포스터에 내 이름이 없는 이유가 (그리고 저작권 사용료를 한 푼도 챙기지 못한 이유가) 그 때문이었다. 그래도 후회하지는 않는다. 내가 대본을 썼어도 그렇게 엄청난 성공을 거두었을지 아무도 장담할 수 없지 않은가. 하지만 대부분의 작가들이 얼마나 불안한 하루하루를 보내는지 알려 주는 사례다. 사실로 밝혀진 해괴한 사건. 장의업체를 찾은 여자. 일종의 고문 격으로 소환된 호손, 특이하고 복잡하지만 능력이 아주 출중한 전직 형사. 그의 제안을 거절한 것이 또 한 번의 실수였을까? 나는 책을 집어 들고 다시 읽기 시작했다.

이틀 뒤에 나는 헤이온와이에 갔다.

전 세계적으로 문학 축제가 얼마나 많은지 생각해 보면 재미있다. 내가 아는 작가들 가운데 일부는 더 이상 글을 쓰지 않고 이 파티장에서 저 파티장으로 옮겨 다니며 시간을 보낸다. 내가 선천적으로 말을 더듬거나 만성적으로 숫기가 없었다면 무슨 수로 이 생활을 버텼을지 궁금할 때도 많다. 현대 작가는 종종 대규모 청중을 앞에 두고 공연을 벌여야 한다. 질문이 바뀔 줄 모르고 항상 똑같은 우스갯소리로 끝낸다는 것만 다를 뿐, 스탠드업 코미디와 거의 비슷하다.

해러깃에서 범죄 소설, 배스에서 어린이 문학, 글래스고에서 SF, 올버러에서 시. 영국에서는 모든 도시마다 문학 축제가 열리는 느낌이지만 장이 서는 조그만 마을 가장자리의 엉망인 진흙밭에서 열리는 헤이온와이 도서전은 그중에서도 가장 독보적이다. 멀리서 사람들이 찾아오며 미국 대통령 둘, 대규모 열차 강도단 여럿,[5] 그리고 J. K. 롤링이 연사로 초청된 바 있다. 나는 대형 천막에 어린이 약 5백 명을 모아 놓고 강연할 생각에 신이 났다. 늘 그렇듯 어른들도 여기저기 앉아 있었다. 내 TV 드라마를 아는 시청자들은 종종 행사장으로 찾아와 「포일의 전쟁」 이야기를 하기 위해 40분 동안 〈앨릭스 라이더〉 이야기를 기꺼이 듣는다.

강연은 잘 끝났다. 아이들은 적극적으로 귀를 기울였고 훌륭한 질문을 했다. 나는 〈포일〉 이야기도 몇 개 끼워 넣는데 성공했다. 거의 정확히 60분 동안 강연을 하고 이제 그만 마무리해 달라는 신호가 떨어졌을 때 희한한 일이 벌어졌다.

앞줄에 앉은 어떤 여자가 있었다. 나는 처음에 그녀를 보고 교사 아니면 사서인가 보다고 생각했다. 그녀는 아주 평범한 생김새로 마흔 살쯤 되어 보였는데 동그란 얼굴에 금발을 길게 길렀고 줄에 매단 안경을 목에 걸고 있었다. 그녀가 내 눈에 들어왔던 이유는 혼자 온 데다 내 강연에 별로 관심이 없어 보였기 때문이었다. 내 농담에 전혀 웃지 않았다. 기자일 수도 있겠다 싶어 덜컥 겁이 났다. 요즘은 신문사에서 강연회에 기자를 보내 작가가 한 농담이나 무심코 뱉은

5 1963년 스코틀랜드에서 런던으로 향하던 우편 열차가 습격당해 현금 260만 파운드를 도난당한 사건이 있었다.

말을 맥락 없이 인용해 악용하는 경우도 많았다. 그래서 그녀가 손을 들고 진행 요원에게 마이크를 건네받았을 때 나는 긴장했다.

「궁금한 게 있는데요.」 그녀가 말했다. 「선생님은 왜 항상 판타지를 쓰세요? 왜 〈실제 이야기〉는 쓰지 않으세요?」

나는 지금까지 문학 축제에서 비슷한 질문을 수도 없이 들었다. 아이디어는 어디에서 얻는지. 내가 가장 좋아하는 등장인물은 누구인지. 책 한 권을 쓰는 데 시간이 얼마나 걸리는지. 이런 질문은 처음이었고 나는 살짝 불쾌했다. 그녀의 말투가 공격적이지는 않았지만 질문 자체에 신경을 건드리는 구석이 있었다.

「〈포일의 전쟁〉은 실제 이야기인데요.」 나는 대답했다. 「실제로 있었던 사건을 기반으로 매 화가 전개되니까요.」

나는 지난주에도 줄곧 앨런 넌 메이에 대한 자료를 읽었다며, 얼마나 자료 조사를 열심히 하는지 설명하려고 했다. 그는 원자 폭탄의 비밀을 소련에 넘긴 학자로 만약 「포일의 전쟁」이 계속 제작된다면 다음 화에 영감을 제공할 수도 있었다. 하지만 그녀가 내 말허리를 잘랐다. 「당연히 실제 있었던 사건을 활용하시겠지만 제가 하고 싶은 얘기는 뭐냐면요, 범죄는 진짜가 아니잖아요. 그리고 선생님이 쓰신 다른 TV 드라마, 그러니까 〈푸아로〉와 〈미드소머 살인 사건〉은 1백 퍼센트 상상이고요. 열네 살짜리 스파이 시리즈는 좋아하는 아이들이 많다는 걸 알지만 그것도 마찬가지고요. 무례하게 들릴지 모르겠지만 선생님이 현실 세계에는 왜 관심이 없으신지 궁금해요.」

「현실 세계가 뭔데요?」 나는 반박했다.

「진짜 사람들이 사는 곳요.」

몇몇 아이들이 엉덩이를 들썩이기 시작했다. 다른 이야기로 넘어가야 할 때였다. 「나는 소설을 쓰는 걸 좋아합니다.」 내가 말했다. 「그게 내 직업이에요.」

「선생님의 작품이 의미 없다고 간주되지 않을까 걱정되지는 않으세요?」

「꼭 실제 이야기라야 의미 있는 작품이라고 생각하지는 않습니다.」

「죄송해요. 저도 선생님의 작품을 좋아하지만 거기에는 동의할 수가 없네요.」

호손이 며칠 전에 제안한 일을 감안했을 때 묘한 우연의 일치였다. 나는 강단에서 내려오기 전에 여자를 찾았지만 보이지 않았고 그녀는 책에 사인을 받으러 오지도 않았다. 열차를 타고 런던으로 돌아오는 내내 그녀가 한 말이 내 머릿속을 맴돌았다. 그녀의 말이 맞을까? 내 작업이 너무 판타지에 치중돼 있었을까? 나는 성인 소설 작가로 발돋움하려는 찰나였지만 첫 출품작인 『실크 하우스의 비밀』은 요즘 세상과 그보다 더 멀 수가 없었다. 예를 들어 「인저스티스」와 같은 일부 TV 드라마는 누가 봐도 알 수 있는 21세기 런던이 배경이었지만 내가 상상의 세계에서 너무 오랫동안 지내 왔던 건 사실이었기 때문에 까딱 잘못했다가는 현실 감각을 잃을 수 있었다. 어쩌면 벌써 잃었을 수도 있다. 현실 감각을 일깨우는 특별훈련이 도움이 될지 몰랐다.

헤이온와이에서 패딩턴역까지는 멀고도 먼 길이었다. 집

에 도착했을 때 나는 마음을 정한 상태였다. 나는 집 안으로 들어가자마자 전화기를 집었다.

「호손?」

「토니!」

「좋아요. 50 대 50요. 할게요.」

3
1장

호손은 내가 쓴 첫 장을 마음에 들어 하지 않았다.

내가 여기서 이야기를 건너뛰는 이유는 수사 둘째 날이 되어서야, 그것도 마지못해 그에게 원고를 보여 주었기 때문이다. 나는 「인저스티스」 때 벌어진 일을 똑똑히 기억하고 있었기 때문에 보안을 유지하고 싶었지만 그가 요구했고 이건 동등한 파트너 관계였기 때문에 거부할 방법이 없었다. 하지만 사실 나는 이 작품이 어떤 식으로 탄생되었는지 설명할 필요가 있다고 본다. 그러니까 작업 원칙을 말이다. 글은 내가 맡았지만 액션은 그가 맡았고 처음에는 그 둘이 서로 삐걱거렸다.

우리는 수사하는 내내 여러 스타벅스를 섭렵한 느낌인데, 그날도 스타벅스에서 만났다. 나는 그에게 이메일로 원고를 송고했고, 그가 빨간색 가위표와 동그라미로 뒤덮인 출력본을 서류 가방에서 꺼냈을 때 말썽의 소지를 직감했다. 나는 내 원고를 아주 애지중지하는 편이다. 한 글자, 한 글자에 신경 쓴다고 봐도 무방하다(그냥 〈모든 글자〉라고 할까? 〈무방

하다〉보다 〈된다〉가 더 나을까?). 나는 호손과 공동 작업을 수락했을 때 수사는 그가 맡더라도 실질적인 서술에 있어서는 뒷전에 물러나 있을 줄 알았다. 그는 단박에 내 착각을 무너뜨렸다.

「전부 엉망이에요, 토니.」 그의 첫마디였다. 「사람들을 엉뚱한 길로 인도하고 있어요.」

「그게 무슨 소리예요?」

「첫 문장부터 틀렸다고요.」

나는 내가 뭐라고 썼는지 읽어 보았다.

하얀색에 가깝도록 빛나는 햇살이 아직 눈앞에 다다르지 않은 따스함을 예고하는 화창한 봄날, 아침 11시가 막 지났을 때 다이애나 쿠퍼는 풀럼로드를 건너 어느 장의업체로 들어갔다.

「뭐가 틀렸다는 건지 모르겠는데요.」 내가 말했다. 「11시쯤이었잖아요. 그녀는 장의업체를 찾아갔고요.」

「하지만 여기서 말한 이런 식은 아니죠.」

「버스를 탔잖아요!」

「그녀는 자기 동네 입구에서 버스를 탔어요. CCTV에 찍혔기 때문에 알 수 있어요. 기사도 그녀를 기억했고 경찰 진술 때도 그렇게 얘기했고요. 하지만 문제는 이거예요. 왜 그녀가 길을 건넜다고 했어요?」

「그러면 왜 안 되는데요?」

「길을 건너지 않았으니까요. 그녀는 첼시빌리지에서 14번

버스를 탔어요. 브리태니아로드 바로 맞은편, 〈U〉로 표시된 정거장에서요. 거기서 버스를 타고 첼시 축구단, 호텐시아로드, 이디스그로브., 첼시 앤드 웨스트민스터 병원, 보퍼트스트리트를 거쳐 마지막으로 올드처치스트리트의 HJ 정거장에서 내렸죠.」

「런던의 버스 노선을 아주 잘 아시네요.」 내가 말했다. 「하지만 그게 무슨 상관인지 잘 모르겠는데요.」

「그녀는 길을 건널 필요가 없었어요. 버스에서 내렸을 때 이미 그쪽 길이었거든요.」

「그게 그렇게 중요한 문제인가요?」

「네, 어쩌면요. 길을 건넜다고 하면 그녀가 장의업체를 찾아가기 전에 다른 데 들렀다는 뜻이 되니까, 그러면 중요한 문제가 생길 수도 있죠. 은행에서 거금을 인출했을 수도 있고, 바로 그날 아침에 누군가와 싸워서 살해당할 빌미를 제공했을 수도 있으니까요. 바로 그 사람이 그녀를 따라 길을 건너서 그녀가 어디 가는지 확인했을 수도 있어요. 그녀가 달리는 차 앞에서 걸음을 멈추는 바람에 싸움이 벌어졌을 수도 있고요. 그런 눈빛으로 쳐다보지 말아요! 도로에서 벌어진 시비로 인한 살인이 생각보다 흔하니까. 하지만 사실 그녀는 집에서 혼자 자고 일어났어요. 아침을 먹고 버스를 탔고요. 맨 처음 한 일이 그거였어요.」

「그럼 내가 어떻게 써주길 바라요?」

그는 종이 위에 이미 뭐라고 끼적여 놓았다. 그가 그 종이를 내게 건넸다. 나는 읽어 보았다.

11시 17분 정각에 다이애나 제인 쿠퍼는 올드처치스트리트의 HJ 정거장에서 14번 버스를 하차했다. 왔던 길을 25미터 되짚어가 콘월리스 앤드 선스 장의업체 문을 열고 들어갔다.

「나는 이런 식으로 글을 쓰지 않아요.」 나는 말했다. 「이건 경찰 조서에 가깝잖아요.」

「그래도 정확하잖아요. 그리고 종은 용도가 뭐예요?」

「무슨 종요?」

「네 번째 문단에. 여기요. 스프링 달린 종이 문에 달려 있다고 되어 있잖아요. 아니, 나는 아무 종도 보지 못했어요. 종이 없었으니까요.」

나는 흥분하지 않으려고 애를 썼다. 내가 조만간 알게 될 호손의 특징이 이 시점에서 드러났다. 그는 마음만 먹으면 내가 지금까지 만난 어느 누구보다도 쉽게 내 부아를 돋울 수 있었다.

「분위기 조성 차원에서 종을 넣었어요.」 나는 설명했다. 「극적 허용의 여지를 어느 정도 인정해 줘야죠. 콘월리스 앤드 선스가 얼마나 전통적이고 고풍스러운 업체인지 보여 주고 싶었는데 그게 간단하면서도 효과적인 방법이었어요.」

「그럴지도 모르지만 그 때문에 엄청난 차이가 생겨요. 거기까지 그녀를 뒤따라온 사람이 있었다면요? 그녀가 한 말을 엿들은 사람이 있었다면요?」

「그녀와 싸운 사람 말인가요?」 나는 빈정거리는 투로 물었다. 「아니면 은행에서 만난 사람? 그런 사람들 말이에요?」

호손은 어깨를 으쓱했다. 「쿠퍼 부인이 자기 장례식을 준비한 것과 같은 날 살해당한 것 사이에 연관성이 있다고 말하는 쪽은 당신이에요. 적어도 독자들에게 그런 뉘앙스를 풍기고 있잖아요.」 그는 〈독자〉의 첫음절을 끌어 무슨 지저분한 단어라도 되는 것처럼 들리게 만들었다. 「하지만 그게 아닐 가능성도 염두에 두어야 해요. 장례식과 살인 사건의 타이밍이 우연히 맞아떨어진 것일 수도 있잖아요. 솔직히 나는 우연을 믿지 않아요. 20년 동안 범죄 수사에 몸담아 왔지만 모든 것에는 항상 자기 자리가 있더군요. 아니면 쿠퍼 부인이 자신의 죽음을 예견했을 수도 있어요. 협박을 받아 왔고 거기에서 빠져나갈 방법이 없다는 걸 알았기에 장례식을 준비한 거라고요. 그럴 수도 있지만 별로 말이 안 되는 게, 아니 왜 그냥 경찰에 신고하지 않고요? 그리고 세 번째 가능성. 그녀가 뭘 하는지 알아차린 사람이 있었을지 몰라요. 아무라도 될 수 있어요. 아무라도 길거리에서 따라 들어와 그녀가 장례 준비하는 걸 들을 수 있었어요. 문에 빌어먹을 종이 달리지 않았기 때문에. 아무라도 소리 소문 없이 드나들 수 있었다고요. 하지만 당신이 쓴 원고에서는 아니잖아요.」

「알았어요.」 나는 말했다. 「종은 뺄게요.」

「그리고 몽블랑 만년필도요.」

「왜요?」 나는 그가 대답하기 전에 가로막았다. 「알았어요. 상관없어요. 그것도 뺄게요.」

그는 마음에 드는 문장이 하나라도 있는지 찾는 사람처럼 출력본을 뒤적였다. 「정보를 대하는 태도가 좀 선택적이네요.」 한참 만에 그가 말했다.

「그게 무슨 뜻인데요?」

「뭐, 쿠퍼 부인이 대중교통만 이용한다고 해놓고 이유는 설명하지 않잖아요.」

「특이한 성격이라고 말했잖아요!」

「어이, 그렇게 단순한 문제가 아니라는 걸 알게 될 거예요. 그리고 장례식 자체도 문제예요. 어떤 장례식을 요청했는지 정확히 알면서 밝히지 않았네요.」

「〈시편〉! 비틀스!」

「하지만 〈시편〉 몇 편요? 어떤 비틀스 노래요? 그게 중요한 문제일지 모른다고 생각하지 않아요?」 그는 수첩을 꺼내서 펼쳤다. 「〈시편〉 34편. 올바른 사람에게 불행이 겹쳐도 야훼께서는 모든 곤경에서 그를 구해 주시고. 노래는 〈엘리너 릭비〉였어요. 시는 실비아 플래스라는 시인의 작품이었고요. 그 작품에 대해서는 토니, 당신이 날 좀 도와줄 수도 있겠네요. 읽어 봐도 무슨 소린지 하나도 모르겠더라고요. 클래식 음악은 제러마이아 클라크의 〈트럼펫 봉헌〉이었죠. 그리고 아들이 글을 읽어 주길 바랐는데…… 그 글을 뭐라고 하죠?」

「추도사요.」

「아무튼. 그리고 카페 무라노에서 누구랑 같이 점심을 먹었는지도 밝혔어야죠. 이름은 레이먼드 클룬스. 연극 제작자예요.」

「그 사람이 용의자인가요?」

「뭐, 그가 제작하는 뮤지컬에 투자했다가 그녀가 5만 파운드를 날리긴 했죠. 내 경험상 돈과 살인은 서로 맞물리는 경향이 있어요.」

「내가 놓친 게 또 있나요?」

「쿠퍼 부인이 바로 그날 글로브 극장 임원직을 사임했다는 건 중요하지 않다고 보나요? 6년 동안 했던 일인데 죽은 그날 그 일을 그만두기로 한 게요. 그리고 안드레아 클루바네크라는 청소부도 말이죠. 그녀가 살금살금 다시 밖으로 나가서 긴급 구조대에 연락했다는 건 어디서 들은 거예요?」

「경찰 신문에서 그렇게 얘기했던데요.」

「나도 그거 읽었어요. 하지만 왜 그게 거짓말이 아니라고 생각하죠?」

「왜 거짓말을 하겠어요?」

「어이, 그거야 나도 모르죠. 하지만 전과가 있으니 온화하고 상냥하기만 하지는 않을지도 몰라요.」

「전과가 있다는 걸 어떻게 알아요?」

「찾아봤으니까요. 그리고 마지막으로 아들 데이미언 쿠퍼. 듣자 하니 로스앤젤레스에서 돈 문제로 골머리를 앓고 있었다는데 마침 어머니한테 250만 파운드를 물려받게 됐다는 걸 짚고 넘어갈 필요가 있겠죠.」

나는 아무 말도 하지 않았다. 가슴이 철렁했다. 「돈 문제라니요?」 나는 물었다.

「내가 알기로는 대부분 하얀 가루로 날린 돈이에요. 하지만 할리우드힐스의 집, 수영장, 포르셰 911도 있어요. 아이를 낳아 준 영국인 여자 친구도 있지만 사이가 그냥 그런가 봐요, 이리저리 여러 여자를 집적거리고 다닌 걸 보면. 여기서 주목할 단어는 〈집적거렸다〉죠.」

「그 장에서 쓸 만한 내용은 전혀 없던가요?」 나는 물었다.

호손은 잠시 고민했다. 「세상의 끝 어쩌고 하는 농담은 재밌었어요.」 그가 말했다.

나는 내 앞에 흩뿌려진 출력본을 쳐다보았다. 「이게 과연 잘한 선택인지 모르겠네요.」

호손이 나를 향해 처음으로 미소를 지었다. 그러자 그가 어렸을 때 어떤 모습이었을지 알 수 있었다. 마치 그의 안에서 뭔가가 풀려나고 싶어 계속 발버둥 치지만 양복과 넥타이와 핼쑥한 이목구비와 사악한 눈빛에 붙들려 갇혀 있는 듯한 느낌이었다. 「어이, 벌써부터 왜 그래요. 이제 겨우 1장이잖아요. 다 찢어 버리고 새로 시작하면 되지. 중요한 건 우리가 공조할 방법을 찾아야 한다는 거예요. 그러니까…….」 그는 알맞은 단어를 찾았다.

「모두스 오페란디[6] 말이죠.」 내가 제시했다.

그는 손가락으로 나를 겨누었다. 「그런 번드르르한 단어 쓰지 말아요. 괜히 사람 짜증만 돋우니까. 아니. 그냥 있는 그대로만 쓰면 돼요. 우리 둘이서 범죄 현장에도 찾아가고 용의자들과도 만날 거예요. 내가 모든 정보를 공개할게요. 당신은 그걸 알맞은 순서로 정리하기만 하면 돼요.」

「만일 당신이 사건을 해결하지 못하면요?」 나는 물었다. 「다이애나 쿠퍼를 살해한 범인이 누군지 경찰 측에서 먼저 알아낼 수도 있잖아요.」

그는 기분 상한 표정을 지었다. 「런던 경찰청은 멍청한 인

6 modus operandi. 라틴어에서 유래한 말로 특히 범죄 수사에서 일을 처리하는 방식을 의미한다.

간들로 득시글거려요.」 그가 말했다. 「만약 그들이 단서를 포착했다면 나를 부르지 않았을 거예요. 내가 설명했잖아요. 살인 사건은 대개 처음 마흔여덟 시간 안에 해결이 돼요. 왜냐고요? 범인들은 대부분 자기들이 무슨 짓을 저지르고 있는지 잘 몰라요. 화가 나니까 그냥 터뜨려 버려요. 자연스러운 반응이죠. 그들이 혈흔, 자동차 번호판, CCTV에 생각이 미칠 즈음이면 이미 엎질러진 물이에요. 흔적 지우기를 시도하는 범인들도 있지만 현대 법의학을 감안하면 물 건너간 얘기예요.

하지만 2퍼센트인가밖에 안 되는 소수이긴 하지만 사전에 모의를 거친 살인도 있어요. 계획 살인. 청부 살인일 수도 있죠. 아니면 그냥 재미 삼아 저지르는 정신 나간 놈의 소행일 수도 있고요. 경찰은 항상 알아요. 스티커를 보면 알아요. 이런 종류의 살인을 스티커라고 부르거든요. 그럴 때 나 같은 사람한테 연락을 하죠. 도움이 필요하다는 걸 아니까. 그러니까 내가 하려는 말이 뭐냐면 나를 믿으라는 거예요. 추가하고 싶은 세부적인 사항이 있으면 나한테 먼저 물어봐요. 아니면 그냥 본 대로 쓰고. 이건 〈틴틴〉이 아니거든요. 알겠어요?」

「잠깐만요!」 나는 또다시 호손에게 허를 찔렸다. 「내가 〈틴틴〉 시나리오를 쓰고 있다는 얘기는 한 적이 없는데요.」

「스필버그 일을 하고 있다고 했잖아요. 그가 감독을 맡은 작품이 그거고요.」

「감독이 아니라 제작요.」

「아무튼 생각을 바꾼 이유가 뭐였어요? 부인이었어요? 부인이 어떻게 하는 게 좋겠는지 충고를 했겠지.」

「잠깐.」 나는 말했다. 「우리 서로 원칙을 정할 거면 첫 번째 원칙은 내 사생활에 대해서는 절대 묻지 않는다는 걸로 합시다. 책에 대해서도 드라마에 대해서도 가족에 대해서도 친구에 대해서도.」

「순서가 그렇다니 재밌네요…….」

「나는 당신을, 이 사건을 글로 쓸 거예요. 그리고 당신이 사건을 해결하면 — 해결할지 모르겠지만 — 관심 있는 출판사가 있는지 알아볼 거예요. 하지만 당신한테 휘둘릴 생각은 없어요. 이러니저러니 해도 이건 내 책이고 안의 내용을 결정할 사람은 나예요.」

그의 눈이 휘둥그레졌다. 「진정해요, 토니. 나는 그저 도우려는 것뿐이에요.」

우리는 다음과 같은 협약을 맺었다. 나는 호손에게 원고를 더 이상 보여 주지 않기로 했다. 작업하는 동안에는 물론이고 어쩌면 탈고한 후에도. 나는 쓰고 싶을 대로 쓸 테고 그것이 그를 비판하거나 내 생각을 추가하는 것이 되더라도 그대로 강행할 것이었다. 하지만 범죄 현장이나 경찰 신문 같은 부분은 사실에 충실하기로 했다. 상상하거나 미루어 짐작하거나 독자를 오도할 가능성이 있는 묘사로 윤색하지 않을 것이었다.

1장에서 종과 몽블랑 만년필은 잊어버리기로 하자. 다이애나 쿠퍼는 레이먼드 클룬스와 점심을 먹었다. 그리고 안드레아 클루바네크는 경찰에 사실대로 이야기하지 않았을 수도 있다. 하지만 그 나머지는 범인의 정체를 상당히 분명하게 지목하는 단서까지 고스란히 공개되어 있다.

4
범죄 현장

내가 월요일 아침에 찾아갔을 때 다이애나 쿠퍼의 집 앞에는 제복 경관이 한 명 서 있었다. 파란색과 하얀색으로 된 그 〈출입 금지〉 테이프가 현관문을 막고 있었지만 그는 내가 온다는 이야기를 들었는지 이름도 묻지 않고 안으로 들여보내 주었다. 사건이 벌어지고 5일 뒤였다. 호손이 보내 준 경찰 파일과 처음 신문에 실린 보도 기사를 주말 동안 읽어 보았다. 그는 9시에 여기서 만나자는 간단한 메모를 덧붙여 놓았다. 나는 현관문으로 가는 짧은 길에 물이 고인 지점을 빙 돌아서 안으로 들어갔다.

내가 방문하는 범죄 현장은 대개 내가 직접 만든 곳이다. 하지만 내가 직접 소개할 필요는 없다. 감독, 로케이션 매니저, 디자이너, 소품실에서 가구부터 벽의 색깔을 정하는 것에 이르기까지 나 대신 대부분의 작업을 담당한다. 나는 항상 금이 간 거울이나 창틀에 남은 피 묻은 손자국처럼 이야기 전개상 가장 중요한 부분들이 제대로 있는지 확인하지만 화면에 보이지 않을 수도 있다. 카메라가 어느 쪽을 비추고 있는지에 따라 달라진다. 거기 살았던 것으로 설정된 피해자에 비해 방이 너무 큰 건 아닌지 걱정될 때도 많지만 촬영하는 동안 열 명에서 스무 명이 그 안에 들어가야 한다. 시청자들은 절대 모르겠지만 사실 배우, 기술자, 조명, 케이블, 트랙, 바퀴 달린 받침대, 기타 등등으로 방이 발 디딜 틈이 없어서 화면에 어떻게 비칠지 가늠하기가 쉽지 않다.

작가로서 세트장을 찾는 것은 묘한 경험이다. 오롯이 내가 창조한 어떤 공간 안으로 걸어 들어갈 때의 짜릿함은 말로 설명할 길이 없다. 나는 아무짝에도 쓸모가 없고 어디 서 있든 거치적거릴 게 분명하지만 촬영진은 한결같이 깍듯하고 상냥하게 나를 대한다. 서로 할 말이 전혀 없을지라도 그렇다. 내 일은 몇 주 전에 끝났다. 그들의 일은 이제 시작이다. 그렇기 때문에 나는 내 이름이 등판에 절대 적힐 리 없는 접이식 의자에 앉는다. 옆에서 구경한다. 배우들과 잡담을 나눈다. 음료 담당이 일회용 컵에 담긴 차를 가져다주기도 한다. 나는 그렇게 앉아서 이 모든 것이 내 것이라는 데서 위안을 느낀다. 내가 그것의 일부이고 그것이 내 일부라는 데서.

쿠퍼 부인의 거실은 그보다 특별할 수 없었다. 나는 분홍색과 회색의 꽃을 돋을무늬로 넣은 두툼한 카펫을 밟고 올라가 크리스털 샹들리에, 앤티크를 흉내 낸 편안한 가구, 커피 테이블 위로 펼쳐져 있는 『컨트리 라이프』와 『배너티 페어』 잡지, 붙박이 책장에 꽂힌 책들(견장정 현대 소설들인데 내 작품은 없었다)을 눈에 담는데, 무단 침입한 느낌이었다. 얼마 전까지 누가 살았던 곳으로 박물관에 전시된 공간이라고 해도 될 만한 곳을 나 혼자 돌아다니고 있었다.

수사관들이 범행 현장에 쓰는 노란색 번호판으로 표시를 해두었지만 많지 않은 걸 보면 찾은 게 얼마 없다는 뜻이었다. 앤티크 거실장 위에는 물로 보이는 액체가 가득 든 유리잔(12)이 있었고 그 옆에는 다이애나 쿠퍼의 이름이 적힌 신용 카드(14)가 있었다. 그것들이 단서일까? 그냥 봐서는 알 수 없었다. 창문은 세 개였고 모두 벨벳 커튼이 양쪽으로 바닥까지 드리워져 있었다. 커튼 다섯 개는 매듭이 진 빨간색 끈과 술 장식으로 뒤로 묶여 있었다. 문에서 가장 가까운 쪽에 걸린 커튼(6)은 풀려 있었고 그걸 보니 얼마 전에 노년의 부인이 내가 서 있는 바로 그 자리에서 목 졸려 죽임을 당했다는 사실이 다시금 실감 났다. 눈을 부릅뜨고 주먹으로 허공을 치는 그녀의 모습이 너무나 쉽게 그려졌다. 내려다보니 카펫에 어떤 얼룩이 묻었고 번호판이 두 개 더 있었다. 죽기 직전에 괄약근에서 힘이 풀린 것인데 평소 같으면 내가 ITV 시청자들에게 이런 부분까지 시시콜콜 소개하지는 않았을 것이다.

호손이 평소와 똑같은 양복을 입고 — 앞으로 이 문장은 두말하면 잔소리가 될 것이다 — 거실로 들어왔다. 샌드위치를 먹고 있었는데, 쿠퍼 부인의 부엌에서 그녀의 재료를 가지고 직접 만든 샌드위치라는 사실을 깨닫기까지 어느 정도 시간이 걸렸다.

「왜요?」 그가 입 안 가득 샌드위치를 문 채로 물었다.

「아무것도 아니에요.」 나는 말했다.

「아침 먹었어요?」

「괜찮아요, 고마워요.」

그는 내 대답의 뉘앙스를 알아차린 모양이었다. 「버리면 아깝잖아요.」 그가 말했다. 「그리고 부인한테는 이제 필요도 없고요.」 그는 샌드위치를 든 손을 이리저리 흔들었다. 「그래, 보니까 어때요?」

나는 뭐라고 대답하면 좋을지 알 수가 없었다. 거실은 아주 깔끔했다. 평면 TV — 벽에 붙이지 않고 스탠드에 세워 놓았다 — 말고는 모든 게 이전 시대의 것이었다. 다이애나 쿠퍼는 잡지를 반듯하게 정리하고 장식품 — 유리 꽃병과 사기 인형 — 의 먼지를 주기적으로 털어 가며 반듯한 삶을 살았다. 심지어 죽음도 깔끔했다. 최후의 발악을 한 흔적도 넘어진 가구도 없었다. 범인이 남긴 흔적은 딱 하나였다. 문 근처 카펫 위에 남은 반쪽짜리 진흙 발자국이 그것이었다. 그녀가 보았다면 어떤 식으로 눈살을 찌푸렸을지 그려졌다. 그녀는 심하게 구타를 당하거나 성폭행을 당하지는 않았다. 여러모로 조용한 살인이었다.

「범인은 면식범이었어요.」 호손이 말했다. 「친구는 아니었고요. 키가 최소 180센티미터는 되고 건장하며 눈이 나쁜 남자였어요. 그녀를 살해하겠다는 명확한 의도 아래 찾아왔고 있다가 금방 갔어요. 그녀는 남자를 잠깐 혼자 두고 부엌에 들어갔죠. 그녀는 그가 나가 주길 바랐는데, 범인은 살인을 저지르고 난 다음에야 사라져 주었죠. 그는 집 안을 뒤져 몇 가지 물품을 들고 갔지만 들어온 목적이 그건 아니었어요. 이건 개인적인 감정이 얽힌 사건이에요.」

「그걸 다 어떻게 알아요?」 나는 이렇게 묻는 순간에도 나 자신에게 짜증이 났다. 그는 내가 이렇게 물어봐 주길 바랐을 텐데, 그가 놓은 덫에 당장 걸려든 것이었다.

「남자가 여길 찾아왔을 때는 날이 어두웠어요.」 호손이 말했다. 「이 일대에서는 강도 사건이 많았고요. 부촌에 혼자 사는 노년의 여자가 생판 모르는 사람한테 문을 열어 줄 리 있겠어요? 범인은 남자였을 확률이 거의 1백 퍼센트예요. 여자가 여자한테 목 졸려 죽었다는 얘기도 들은 적 있지만 — 진짜예요 — 드물죠. 다이애나 쿠퍼는 키가 160센티미터였으니 그보다 크면 도움이 됐겠죠. 범인이 그녀를 살해하며 목뿔뼈를 부러뜨린 걸 보면 힘이 셌다는 뜻이지만 그녀가 나이가 있는 편이라 손만 댔는데 부러졌을 수도 있어요.

그가 그녀를 살해하려고 왔다는 걸 무슨 수로 아느냐고요? 이유는 세 개예요. 지문을 전혀 남기지 않았다. 저녁에 날이 따뜻했는데 장갑을 꼈다. 금방 갔다. 그는 이 거실에만 있었는데, 보다시피 커피 잔도 진토닉 잔도 없어요. 친구였다면 6시였으니 같이 뭐라도 한잔했을 텐데.」

「그가 바쁘다고 했을 수도 있죠.」 나는 말했다.

「쿠션을 봐요, 토니. 그는 심지어 앉지도 않았어요.」

나는 아까 보았던 유리잔 앞으로 다가가 집어 들고 싶은 유혹을 꾹 참았다. 경찰과 과학 수사반이 다녀갔을 텐데 이걸 왜 두고 갔는지 의아했다. 들고 가서 곧바로 분석해야 하는 거 아닌가? 나는 내 생각을 호손에게 말했다.

「경찰이 다시 가져다 놓았어요.」 그가 말했다.

「왜요?」

「나를 위해서요.」 그는 특유의 음산한 미소를 짓고 남은 샌드위치를 마저 해치웠다.

「그러니까 뭘 마신 사람이 있긴 했네요.」 내가 말했다.

「그냥 물이었어요.」 그는 샌드위치를 씹어서 삼켰다. 「그가 여기서 나가기 전에 물을 한잔 달라고 하지 않았을까 싶어요. 그녀가 자리를 비운 새 커튼을 풀어서 끈을 챙겼겠죠. 그녀가 보는 앞에서 그럴 수는 없었을 테니.」

「하지만 물을 마시지는 않았군요.」

「자기 DNA를 남기기 싫었을 테니까요.」

「신용 카드는 뭐예요?」 나는 거기에 적힌 이름을 읽어 보았다. 〈다이애나 J. 쿠퍼 부인〉이라고 되어 있었고 바클리 은행에서 발급한 카드였다. 유효 기한이 11월이었다. 그녀보다 수명이 6개월 길었다.

「그게 흥미로운 대목이에요. 왜 다른 카드들과 함께 그녀의 핸드백 안에 들어 있지 않을까? 그녀가 뭘 계산하느라 꺼냈고 문을 연 이유도 그 때문이었을까? 그녀 말고 다른 사람의 지문은 없어요. 따라서 가능성 있는 시나리오가 하나 탄생되죠. 누군가가 그녀에게 계산을 요청해요. 그녀가 신용 카드를 꺼내 만지작거리는 동안 범인이 슬그머니 뒤로 돌아가 목을 졸라요. 하지만 그렇다면 바닥에 떨어져 있지 않은 이유가 뭘까요?」 그는 고개를 저었다. 「어쩌면 이 사건과 관계없는 부분일 수도 있어요. 두고 보면 알겠지만.」

「범인이 눈이 나빴다고 했죠.」 내가 말했다.

「네…….」

「그래서 그녀가 끼고 있던 다이아몬드 반지를 놓쳤군요.」 나는 호손이 자질구레한 부분까지 설명을 시작하기 전에 얼른 끼어들었다. 「값이 어마어마할 텐데.」

「어이, 아니에요, 아니에요. 전혀 잘못 짚었어요. 범인은 반지에 조금도 관심이 없었어요. 강도의 소행처럼 보이려고 보석 몇 점과 노트북을 들고 갔지만 반지를 깜빡했든지 아니면 전지가위라도 동원하지 않으면 뺄 수가 없어서 그냥 뒀을 거예요. 못 보고 지나쳤을 수는 없어요. 바로 옆에서 그녀를 목 졸라 죽였을 테니까요.」

「그럼 눈이 나빴다는 걸 어떻게 아나요?」

「집 밖에서 물웅덩이를 밟았으니까요. 카펫에 발자국이 남은 이유도 그 때문이에요. 그나저나 남자 신발 같아요. 범인이 다른 부분에서는 아주 용의주도했는데 그거 하나 놓쳤어요. 내가 하는 말 다 받아 적지 않아도 돼요?」

「거의 기억할 수 있어요.」 나는 휴대 전화를 꺼냈다. 「하지만 괜찮으면 사진을 몇 장 찍을게요.」

「그러세요.」 그는 역시 거실장에 놓여 있는 40대 남자의 흑백 사진을 가리켰다. 「저 남자도 꼭 찍어요.」

「누군데요?」

「아마도 남편이지 않을까요? 로런스 쿠퍼.」

「이혼했나요?」

그는 슬픈 눈빛으로 나를 바라보았다. 「이혼했다면 사진을 두었겠어요? 12년 전에 죽었어요. 암으로.」

나는 사진을 찍었다.

이후에는 이 방, 저 방으로 호손을 따라다니며 그가 가리키는 것을 전부 카메라에 담았다. 부엌은 비싼 제품이 즐비했지만 잘 쓰이지 않았다는 점에서 전시장과 비슷했다. 장비로 보면 미슐랭에서 별을 받은 요리를 10인분도 만들 수 있음 직했지만 다이애나 쿠퍼는 삶은 달걀 한 개와 토스트 두 장을 먹고 잠자리에 들었을 것이다. 냉장고는 자석으로 뒤덮여 있었다. 고전적인 그림과 셰익스피어 작품 속의 유명한 문장들로 만든 자석이었다. 〈나니아 연대기〉의 「캐스피언 왕자」 영화 제작 기념 상품인 양철 깡통이 냉장고 위에 놓여 있었다. 호손은 손이 양철에 닿지 않도록 천으로 감싸고 뚜껑을 열어 안을 들여다보았다. 동전만 두어 개 들어 있을 뿐 그것으로 끝이었다.

모든 게 제자리에 정확히 있었다. 창틀에는 제이미 올리버와 오톨렌기의 요리책이, 토스트기 옆 선반에는 공책과 최근에 받은 편지가 있었고 칠판에는 그 주에 사야 하는 물품이 적혀 있었다. 호손은 편지를 뒤적여 보다가 다시 내려놓았다. 다이애나는 갈고리 다섯 개 달린 나무 물고기를 조리대 위쪽 벽에 달아 놓고 거기에 열쇠를 걸었는데, 그는 여기에 특별히 관심을 보였다. 모두 해서 네 세트였고 각각 라벨이 붙어 있었다. 나는 제대로 사진에 담으며 라벨에 따르면 앞문, 뒷문, 지하실, 스토너 하우스라는 또 다른 건물의 열쇠라는 것을 파악했다.

「이건 뭐죠?」 나는 물었다.

「런던으로 이사 오기 전에 살았던 곳요. 켄트주 월머에 있어요.」

「거기 열쇠를 보관하고 있다니 좀 특이하네요…….」

묵은 편지와 청구서로 가득한 잡동사니 서랍이 나오자 호손은 대충 훑어보았다. 「모로코의 밤」이라는 뮤지컬 팸플릿도 있었다. 어깨끈이 하트 모양으로 눠인 칼라시니코프 기관총 사진이 표지였다. 첫 페이지에 소개된 제작자 가운데 한 명이 레이먼드 클룬스였다.

우리는 부엌을 나서 침실을 향해 계단을 올라갔다. 오래된 연극 프로그램이 담긴 액자들이 희미한 줄무늬 벽지 위에 걸려 있었다. 「햄릿」, 「폭풍우」, 「헨리 5세」, 「진지함의 중요성」, 「생일 파티」였다. 모두 데이미언 쿠퍼가 출연한 작품이었다. 호손은 가차 없이 돌진했지만 나는 침실로 들어가기가 불편했다. 나도 예상하지 못했던 반응이지만 또다시 무단 침입하는 듯한 기분이 들었던 것이다. 불과 며칠 전만 해도 노년의 여성이 이 방의 전신 거울 앞에서 옷을 갈아입고 협탁에 놓인 스티그 라르손의 『불을 가지고 노는 소녀』를 들고 퀸 사이즈 침대 안으로 들어갔을 게 아닌가. 뭐, 쿠퍼 부인은 이 책의 살짝 실망스러운 결말을 피할 수 있었으니 그나마 다행이라고 할까. 베개는 두 개였다. 한쪽에 그녀가 누웠던 자국이 남아 있었다. 그녀는 어쩌면 라벤더 향을 맡으며 따뜻하게 잠에서 깨어났을 것이다. 이제는 그럴 수가 없었다. 지금까지 나에게 죽음은 불가피한 것, 계획표에 따라 움직이는 어떤 것이었다. 하지만 불과 며칠 전에 죽은 여자의 침실에 서 있어 보니 바로 옆에서 죽음을 느낄 수 있었다.

호손은 서랍과 옷장과 침대 옆 수납장을 뒤졌다. 화장대에 놓인 데이미언 쿠퍼의 사진 액자를 흘끗 쳐다보았다. 나도 어렴풋이 아는 배우였지만 솔직히 나는 얼굴을 잘 기억하지 못하는 편이고, 젊고 잘생긴 영국 배우들은, 특히 할리우드로 진출한 다음에는 서로 구분이 잘 되지 않았다. 호손은 쿠퍼 부인의 신발장 뒤편에서 발견된 금고가 잠겨 있는 것을 보고 인상을 썼지만 이내 잊어버렸다. 나는 단서를 추적하는 그를 보고 감탄했다. 그는 내게 말을 걸지 않았다. 거의 내가 옆에 있는 줄도 몰랐다. 보고 있자니 언뜻 공항의 마약 탐지견이 생각났다. 마약 탐지견은 어떤 여행 가방에 약물이나 폭탄이 있다고 의심할 이유가 전혀 없어도 일일이 검사하고, 수상한 물건이 있으면 반드시 찾아내지 않는가. 호손도 그렇게 막연하고 그렇게 분명했다.

침실 다음 차례는 화장실이었다. 욕조 주변에 스무 개쯤 되는 조그만 병들이 모여 있었다. 그녀는 호텔에서 샴푸와 샤워 젤을 챙겨 오는 습관이 있었다. 그는 세면대 위 수납장을 열고 테마제팜 세 통을 꺼냈다. 수면제였다. 그가 그것을 내게 보여 주었다.

「재미있네요.」 그가 말했다. 한참 만에 처음으로 내게 건넨 말이었다.

「뭔가 걱정거리가 있었나 봐요.」 내가 말했다. 「그래서 잠을 자지 못한 거죠.」

나는 집 안을 계속 수색하는 호손을 따라다녔다. 2층에 손님방이 두 개 있었지만 한동안 쓰지 않은 티가 났다. 매우 깨끗했고 관리비를 아끼기 위해 난방을 꺼놓았기 때문에 냉기가 돌았다. 그는 잠깐 둘러보았고 우리는 다시 복도로 나왔다.

「고양이는 어떻게 됐을 것 같아요?」 그가 중얼거렸다.

「무슨 고양이요?」 나는 물었다.

「부인이 키우던 고양이요. 회색 페르시아고양이. 털 달린 운동용 공처럼 생긴 흉측한 녀석 있잖아요.」

「나는 고양이 사진 못 봤는데요.」

「나도 못 봤어요.」

그는 부연 설명이 없었고 나는 문득 짜증이 났다.「당신을 주인공으로 책을 쓰려면 어떤 식으로 수사하는지 알려 줘야죠. 이런 식으로 선포하는 것도 좋지만 그냥 그렇게 끝내면 되겠어요?」

그는 내 말뜻을 이해하려고 애를 쓰는 사람처럼 미간을 찌푸리더니 고개를 끄덕였다.「너무 빤한데요, 토니. 부엌에 사료 그릇이 있었잖아요. 그리고 베개도 그렇고. 보지 못했어요?」

「베개가 움푹 들어간 거요? 부인이 누웠던 자국인 줄 알았는데.」

「글쎄요. 부인 머리칼이 짧고 반짝거리고 생선 냄새를 풍겼다면 모를까. 부인은 침대 왼쪽에서 잤어요. 책이 그쪽에 놓여 있었잖아요. 고양이는 반대편에서 같이 잤고요. 무겁고 상당히 덩치가 컸을 거예요. 회색 페르시아고양이 같은데. 부인 같은 여자가 키울 만한 반려동물인데 — 없네요.」

「경찰이 데려갔나 보죠.」

「그럴지도요.」

1층으로 내려가 다시 거실로 들어가 보니 다른 일행이 있었다. 싸구려 양복을 입은 남자가 다리를 벌리고 무릎 위에 파일을 펼쳐 놓고 소파에 앉아 있었다. 넥타이는 삐딱했고 셔츠는 단추를 두 개 풀었다. 흡연자라는 느낌이 들었다. 그의 모든 부분이 건강하지 않은 인상을 풍겼다. 안색도, 점점 빠져 가는 머리칼도, 부러진 코도, 바지허리에 달린 밴드를 압박하는 배도. 그는 호손과 나이가 비슷했지만 덩치가 더 컸고 늘어진 군살이 더 많았다. 은퇴한 권투 선수일 수도 있었지만 분명 경찰일 것이었다. 나는 그와 비슷한 부류를 TV에서 숱하게 보았다. 드라마가 아니라 뉴스에서 법정 앞에 서서 카메라에 대고 준비한 원고를 어색하게 읽는 모습으로 말이다.

「호손.」 그가 심드렁하게 말했다.

「메도스 경위!」 호손은 과분한 직책이라도 되는 듯 비꼬는 투로 정식 직함을 부르고는 「잘 지냈나, 잭?」 하고 덧붙였다.

「이 사건에 자네를 호출했다는 얘기를 들었을 때 믿을 수가 없더군. 내가 보기에는 이보다 더 간단할 수가 없는데 말이지.」 그는 이제 비로소 나를 발견했다. 「댁은 누굽니까?」

나를 어떤 식으로 소개하면 좋을지 알 수가 없었다.

「작가야.」 호손이 끼어들었다. 「나랑 같이 왔어.」

「뭐? 자네를 주인공으로 책을 쓰나?」

「이 사건을 소재로.」

「당국의 허가를 받고 진행하는 것이길 바라네.」 그는 말을 하다 말고 멈추었다. 「위에서 지시한 대로 자네가 볼 수 있게 전부 고스란히 보존했어. 들고 갔던 것도 다시 가져다 놓았고. 처음 발견한 상태 그대로 복원했네. 누가 내게 묻는다면 순전히 시간 낭비라고 하겠지만.」

「난 물어보지 않겠네, 잭. 아무도 자네 의견은 묻지 않지.」

그는 그 말에 아무 반응도 보이지 않았다. 「그럼 둘러보고 온 거지? 다 끝났나?」

「나가려던 참이었네.」 하지만 호손은 그 자리에서 움직이지 않았다. 「이보다 더 간단할 수 없다고? 자네가 생각하기에는 어떤데?」

「괜찮다면 내 생각은 공개하고 싶지 않은데.」 그는 느릿느릿 자리에서 일어났다. 내가 생각했던 것보다 몸집이 더 컸다. 위에서 우리 둘을 내려다보았다. 그는 주섬주섬 챙겨 놓은 서류를 마치 뒤늦게 생각났다는 듯이 건넸다. 「자네한테 이걸 주라고 하던데.」

사진, 법의학 보고서, 목격자 진술, 집 전화와 휴대 전화의 지난 2주 동안 통화 내역이 담긴 파일이었다. 호손은 맨 윗장을 흘끗 확인했다. 「6시 31분에 문자를 보냈군.」

「맞아. 죽기 직전에. 나를 살해한 범인은 아아악…….」 그는 자기 농담에 빙그레 웃었다. 「그 문자 읽었어. 무슨 말인지 영 모르겠던데 해석은 자네한테 맡길게.」 그는 거실장 위, 신용 카드 옆에 놓여 있는 물 잔 앞으로 다가갔다. 「이제 이건 들고 가겠네, 괜찮다면.」

「마음대로 해.」

나는 메도스가 장갑을 끼고 있다는 것을 이제 비로소 알아차렸다. 그는 플라스틱 뚜껑처럼 생긴 것으로 잔을 덮어서 들었다.

「남은 지문은 부인의 것뿐이야.」 호손이 말했다. 「그리고 DNA도 없고. 아무도 그 잔에 담긴 물을 마시지 않았어.」

「보고서를 읽었나?」 메도스는 어리둥절한 표정이었다.

「어이, 읽을 필요가 뭐가 있겠나. 누가 봐도 뻔한데.」 그는 미소를 지었다. 「부엌에 있는 그 깡통 자네도 봤지? 〈캐스피언 왕자〉 말이야.」

「동전 몇 개 들어 있던데. 지문은 없고. 그게 다야.」

「그럴 줄 알았네.」 호손은 거실장을 흘끗 쳐다보았다. 「신용 카드는 어때?」

「뭐가?」

「마지막으로 쓴 게 언제였나?」

「거기 보면 재정적인 부분들이 전부 자세히 기록돼 있어.」 메도스는 파일을 턱으로 가리켰다. 「개인 계좌에 1만 5천 파운드가 들어 있다더군. 저축 예금으로 20만 파운드가 있고. 잘 지내고 있었어.」 그는 호손이 뭘 물어봤는지 기억했다. 「그 카드를 마지막으로 쓴 건 1주 전이었어. 해러즈에서. 거기서 장을 보느라.」

「훈제 연어하고 크림치즈.」

「그걸 어떻게 알았나?」

「부엌에 있더군. 그걸로 아침을 해결했지.」

「증거품인데!」

「이젠 아니야.」

메도스는 인상을 썼다. 「또 궁금한 거 있나?」

「음, 고양이는 찾았나?」

「무슨 고양이?」

「그렇게 묻다니 대답을 들은 거나 다름없군.」

「그럼 자네한테 맡기겠네.」 메도스는 금붕어를 만들어 내려는 마술사라도 되는 듯 유리잔을 들고 있었다. 그가 나를 향해 묵례를 했다. 「만나서 반가웠습니다.」 그가 말했다. 「하지만 나라면 이 친구가 옆에 있을 때 조심하겠어요. 특히 계단 근처에서는요.」

그는 그렇게 말해 놓고 좋아했다. 그는 거실을 마지막으로 한 번 둘러보고는 유리잔을 계속 앞으로 든 채 나갔다.

5
파열된 아이

「계단 어쩌고 한 게…… 무슨 소리예요?」

「찰리 메도스는 꼴통이에요. 그냥 헛소리예요.」

「찰리? 아까는 잭이라고 부르더니.」

「다들 그렇게 불러요.」

우리는 호손이 담배를 피울 수 있게 풀럼브로드웨이역 근처의 야외 카페 — 다행히 해가 쨍쨍했다 — 에 앉아 있었다. 그는 메도스에게 받은 서류를 훑어보았고 어떤 내용인지 나와 공유했다. 다이애나 쿠퍼의 죽기 전후 사진이 있었고 나는 그 차이에 충격을 받았다. 안드레아 클루바네크가 발견한 시신은, 연극에 투자했고 메이페어의 비싼 음식점에서 점심을 먹던 그 말쑥하고 활동적인 사교계 명사와 전혀 딴판이었다.

「저는 11시에 와요. 그때 일 시작이요. 사모님 보고 뭔가 끔찍한 일 생긴 거 바로 알았어요.」

안드레아의 진술이 첨부돼 있는데, 그녀가 쓴 엉터리 영어를 고스란히 옮겼다. 그녀의 사진도 있었다. 호리호리하고 얼굴은 동그란데 짧고 삐죽삐죽한 머리칼 때문에 상당히 보이시해 보이는 여자가 방어적으로 카메라를 응시하고 있었다. 호손은 그녀에게 전과가 있다고 했지만 나로서는 그녀가 다이애나 쿠퍼를 살해하는 그림이 잘 그려지지 않았다. 그러기에는 너무 체구가 작았다.

다른 자료도 많았다. 호손이 바로 지금 이 테이블에 앉아서 커피를 마시고 담배를 피우며 사건을 해결할 수도 있겠다는 생각이 들 정도였다. 나는 그러지 않길 바랐다. 그렇게 된다면 책이 너무 짧아지지 않겠는가. 어쩌면 그런 걱정 때문에 내 쪽에서 다른 이야기를 먼저 꺼냈을지도 모르겠다.

「어떻게 아는 사람이에요?」 나는 물었다.

「누구요?」

「메도스요!」

「퍼트니에서 같은 지서 소속이었어요. 그의 자리가 내 옆자리였고 나는 항상 거리를 두었지만 어둠의 골짜기를 걸어야 했을 때가 몇 번 있었죠.」

「그게 무슨 소리예요?」

「다른 팀에 협조를 요청해야 했다고요. 집집마다 탐문을 하거나…… 뭐 그래야 했을 때.」 호손은 얼른 화제를 바꾸고 싶어 하는 눈치였다. 「이제 다이애나 쿠퍼에 대해서 얘기할까요?」

「아뇨.」 나는 말했다. 「나는 당신에 대해서 얘기하고 싶은데요.」

그는 테이블 위에 펼쳐 놓은 서류를 물끄러미 바라보았다. 다른 말은 필요 없었다. 그에게 중요한 건 그것뿐이었다. 하지만 이번만큼은 나의 홈그라운드였고 나는 결연했다. 「이 작업이 성공을 거두려면 당신의 삶 속으로 나를 들여야 해요.」 나는 말했다. 「내가 당신에 대해서 알아야 해요.」

「나한테 관심을 기울일 사람은 없어요.」

「그 말이 맞는다면 내가 여기 있을 이유가 없겠네요. 그 말이 맞는다면 책이 팔릴 리 없으니까요.」 나는 호손이 새 담배에 불을 붙이는 것을 지켜보았다. 30년 만에 처음으로 나도 한 대 달라고 말하고 싶은 충동을 느꼈다. 「내 말 잘 들어요.」 나는 조심스럽게 하던 얘기를 계속했다. 「이런 책을 살인 피해자 소설이라고 하지 않잖아요. 범인 소설이라고 하지도 않고. 탐정 소설이라고 하지. 그러는 데에는 이유가 있어요. 나는 지금 엄청난 위험을 감수하고 있어요. 당신이 이 자리에서 사건을 해결해 버리면 나는 아무것도 쓸 게 없어요. 한술 더 떠서 당신이 사건을 해결하지 못하면 1백 퍼센트 시간 낭비가 되고요. 그러니까 당신에 대해서 아는 게 중요해요. 당신이 어떤 사람인지 파악하면, 당신의 좀 더…… 인간적인 측면을 발견하면 적어도 그게 출발점은 될 수 있으니까. 그러니까 내가 묻는 질문마다 무시하고 그러지 말아요. 벽 뒤에 숨지 말라고요.」

호손은 움츠러들었다. 그는 창백한 피부와 거의 어린애처럼 불안해 보이는 눈 때문에 우습게도 연약한 분위기를 풍길 수 있었다. 「잭 메도스 얘기는 하고 싶지 않아요. 그 친구는 나를 좋아하지 않았어요. 그리고 엿 같은 일이 벌어졌을 때 내가 떠나는 걸 보고 기뻐했고요.」

「엿 같은 일이라뇨?」

「내가 거기서 나왔을 때요.」

그는 그 말을 끝으로 함구했고 나는 나중에 더 알아보기로 마음먹었다. 지금은 누가 봐도 알맞은 때가 아니었다. 나는 들고 온 수첩을 펼치고 펜을 꺼냈다. 「좋아요. 여기 이렇게 앉은 김에 당신에 대해 몇 가지 질문을 할게요. 나는 당신이 어디 사는지도 몰라요.」

그는 머뭇거렸다. 하늘의 별 따기가 될 전망이었다. 「갠츠힐에 집이 있어요.」 그가 한참 만에 말했다. 갠츠힐은 런던에서 북동쪽으로 몇 킬로미터 떨어진 곳이었고 나는 서픽으로 가는 길에 그곳을 자주 지났다.

「결혼은 했고요?」

「네.」 나는 그게 다가 아니라는 것을 알 수 있었지만 부연 설명을 듣기까지 어느 정도 시간이 걸렸다. 「이제는 같이 살지 않아요. 거기에 대해서는 물어보지 말아요.」

「응원하는 축구 팀이 있나요?」

「아스널요.」 그는 별 열의 없이 이렇게 대답했다. 설령 축구 팬이라 하더라도 가벼운 팬이 아닐까 싶었다.

「영화는 보러 다니나요?」

「가끔요.」 그는 점점 짜증을 냈다.

「음악은요?」

「음악이 뭐요?」

「클래식? 재즈?」

「음악은 별로 듣지 않아요.」

나는 오페라를 사랑했던 모스 경감[7]을 염두에 두고 있었

7 동명의 탐정 드라마 주인공으로 콜린 덱스터 원작.

건만 그것도 물 건너간 얘기가 되어 버렸다. 「그럼 아이는 있나요?」

그는 물고 있던 담배를 꺼내 독화살처럼 잡았고 나는 내가 너무 일찍, 너무 강압적으로 밀어붙였다는 것을 알아차렸다. 「이게 뭐 하자는 거예요?」 그가 쏘아붙이자 나는 그가 경찰서 취조실에서 어떤 식일지 쉽게 상상할 수 있었다. 그는 경멸에 가까운 눈빛으로 나를 쳐다보고 있었다. 「나에 대해서 뭐든 좋을 대로 써요. 원하면 다 지어내도 돼요. 그런들 무슨 차이가 있겠어요? 하지만 지금은 물론이고 앞으로도 빌어먹을 퀴즈 쇼는 사양할게요. 한 여자의 시신이 있고 그녀를 그 집 거실에서 목 졸라 죽인 범인이 있으니 지금 나한테 중요한 건 그것뿐이에요.」 그는 서류 한 장을 휙 집어 들었다. 「이거 볼 거예요, 안 볼 거예요?」

나는 그 자리에서 당장 집으로 가버릴 수도 있었다. 모든 걸 기억에서 지워 버릴 수도 있었다. 나중에 벌어진 일을 감안했을 때 그랬더라면 차라리 좋았을 것이다. 하지만 나는 방금 전에 살인 현장에 다녀왔다. 마치 다이애나 쿠퍼가 알고 지냈던 사람처럼 느껴졌고 왠지 모르겠지만 — 사진을 봐서 그랬을까 아니면 잔인한 죽음 때문이었을까 — 그녀에게 빚을 진 기분이었다.

그래서 더 많은 걸 알아내고 싶었다.

「알았어요.」 나는 펜을 내려놓았다. 「보여 줘요.」

거기에는 다이애나 쿠퍼가 죽기 직전에 아들에게 보낸 문자의 스크린 숏이 담겨 있었다.

파열된 아이를 봤어

무섭다

「그게 무슨 뜻인 것 같아요?」 그가 물었다.

「쓰던 도중에 끊겼네요.」 나는 말했다. 「마침표가 없잖아요. 뭐가 무서운지 얘기할 시간이 없었던 거죠.」

「아니면 그냥 무서웠던 것일 수도 있어요. 마침표에 신경 쓰지도 못할 만큼 무서웠던 것일 수도 있어요.」

「메도스 말이 맞았네요. 무슨 말인지 영 모르겠어요.」

「그럼 이걸 보면 도움이 될지 몰라요.」 호손은 다른 서류를 세 장 더 꺼냈다. 10년 전 신문 기사의 복사본이었다.

『데일리 메일』, 2001년 6월 8일 금요일

빵소니 사고로 사망한 쌍둥이 남아

남은 형제는 중상이지만 병원 측에서는 회복될 거라고

두 아이를 들이받고 도주한 근시 운전자로 인해 올해 여덟 살 난 소년은 사투를 벌이고 있고 쌍둥이 형제는 유명을 달리했다.

제러미 고드윈은 두개골 골절과 심각한 두부 파열상을 입었다. 형제 티머시는 즉사했다.

켄트주 딜 소재의 해변 리조트 더 머린에서 사고가 벌어진 시각은 오후 4시 30분이었다.

〈실과 바늘 같았다〉던 두 아이는 베이비시터인 25세의 메리 오브라이언과 함께 호텔로 돌아가던 길이었다. 그녀가 경찰에 밝힌 바로는 이렇다. 「차가 모퉁이를 돌아서 나왔어요. 운전자는 속도를 늦추려는 시도조차 하지 않았어요. 아이들을 치고 그대로 쌩하니 달아났어요. 저는 이 집에서 일한 지 3년 됐는데 정말 충격이에요. 차를 세우지도 않다니 믿기지가 않았어요.」

경찰에서는 52세의 여성을 체포했다.

『텔레그래프』, 2001년 6월 9일 토요일

쌍둥이를 살해한 근시 운전자 경찰에 체포되다

여덟 살의 쌍둥이 티머시 고드윈을 살해하고 형제에게 중상을 입힌 범인은 다이애나 쿠퍼로 밝혀졌다. 52세의 쿠퍼 부인은 켄트주 월머의 터줏대감으로 사고 당시 로열 싱크 포츠 골프 클럽에서 귀가하던 길이었다.

쿠퍼 부인은 클럽 하우스에서 친구들과 술을 마셨지만 법정 허용치를 넘기지는 않았고 목격자들의 증언에 따르면 과속을 하지도 않았다. 다만 안경 없이 운전 중이었고 경찰에서 현장 검사 결과 약 7.5미터 거리의 차량 번호판도 식별하지 못하는 것으로 밝혀졌다.

그녀의 변호사는 다음과 같이 진술했다. 「저희 의뢰인이 오후에 골프를 치고 귀가하던 길에 사고가 벌어졌습니다. 안경을 어디에 두었는지 찾지 못했지만 비교적 짧은 거리라 안경 없이 운전할 수 있을 거라고 생각한 것이 패착이었습니다. 저희 의뢰인은 사고 직후에 극심한 공포로 인해 집으로 직행했음을 시인합니다. 하지만 사안의 심각성을 충분히 인지하였기에 그날 두 시간 뒤에 경찰에 연락했습니다.」

경찰에서는 1988년에 제정된 도로교통법 1조와 170조 2항과 4항에 의거하여 쿠퍼 부인을 기소했다. 그녀는 난폭 운전에 의한 치사와 사고 후속 조치 미흡 혐의를 받고 있다.

쿠퍼 부인의 주소지는 월머의 리버풀로드다. 그녀는 오랫동안 신병을 앓던 남편과 최근에 사별했다. 23세인 아들 데이미언 쿠퍼는 왕립 셰익스피어 극단 소속 배우이며 최근에 웨스트엔드에서 공연된 「생일 파티」에 출연한 바 있다.

『타임스』, 2001년 11월 6일 화요일

빵소니 사고 가해자가 처벌을 면하자 법안 개정을 촉구하고 나선 가족

빵소니 운전자에게 오늘 무죄 판결이 내려지자 켄트주의 해변 도시 딜에서 길을 건너다 당한 사고로 목숨을 잃은 8세 아이의 어머니가 입을 열었다.

올해 52세의 다이애나 쿠퍼가 그들을 보지 못한 결과 티머시 고드윈은 즉사하고 쌍둥이 형제인 제러미는 심각한 두부 파열상을 입었다. 조사 결과 쿠퍼 부인은 골프 클럽에 안경을 두고 왔으며 안경이 없으면 시야가 약 6미터밖에 되지 않는 것으로 밝혀졌다.

캔터베리 왕립 법원은 그녀가 안경을 착용하지 않은 것

이 법률 위반은 아니라는 입장을 보였다. 나이절 웨스턴 판사는 이렇게 말했다.「안경 없이 운전하는 것이 현명한 판단은 아니지만 법에서 정한 의무 사항은 아니고 피고가 반성하는 기미가 역력하다. 따라서 구금형은 부적절하다는 판결을 내린다.」

쿠퍼 부인은 1년 동안 면허가 정지됐고 벌점이 9점 추가됐으며 9백 파운드의 치료비를 부담하라는 명령이 내려졌다. 판사는 3개월의 회복적 정의 프로그램을 제안했지만 두 아이의 가족은 그녀와의 만남을 거부했다.

법원 앞에서 주디스 고드윈은 이렇게 말했다.「앞이 보이지 않는 사람은 운전대를 잡으면 안 되죠. 그게 법률 위반이 아니라면 법을 바꿔야 하고요. 우리 아들이 죽었어요. 다른 아이는 불구가 되었고요. 그런데 범인은 손목을 한 대 맞고 끝이에요. 그러면 안 되는 거 아닌가요?」

도로 안전 공제회 〈브레이크〉의 대변인은 이렇게 말했다.「차를 통제하지 못하는 운전자는 운전을 하면 안 됩니다.」

나는 세 기사 위에 적힌 날짜를 확인하고 연관성을 파악했다.「정확히 10년 전에 벌어진 일이로군요.」 나는 외쳤다.

「9년 하고 11개월 전이죠.」 호손이 바로잡았다.「6월 초에 사고가 났으니.」

「그래도 10주년이나 다름없죠.」 나는 세 번째 기사를 돌려주었다.「그리고 목숨을 부지한 아이도…… 두부 파열이 됐다잖아요.」 나는 다이애나 쿠퍼의 문자를 찾았다.「파열된 아이를…….」

「연관성이 있다고 생각해요?」

그가 냉소적으로 반응하는 느낌이었지만 나는 미끼를 물지 않았다. 「어디 사는지 알아요?」 나는 물었다. 「주디스 고드윈 말이에요.」

호손은 다른 서류를 뒤졌다. 「주소지가 해로온더힐이네요.」

「켄트가 아니라?」

「휴가 때 놀러간 거였을 수도 있어요. 6월 첫째 주였으니…… 여름 방학 기간이잖아요.」

결국 호손에게도 아이들이 있을지 몰랐다. 그렇지 않고서야 어떻게 방학이 언제인지 알겠는가? 하지만 감히 그 이야기를 다시 꺼낼 수가 없었다. 그래서 나는 대신 이렇게 물었다. 「그녀를 만나러 갈 거예요?」

「급할 것 없어요. 그리고 이 옆에서 콘월리스 씨를 만나기로 약속을 잡아 놓았어요.」 순간 내 머릿속이 백지가 되었다. 누굴 말하는 건지 알 길이 없었다. 「장의사요.」 그가 일깨워 주었다. 그는 서류를 주섬주섬 챙겨서 카드를 다루는 마술사처럼 자기 쪽으로 모았다. 메도스 경위는 그를 싫어할지 몰라도 런던 경찰청 윗선에 그를 높게 평가하는 사람이 있다니 흥미로웠다. 그가 살펴볼 수 있도록 범죄 현장을 원래 상태 그대로 유지하는가 하면 그에게 지속적으로 정보를 제공하고 있지 않는가.

호손은 담배를 비벼서 껐다. 「갑시다.」 그가 말했다.

문득 생각해 보니 이번에도 내가 커피값을 계산했다.

우리는 14번 버스를 타고 풀럼로드를 거슬러 올라갔다. 다이애나 쿠퍼가 죽던 날에 탄 버스도 14번이었다. 호손의 흉내를 내자면 우리는 12시 26분에 버스에서 내려 장의업체로 왔던 길을 되짚어 갔다.

나는 아버지가 돌아가신 이후에 장의사를 찾은 적이 없었고 그건 오래전 일이었다. 내 나이 스물한 살 때였다. 아버지는 지병을 앓았지만 워낙 갑작스럽게 돌아가셔서 온 가족을 황망하게 만들었다. 지금도 왜 그랬는지 이유를 모르겠지만 삼촌 한 분이 개입해 장례 준비를 도맡았는데…… 오랜 세월 동안 불가지론자로 지냈던 아버지는 전통적인 장례식을 소망했다. 삼촌은 자기가 돕는다고 생각했겠지만 그는 시끄러운 독불장군이었고 나는 솔직히 그를 별로 좋아한 적이 없었다. 그랬음에도 그와 함께 노스런던의 장의업체를 찾아갔다. 유대교 집안에서는 장례식이 삽시간에 끝나기 때문에 나는 아직 현실을 받아들일 시간적 여유가 없었다. 여전히 충격에서 헤어나지 못한 상태였다. 장의업체라기보다 지하철 역사의 유실물 센터처럼 보였던 커다란 공간이 희미하게 기억난다. 모든 것이 어두컴컴했고 각기 다른 색조의 갈색이었다. 키가 작고 수염을 기른 남자가 몸에 안 맞는 양복을 입고 키파를 쓰고 카운터 뒤에 서 있었다. 장의사 아니면 그의 조수였다. 악몽을 꾸고 있기라도 한 듯 나를 둘러쌌던 인파가 선명하게 떠오른다. 다른 손님들이었을까 아니면 직원이었을까? 프라이버시라고는 없던 기억이 나는 것도 같다.

삼촌은 다음 날 치를 장례식 비용을 두고 협상을 벌였다. 내 의견은 묻지 않았다. 그가 카운터 직원과 이런저런 관과 다양한 선택지를 두고 의논하는 동안 나는 가만히 서서 그들의 대화를 들었다. 두 사람은 점점 언성을 높이다 결국에는 핏대를 세워 가며 옥신각신했다. 삼촌이 우리를 등쳐 먹으려 한다며 장의사를 나무랐고 그것이 결정타였다. 장의사가 폭발했다. 시뻘게진 얼굴로 우리를 손가락질하고 입에 거품을 물어 가며 고함을 질렀다.

「마호가니를 쓰고 싶으시면 마호가니값을 내셔야죠!」

마호가니와 합판, 둘 중에서 어느 관에 아버지를 모셨는지 모르겠고 솔직히 관심도 없다. 장의사가 보인 분노와 그가 한 말이 거의 40년 동안 내 기억 속에서 메아리쳤다. 내가 죽으면 짧고 저렴하게 모든 교파를 초월한 장례를 치르겠다고 결심하는 계기가 되었다. 호손을 따라 콘월리스 앤드 선스로 들어가 등 뒤로 (조용히) 문을 닫는 동안에도 그때의 기억은 여전했다.

장의업체는 내가 앞서 묘사한 분위기였다. 내가 기억하는 과거의 장의업체보다 아담하고 분위기가 부드러웠다. 물론 이번에는 나와 개인적으로 아무 연관이 없는 곳이긴 했지만. 호손이 아이린 로스에게 자기소개를 하자 그녀는 곧바로 복도 맨 끝에 있는 로버트 콘월리스의 사무실로 우리를 안내했다. 다이애나 쿠퍼가 자신의 장례를 준비한 바로 그 방이었다. 아이린은 다이애나 쿠퍼가 맞은 불의의 죽음이 자기 탓이라도 되는 듯, 사촌과 함께 신문받을 준비를 하는 양 나가지 않고 굳건하게 의자에 앉았다. 유골 단지 모형이 놓인 이런 사무실에서 근무하면 기분이 어떨지 다시금 궁금해졌다. 그걸 볼 때마다 나의 모든 것, 내가 이룬 모든 것이 언젠가는 그것 하나 채우고 끝이라는 생각이 들지 않겠는가. 그나저나 호손은 나를 소개하지 않았다. 나를 소개하는 법이 없었다. 다들 내가 그의 조수인 줄 알았을 것이다.

「경찰에 이미 진술을 했습니다만.」 콘월리스가 말문을 열었다.

「네, 사장님.」 호손이 그를 〈사장님〉이라고 부르다니 신기했다. 그가 증인이나 용의자나 수사에 도움이 될 만한 사람을 대할 때는 전혀 다른 인물이 된다는 것을 한눈에 알 수 있었다. 평범하고 심지어 굽실거리는 것처럼 굴었다. 그에 대해 알면 알수록 의도적인 작전이라는 확신이 더욱 강해졌다. 사람들은 그와 대화를 나눌 때 경계를 늦추었다. 그가 그들을 해부하기에 알맞은 순간만 기다리고 있다는 것을 모르기 때문이었다. 그에게 예의란 메스를 꺼내기 전에 쓰는 수술용 마스크와 같았다. 「워낙 특이한 사건이다 보니 독자적인 수사를 지원해 달라고 요청받았습니다. 귀한 시간을 뺏어서 죄송하게 생각합니다만…….」 그는 장의사를 보며 거짓 미소를 지었다. 「담배 한 대 피워도 될까요?」

「음, 사실…….」

엎질러진 물이었다. 그는 이미 담배를 입에 물고 라이터를 당겼다. 로스 부인은 눈살을 찌푸리며 책상에 놓인 백랍 받침 접시를 재떨이 삼아 그의 앞으로 밀었다. 옆면에 새겨진 문구가 내 눈에 들어왔다. 〈로버트 대니얼 콘월리스, 2008년 올해의 장의사〉에게 수여된 상이었다.

「쿠퍼 부인과의 면담을 맨 처음부터 다시 한번 되짚어 주시겠습니까?」

로버트 콘월리스는 지난 세월 동안 숱하게 유족을 상대하며 썼을 게 분명한 침착한 말투로 그의 요구를 정확히 수행했다. 호손은 내가 1장에서 윤색한 부분을 보고 나무랐을지 몰라도 장의사의 진술은 내 원고와 거의 일치했다. 쿠퍼 부인은 합리적이고 사무적이며 꼼꼼했다. 예약 없이 찾아왔고 모든 부분에서 합의가 이루어지자 지체 없이 떠났다.

이제 와 생각해 보면 내가 로버트 콘월리스를 조금 부당하게 처리했을 수도 있겠다. 나는 그를 쭈글쭈글하고 침통한 분위기를 풍기는 사람으로 묘사했는데, 직업과 혼동한 탓이었는지 직접 만나 보니 어찌나 평범한지 놀라울 정도였다. 시신과 방부제와 매장과 눈물을 배제하면 파티장에서 만났을 때 유쾌하게 잡담을 나눌 수 있는 상대일 게 분명했다. 직업이 뭐냐고 묻지만 않는다면 말이다.

「쿠퍼 부인은 여기 얼마나 있다가 가셨나요?」 호손은 물었다.

아이린 로스는 그 질문을 기다리고 있었던 듯한 반응을 보였다. 「50분 조금 넘게 계셨어요.」 그녀는 말을 할 줄 아는 시계처럼 똑 부러지게 말했다.

「한 시간쯤요.」 콘월리스도 맞장구쳤다. 「모든 부분을 아주 꼼꼼하게 검토했습니다. 가격까지요.」

「얼마를 지불하기로 되어 있었나요?」

「아이린이 완벽한 명세서를 드릴 수 있을 겁니다. 브롬프턴 공동묘지에 묘소는 이미 마련해 놓으셨어요. 덕분에 비용을 상당히 절약할 수 있었죠. 부동산처럼 런던의 묘지도 지난 몇 년 새 가격이 많이 올랐거든요. 최종 금액이 성공회 장례 진행비와 무덤을 조성하는 비용까지 포함해서 3천 파운드였어요.」
「3,170파운드요.」 로스 부인이 바로잡았다.
「카드로 결제했나요?」
「네, 전액 결제하셨지만 제가 생각이 바뀌면 열흘 안으로 계약을 취소할 수 있다고 말씀드렸습니다. 그런 점에서 저희는 이중 유리창을 파는 영업 사원과 비슷하다고 볼 수 있죠.」 그는 이렇게 가벼운 농담을 하고 미소를 지었다. 아이린 로스는 미간을 찌푸렸다.
「그 돈은 어떻게 하세요?」 나는 물었다. 「그러니까 부인이 죽지 않았다면…….」
「예치합니다. 저희는 지불금을 관리하고 또 물론 인플레이션도 추산하는 골든 차터라는 신탁업체의 회원사예요.」
장의사는 쿠퍼 부인의 죽음을 환영했겠다는 생각이 내 머릿속 깊숙한 곳에서 어렴풋이 들었다. 그녀의 죽음으로 가장 먼저 이득을 얻는 쪽이 있다면 장례식을 진행하는 장의사이지 않은가. 하지만 그녀가 이미 대금을 결제했으니 따지고 보면 오히려 그 반대였다. 그 말을 꺼내지 않길 다행이었다.
그랬음에도 호손은 화가 난 눈빛으로 흘끗 쳐다보며 내가 그런 식으로 거든 데 짜증이 난 티를 냈다. 「부인의 심리 상태가 어때 보이던가요?」 그는 화제를 180도 바꾸었다.
「여길 찾아오는 여느 분들과 다를 바 없었습니다.」 콘월리스가 대답했다. 「처음에는 조금 불편해하셨죠. 이 나라는 죽음에 대해서 상당히 언급을 자제하려고 하니까요. 저는 입버릇처럼 얘기합니다, 차와 케이크를 앞에 두고 자신의 죽음에 대해 논의하는 스위스의 카페 모르텔 문화를 우리도 도입해야 한다고요.」

「차 한잔 주시면 저는 사양하지 않겠습니다만.」 호손이 말했다.

콘월리스가 흘끗 쳐다보자 로스 부인이 자리에서 일어나 뚜벅뚜벅 나갔다.

「부인이 어떤 장례식을 원하는지 전부 생각해 놓았더라고 하셨죠?」

「네. 전부 적어 가지고 오셨습니다.」

「그걸 갖고 계신가요?」

「아뇨, 부인께서 다시 들고 가셨습니다. 사본은 요약본에 첨부해서 보내 드렸죠.」

「부인이 다급한 분위기를 풍기던가요? 왜 하필 그날 여길 찾았는지 얘기하던가요?」

「자신이 위험에 처했다고 생각하는 것 같지는 않았습니다, 그런 뜻에서 물으신 건지 모르겠습니다만.」 콘월리스는 고개를 저었다. 「자기 장례식을 미리 준비하는 것이 특이한 일은 아닙니다, 호손 씨. 부인은 환자가 아니었어요. 불안해하거나 뭘 걱정하지도 않았어요. 경찰 조사에서도 그렇게 말씀드렸습니다. 그리고 소식을 들었을 때 저와 로스 부인, 둘 다 깜짝 놀랐다는 말씀도 드렸고요.」

「부인한테 전화를 하신 이유는 뭐죠?」

「네?」

「부인의 통화 기록을 입수했거든요. 사장님이 2시 5분에 전화를 하셨던데요. 그때 부인은 임원 회의에 참석차 글로브 극장에 막 도착한 참이었죠. 사장님은 부인과 약 1분 30초 동안 통화를 했고요.」

「맞습니다. 부군의 묘지 번호가 필요했거든요.」 콘월리스는 미소를 지었다. 「로열 파크 교회 사무실에 안장 등록을 하려면요. 부인이 그건 알려 주지 않으셨어요. 그런데 말씀드려야 할 부분이 하나 있네요. 제가 전화를 걸었을 때 부인이 말다툼 비슷한 걸 하고 계시던 도중인 것 같았어요. 뒤에서 사람들 목소리가 들리더라고요. 부인은 다시 전화하겠다고 했지만 물론 하지 못하셨죠.」

아이린 로스가 호손의 차를 들고 왔다. 그녀가 잔을 내려놓자 받침 접시에 부딪치며 달가닥거렸다.

「제가 추가로 도와드릴 부분이 있을까요, 호손 씨?」 콘월리스가 물었다.

「궁금한 게 하나 있습니다만…… 두 분 다 부인과 대화를 나누셨나요?」

「아이린이 부인을 이 사무실로 안내했습니다.」

「저는 대기실에서 잠깐 대화를 나눴지만 면담 때 같이 있지는 않았어요.」 로스 부인이 자기 자리에 앉으며 끼어들었다.

「부인이 여기 혼자 있었던 적도 있을까요?」

콘월리스는 미간을 찌푸렸다. 「그것참 묘한 질문이네요. 그걸 물어보시는 이유가 뭐죠?」

「그냥 궁금해서요.」

「아뇨, 제가 계속 같이 있었습니다.」

「나가기 바로 직전에 파우더 룸에 가셨어요.」

「그러니까 화장실 말씀이죠?」

「네, 그때 유일하게 혼자 계셨어요. 이 복도를 따라가면 나오는 화장실까지 제가 모셔다드렸고 다시 모시고 와서 소지품을 챙기시는 동안 기다렸어요. 덧붙여 말씀드리자면 여기서 아주 기분 좋게 나가셨어요. 어찌 보면 안도하는 표정이셨고요. 원래 저희를 찾으시는 분들 반응이 종종 그래요. 그게 저희 서비스의 일환이기도 하고요.」

호손은 세 모금 만에 차를 다 마셨다. 우리는 자리에서 일어났다. 바로 그때 어떤 생각 하나가 내 머릿속에 떠올랐다.

「부인이 티머시 고드윈이라는 아이에 대해서 언급하지는 않으셨죠?」 나는 물었다.

「티머시 고드윈요?」 콘월리스는 고개를 저었다. 「그 아이가 누군데요?」

「부인이 실수로 차로 쳐서 죽인 아이요.」 나는 말했다. 「제러미 고드윈이라는 형제는…….」

「끔찍한 사고로군요.」 콘월리스는 사촌을 돌아보았다. 「부인이 너한테 그 둘 중 한 명이라도 언급한 적 있어, 아이린?」

「아니.」

「제가 보기에는 관련이 없는 사안인 것 같습니다.」 호손은 논의가 더 진행되기 전에 싹을 잘랐다. 그가 손을 내밀었다. 「시간 내주셔서 감사합니다, 콘월리스 씨.」

밖으로 나왔을 때 그가 내게 달려들었다.

「어이, 부탁 하나만 합시다. 나랑 같이 있을 때는 절대 질문하지 말아요. 절대 아무것도 묻지 말라고요. 알겠어요?」

「옆에 가만히 앉아서 아무 말도 하지 말라고요?」

「맞아요.」

「내가 영 맹탕은 아니잖아요.」 나는 말했다. 「도움이 될 수 있을지 몰라요.」

「그 둘 중 적어도 하나는 착각이에요. 하지만 중요한 건 당신은 날 도우려고 이 자리에 있는 게 아니라는 거죠. 당신은 이게 탐정 소설이라고 했잖아요. 탐정은 나고요. 그렇게 간단하게 정리할 수 있는 문제예요.」

「그럼 뭘 알아냈는지 얘기해 줘요.」 나는 말했다. 「범죄 현장에 다녀왔고. 통화 기록도 봤고. 장의사와 대화도 나누었고. 뭐 알아낸 거 있어요?」

호손은 내 말을 듣고 고민했다. 멍한 눈빛이기에 그냥 일축할 줄 알았더니 내게 자비를 베풀었다.

「다이애나 쿠퍼는 자기가 죽을 줄 알았어요.」 그는 말했다.

나는 추가 설명이 이어지길 기다렸지만 그는 그냥 몸을 돌려서 성큼성큼 걸음을 옮겼다. 나는 어떻게 할까 고민하다가 누가 봐도 따라잡으려고 기를 쓰는 티를 내며 뒤따라갔다.

6
목격자 진술

나는 다이애나 쿠퍼에 대해서 잘 몰랐지만 그녀를 살해하고 싶어서 안달 난 사람들이 줄을 서서 기다리고 있지는 않았다는 것만큼은 분명히 알 수 있었다. 그녀는 혼자 사는 중년의 과부였다. 부유했지만 억만장자는 아니었고 극장 임원이었으며 유명한 아들의 어머니였다. 잠을 잘 자지 못했고 고양이를 길렀다. 연극 제작자의 말을 믿고 투자했다가 돈을 잃었고 전과가 있는 동유럽 출신에게 청소를 맡기기는 했지만 제작자나 청소부에게 그녀를 목 졸라 죽일 이유가 뭐가 있었을까?

한 가지 눈에 띄는 사실이 있다면 그녀가 한 소년을 죽였고 그 소년의 형제에게는 중상을 입혔다는 것이었다. 그녀가 생각 없이 안경을 쓰지 않는 바람에 벌어진 사고였고 설상가상으로 차를 세우지 않고 그대로 도망쳤다. 그런데도 처벌을 받지 않았다. 내가 티머시와 제러미 고드윈의 아버지였다면, 그들과 어떤 식으로든 관계가 있는 사람이었다면 그녀를 내 손으로 죽여 버리고 싶은 유혹을 느꼈을지 모른다. 그리고 이 모든 게 정확히 10년 전에 벌어진 일이었다. 뭐, 정확하게는 9년 11개월이었지만 거기서 거기였다.

누가 봐도 살인의 동기로 충분했다. 고드윈 가족이 런던 북쪽의 해로온더힐에 살고 있다는데 거기로 당장 찾아가지 않는 이유를 나로서는 알 수 없었기에 호손에게 이유를 물었다.

「한 번에 하나씩 처리합시다.」 그가 말했다. 「그보다 먼저 만나고 싶은 사람들이 있어요.」

「청소부요?」 우리는 사실 택시를 타고 셰퍼즈부시로터리를 지나 안드레아 클루바네크가 사는 액턴으로 가는 길이었다. 호손은 레이먼드 클룬스에게도 연락해 조금 있다 만나기로 했다. 「그녀를 의심하는 건 아니겠죠?」

「경찰에 거짓말을 했다고 의심하긴 해요.」

「그리고 클룬스는요? 그 사람은 무슨 상관인데요?」

「쿠퍼 부인과 아는 사이였잖아요. 여성 피해자의 78퍼센트가 면식범에게 살인을 당해요.」 그는 내가 끼어들 겨를도 없이 말을 이었다.

「그래요?」

「선생도 아는 줄 알았는데. TV 작가잖아요.」 그는 금연 표시를 무시하고 택시 창문을 내리고 담배에 불을 붙였다. 「남편, 의붓아버지, 애인……. 통계학적으로 따지면 그들이 가장 유력한 용의자예요.」

「레이먼드 클룬스는 그중 어디에도 해당하지 않는데요.」

「부인의 애인이었을 수도 있으니까요.」

「부인은 파열상을 입은 제러미 고드윈을 보았어요! 무섭다고 했고요. 그런데 왜 시간을 낭비하는지 이유를 모르겠네요.」

「금연입니다!」 인터콤으로 기사가 항의했다.

「시끄러워요. 나 경찰이요.」 호손은 감정의 동요 없이 말했다. 「당신이 그때 썼던 단어가 뭐였죠? 모두스 오페란디. 이게 내 그거예요.」 그는 창밖으로 연기를 뱉었지만 바람 때문에 택시 안으로 다시 들어왔다. 「최측근으로부터 시작해 점점 밖으로 옮겨 가는 것. 호별 탐문하고 비슷해요. 옆집 사람들부터 만나야죠. 동네 맨 끝에서부터 시작할 게 아니라.」 그는 내 쪽으로 시선을 돌리고 다시 한번 추궁했다. 「뭐 문제 있어요?」

「런던을 여기저기 헤집고 다니는 게 좀 정신 나간 짓처럼 느껴져서요. 그것도 내 돈으로 말이죠.」 나는 슬그머니 덧붙였다.

호손은 더 이상 아무 말도 하지 않았다.

아주 길게 느껴지는 시간 동안 달린 끝에 사우스액턴 지구 끝자락에 도착했다. 제2차 세계 대전 말부터 수십 년에 걸쳐 우후죽순 솟아난 시멘트 블록과 고층 아파트가 얼기설기 뻗어 나간 곳이었다. 잔디밭과 나무와 보행로 등 조경에 신경을 쓰긴 했지만 워낙 많은 집들이 다닥다닥 붙어 있어서 그런지 전체적으로 우중충했다. 우리는 오랫동안 쓰지 않고 방치한 것처럼 보이는 스케이트보드장을 따라 걷다가 지하도로 내려갔다. 요란하게 한데 뒤엉킨 조잡한 낙서가 벽을 뒤덮고 있었다. 뱅크시의 작품은 없었다.

후드 집업과 스웨트 셔츠를 입은 20대 몇 명이 그늘진 곳에 웅송그리고 앉아서 의심스러워하는 뚱한 눈빛으로 우리를 쳐다보았다. 다행히 호손이 어디로 가면 되는지 아는 눈치라 나는 그의 옆에 바짝 붙어 걸으며 헤이온와이에서 만난 사람이 했던 말을 떠올렸다. 어쩌면 그녀가 이야기한 현실 세계가 이런 것일지 몰랐다.

안드레아 클루바네크는 한 고층 아파트 3층에서 살았다. 호손이 미리 연락해 놓았기 때문에 우리가 찾아가는 줄 알고 있었다. 경찰 파일에 아이가 둘 있다고 적혀 있었지만 오후 1시 반이라 둘 다 학교에 있지 않을까 싶었다. 그녀의 아파트는 깨끗했지만 아주 작았고 꼭 필요한 가구 말고는 아무것도 없었다. 의자 세 개가 딸린 식탁과 TV 앞에 놓인 좌석 하나짜리 소파가 전부였다. 아무리 긍정적인 부동산 중개업자라도 이 집 거실을 오픈플랜식[8]이라고 표현할 수는 없을 듯했다. 부엌과 한데 어우러져 어디에서 거실이 끝나고 부엌이 시작되는지 알 수 없었다. 방 하나짜리 아파트라 밤에는 어떻게 공간을 사용하는지 궁금했다. 아이들이 방을 쓰고 그녀는 소파에서 잘지도 몰랐다.

우리는 식탁을 사이에 두고 그녀와 마주 보고 앉았다. 우리 머리 바로 위편의 고리에 냄비와 프라이팬이 걸려 있었다. 안드레아는 차나 커피를 마시겠느냐고 묻지 않았다. 포마이카 식탁 너머에서 경계하는 눈빛으로 우리를 응시할 따름이었다. 그녀는 체구가 작고 피부가 까무잡잡했으며 사진보다 실제 인상이 더 강해 보였다. 티셔츠와 찢어진 청바지를 입고 있었는데 패션을 위해 찢은 게 아니었다. 호손이 담

8 분리를 최소화하여 공간 전체가 연결되는 널찍한 구조.

배에 불을 붙이자 그녀도 한 대 달라고 했고, 나는 연기에 둘러싸인 채로 앉아서 간접흡연으로 죽기 전에 이 책을 끝낼 수 있을지 궁금해했다.

처음에 호손은 상당히 서글서글하게 그녀를 대했다. 그냥 대화를 나누듯 내가 이미 상술한 그녀의 경찰 진술을 되짚었다. 그녀는 그 집에 들어갔다가 시신을 보고 곧바로 밖으로 나와서 경찰에 신고했다. 그리고 경찰이 출동할 때까지 기다렸다.

「옷이 다 젖었겠어요.」 호손은 말했다.

「네?」 그녀는 경계하는 눈빛으로 그를 쳐다보았다.

「그날 아침에 당신이 시신을 발견했을 때 비가 오고 있었으니까요. 나라면 부엌에서 기다렸을 텐데. 따뜻하고 아늑하고 그 안에 전화기도 있잖아요. 굳이 당신 휴대 전화를 쓸 필요 없이.」

「나 나갔어요.」 그녀는 화를 냈다. 「이미 말했어요. 경찰이 물었고 나 대답했어요.」 그녀는 영어가 서툴렀고 설상가상으로 억양까지 있었다.

「알아요, 안드레아.」 호손은 말했다. 「경찰한테 뭐라고 그랬는지 읽었어요. 하지만 당신을 직접 만나려고 런던 저 끝에서 여기까지 찾아온 이유는 진실을 듣고 싶기 때문이에요.」

한참 동안 침묵이 이어졌다.

「나 진실 말했어요.」 자신 없는 목소리였다.

「아뇨, 그건 아니죠.」 호손은 정말 이러고 싶지 않다는 듯 가볍게 한숨을 쉬었다. 「이 나라로 건너온 지 얼마나 됐어요?」 그가 물었다.

그녀는 당장 방어 태세를 갖추었다. 「5년요.」

「다이애나 쿠퍼의 집에서 일한 지는 2년이 됐죠.」

「네.」

「일주일에 몇 번 그 집에 갔어요?」

「이틀요. 수요일하고 금요일.」

「당신이 겪고 있는 문제를 부인한테 얘기한 적 있나요?」

「나 아무 문제 없는데요.」

호손은 슬픈 표정으로 고개를 저었다. 「문제가 많잖아요. 예전에 살았던 허더스필드에서, 가게 물건을 훔쳤다가. 물건값 더하기 150파운드 벌금.」

「당신 몰라요!」 안드레아는 그를 노려보았다. 나는 부엌이 좀 더 넓었으면 좋겠다는 생각이 들었다. 이질감이 느껴졌고 그녀와 이렇게 가까이 있으려니 불편했다. 「먹을 거 없었어요. 남편도 없고. 네 살, 여섯 살 우리 애들 먹을 거 없었어요.」

「그래서 자선 단체 중고 용품점에서 슬쩍했나요? 세이브 더 칠드런에서 하는 데라 문자 그대로 받아들였던 모양이네요.」

「나는…….」

「그리고 그게 두 번째였죠.」 호손은 그녀가 잡아뗄 겨를조차 없이 말을 이었다. 「당신은 이미 집행 유예 상태였어요. 판사가 그날 기분이 좋았기에 망정이지.」

안드레아는 계속 저항했다. 「나는 쿠퍼 부인 집에서 2년 일했어요. 부인이 잘해 줘서 아무것도 훔칠 필요 없었어요.

나 정직한 사람이에요. 가족 돌보고 사는.」

「감옥에 들어가면 가족을 돌볼 수가 없죠.」 호손은 그게 무슨 뜻인지 그녀가 파악할 때까지 기다렸다. 「나한테 거짓말하면 감옥신세를 면하지 못할 거예요. 아이들은 보호 시설에 맡겨지든지 아니면 슬로바키아로 돌려보내질 테고. 돈을 얼마나 들고 갔는지 얘기해 봐요.」

「무슨 돈요?」

「부인이 〈캐스피언 왕자〉 깡통에 넣어 두었던 생활비요. 캐스피언 왕자가 누군지 알죠? 〈나니아〉 등장인물. 부인의 아들 데이미언 쿠퍼가 그 영화에 출연했어요. 부인은 부엌에 그 깡통을 두었는데 안을 들여다보았더니 동전 몇 개만 들어 있더군요.」

「부인이 거기다 돈 넣은 거 맞아요. 하지만 나 꺼내지 않았어요. 도둑이 들고 갔어요.」

「아니에요.」 호손은 화를 냈다. 눈빛이 험상궂어졌고 담배를 쥔 쪽 손으로 주먹을 쥐었다. 「도둑이 집 안을 헤집고 다닌 건 맞아요. 자기가 어딜 들쑤셨는지 우리가 알아주길 바라는 것처럼 여기저기 건드리면서. 하지만 이건 달랐어요. 그 깡통은 제자리로 돌아갔어요. 뚜껑도 다시 닫혔고. 범죄 드라마를 너무 많이 본 누군가가 지문도 다 지워 놓았고. 무슨 말인지 이해가 안 되는 모양인데, 그 깡통에는 지문이 남아 있어야 했어요. 당신 지문이. 부인의 지문이. 당신이 지폐 뭉치를 꺼냈을 때 동전이 있는 건 몰랐나 본데. 얼마나 들어 있었어요?」

안드레아는 뚱한 표정으로 그를 빤히 쳐다보았다. 나는

그녀가 어디까지 알아들었을지 궁금해졌다. 「내가 돈 꺼냈어요.」 마침내 그녀가 실토했다.

「얼마나요?」

「50파운드요.」

호손은 짜증나 보였다. 「얼마나요?」

「160요.」

그는 고개를 끄덕였다. 「이제 좀 낫네. 그리고 당신은 밖에서 기다리지도 않았어요. 비가 퍼붓는데 뭐 하러 그래요. 내가 궁금한 건 당신이 또 뭘 했는지예요. 또 뭘 들고 나왔어요?」

안드레아는 결단을 앞두고 고민하는 표정을 지었다. 범법 행위를 추가로 실토했다가는 문제가 커질 수 있었다. 하지만 호손을 속이려고 했다가는 다시 그의 분노를 자극할 수 있었다. 결국 그녀는 이성에 굴복했다. 그녀는 자리에서 일어나 부엌 서랍에서 접힌 쪽지를 꺼내 그에게 건넸다. 그는 쪽지를 펼쳐서 읽었다.

쿠퍼 부인,

나를 제거할 수 있다고 생각하는 모양인데 가만두지 않겠어. 내가 한 말은 시작에 불과해. 나는 당신을 죽 지켜봤고 당신에게 소중한 게 뭔지 알아. 당신은 대가를 치르게 될 거야. 내 말 믿어도 좋아.

손으로 쓴 편지였고 날짜도 주소도 없었다. 호손은 캐묻는 눈빛으로 시선을 쪽지에서 안드레아에게로 옮겼다.

「어떤 남자가 찾아왔어요.」 그녀는 설명했다. 「3주 전에. 쿠퍼 부인이랑 부엌에 들어갔어요. 나는 위층 침실에 있었지만 소리 들었어요. 남자가 막 화를 내면서…… 부인한테 소리 질렀어요.」

「그게 언제쯤이었는데요?」

「수요일이었어요. 1시쯤이었고.」

「남자 얼굴을 봤어요?」

「남자가 나갔을 때 창밖을 봤어요. 하지만 비가 왔고 남자는 우산 썼어요. 아무것도 못 봤어요.」

「남자였던 건 확실해요?」

안드레아는 곰곰이 생각했다. 「네, 아마도요.」

「그럼 이건 뭐예요?」 호손은 쪽지를 들어 보였다.

「부인 침실 테이블에 있었어요.」 안드레아는 애써 민망한 표정을 지었지만 내가 보기에는 그저 호손이 무슨 짓을 저지를지 몰라서 걱정하는 눈치였다. 「부인 죽었을 때 집을 둘러보다가 이거 찾았어요.」 그녀는 말을 하다 말고 잠깐 멈추었다. 「이 남자가 티브스 씨 죽인 거 같아요.」

「티브스 씨가 누군데요?」

「쿠퍼 부인 고양이 있거든요. 크고 회색요.」 그녀는 두 손을 벌려 크기가 어느 정도인지 알려 주었다. 「부인이 목요일에 전화했어요. 오지 말라고 했어요. 아주 속상해하면서 티브스 씨가 없어졌다고 했어요.」

「그 편지를 왜 들고 나왔어요?」 나는 물었다.

안드레아는 나를 무시해도 되느냐고 허락을 구하기라도 하는 듯 호손을 쳐다보았다.

호손은 고개를 끄덕였다. 그는 편지를 다시 접어서 주머니에 넣었다. 우리는 그 집에서 나왔다.

「편지를 들고 나온 이유는 그걸로 돈을 벌 수 있을지 모른다고 생각했기 때문이죠.」 호손이 말했다. 「그녀는 부인을 찾아온 남자, 우산을 쓰고 떠난 남자의 정체를 알지도 몰라요. 아니면 찾을 수 있다고 생각했든지. 하지만 그녀는 기회주의자예요. 사건 수사가 이루어질 테니 이게 쓸모가 있을 거라고 생각한 거죠.」

우리는 다시 택시를 타고 시내로 돌아가는 길이었다. 만나야 하는 사람이 한 명 더 있었다. 다이애나 쿠퍼가 죽던 날 점심 식사를 같이 한 연극 제작자 레이먼드 클룬스였다. 시간 낭비라는 내 확신이 더욱 굳어졌다. 호손의 주머니 안에 범인이 보낸 쪽지가 있지 않은가. 〈당신은 대가를 치르게 될 거야.〉 이보다 더 확실한 증거가 어디 있을까? 하지만 그는 안드레아 클루바네크와의 면담에 대해 더 이상 아무 말도 하지 않고 사색에 잠겼다. 아니, 사색에 잠긴 수준이 아니었다. 그 안에 푹 빠졌다. 이건 나도 알게 될 호손의 특징이었다. 그는 사건을 수사할 때만 완전히 깨어 있는 사람이었다. 살인이나 다른 폭력적인 사건이 있어야 했다. 그것이 그의 레종 데트르였다. 그는 이 단어를 들으면 또 잘난 체한다고 질색하겠지만.

클룬스는 안드레아 클루바네크와 다소 다른 환경에서 살았다. 그의 집은 코노트스퀘어와 가까운 마블아치 뒤편이었고 여기가 연극 제작자의 집이라는 데 나는 전혀 놀라지 않았다. 큼지막한 현관문과 완벽하게 대칭을 이루는 밝은색 창문이 달려 있고 거의 있을 성싶지 않게 2차원적인 빨간 벽돌 건물 자체가 연극 무대였다. 모든 게 아주 깨끗했다. 심지어 철제 난간 저편에 일렬로 서 있는 쓰레기통마저 그랬다. 계단을 내려가면 입구가 따로 있는 지하가 나왔다. 그 위로 층이 네 개 더 있었다. 침실이 다섯 개쯤 있고, 최소 3천만 파운드는 되는 런던 중심부의 부동산을 보고 있구나 싶었다.

호손은 눈 하나 깜짝하지 않았다. 이런 집에 개인적으로 악감정이라도 있는 듯 초인종을 쿡 찌르고 그만이었다. 길에는 아무도 없었고 이런 집들은 대부분 외국인 사업가 소유라 비어 있을지 모르겠다는 생각이 들었다. 토니 블레어가 이 근처에서 살지 않았나? 중심부이긴 해도 나는 이 동네가 초행이었다. 런던이 아닌 것처럼 느껴졌다.

모든 탐정 소설의 조연이지만 21세기에 맞닥뜨릴 줄은 상상도 못 했던 사람이 문을 열어 주었다. 핀 스트라이프 양복에 조끼와 장갑까지 갖추어 입은 진짜 집사가 클룬스의 집에 있었던 것이다. 그는 내 나이쯤 되어 보였으며 까만 머리를 뒤로 빗어 넘겼고 날마다 단단히 장착할 게 분명한 근엄한 표정을 짓고 있었다.

「안녕하십니까, 선생님. 들어오십시오.」 그는 우리 이름을 묻지 않았다. 기다리던 손님이기 때문이었다.

우리는 두 응접실 사이의 넓은 복도로 들어갔다. 바닥에는 근사한 카펫이 깔려 있고 천장은 세 배 높았다. 전혀 일반 주택 같지 않았다. 오히려 유료 손님을 받지 않는 호텔에 가까웠다. 계단에는 남자아이가 이제 막 수면 아래로 사라진

호크니의 수영장 그림과 프랜시스 베이컨의 세 폭짜리 그림이 잇달아 걸려 있었다. 층계참에는 로버트 메이플소프의 거대한 누드 사진이 걸려 있는데, 피사체의 몸의 일부분만 담은 작품이었다. 흑백 사진이었다. 배경은 흰색, 엉덩이와 발기한 성기는 검은색이었다. 그 바로 옆에 양치기 소년의 고전적인 누드 조각상이 세워져 있었다. 호손은 동성애를 노골적으로 드러내는 이 작품들 앞을 지나며 불편해했다. 혐오감으로 입술뿐 아니라 온몸을 웅크렸다.

동굴 같은 아치형 입구를 지나자 이 집의 전면을 차지하는 위층 거실이 나왔다. 시선이 닿는 저 끝까지 가구, 스탠드, 거울, 또 다른 미술품이 이어졌다. 전부 고가였지만 나는 이 모든 것에서 인간미가 느껴지지 않는다는 데 더 충격을 받았다. 전부 새것이었고 취향이 완벽했다. 나는 내팽개쳐진 신문이나 실제로 사람이 사는 집이라는 증거가 될 만한 흙 묻은 신발이라도 찾아보려고 했지만 허사였다. 런던 중심부치고 어째 너무 고요했다. 전체적으로 주인이 두고 떠난 살아생전의 재물로 가득 채운 석관을 연상시켰다.

그랬음에도 정작 등장한 레이먼드 클룬스는 놀라우리만치 평범했다. 그는 쉰 살쯤 되어 보였고 파란색 벨벳 재킷에 롤 넥 저지 스웨터를 입고 다리를 꼬았는데, 앉은 자리가 대형 소파의 정중앙이라 우리가 도착하기 전에 집사가 줄자로 재서 어디에 앉아야 하는지 미리 표시를 해놓았나 하는 생각이 들 정도였다. 머리는 숱 많은 부스스한 은발이었고 옅은 파란색 눈은 장난기가 서려 있었고 체구가 탄탄했다.

「앉으세요.」 그가 연극배우 같은 몸짓으로 맞은편 자리를 가리켰다. 「커피 드시겠습니까?」 그는 우리의 대답을 기다리지 않았다. 「브루스, 손님들 드실 커피 부탁하네. 그 트러플도 가져오고.」

「네, 알겠습니다.」 집사는 뒷걸음질 쳐서 물러났다.

우리는 자리에 앉았다.

「우리가 이렇게 만난 이유는 가엾은 다이애나 때문이겠죠.」 그는 호손이 질문할 때까지 기다리지 않았다. 「그 소식을 들었을 때 얼마나 놀랐는지 모릅니다. 나는 글로브를 통해서 그녀를 알게 됐어요. 거기서 처음 만났지요. 그리고 당연히 그 아들 데이미언하고 작업도 한 적 있고요. 아주, 아주 재능 있는 청년이에요. 내가 제작해서 헤이마켓에서 공연한 〈진지함의 중요성〉에 출연했어요. 엄청난 성공작이었죠. 나는 그 친구가 크게 될 줄 진작부터 알았어요. 경찰을 통해 소식을 들었을 때 믿기지가 않더군요. 다이애나에게 앙심을 품을 사람은 이 세상에 아무도 없어요. 만나는 모든 이에게 선의와 친절을 베푸는 사람이었거든요.」

「부인이 사망한 날 점심 식사를 같이 하셨죠.」 호손이 말했다.

「네, 무라노 카페에서요. 그녀가 전철역에서 나왔을 때 내가 보고 있었어요. 길 건너편에서 나를 보며 손을 흔들길래 잘 지내는 줄 알았는데 자리에 앉고 보니 딱하게도 제정신이 아니라는 걸 한눈에 알 수 있겠더군요. 키우는 야옹이 티브스 씨 때문에 걱정이 이만저만이 아니었어요. 고양이 이름치고 웃기죠? 아무튼 녀석이 없어졌다지 뭡니까. 나는 걱정 말라고 했어요. 쥐를 쫓든지 고양이들이 할 직한 짓을 저지르러 나갔을 거라고요. 하지만 그녀는 생각이 많은 눈치였어요. 나하고 오래 있지는 못했어요. 그날 오후에 임원 회의가 있었거든요.」

「두 분이 오래전부터 알고 지낸 친구지만 사이가 틀어졌다고 들었습니다만.」

「사이가 틀어져요?」 클룬스는 놀란 목소리였다.

「부인이 당신의 작품에 투자했다가 돈을 날렸잖습니까.」

「이런, 맙소사!」 클룬스는 손가락을 퉁기며 그의 혐의 제기를 일축했다. 「〈모로코의 밤〉 말씀이죠. 우리 사이는 틀어지지 않았어요. 그녀는 실망했죠. 당연히 실망할 수밖에요. 우리 둘 다 그랬어요! 그 작품 때문에 내가 날린 돈이 그녀가 날린 돈보다 훨씬 많았어요. 하지만 사업이란 게 그런 거 아닙니까. 이번에는 내가 우리끼리 하는 말이지만 완벽한 망작이랄 수 있는 〈스파이더맨〉에 돈을 투자했지만 또 〈더 북 오브 모르몬〉은 퇴짜를 놓았으니 말이죠. 가끔 그냥 헛다리를 짚을 때가 있어요. 그녀도 그걸 알았고요.」

「〈모로코의 밤〉은 어떤 작품이었죠?」 나는 물었다.

「러브 스토리예요. 배경은 카스바. 주인공은 두 남자예요. 군인과 테러리스트. 노래도 근사하고 베스트셀러가 원작이었지만 — 관객들 반응이 시큰둥했어요. 너무 폭력적이라 그랬나. 모르겠네요. 그 공연 보셨나요?」

「아뇨.」 나는 실토했다.

「그게 문제라니까요. 본 사람이 없다는 게.」

브루스가 조그만 컵에 담긴 커피 세 잔과 화이트초콜릿트러플 네 개를 피라미드 모양으로 쌓은 접시를 쟁반에 담아서 들고 왔다.

「성공을 거둔 작품이 있습니까?」 호손이 물었다.

클룬스는 기분 나빠 했다. 「형사님, 좌우를 둘러보세요. 내가 왕년에 히트작에 몇 번 투자한 적 없었다면 이런 집에서 살 수 있겠어요? 나는 〈캐츠〉 초기 투자자 중 한 명이었고 그때부터 앤드루의 모든 뮤지컬에 계속 투자하고 있어요. 〈빌리 엘리엇〉, 〈슈렉〉, 대니얼 래드클리프가 출연한 〈에쿠스〉……. 이 정도면 충분히 성공한 셈이라고 보는데요. 〈모로코의 밤〉은 성공했어야 하는 작품이지만 그건 아무도 알 수 없어요. 뮤지컬계가 원래 그래요. 하지만 한 가지 분명하게 말씀드릴 수 있는 게 있다면 성적을 공표할 수밖에 없었을 때 다이애나 쿠퍼는 나를 원망하지 않았다는 거예요. 그녀는 자기가 어떤 위험을 감수하고 있는지 알았고 막판에 그녀의 투자금은 별로 많지도 않은 액수가 되었어요.」

「5만 파운드였는데요?」

「호손 씨에게는 그게 상당한 액수일 수 있겠죠. 대다수의 사람들에게 그럴 겁니다. 하지만 다이애나는 감당할 여력이 됐어요. 그렇지 않았다면 강행하지 않았을 겁니다.」

잠깐 정적이 흘렀고 호손은 자비라고는 모르는 눈을 반짝이며 상대방을 뜯어보았다. 나는 그가 모욕적인 말을 꺼내려나 보다고 생각했지만 그는 차분한 목소리로 이렇게 물었다. 「부인이 그날 아침에 어디 다녀왔는지 얘기하던가요?」

「점심 먹기 전에요?」 클룬스는 눈을 깜빡였다. 「아뇨.」

「사우스켄징턴에 있는 어느 장의업체에 다녀왔어요. 자기 장례식 준비를 하려고요.」

클룬스는 커피 잔 하나를 집어서 새끼손가락을 펴고 우아하게 잡고 있었다. 그가 잔을 다시 내려놓았다.「그래요? 전혀 뜻밖이네요.」

「부인이 카페 무라노에서 얘기하지 않았나요?」 호손은 물었다.

「그럼요. 얘기했다면 내가 당장 말씀을 드렸겠죠. 그런 건 깜빡할 수 없는 부분 아닙니까.」

「부인이 생각이 많은 눈치였다고 하셨죠? 뭐 때문에 걱정인지 말씀하신 게 있나요?」

「아, 네. 하나 얘기한 게 있었어요.」 클룬스는 잠깐 기억을 더듬었다.「돈 얘기가 나왔을 때 그녀가 자기를 괴롭히는 사람이 있다고 했어요. 그녀가 켄트에서 살던 시절에 저지른 사고 때문이었어요. 우리가 만난 직후에 있었던 일이죠.」

「부인이 차로 아이 둘을 치셨죠.」 내가 말했다.

「맞습니다.」 클룬스는 나를 보며 고개를 끄덕였다. 그는 커피 잔을 다시 집어서 단숨에 비웠다.「10년 전이었어요. 남편을 암으로 여의고 혼자 살고 있었는데…… 정말이지 슬픈 일이었죠. 남편은 치과 의사였어요. 병원에 유명한 고객이 많았고 바닷가에 근사한 집도 한 채 장만했는데. 그녀가 거기서 살고 있었을 땐데, 사고가 났을 때 데이미언이 마침 거기 있었어요. 투어 도중이었거나 아니면 BBC의 그 프로그램에 출연 중이었을 거예요. 정확하게 기억은 나지 않네요.

아무튼 1백 퍼센트 그녀의 잘못은 아니었어요. 아이가 둘이었죠. 베이비시터하고 같이 있었지만 다이애나가 모퉁이를 막 돌아 나온 순간 두 아이가 아이스크림을 먹겠다고 도로로 달려들었어요. 그녀로서는 제때 차를 멈출 도리가 없었는데 — 그래도 그 가족은 그녀의 책임이라고 했죠. 사실 내가 판사하고 길게 대화를 나누었는데 그는 다이애나에게 아무 잘못이 없다고 딱 잘라서 말했어요. 당연히 그녀는 많이 심란해했죠. 그 직후에 그녀는 런던으로 다시 돌아왔고 내가 알기로는 두 번 다시 운전대를 잡지 않았어요. 그럴 만도 하지 않겠어요? 워낙 끔찍한 경험이었으니 말이에요.」

「부인을 괴롭히는 사람이 누군지 얘기하던가요?」 호손은 물었다.

「네, 두 아이의 아버지 앨런 고드윈이었어요. 그녀를 찾아와서 온갖 요구를 했다더군요.」

「뭘 원했답니까?」

「돈을 달라고 했대요. 나는 신경 쓰지 말라고 했어요. 오래전에 있었던 일이고 이제는 그녀하고 아무 상관 없으니까요.」

「그자가 편지를 보냈다고 애기를 하던가요?」 내가 물었다.

「편지를 보냈어요?」 클룬스는 허공을 응시했다. 「아뇨. 그런 애기는 없었던 것 같아요. 그냥 그 남자가 자기를 만나러 왔는데 어떻게 하면 좋을지 모르겠다고만 했어요.」

「잠깐만요.」 호손이 끼어들었다. 「아까 판사하고 대화를 나눴다고 하셨죠. 무슨 수로 그렇게 하셨나요?」

「아…… 아는 사이에요. 나이절 웨스턴이라고 내 친구예요. 투자자이기도 하고요. 뮤지컬로 각색한 〈새장 속의 광대〉에 투자해서 제법 많이 벌었죠.」

「그러니까 클룬스 씨, 다이애나 쿠퍼가 교통사고를 내서 한 아이를 죽였어요. 당신 작품의 투자자였는데 말이죠. 그런데 역시 당신 작품의 투자자였던 판사가 무죄 판결을 내렸어요. 궁금해서 그러는데, 그 둘이 만난 적이 있습니까?」

「글쎄요.」 클룬스는 방어적인 태도를 보였다. 「그런 적은 없을 거예요. 모종의 거래가 있지 않았느냐고 의혹을 제기하는 건 아니겠죠, 형사님?」

「뭐, 그런 게 있었다면 밝혀지겠죠. 웨스턴 씨는 기혼인가요?」

「모르겠는데요. 그걸 물으시는 이유가 뭡니까?」

「아무 이유 없습니다.」

하지만 계단을 다시 내려갔을 때 호손은 발끈했고 이번에는 메이플소프의 작품 앞을 지나면서 혐오감을 감추지 않았다. 그 집을 나서 모퉁이를 돌았을 때 그는 담배에 불을 붙였다. 나는 그가 내 눈을 피하며 미친 듯이 담배만 피워 대는 것을 지켜보았다.

「왜 그래요?」 마침내 내가 물었다.

그는 대꾸가 없었다.

「호손……?」

그는 앙심을 품은 눈빛으로 나를 돌아보았다. 「당신은 괜찮아요? 그 빌어먹을 게이가 온갖 포르노에 둘러싸여서 앉아 있는 꼴이?」

「네?」 나는 진심으로 충격을 받았다. 그가 그런 생각을 한다는 데 충격을 받은 건 아니었다. 그건 이미 짐작하던 바였다. 문제는 표현 방식이었다. 그는 이질적이고 불쾌한 존재를 지칭하듯 〈게이〉라고 했다.

「첫째, 그건 포르노가 아니에요.」 나는 말했다. 「몇몇 작품은 얼마짜리인지 알기나 해요? 그리고 둘째, 그를 그런 식으로 부르면 안 돼요.」

「예?」

「그런 말을 쓰면 안 된다고요.」

「빌어먹을 게이요?」 그는 나를 보며 비웃었다. 「설마 그자가 이성애자라고 생각하는 건 아니겠죠?」

「그의 성 정체성은 이 사건과 상관없다고 생각하는데요.」 나는 말했다.

「상관있을지 몰라요, 토니. 그와 친구라는 판사가 결탁해 다이애나 쿠퍼를 곤경에서 구했다면…….」

「그래서 웨스턴이 기혼이냐고 물은 거예요? 그자도 게이일까 봐?」

「충분히 가능성 있다고 봐요. 그런 종자들은 자기 이익을 끔찍이 챙기거든요.」

나는 말을 신중하게 골라야 했다. 갑자기 경고도 없이 모든 게 달라져 버린 것을 느낄 수 있었다. 「그게 무슨 소리예요? 〈그런 종자들〉이라니. 그런 식으로 말하면 안 돼요. 요즘은 아무도 그런 식으로 말하지 않아요.」

「뭐, 나는 달라요.」 그는 나를 노려보았다. 「당신이야 작가고 TV 방송국에서 일하니 동성애자 친구들이 많겠죠. 하지만 나는 그들을 좋아하지 않아요. 나는 그들이 변태라고 생각해요. 그리고 어느 집에 들어갔는데 벽에 큼지막한 거시기가 걸려 있고, 변태 뮤지컬에 투자하고, 정의 실현을 왜곡

하는 변태와 친구 사이라면 거기에 대해 어떻게 생각하는지 솔직하게 말할 거예요. 내가 그렇다는데 뭐 문제 있어요?」

「네, 문제가 있죠. 그것도 엄청 큰 문제가.」

내 귀가 의심스러웠다. 처음 만났을 때 호손이 「인저스티스」에 출연하는 배우들을 한두 번 헐뜯긴 했지만 그가 동성애를 혐오할 줄은 꿈에도 몰랐다. 만약 동성애 혐오자라면 내가 그를 주인공으로 책을 쓸 일은 없었다. 그가 한 말 중에 맞는 말이 하나 있기는 했다. 내 친한 친구들 중에는 게이가 여럿이었다. 내가 만약 호손을 영웅처럼 포장한다면, 그의 의견에 일말의 여지를 준다면 그들과 금세 사이가 멀어질 것이다. 아주 골치 아파질 수도 있겠다는 생각이 들었다. 평론가들은 또 어떤가. 그들은 이 책을 난도질할 것이다. 문득 내 모든 이력이 하수구로 쓸려 내려가는 광경이 눈앞에 선했다.

나는 걸음을 옮겼다.

「토니? 어디 가요?」 그가 뒤에서 나를 불렀다. 진심으로 놀란 목소리였다.

「전철 타고 집에 가려고요.」 나는 말했다. 「내일 연락할게요.」

그 길의 끝에 다다랐을 때 나는 흘끗 뒤를 돌아보았다. 그는 계속 그 자리에 서서 나를 쳐다보고 있었다. 버림받은 아이 같아 보였다.

7
해로온더힐

그날 저녁에 나는 아내와 함께 국립 극장에 갔다. 대니 보일이 제작한 「프랑켄슈타인」 표를 어찌어찌 구한 덕분이었는데, 공연을 재밌게 감상하지는 못했다. 처음 20분 동안 알몸으로 무대를 뛰어다니는 조니 리 밀러를 호손이 보았다면 뭐라고 했을지 궁금했다. 11시 30분쯤 집으로 돌아왔을 때 아내는 침대로 직행했지만 나는 밤늦도록 앉아서 책 걱정을 했다. 아내에게는 아직 실토하지 않았다. 그녀가 뭐라고 할지 뻔했다.

내가 만약 작정하고 범죄 미스터리 소설을 쓰기 시작했다면 호손 같은 인물을 주인공으로 선택하지 않았을 것이다. 성격 더러운 중년의 백인 형사는 이미 넘쳐 난다고 생각했으니 좀 더 색다른 아이디어를 생각해 보려고 했을 것이다. 시각 장애가 있는 형사, 알코올 의존증이 있는 형사, 강박 장애가 있는 형사, 초능력이 있는 형사…… 모두 괜찮겠지만 이 네 가지를 모두 갖춘 형사면 어떨까? 사실 나는 드라마 「더 킬링」의 사라 룬 같은 형사 쪽으로 마음이 기울었을 것이다. 두툼한 저지 스웨터는 입거나 말거나 상관없을 테고 그보다 젊고 혈기 왕성하며 독립적인 주인공을 창조하면서 훨씬 즐거워했을 것이다. 그녀에게 유머 감각을 부여했을 것이다.

호손은 분명 머리가 좋았다. 브리태니아로드의 그 집에서 보인 그의 두뇌 회전은 인상적이었고, 청소부와 없어진 돈에 대한 그의 짐작도 맞는 것으로 밝혀졌다. 그리고 사라진 고양이도 마찬가지였다. 메도스 경위는 그를 보고 반가워하지 않았지만 내키지 않아 하면서도 존경하는 분위기였고 런던 경찰청의 고위직에도 그를 높게 평가하는 사람이 있었다. 〈강아지가 한 마리 새로 생겼네요!〉 그가 얼마나 순식간에 나에 대한 파악을 끝냈는지 기억이 났다. 내가 어디에서 무엇을 하고 있었는지 말이다. 그렇다, 그는 머리가 좋았다. 어쩌면 천재일지 몰랐다.

하지만 문제가 있다면 내가 그를 별로 좋아하지 않는다는 것이었고 그렇기 때문에 책을 쓰는 것이 거의 불가능했다. 작가와 주인공의 관계는 매우 묘하다. 앨릭스 라이더를 예로 들어 보자. 나는 그를 주인공으로 10년이 넘도록 작품을 쓰고 있는데, 가끔 질투가 날 때도 있지만(절대 나이를 먹지 않고 모두에게 사랑을 받으며 세계를 10여 번 구했으니 말이다) 항상 그를 좋아했고 다시 책상 앞에 앉아서 다음 편 모험을 따라다니고 싶어 몸이 근질거렸다. 물론 그는 나의 창조물이었다. 내가 어린 독자들 구미에 맞게 그를 통제했다. 그는 담배를 피우지 않았다. 욕을 하지 않았다. 총을 들고 다니지 않았다. 그리고 절대 동성애를 혐오하지 않았다.

내 머릿속을 떠날 줄 모르는 것이 바로 레이먼드 클륜스에 대한 호손의 반응이었다. 집 앞에서 그가 한 말에 나는 진심으로 충격을 받았다. 다른 모든 것에 대해서는 그렇게 철저하게 함구하면서 거기에 대해서만 그런 식으로 속내를 드러낸 이유를 알 수가 없었다.

요즘 사람들은 너무 예민하다고, 기분 건드리지 않으려고 몸을 사리느라 진지한 언쟁 자체를 피한다고 주장하는 사람들도 있다. 하지만 현실이 그렇다. TV에서 방송되는 정치 토크 쇼가 재미없어진 이유가 그 때문이다. 공개적인 대화가 허용되는 틀이 워낙 좁아서 말 한마디라도 잘못했다가는 온갖 골치 아픈 사태에 휘말릴 수 있다.

라디오 방송에서 동성 결혼에 대해 어떻게 생각하느냐는 질문을 받았던 기억이 난다. 콘월에서 호텔을 운영하는 기독교인 부부가 게이 커플의 투숙을 거부한 사건이 벌어졌을 때였다. 나는 신중하게 대처했다. 먼저 나는 동성 결혼을 1백퍼센트 지지하며 호텔 주인의 입장에 동조하지 않는다고 분명히 밝혔다. 하지만 종교적인 신념에 근거한 그들의 관점도 이해하려고 노력을 기울여야 하며 (나는 동의하지 않더라도) 그런 식으로 증오 메일과 살인 협박에 시달리는 건 아니라고 본다고 말을 이었다. 불관용에 관용으로 대처해야 한다고. 나는 내 입장을 깔끔하게 요약했다고 생각했다.

하지만 내 트위터 계정으로 쏟아진 비난을 막지는 못했다. 몇몇 교사들은 앞으로 자기 학생들에게 내 책을 읽힐 일은 없을 거라고 했다. 내 책을 불태워야 한다는 사람들도 있었다. 요즘은 다들 세상을 흑백으로 대하니 21세기 소설가는 동성애 혐오자를 책에 등장시키더라도 누가 봐도 비열한 악역으로 설정해야 훨씬 안전할 것이다.

나는 작업실에 앉아서, 난간 공사를 하느라 패링던 일대를 뒤덮은 크레인의 반짝이는 빨간 불빛을 창밖으로 내다보며 호손과 계속 작업할 수 있을지 자문했다. 애초에 내가 이 일을 시작한 이유는 뭐였고 끝까지 밀고 나가면 어떤 이득이 있을까? 발목 붙들리기 전에 이쯤에서 그와의 관계를 끊고 다른 일을 하는 편이 훨씬 나을 것이었다. 이제 시각은 자정을 넘겼고 피곤이 점점 몰려왔다. 읽으려고 했던 리베카 웨스트의 『반역의 의미』가 컴퓨터 옆에 엎어져 있었다. 나는 손을 내밀어 책을 내 쪽으로 당겼다. 나는 이 책을 읽고 있어야 했다. 1940년대가 훨씬 안전했다.

바로 그때 내 휴대 전화에서 알림음이 들렸다. 화면을 내려다보았다. 호손이 보낸 문자 메시지였다.

유니코 카페

해로온더힐

오전 9시 30분. 아침 식사.

해로온더힐이면 고드윈 가족이 사는 곳이었다. 그가 다음번 행선지를 밝힌 것이었다.

나는 다이애나 쿠퍼를 죽인 범인이 누군지 진심으로 알아내고 싶었다. 그게 핵심이었다. 좋든 싫든 나는 이미 발을 담갔다. 나는 그녀의 거실에 서 있었고, 그녀가 어떤 식으로 살다가 죽었는지 피부로 느꼈다. 카펫에 남은 얼룩을 보았다.

그 편지를 보낸 사람이 누군지, 그 사람이 그녀의 고양이도 죽였는지 알아내고 싶었다. 호손은 그녀가 자신의 죽음을 예견했노라고 했다. 어떻게 그럴 수 있었으며 만약 그게 사실이라면 왜 경찰에 신고하지 않았을까? 무엇보다 나는 고드윈 가족과 그중에서도 특히 제러미 고드윈을 만나고 싶었다. 〈파열된 아이〉. 사건의 결론은 나중에 신문 기사를 통해 파악할 수 있을지 몰랐다. 어쩌면 호손은 다른 사람을 구해 자기 책을 맡길지 몰랐다. 하지만 그것만으로는 부족했다.

나는 그 자리에 있고 싶었다.

문득 원칙은 내가 만들면 그만이라는 생각이 들었다. 모든 일을 있는 그대로 기록해야 한다고 누가 그랬나? 호손이 레이먼드 클룬스를 두고 뭐라고 했는지 밝힐 필요가 전혀 없었다. 모든 갈등의 시발점이 된 그 흑백 사진과 다른 작품을 아예 언급하지 않고 지나가도 됐다. 사실 그를 내가 원하는 대로 묘사해도 됐다. 그를 좀 더 젊고 위트 넘치며 말랑말랑하고 매력적인 인물로 그린들 안 될 것 없었다. 내 책이었다! 호손에게는 원고를 더 이상 보여 주지 않을 작정이었고 출간되고 나면 엎질러진 물이었다. 그도 잘 팔리기만 하면 신경 쓰지 않을 것이었다.

하지만 나는 그럴 수 없다는 걸 알았다. 호손 쪽에서 내게 접근했고 그는 그였다. 그를 바꾸면 연쇄 작용으로 모든 게 다시 허구의 세계로 회귀할 것이다. 그와 대화를 나눈 모든 사람과 그가 다닌 모든 공간을 재구성하는 나의 모습이 그려졌다. 그 빌어먹을 로버트 메이플소프가 1순위로 사라질 것이다. 그럼 무슨 의미가 있을까? 그냥 차라리 늘 하던 대로 처음부터 끝까지 이야기를 만들어 내는 편이 나을지 몰랐다.

오전 9시 30분, 해로온더힐.

나는 휴대 전화를 계속 쥐고 있었고 앞으로 나아갈 길은 하나밖에 없음을 깨달았다. 내가 책을 대하는 자세와 더 나아가 그 안에서 나의 역할이 근본적으로 달라져야 하겠지만 나는 호손에 대해 거짓말할 필요가 없었다. 그를 보호할 필요도 없었다. 그는 자기 자신을 건사할 수 있었다. 하지만 나는 그의 태도에 이의를 제기할 것이다. 사실 나는 그래야 할 의무가 있었다. 그러지 않았다가는 내가 두려워 마지않던 비난에 시달릴 것이었다.

나는 그가 동성애를 못마땅하게 여긴다는 것을 이제 막 파악했다. 앞으로 절대 용납하지 않되 어떤 이유에서 그러는지 알아볼 작정이었고 그 결과 그를 좀 더 이해하게 된다면 누이 좋고 매부 좋은 일이었다. 책을 쓰는 보람이 있을 것이었다.

어쩌면 그가 동성애자일 수도 있었다. 공개적으로 동성애에 반대하는 고위급 정치인이나 성직자는 본모습을 꽁꽁 감추고 있었던 것으로 드러나는 경우가 많았다. 나는 그를 폭로하고 싶지 않았다. 그 모든 일에도 불구하고 그에게 상처를 주고 싶은 마음은 전혀 없었다. 그런데 문득 나도 그와의 만남을 통해 얻을 수 있는 성과가 있을지 모른다는 생각이 들었다.

수사관을 수사할 수 있지 않겠는가.

나는 휴대 전화를 집어서 세 단어를 입력했다.

내일 거기서 봅시다.

그런 다음 잠자리에 들었다.

유니코 카페는 해로온더힐역에서 조금만 걸어가면 나오는 다 허물어져 가는 쇼핑가 맨 끝, 철길 바로 옆에 있었다. 호손은 달걀, 베이컨, 토스트와 차를 이미 주문해 놓았다. 생각해 보니 그가 제대로 된 음식과 함께 앉아 있는 것을 지금까지 본 적이 없었다. 그는 앞에 놓인 음식의 정체를 의심하는 사람처럼 잔뜩 경계하며 잽싸게 잘라서 최대한 빨리 먹어 치웠다. 먹는다는 행위에 전혀 즐거움을 느끼지 못하는 눈치였다. 나는 그가 지난번 만남이 그런 식으로 끝난 것에 대해 사과할지 모른다고 생각했지만 그는 나를 보며 미소를 짓고는 그만이었다. 내가 왔다는 데 전혀 놀라지 않았다. 내가 오지 않을지도 모른다는 생각조차 한 적 없지 않을까 싶었다.

나는 테이블 맞은편에 앉아 베이컨샌드위치를 주문했다.

「오늘 좀 어때요?」 그가 물었다.

「좋아요.」

내 목소리가 쌀쌀맞게 들렸더라도 그는 알아차리지 못했다. 「내가 고드윈 가족에 대해서 조사를 좀 하고 있었거든요.」 그는 먹으면서 말을 했지만 노하우가 있는지 방해가 되지 않았다. 테이블 위에 수첩이 놓여 있었다. 「아버지는 앨런 고드윈이에요.」 그는 하던 이야기를 계속했다. 「자기 사업을 해요. 이벤트업체요. 아내는 주디스 고드윈. 어린이 자선 단체에서 파트타임으로 근무해요. 아이는 아들 하나뿐이고요. 제러미 고드윈은 이제 열아홉 살이에요. 뇌 손상. 병원에서 내린 진단에 따르면 스물네 시간 보살핌이 필요하다는데 — 그게 정확히 무슨 뜻인지는 아무도 알 수가 없죠.」

「그 가족을 생각하면 조금도 연민이 느껴지지 않아요?」 나는 물었다.

그는 어리둥절한 표정으로 고개를 들었다. 「왜 내가 연민을 느끼지 않는다고 생각해요?」

「그런 식으로 사실을 늘어놓으니까요. 〈아이는 아들 하나뿐이고요.〉 당연하죠! 다른 한 명은 죽었으니까요. 그리고 살아 있는 아이는 아픈 척하고 있을지 모른다는 뉘앙스를 풍기고 있잖아요.」

「어제 꿈자리가 사나웠나 봐요?」 그는 차를 마셨다. 「나는 들은 것 말고는 제러미 고드윈에 대해서 아무것도 몰라요. 하지만 다이애나 쿠퍼가 잘못 본 게 아니라고 치면 그녀가 죽은 날 저녁에 그가 침대나 휠체어에서 일어나 브리태니아 로드까지 걸어갔을 수도 있어요. 그리고 잊지 말자고요, 어제까지만 해도 여기 오고 싶어서 안달을 낸 사람은 당신이었어요. 당신이 그들을 범인으로 몰고 갔잖아요. 앨런 고드윈, 주디스 고드윈 그리고 — 그럴 여력이 됐다면 — 제러미 고드윈까지. 내 말이 틀렸으면 반박해 봐요.」

내가 주문한 베이컨샌드위치가 나왔다. 나는 별로 먹고 싶지 않았다. 「사람들을 좀 더 세심하게 대할 수도 있지 않으냐고 말하려는 거예요.」

「그래서 여기 온 거예요? 용의자를 껴안고 꼭 안아 주려고?」

「아뇨. 하지만…….」

「당신이 여기 온 이유는 나하고 같아요. 다이애나 쿠퍼를 살해한 범인이 누군지 알아내고 싶어서. 그들 중 한 명이라면 그들은 체포될 거예요. 아니라면 그대로 헤어져서 앞으로 그들을 두 번 다시 만날 일 없겠죠. 어느 쪽이 됐든 우리가 그들에 대해 어떻게 생각하고 어떤 감정을 느끼는지는 손톱만큼도 상관이 없어요.」

그는 수첩을 한 장 넘겼다. 아주 깔끔하고 꼼꼼한 글씨로 뭐라고 적어 놓았는데 하도 잘아서 나는 안경을 끼지 않은 이상 읽을 수가 없었다. 「사고를 간단히 요약해 봤어요. 당신이 너무 심란해지지 않는다면요. 여덟 살짜리가 죽임당하는 얘기거든요.」

「얘기해 봐요.」 나는 말했다.

「레이먼드 클룬스가 말한 그대로예요. 그들은 딜의 로열 호텔에 묵고 있었어요…… 두 형제와 베이비시터인 메리 오브라이언만. 바닷가에서 하루 종일 놀다가 호텔로 돌아가던 길에 아이스크림을 사려고 두 아이가 차도로 달려들었어요. 베이비시터는 법정에서 그 일로 비난을 받았지만 도로에 아무도 없었다고 맹세했어요. 그게 착각이었죠. 아이들이 길을 반쯤 건넜을 때 모퉁이를 돌아 나온 차에 치였으니 말이죠. 그 차는 베이비시터를 아슬아슬하게 피하고 한 아이는 죽이고 한 아이에게는 부상을 입히고 그대로 달아났어요. 목격자가 많았어요. 다이애나 쿠퍼가 두세 시간 만에 자수했기에 망정이지 안 그랬으면 엄청 난처해졌을 거예요.」

「그녀가 무죄 판결을 받은 게 옳았다고 생각해요?」

호손은 어깨를 으쓱했다.「변호사한테 물어봐요.」

「그녀는 판사와 아는 사이였어요.」

「판사와 아는 사이인 사람과 아는 사이였죠. 둘은 다른 얘기죠.」그는 바로 전날 게이 음모론을 제기했던 것을 까맣게 잊은 눈치였다.「판사들은 아는 사람이 많아요.」그가 덧붙였다.「그게 반드시 지저분한 뭔가로 연결되는 건 아니에요.」

우리는 침울한 침묵 속에 아침 식사를 마쳤다. 종업원이 계산서를 들고 왔다. 호손은 그걸 쳐다보지도 않았다. 내가 계산할 거라고 생각하는 것이었다.

「하나 더.」내가 말했다.「지금까지 커피값과 택시비를 내가 다 계산했는데, 50 대 50으로 할 거면 비용도 똑같이 나눠야죠.」

「좋아요!」그는 진심으로 놀란 눈치였다.

나는 그렇게 말해 놓고 벌써부터 후회하고 있었다. 정말로 비용을 반분하고 싶었다기보다 그 전날 있었던 일에 대한 반발심에 가까웠던 것이다. 나는 그가 지갑을 꺼내서 색깔로 얼마짜리인지 겨우 구분할 수 있을 만큼 흐물흐물하고 쭈글쭈글한 10파운드짜리 지폐를 끄집어내는 것을 지켜보았다. 그는 하수구에서 집어낸 낙엽이라도 되는 듯 지폐를 테이블 위에 내려놓았다. 지갑에 있는 지폐는 그게 전부였고 내 말이 맞았다 하더라도 그것으로 내가 거둔 소득은 쩨쩨하고 비열한 인간으로 전락한 게 전부였다. 호손이 뭘 계산한 건 그때가 마지막이었다. 나는 이후로 두 번 다시 이의를 제기하지 않았다.

우리는 같이 카페를 나섰다. 해로온더힐은 사실 내가 잘 아는 동네였다. 고풍스러운 시내 중심가를 헤이스팅스 삼아 「포일의 전쟁」의 여러 장면을 거기서 촬영했다. 갈매기 소리가 배경음으로 추가됐을 때 거둘 수 있는 효과는 놀라운 수준이었다. 내가 맨 처음으로 다녔던 기숙 학교가 근처에 있었는데 이 일대는 50년 동안 달라진 게 거의 없다는 생각이 들었다. 여전히 아주 파릇파릇하고 현실 세계에 있을 법하지 않은 고립된 지역이라 런던 북부로 얼기설기 뻗어 나간 다른 근교와 차별화됐다.

「어젯밤에는 뭐 했어요?」 나는 같이 걸으며 호손에게 물었다.

「예?」

「뭐 했는지 궁금해서요. 나가서 저녁 먹었어요? 사건 조사했어요?」 그가 대답을 하지 않자 나는 덧붙였다. 「책을 쓰려면 필요해서 그래요.」

「저녁 먹고. 메모 좀 하고. 잤어요.」

하지만 저녁으로 뭘 먹었을까? 누구랑 같이 잤을까? TV를 봤을까? 집에 TV가 있긴 할까?

그는 대답하지 않을 테고 물을 시간도 없었다.

우리는 록스버러애비뉴의 빅토리아 시대 주택에 도착했다. 볼 때마다 찰스 디킨스를 연상시키는 짙은 빨간색 벽돌로 된 3층 건물이었고 차 두 대가 들어가는 차고가 딸려 있었다. 내가 받은 첫인상은 이보다 더 처량한 분위기를 풍기는 건물은 본 적이 없다는 것이었다. 헐벗고 방치되다시피 한 앞마당에서부터 벗겨져 가는 페인트칠, 꽃들이 다 죽은 창가의 화단, 커튼 없이 불이 꺼진 창문에 이르기까지 그랬다.

여기가 고드윈 가족, 그러니까 한 명을 앞세우고 남은 세 명의 집이었다.

8
망가진 제품

내가 좋아하는 극작가 중에 쿼터매스 교수라는 특이한 인물을 창조한 나이절 닐이 있다. 그가 쓴 「벽돌 테이프」라는 섬뜩한 TV 드라마에서는 집의 뼈대를 이루는 벽돌과 모르타르가 직접 목격한 끔찍한 장면을 비롯해 다양한 감정을 흡수했다가 〈재생〉하는 것으로 설정되어 있었다. 록스버러 애비뉴에 자리 잡은 고드윈 가족의 집으로 들어섰을 때 나는 그 드라마가 생각났다. 집 자체는 고가였다. 해로온더힐에서 이 정도 규모라면 2백만~3백만 파운드는 될 것이었다. 그럼에도 바깥보다 더 춥게 느껴질 정도로 썰렁하고 어두침침했다. 인테리어 공사가 시급했다. 카펫은 얼룩투성이에 살짝 나달나달했다. 축축한 냄새 아니면 뭔가가 썩어서 오그라든 냄새가 나는 듯했지만 기억 장치의 용량이 다 될 때까지 녹화되고 또 녹화된 고통의 흔적일지 몰랐다.

50대 여자가 문을 열어 주었다. 사망 당시 다이애나 쿠퍼보다 열 살 아니면 열다섯 살 더 젊었다. 영업 사원 대하듯 불신하는 눈빛으로 우리를 대했다. 사실상 온몸으로 방어적인 분위기를 풍겼다. 이 여자가 주디스 고드윈이었다. 그녀가 어떤 식으로 자선 단체 일을 할지 눈에 선했다. 자선이 필요한 사람은 자신이지만 누릴 수 없다는 걸 아는 사람처럼 불안정했다. 인생을 뒤바꾸어 놓은 비극의 흔적이 아직까지 역력했다. 그녀가 누군가에게 도움이나 금전적인 지원을 요청한다면 항상 개인적인 감정이 결부돼 있을 것이다.

「호손 씨이신가요?」 그녀가 물었다.

「만나서 정말 반갑습니다.」 호손은 손을 내밀어 그녀와 악수를 했고 나는 또다시 그의 변신을 목격했다. 안드레아 클루바네크를 대할 때는 딱딱했고 레이먼드 클룬스를 대할 때는 냉랭하고 사무적이었다면 지금은 깍듯하고 넉넉한 호손으로 주디스 고드윈을 대했다. 「시간 내주셔서 감사합니다.」

「부엌으로 들어오시겠어요? 커피를 준비할게요.」

호손은 내가 누군지 설명하지 않았고 그녀도 관심을 보이지 않았다. 우리는 그녀를 따라 계단 저편의 공간으로 들어갔다. 부엌은 좀 더 따뜻했지만 역시 칙칙하고 케케묵었다. 재밌는 일이지만 백색 가전을 보면 그 집과 집주인에 대해 많은 것을 알 수 있다. 냉장고는 설치 당시에는 돈을 많이 주었겠지만 그건 오래전 이야기였다. 겉면이 누르스름해졌고 조리법과 전화번호와 비상 연락처가 적힌 오래된 포스트잇과 자석으로 마맛자국처럼 뒤덮였다. 오븐은 기름때로 번들거렸고 식기세척기는 너무 많이 써서 낡았다. 세탁기가 부연 물로 창을 때리며 천천히 돌아가고 있었다. 부엌 자체는 깨끗하고 단정했지만 돈을 들일 필요가 있었다. 털이 지저분하고 주둥이가 회색인 바이마라너 사냥개가 한쪽 구석에서 졸고 있다가 우리가 들어서자 꼬리로 바닥을 두드렸다.

호손과 나는 큼지막한 소나무 식탁에 앉았고 주디스 고드윈은 싱크대에서 여과식 커피 주전자를 꺼내 수돗물로 씻고 커피를 끓일 준비를 했다. 그러는 동안 우리에게 말을 건넸다. 일을 한 번에 하나씩 하지 못하는 성격이라는 것을 알 수 있었다. 「다이애나 쿠퍼 일로 얘기를 나누고 싶다고 하셨죠?」

「경찰에 진술은 하셨을 거라고 봅니다만.」

「아주 간단하게요.」 그녀는 냉장고에서 우유를 꺼내 냄새를 맡고는 개수대에 버렸다. 「전화를 했더라고요. 그 여자를 만난 적 있느냐고 물었어요.」

「만난 적 있으신가요?」

그녀는 반항하는 눈빛으로 고개를 돌렸다. 「10년 동안 만난 적 없어요.」 그녀는 다시 열심히 접시에 비스킷을 담았다. 「내가 왜 만나고 싶겠어요? 왜 그 여자 근처에 가고 싶겠어요?」

호손은 어깨를 으쓱했다. 「그분이 죽었다는 소식을 들었을 때 별로 안타깝지 않으셨겠네요.」

주디스 고드윈은 하던 일을 멈추었다. 「호손 씨, 정확히 무슨 일을 한다고 하셨죠?」

「경찰 수사를 돕고 있습니다. 아주 까다롭고 파문이 큰 사건이라 그쪽에서 저한테 지원을 요청했어요.」

「그럼 사설탐정이신가요?」

「컨설턴트입니다.」

「친구분은요?」

「같이 일하는 사람입니다.」 나는 말했다. 간단하고 솔직하며 더 이상의 질문을 차단하는 답변이었다.

「제가 그 여자를 죽였다고 생각하세요?」

「그럴 리가요.」

「그 여자를 만난 적 있느냐고 물었잖아요. 그 여자가 죽어서 기쁘지 않으냐고 했고.」 주전자의 커피가 끓었다. 그녀는 얼른 달려가 불을 껐다. 「뭐, 두 번째 질문에 답하자면 맞아요. 그 여자 때문에 내 인생이 망가졌으니까요. 우리 가족의 인생이 망가졌으니까요. 그 여자가 잡지 말았어야 하는 운전대를 잡은 건 잠깐이었을지 몰라도 아들을 죽이고 나에게서 모든 것을 앗아 갔어요. 나는 기독교인이에요. 교회에 다녀요. 그 여자를 용서하려고 했어요. 하지만 그 여자가 살해당했다는 소식을 듣고 기쁘지 않았다고 하면 거짓말일 거예요. 죄악이고 그러면 안 되는 것일지 몰라도 그 여자는 그래도 싸다고 생각해요.」

나는 그녀가 커피를 끓이는 것을 아무 말 없이 지켜보았다. 그녀는 분풀이를 하듯 커피 주전자와 머그잔과 우유병을 공격했다. 쟁반을 들고 와서 우리 맞은편에 앉았다. 「또 뭘 알고 싶으신데요?」 그녀가 따져 물었다.

「뭐든 다 알고 싶습니다.」 호손은 말했다. 「그 사고에서부터 시작하는 건 어떨까요?」

「그 사고? 딜에서 우리 아들들에게 벌어진 일 말씀인가요?」 그녀는 잠깐 쓴웃음을 지었다. 「사고라. 참 간단한 단어죠. 우유를 쏟거나 다른 차를 들이받은 것 같잖아요. 나는 그때 시내에 있다가 전화를 받았어요. 〈유감스럽지만 사고가 났습니다.〉 그 말을 들었을 때만 해도 집이나 회사에 무슨 일이 생긴 줄 알았어요. 내 아들 티미가 영안실에 누워 있고 다른 아이는 평생 멀쩡한 몸으로 살지 못하게 될 줄은 몰랐어요.」

「어쩌다 두 아이와 따로 계셨나요?」

「학회에 참석하느라요. 당시 셸터 재단에서 일하고 있었는데 웨스트민스터에서 이틀 동안 행사가 있었어요. 남편은 맨체스터로 출장을 갔고요.」 그녀는 말을 하다 말고 잠깐 멈추었다. 「이제는 그이와 같이 살지 않아요. 그것도 그 사고 때문이에요. 학기 중 방학이라 애들을 베이비시터와 함께 여행을 보내기로 했어요. 베이비시터가 애들을 맡아서 딜의 바닷가로 데려가기로요. 호텔에서 특별 할인을 했거든요. 거길 선택한 이유가 딱 그거 하나였어요. 아이들은 신나서 어쩔 줄 몰라 했어요. 성, 바닷가, 램스게이트의 터널. 티미는 상상력이 풍부했어요. 일상의 모든 게 모험일 정도로.」

그녀는 커피를 세 잔 따랐다. 설탕과 우유는 우리에게 각자 넣도록 했다.

「메리는 그때 우리 집에서 일한 지 1년이 조금 넘었고 아주 훌륭했어요. 우리는 그녀를 전적으로 신뢰했어요. 그때 벌어진 일을 몇 번이고 되짚었을 때도 그녀의 잘못이라고 생각한 적은 한순간도 없었고요. 경찰들과 목격자들도 전부 동의하는 부분이에요. 그녀는 지금도 우리 집에서 일하고 있어요.」

「제러미를 돌보고 있나요?」

「네.」 주디스는 이렇게 대답하고는 잠깐 뜸을 들였다. 「메리는 책임감을 느꼈어요.」 그녀는 하던 이야기를 이어 갔다.

「제러미가 드디어 퇴원했을 때 아이 곁을 떠나지 못하게 된 거죠. 그래서 계속 여기서 일을 하고 있어요.」 다시 말이 끊겼다. 과거를 소환하려니 힘이 드는 것이었다. 「그 셋은 바닷가에 갔어요. 배를 탔고요. 날씨가 좋기는 했지만 수영을 할 수 있을 만큼 따뜻하지는 않았거든요. 도로가 바닷가 바로 옆으로 이어져요. 야트막한 방파제와 산책길만 지나면 도로예요. 아이들은 아이스크림 가게를 보고 메리가 소리를 쳤는데도 도로로 뛰어들었어요. 왜 그랬는지 모르겠어요. 여덟 살밖에 안 되긴 했어도 평소에는 그렇게 생각이 없지 않았는데.

그래도 쿠퍼 부인은 차를 멈출 수 있었어요. 시간이 충분했거든요. 하지만 안경을 쓰지 않았기 때문에 애들을 그냥 들이받았어요. 나중에 알고 보니 그 여자는 도로 이쪽 끝에서 저쪽 끝까지 잘 보지도 못하더라고요. 그러면 운전을 하지 말았어야죠. 티미는 즉사했어요. 제러미는 허공으로 날아올랐고요. 머리를 심하게 다쳤지만 목숨은 부지했죠.」

「메리는 다치지 않았나요?」

「운이 아주 좋았어요. 애들을 잡으려고 앞으로 달려갔는데 몇 센티미터 차이로 치이지 않았어요. 이게 전부 재판에서 나온 얘기에요, 호손 씨. 쿠퍼 부인은 차를 세우지 않았어요. 나중에 경찰에 말하길 공포로 머릿속이 새하얗게 돼서 그랬다는데 어떤 여잔지 알 만하지 않아요? 아이 둘을 도로에 방치하다니!」

「부인은 아들이 기다리는 집으로 갔죠.」

「맞아요. 데이미언 쿠퍼. 지금은 아주 유명한 배우가 됐는데, 그때 그 여자와 같이 지내고 있었거든요. 변호사들은 그 여자가 아들을 보호하고 싶어 한다고, 아들의 이름이 언론에 오르내리는 걸 원치 않는다고 했어요. 그게 사실이라면 둘 다 오십보백보인 거죠. 아무튼 그 여자는 몇 시간 뒤에 자수했지만 오로지 선택의 여지가 없었기 때문이에요. 목격자들이 많았고 번호판을 본 사람도 있었으니까. 판사가 형을 선고할 때 그걸 감안하지 않을까 싶겠지만 전혀 상관없는 모양이더라고요. 그 여자는 무죄로 풀려났어요.」

그녀는 접시를 들어서 내게 비스킷을 권했다. 「아뇨, 괜찮습니다.」 나는 대답하며, 이런 대화를 나누는 도중에 어떻게 그렇게 따뜻하고 평범한 행동을 할 수 있을까 생각했다. 하지만 그녀는 그런 상태인 것 같았다. 딜에서 벌어진 사건의 그늘 안에서 10년을 지내는 동안 그것이 새로운 일상이 되어 버린 것이었다. 마치 정신 병원에 하도 오래 갇혀 있다 보니 자신이 정신 질환자라는 것을 잊어버린 환자와 비슷했다.

「대답하기 괴로우실 거라는 걸 압니다, 고드윈 부인.」 호손이 말했다. 「하지만 결혼 생활을 정확히 언제 정리하셨나요?」

「괴롭지 않아요, 호손 씨. 오히려 정반대예요. 나는 그날 전화를 받은 이후로 어떤 감정을 느낀 적이 있나 싶어요. 이런 일이 미치는 영향이 그런 거 아닌가 싶어요. 출근을 하거나 친구들 집에 놀러 가거나 행복한 주말을 보내며 모든 게 완벽하게 느껴질 때 이런 일이 벌어지면 불신 같은 게 싹터요. 나는 사실 이걸 1백 퍼센트 믿은 적이 없어요. 티미의 장례식 때도 계속 누군가가 와서 내 어깨를 두드리며 일어나라고 해주길 기다렸어요. 아니, 나는 훌륭한 쌍둥이를 키우고 있었어요. 두 아이는 모든 면에서 완벽했어요. 결혼 생활도 행복했어요. 앨런의 회사는 잘 돌아가고 있었고요. 이 집도 얼마 전에 장만한 참이었어요…… 바로 전해에. 모든 게 부서지기 전에는 그게 얼마나 깨지기 쉬운지 절대 모르죠. 모든 게 박살 난 날이 바로 그날이었어요.

앨런과 나는 우리가 옆에 있지 않았던 것을, 애초에 애들을 거기 보냈던 것을 자책했어요. 그이는 맨체스터로 출장을 갔거든요. 아까 말씀드렸죠? 우리 둘 사이에는 계속 어느 정도 스트레스가 존재했어요. 어느 결혼 생활이나 힘들기 마련이고 쌍둥이를 키우면 특히 더 그렇지만 티미를 잃은 뒤로 우리 부부는 절대 예전처럼 지내지 못했어요. 상담도 받고 할 수 있는 모든 방법을 동원했지만 더는 안 되겠다고 현실을 인정하는 수밖에 없었죠. 사실 그이는 몇 달 전에 이 집에서 나갔어요. 그래도 결혼 생활을 정리했다고 표현할 수는 없을 것 같아요. 그저 서로의 존재를 견딜 수 없었을 뿐.」

「어디 가면 부군을 만날 수 있을까요? 잠깐 얘기를 나누면 도움이 될 수도 있어서요.」

그녀는 종이에 뭘 적어서 호손에게 주었다. 「그이 휴대 전화 번호예요. 여기로 연락하시면 돼요. 그이는 이 집이 팔릴 때까지 빅토리아의 아파트에서 지내고 있어요.」 그녀는 말을 하다 말고 멈추었다. 우리에게 이런 정보까지 공개할 생각은 없었을지도 모른다. 「앨런의 사업이 요즘 들어 잘 안 풀리고 있거든요.」 그녀는 설명했다. 「이 집을 감당할 수가 없어서 매물로 내놨어요. 그동안 제러미 때문에 여길 떠나지 못했어요. 그 아이의 집이니까. 다친 것 때문에 아이가 아는 곳에서 지내는 편이 낫지 않을까 생각했거든요.」

호손은 고개를 끄덕였다. 나는 그가 공격을 감행하려고 할 때마다 항상 알아차릴 수 있었다. 누군가가 그의 면전에서 휘두른 칼이 한순간 그의 눈동자에 반사되는 듯한 느낌이 들었다. 「다이애나 쿠퍼를 만난 적이 없다고 하셨죠? 부군은 그녀에게 접근한 적 있는지 아십니까?」

「그랬다고 들은 적 없어요. 뭐 하러 접근하려고 했을지 이유를 모르겠는데요.」

「지난주 월요일에 그녀의 집 근처에는 가지 않으셨죠? 그녀가 사망한 날에요.」

「말씀드렸잖아요. 네.」

호손은 고개를 잠깐 좌우로 흔들었다. 「하지만 사우스켄징턴에 계셨잖습니까.」

「뭐라고요?」

「오후 4시 30분에 사우스켄징턴역에서 나오셨죠.」

「그걸 어떻게 아세요?」

「CCTV 기록을 찾아보았거든요, 고드윈 부인. 아니라고 하실 겁니까?」

「당연히 아니라고 할 생각 없어요. 다이애나 쿠퍼가 거기 산다는 말씀이세요?」 호손은 대답하지 않았다. 「몰랐어요. 계속 켄트에서 사는 줄 알았는데. 킹스로드에 쇼핑하러 갔어요. 부동산에서 집 분위기를 좀 밝게 꾸미면 좋겠다고 해서요. 가구점을 몇 군데 들렀어요.」

내가 듣기에는 설득력이 별로 없었다. 이 집은 폐가 수준이었고 주디스 고드윈은 누가 봐도 돈이 없었다. 이 집을 팔려는 이유가 그 때문이었다. 그녀는 진심으로 비싼 가구를 몇 점 들이면 달라질 거라고 생각하는 걸까?

「부군이 쿠퍼 부인에게 편지를 보낸 적 있다는 얘길 하던가요?」

「편지를 보냈다고요? 나는 전혀 모르는 일이에요. 그이한테 물어보세요.」

「제러미는요?」 호손의 입에서 그의 이름이 나오자 그녀는 긴장했다. 호손은 얼른 말을 이었다. 「같이 산다고 하셨죠?」

「네.」

「그 아이가 그녀에게 접근했을 수도 있을까요?」

그녀는 잠깐 생각에 잠겼고 나는 이제 그만 나가 달라는 말이 튀어나오지 않을까 생각했다. 하지만 그녀는 다시 침착하고 사무적인 분위기를 되찾았다. 「우리 아들이 여덟 살 때 심하게 다친 걸 아시죠, 호손 씨? 파열된 부위가 뇌의 측두엽과 후두엽이었어요. 각각 기억, 언어와 감정 그리고 시력을 관장하는 부위에요. 그 아이는 지금 열여덟 살이지만 절대 멀쩡하게 살 수 없을 거예요. 단기 기억 장애와 작업 기억 장애, 실어증, 집중력 부족 등 여러 가지 문제가 있거든요. 그래서 스물네 시간 보호가 필요하고 스물네 시간 보호를 받고 있어요.」

그녀는 말을 하다 말고 잠깐 멈추었다.

「외출을 하긴 하지만 — 절대 혼자서는 하지 못해요. 그 아이가 쿠퍼 부인에게 접근해 말을 걸었거나 해쳤을지 모른다는 건 말도 안 되는 동시에 모욕적인 발상이에요.」

「하지만.」 호손은 말했다. 「호손 부인은 살해당하기 직전에 다소 이상한 문자 메시지를 보냈습니다. 제 해석이 맞는다면 아드님을 보았다고 했어요.」

「그럼 당신의 해석이 틀렸네요.」

「문자가 상당히 구체적이었어요. 아드님이 지난 월요일에 어디 있었는지 아십니까?」

「네, 당연히 알죠. 2층에 있었어요. 지금도 2층에 있고요. 방 밖으로 자주 나오지 않고 자기 혼자서는 한 번도 나온 적이 없어요.」

우리 뒤에서 문이 열렸고 청바지에 헐렁한 저지를 입은 젊은 여자가 부엌으로 들어왔다. 나는 그녀가 메리 오브라이언이라는 것을 한눈에 알아차렸다. 생김새도 그렇고 태도도 그렇고 딱 베이비시터였다. 가슴 위로 팔짱을 낀 두툼한 팔, 통통한 얼굴, 까만색의 아주 곧은 직모가 진지한 분위기를 풍겼다. 서른다섯 살쯤 되어 보였으니 사고 당시에는 20대 중반이었다는 뜻이었다.

「죄송해요, 주디스 씨.」 그녀가 말했다. 아일랜드 억양이 곧바로 드러났다. 「손님이 계신 줄 몰랐어요.」

「괜찮아, 메리. 이쪽은 호손 씨 그리고…….」

「앤서니입니다.」

「다이애나 쿠퍼에 대해 물어보러 오셨어.」

「아.」 메리의 표정이 어두워졌다. 그녀는 문 쪽을 흘끗 쳐다보았다. 나가도 되는지 궁금한 것이었다. 어쩌면 여기로 들어온 것 자체를 후회하고 있을지 몰랐다.

「이분들이 딜에서 벌어진 일에 대해 물어보시려나 봐.」

메리는 고개를 끄덕였다. 「뭐든 궁금한 게 있으시면 다 말씀드릴게요.」 그녀는 말했다. 「지금까지 1천 번 정도 반복한 것 같긴 하지만요.」 그녀는 식탁에 앉았다. 그녀는 주디스와 대등한 관계로 지낼 만큼 여기서 오래 있었다. 이 집을 자기 집처럼 여겼다. 하지만 주디스가 곧바로 일어나 반대편으로 자리를 옮기는 것을 보고 나는 둘이 껄끄러운 관계일지 모르겠다는 생각을 했다.

「어떻게 도와드리면 될까요?」 메리가 물었다.

「그날 어떤 일이 벌어졌는지 말씀해 주시면 좋겠습니다.」 호손이 말했다. 「전에도 이미 말씀하셨겠지만 저희가 직접 들으면 도움이 될지 몰라서요.」

「알겠어요.」 메리는 마음을 가라앉혔다. 주디스는 옆에서 지켜보았다. 「저희는 바닷가에서 놀다가 나왔어요. 제가 아이들한테 호텔로 돌아가기 전에 아이스크림을 사주겠다고 약속했거든요. 저희는 바닷가에서 조금만 가면 나오는 로열 호텔에 묵고 있었어요. 아이들은 반드시 제 손을 잡고 길을 건너도록 교육을 받았고 평소 같았으면 절대 제 손을 놓지 않았을 텐데, 그날은 너무 지쳐서 제정신이 아니었어요. 아이스크림 가게를 보더니 흥분해서 제가 상황을 파악할 겨를도 없이 달려서 길을 건너려고 했어요.

제가 애들을 붙잡으려고 뒤따라 달렸죠. 바로 그때 차가 달려오는 게 보였어요. 은색 도요타요. 저는 그 차가 멈추어 설 줄 알았는데 아니더라고요. 제가 애들한테 아직 다다르지 못했을 때 그 차가 애들을 쳤어요. 티머시가 한쪽 옆으로 쓰러지고 제러미가 허공을 나는 게 보였어요. 저는 제러미가 더 많이 다쳤을 줄 알았어요.」 그녀는 안주인을 흘끗 쳐다보았다. 「주디스 씨 앞에서 이런 얘기를 하려니까 마음이 불편하네요.」

「괜찮아, 메리. 이분들이 아셔야 하니까.」

「차가 끼이익 하고 멈추어 섰어요. 한 20미터쯤 더 갔을 거예요. 운전자가 내릴 줄 알았는데 아니었어요. 갑자기 액셀을 밟더니 그대로 내달렸어요.」

「쿠퍼 부인이 운전대를 잡고 있는 걸 실제로 보셨나요?」

「아뇨. 뒤통수만 봤고 그마저도 기억에 남지 않았어요. 충격 때문에.」

「그래서요?」

「더 드릴 말씀도 별로 없어요. 어딘가에서 순식간에 구름 떼처럼 사람들이 등장했어요. 아이스크림 가게 옆에 약국이 있었는데 거기 주인이 제일 먼저 달려왔어요. 이름은 트래버턴이었고 아주 도움을 많이 줬어요.」

「아이스크림 가게 직원들은요?」 호손은 물었다.

「영업을 하지 않는 날이었어요.」 주디스가 말했다. 씁쓸한 목소리였다.

「애들이 그걸 몰랐다는 게 더 슬퍼요.」 메리도 맞장구쳤다. 「가게 문이 닫혀 있었다는 게. 하지만 문에 조그만 팻말이 하나 걸려 있었고 애들이 그걸 보질 못했죠.」

「그러고 나서 어떻게 됐습니까?」

「경찰이 왔어요. 구급차도 왔고요. 그들이 우리를 병원으로 싣고 갔어요…… 우리 셋 모두를요. 저는 애들 상태를 확인하고 싶었지만 보호자가 아니라 그쪽에서 알려 주지 않더라고요. 저는 그들에게 주디스 씨와…… 앨런 씨에게 연락하게 했어요. 두 분이 오신 다음에야 저는 애들이 어떻게 됐는지 알 수 있었어요.」

「경찰에서 다이애나 쿠퍼를 찾아내기까지 얼마나 걸렸죠?」

「두 시간 뒤에 아들이 그녀를 태우고 딜의 경찰서로 찾아왔어요. 그녀는 절대 도망치지 못했을 거예요. 목격자 중 한 명이 번호판을 봤기 때문에 경찰에서 차주가 누군지 알아냈을 거예요.」

「이후에 그녀를 다시 만난 적 있습니까?」

메리는 고개를 끄덕였다. 「재판정에서요. 말을 섞지는 않았어요.」

「그 뒤로는 만난 적 없고요?」

「네. 제가 뭐 하러 만나고 싶겠어요? 이 세상에서 제일 마주치고 싶지 않은 사람인데.」

「그녀가 지난주에 살해를 당했습니다.」

「제가 범인이라는 말씀이세요? 말도 안 돼. 저는 그녀가 어디 사는지도 몰라요.」

나는 그녀의 말을 믿지 않았다. 요즘은 마음만 먹으면 주소지 정도는 쉽게 알아낼 수 있었다. 그리고 그녀는 누가 봐도 뭔가를 숨기고 있었다. 좀 더 유심히 들여다보니 그녀는 내가 처음에 생각했던 것보다 훨씬 매력 있었다. 세련된 구석은 없지만 상큼한 분위기가 아주 매혹적이었다. 하지만 나는 그녀를 신뢰하지는 않았다. 그녀가 진실을 감추고 있는 듯한 느낌이 들었다.

「호손 씨는 제러미가 그 여자를 혼자 찾아갔을 수도 있다고 생각하셔.」 주디스 고드윈이 말했다.

「그건 절대 불가능해요. 제러미는 혼자서는 아무 데도 못 가요.」

호손은 절대 동조하지 않았다. 「그럴지도 모르죠. 하지만 쿠퍼 부인이 살해당하기 직전에 그를 본 듯한 뉘앙스를 풍기는 다소 수상한 문자를 발송했어요.」 그는 베이비시터를 공격했다. 「두 분은 9일 월요일에 여기 계셨나요?」

메리는 망설임 없이 대답했다. 「네.」

「고드윈 부인이 사우스켄징턴에서 쇼핑하는 데 따라나서지 않고요?」

「제러미는 쇼핑을 질색해요. 옷 한 벌 사주려면 얼마나 끔찍한지 몰라요.」

「아이랑 직접 대화를 나눠 보시지 그래요?」 주디스가 제안했다. 메리는 놀란 눈치였다. 「보여 드리는 편이 제일 간단하잖아.」 주디스는 다시 호손을 돌아보았다. 「원하시면 몇 가지 물어보세요. 하지만 조금 조심해 주세요. 쉽게 흥분하거든요.」

나도 베이비시터만큼 놀랐지만 어쩌면 그것이 우리를 내보낼 수 있는 가장 간단한 방법일지 몰랐다. 호손은 고개를 끄덕였고 주디스가 우리를 2층으로 안내했다. 계단을 밟자 삐걱거리는 소리가 났다. 올라갈수록 이 집이 점점 더 낡고 후줄근하게 느껴졌다. 우리는 2층에 도착해 록스버러애비뉴를 내다보는 방을 향해 층계참을 가로질렀다. 예전에는 안방이었을지 모르지만 지금은 제러미의 침대 겸 거실로 쓰였다. 주디스가 노크한 뒤 대답을 기다리지 않고 우리를 안으로 들였다.

「제러미?」 그녀가 말했다. 「너를 만나고 싶어 하는 분이 두 분 찾아오셨어.」

「누군데요?」 아이는 우리를 등지고 있었다.

「엄마 친구. 너랑 얘기를 하고 싶으시대.」

우리가 들어갔을 때 제러미 고드윈은 컴퓨터 앞에 앉아서 게임을 하고 있었다. 아마도 모틀 콤뱃이었던 것 같다. 그의 말을 들어 보니 어딘가에 문제가 있다는 것을 단박에 알 수 있었다. 옆방에서 들리는 소리처럼 단어들이 뭉개졌다. 그는 과체중이었고 길고 검은 머리는 빗지 않았으며 헐렁한 청바지에 두툼하고 후줄근한 스웨터를 입고 있었다. 방은 에버턴 축구 클럽 포스터로 도배되어 있었다. 침대는 킹 사이즈까지는 아니고 더블 같았다. 모든 게 관리가 잘되어 있었지만 그래도 방치된 듯 허름해 보였다. 제러미는 하던 레벨의 맨 마지막에 다다르자 잠시 멈춤 버튼을 눌렀다. 그가 고개를 돌리자 내 눈앞에 동그란 얼굴과 두툼한 입술과 턱에 난 몇 가닥 수염이 등장했다. 그 어떤 호기심도 없고 우리와 교감하지 못하는 눈에서 뇌 손상의 여파가 고통스러울 만치 또렷하게 드러났다. 열여덟 살인 걸 아는데 그보다 더 나이 들어 보였다.

「누구세요?」 그가 물었다.

「나는 호손이라고 한다. 너희 엄마 친구야.」

「우리 엄마는 친구 별로 없는데요.」

「그렇지 않아.」 호손은 그를 훑어보았다. 「방이 참 좋구나,

제러미.」

「이제는 내 방 아니에요. 집 내놨어요.」

「여기만큼 괜찮은 방을 마련해 줄게.」 메리가 말했다. 그녀는 우리를 지나쳐 침대에 앉았다.

「이사 안 했으면 좋겠는데.」

「뭐 물어보고 싶은 거 있으세요?」 주디스는 우리가 빨리 나가 주길 바라며 문 옆에 서 있었다.

「외출 자주 하니, 제러미?」 호손은 물었다.

나로서는 취지를 알 수 없는 질문이었다. 이 아이는 평생 런던 중심부까지 혼자 갈 수 없는 상태였다. 그리고 공격성도 한 톨 없는 듯해 보였다. 그 사고로 남은 인생과 더불어 그것까지 빼앗겼다.

「가끔 나가요.」 제러미는 대답했다.

「하지만 너 혼자 나가지는 않지.」 메리가 덧붙였다.

「가끔 아빠 만나러 간 적 있잖아요.」 그는 반박했다.

「우리가 너를 택시에 태워 보내면 아빠가 거기서 기다리고 있었지.」

「사우스켄징턴에 간 적 있니?」 호손은 물었다.

「여러 번 갔어요.」

「걔는 거기가 어딘지 몰라요.」 그의 어머니가 조용히 말했다.

나는 더 이상 이 자리에 있을 수가 없어서 조용히 뒷걸음질 쳤다. 이번만큼은 내가 앞장섰다. 호손도 뒤따라 나왔다. 주디스 고드윈이 우리 둘을 1층으로 안내했다.

「베이비시터가 떠나지 않았다니 대단하네요.」 호손은 말했다. 그는 감동을 받은 척했지만 나도 알다시피 정보를 좀 더 캐내려고 그러는 거였다.

「메리가 두 아이를 워낙 헌신적으로 돌봤고 사고 후에 그만두길 거부했어요. 같이 있어 줘서 얼마나 고마운지 몰라요. 제러미에게는 연속성이 아주 중요하거든요.」 또다시 그녀의 말투가 냉랭해졌고 나는 말하지 않은 무언가가 있음을 알아차렸다.

「이사해도 같이 지내실 생각인가요?」

「그 부분에 대해서는 아직 의논하지 않았어요.」

우리는 현관문으로 걸어갔다. 그녀가 문을 열었다. 「다시는 오지 않으셨으면 해요.」 그녀가 말했다. 「제러미는 혼란스러운 걸 싫어하고 모르는 사람을 아주 어려워하거든요. 그 아이를 보여 드린 이유는 어떤 상태인지 이해시키기 위해서였어요. 하지만 우리는 다이애나 쿠퍼에게 벌어진 일과 아무 상관 없어요. 경찰도 우리가 연루됐다고 생각하지 않고요. 정말이지 더는 드릴 말씀이 없네요.」

「감사합니다.」 호손은 말했다. 「도움이 많이 됐습니다.」

우리는 문 밖으로 나섰다. 문이 우리 뒤에서 닫혔다.

호손은 밖으로 나서자마자 담배를 꺼내 불을 붙였다. 나는 그의 심정을 이해할 수 있었다. 나도 밖으로 나와서 좋았다.

「왜 편지를 보여 주지 않았어요?」 나는 물었다.

「뭐라고요?」 그는 성냥을 흔들어 불을 껐다.

「다이애나 쿠퍼가 받은 편지를 그녀에게 보여 줄 줄 알았는데 아니라 뜻밖이었어요. 안드레아 클루바네크한테 받은 거 말이에요. 어쩌면 주디스가 쓴 편지일지 몰라요. 아니면 그 남편. 그녀가 글씨체를 알아보았을지 몰라요.」

그는 어깨를 으쓱했다. 딴생각을 하고 있었다. 「녀석, 참 딱하네.」 그는 중얼거렸다.

「그런 일이 벌어졌다니 끔찍하죠.」 나는 말했다. 진심이었다. 우리 두 아들도 런던에서 자전거를 타겠다고 고집을 부린다. 종종 헬멧 쓰는 걸 깜빡해서 내가 소리를 지른다. 하지만 뭘 어쩔 수 있겠는가? 그 아이들은 20대 후반이다. 내게 제러미 고드윈은 꾸고 싶지 않은 악몽의 현실판이었다.

「나도 아들이 있어요.」 호손이 갑작스럽게 내가 약 스물네 시간 전에 했던 질문에 대답했다.

「몇 살인데요?」

「열한 살요.」 호손은 심란해하며 딴 데 정신을 팔고 있었다. 하지만 내가 뭐라고 더 물어볼 겨를도 없이 갑자기 나를 돌아보더니 말했다. 「그리고 댁이 쓴 빌어먹을 책은 읽지 않아요.」

그는 손가락으로 꼬집듯이 쥔 담배를 입술로 가져가더니 걸음을 옮겼다. 나도 뒤따라갔다.

걸어가는 동안 묘한 일이 벌어졌다. 직감 때문이었는지 아니면 내 눈에 어떤 움직임이 포착됐는지 몰라도 누군가가 우리를 지켜보고 있다는 느낌이 왔다. 나는 고개를 돌려서 방금 전까지 있다가 나온 집을 쳐다보았다. 누군가가 제러미 고드윈의 방 창가에 서서 우리를 내려다보고 있었다. 하지만 내 쪽에서 누군지 확인할 겨를도 없이 상대방이 뒤로 물러나 버렸다.

9

스타 파워

같이 전철역을 향해 다시 걸어가는 동안 호손의 휴대 전화로 전화가 걸려 왔다. 그는 전화를 받았지만 자기 이름을 대지는 않았다. 한 30초 동안 듣고만 있다가 끊었다.

「이제 브릭레인에 갈 거예요.」 그가 말했다.

「왜요?」

「탕자가 돌아왔거든요. 데이미언 쿠퍼가 런던에 왔어요. 일정이 바빠서 시간을 내기 힘들었나 봐요. 어머니가 돌아가신 지 일주일도 넘었는데.」

나는 그가 한 말을 곰곰이 생각해 봤다. 「누구였어요?」 나는 물었다.

「뭐가요?」

「전화한 사람요.」

「그게 무슨 상관이에요?」

「그냥 어디에서 정보를 얻는지 궁금해서요.」 호손이 대답하지 않길래 나는 말을 이었다. 「당신은 주디스 고드윈이 사우스켄징턴역에 있었다는 걸 알았잖아요. 누군가가 CCTV

영상을 볼 수 있도록 조치를 취해 주었기 때문이겠죠. 당신은 안드레아 클루바네크의 전과에 대해서도 알았어요. 전직 경찰치고 아는 정보가 많단 말이죠.」

그는 특유의 눈빛으로 나를 쳐다보았다. 나로 인해 놀란 동시에 기분이 나빠진 듯한 눈빛이었다. 「그건 중요한 부분이 아니잖아요.」 그는 말했다.

「중요한 부분이에요. 당신을 주인공으로 책을 쓰려면 정보를 아무렇게나 날조할 수 없잖아요. 당신이 차고에서 누굴 만난다고 할까요? 앞으로 그자를 제보자라고 부르기로 하고? 아니에요. 취소. 나는 진실을 알아야겠어요. 당신을 돕는 사람이 있는 게 분명한데. 누구예요?」

우리는 그 동네를 걸으며 교복을 입은 해로 학교 학생들을 지나치는 중이었다. 파란 재킷에 넥타이, 밀짚모자로 이루어진 교복이었다. 「저 아이들은 자기들이 띨빵해 보인다는 걸 아는지 모르겠네요.」 호손이 말했다.

「멀쩡해 보이는데 왜요. 그리고 화제 돌리지 말아요.」

「알았어요.」 그는 얼굴을 찡그렸다. 「예전 중앙 정보국 국장이에요. 이름은 밝히지 않을게요. 그 국장님은 예전의 그 사태를 못마땅하게 여겼어요. 내가 잘못하지도 않은 일에 덤터기를 쓴 것에 대해서. 사실 국장님은 전부 말도 안 되는 짓거리라고 생각했고 아무튼 국장님에게는 내가 필요했어요. 당신도 메도스를 만났으니 알겠지만 강력계 형사 절반의 IQ를 전부 합해도 세 자리 숫자가 안 될 거예요. 국장님이 나를 컨설턴트 자격으로 불렀고 이후로 나를 계속 쓰고 있어요.」

「경찰 업무를 돕는 당신 같은 사람이 모두 몇 명인가요?」

「나밖에 없어요.」 호손이 말했다. 「다른 컨설턴트도 있지만 아무 성과도 거두지 못하거든요. 그야말로 시간 낭비죠.」

그의 말투에서 악감정이라고는 느껴지지 않았다.

「브릭레인이라…….」 나는 말했다.

「데이미언 쿠퍼는 어제 로스앤젤레스에서 비즈니스 클래스를 타고 날아왔어요. 여자 친구와 함께. 여자 친구 이름은 그레이스 러벨이에요. 둘 사이에는 아이가 하나 있고요.」

「그에게 아이가 있다는 얘기는 하지 않았잖아요.」

「그가 코카인 중독이라는 얘기는 했죠? 내가 들은 바로는 그게 더 중요한 문제예요. 브릭레인에 그의 아파트가 있어서 우리가 지금 거기로 가는 거예요.」

우리는 해로 학교를 지나 역으로 향하는 내리막길로 접어들었다. 나는 이 사건에서 내가 맡은 역할에 대해 걱정이 되기 시작했다. 나는 그저 호손을 따라 런던 전역을 누비는 중이었고 생각하면 할수록 이 책의 형태가 마음에 들지 않았다. 브리태니아로드에서 장의업체를 거쳐 사우스액턴, 마블아치, 해로온더힐 그리고 다음은 브릭레인……. 이건 살인 미스터리라기보다 런던 편람에 가까웠다.

제러미 고드윈을 만난 소득이 없어 보인다는 데 짜증이 났다. 다이애나 쿠퍼는 그를 보았다는 문자를 남겼지만 그는 잔인하고 치밀한 살인은커녕 혼자서 이 도시를 가로지를 수도 없었다. 하지만 그가 아니라면 누가 그녀를 목 졸라 죽였을까? 내가 칼자루를 쥐고 있다면 지금쯤 범인을 공개했겠지만 지금까지 만난 후보들 가운데 조건을 만족시키는 사람이 있었는지조차 확실하지 않았다.

신경 쓰이는 부분이 하나 더 있었다. 나는 에이전트에게 이번 프로젝트에 대해 전혀 언급하지 않았다. 그녀는 내가 『실크 하우스의 비밀』의 차기작을 구상 중일 거라고 철석같이 믿고 있을 테고 조만간 그녀를 만나야 할 텐데 그녀가 좋아하지 않을 듯한 예감이 들었다.

우리는 전철을 타고 런던으로 돌아갔다. 서쪽에서 동쪽으로 런던을 가로지른 뒤에 택시를 타고 한참을 가야 할 것이었다. 우리는 승객이 거의 없다시피 한 전철에 서로 마주 보고 앉았다. 문이 막 닫히려는 찰나, 호손이 몸을 앞으로 숙이고서 물었다. 「제목은 정했어요?」

「제목요?」

「책 제목요!」 그러니까 그도 책 생각을 하고 있었던 것이다.

「아직은 그럴 단계가 아니에요.」 나는 말했다. 「먼저 당신이 사건을 해결해야죠. 그래야 나도 어떤 식으로 원고를 쓰면 좋을지 좀 더 구체적으로 계획을 세울 수 있어요.」

「제목부터 먼저 생각하지 않나요?」

「아뇨, 그렇지 않아요.」

나는 뚝딱하고 제목을 정한 적이 없다. 영국에서는 해마다 거의 20만 권의 책이 출간되는데, 유명 작가의 덕을 보는 경우도 있지만 대다수는 가로 15.2센티미터, 세로 22.5센티미터짜리 표지에 적힌 두세 단어로 자신을 홍보해야 한다. 제목은 짧고 재치 있고 의미심장하며 읽기 어렵지 않고 기억하기 쉬우며 기발해야 한다. 갖추어야 하는 조건이 많다.

훌륭한 제목 중에는 다른 데서 차용한 제목이 많다. 『멋진 신세계』, 『분노의 포도』, 『생쥐와 인간』, 『허영의 도시』…… 모두 다른 작품에서 빌린 제목이다. 애거사 크리스티는 82권의 작품 제목을 정할 때 성경, 셰익스피어, 테니슨, 심지어 오마르 하이얌의 『루바이야트』[9]까지 활용했다. 내가 생각하기에 최고는 이언 플레밍이다. 『007 위기일발』, 『007 두 번 산다』, 『007 죽느냐 사느냐』. 그의 작품 제목은 일상어로 흡수됐지만 그에게도 제목 짓기는 쉬운 일이 아니었다. 『007 두 번 산다』는 하마터면 『장의사의 바람』으로 출간될 뻔했다. 『문레이커』는 〈문레이커의 비밀〉, 〈문레이커의 음모〉, 〈문레이커 프로젝트〉를 넘어 심지어 한동안은 〈월요일은 지옥〉이라고 불렸고 『골드핑거』의 출발점은 〈지구상에서 가장 돈이 많은 남자〉였다.

나는 생각해 놓은 신작의 제목이 없었다. 심지어 신작의 탄생 여부도 자신할 수 없었다.

호손과 나는 한참 동안 아무 말도 하지 않았다. 나는 이런저런 생각을 하며 스쳐 지나가는 전철역을 바라보았다. 웸블리파크, 사우스햄프스테드, 그리고 셜록 홈스의 실루엣을 타일로 벽에 붙인 베이커스트리트. 코넌 도일 역시 제목 짓기의 대가였지만 그도 심사숙고한 적이 여러 번이었다. 『주홍색 연구』가 『헝클어진 타래』였어도 그만큼의 울림이 있었을까?

「〈호손 사건집〉이라고 하면 어떨까요.」 갑자기 호손이 말했다.

9 페르시아 시인 오마르 하이얌의 4행시 시집.

「뭐라고요?」

「책 제목 말이에요.」 승객이 아까보다 많아졌다. 그가 건너와서 내 옆에 앉았다. 「1권 제목요. 아무튼 내 이름이 표지에 등장해야 한다고 생각해요.」

그가 시리즈를 생각하고 있을 줄은 꿈에도 몰랐다. 솔직히 고백하건대 나는 간담이 서늘해졌다.

「별로예요.」 나는 말했다.

「왜요?」

나는 이유를 찾았다. 「좀 진부해요.」

「그래요?」

「〈파커 파인 사건집〉. 애거사 크리스티 작품이에요. 〈헤티 웨인스로프 사건집〉이라는 드라마 시리즈도 있고요. 다 전에 있었던 거예요.」

「아. 그렇군요.」 그는 고개를 끄덕였다. 「다른 제목을 생각해 볼게요.」

「아뇨, 그러지 말아요.」 나는 말했다. 「이건 내 책이니까 내가 제목을 정할게요.」

「제목을 잘 정해야 해요.」 그가 말했다. 「솔직히 〈실크 하우스의 비밀〉은 별로였어요.」

나는 그 책을 그 앞에서 언급했었다는 사실조차 잊고 있었다. 「〈실크 하우스의 비밀〉이 어때서요.」 나는 외쳤다. 「그건 완벽한 제목이에요. 〈셜록 홈스〉 이야기처럼 들리고 줄거리가 그 안에 담겨 있잖아요. 출판사에서도 마음에 쏙 든다며 책에 흰색 리본까지 넣었다고요.」 나는 열차의 굉음을 이기느라 소리를 지르고 있었는데 정신을 차리고 보니 정차 상태였다. 열차가 유스턴스퀘어역에 서 있었다. 다른 승객들이 나를 쳐다보고 있었다.

「예민하게 반응할 것 없잖아요. 나는 그냥 도우려는 건데.」

문이 스르르 닫혔고 우리는 다시 어둠 속으로 실려 갔다.

사실 나는 데이미언 쿠퍼에 대해 아는 게 많았다. 그 전날 인터넷에서 검색한 덕분이었다. 나는 원래 위키피디아를 기피한다. 뭘 제대로 알고 검색하면 도움이 많이 되지만 잘못된 정보가 워낙 많기 때문에 그걸 정본으로 간주했다가는 큰코다치기 십상이다. 그뿐만 아니라 잘나가는 배우라면 얼마든지 자기소개를 날조할 수 있기 때문에 다른 데서 정보를 얻고 싶었다. 다행히 데이미언을 다룬 신문 기사가 제법 많았기 때문에 그의 이력을 짜깁기할 수 있었다.

그는 1999년에 왕립 연극 학교를 졸업하고 틸다 스윈턴, 마크 라일랜스, 스티븐 프라이 등을 소속 배우로 거느린 해밀턴 호델이라는 굴지의 기획사에 발탁됐다. 이후 2년 동안 왕립 셰익스피어 극단에서 잇달아 배역을 맡았다. 「폭풍우」의 에어리얼, 「맥베스」의 맬컴, 「헨리 5세」의 주인공이었다. 이후에 TV로 무대를 옮겨 2003년에 방영된 BBC의 음모 스릴러 「스테이트 오브 플레이」로 데뷔했다. BBC에서 제작한 또 다른 드라마 「황폐한 집」에서 맡은 배역으로 난생 처음 BAFTA[10] 후보에 올랐고, 같은 해에 「진지함의 중요성」에서 맡은 앨저넌 연기로 이브닝 스탠더드 연극상에서 신인

10 British Academy of Film and Television Arts. 영국 영화 및 텔레비전 예술상.

상을 수상했다. 그가 「닥터 후」 역할을 거절했다는 소문도 있었지만(그 대신 데이비드 테넌트가 캐스팅되었다) 그즈음에는 영화계에서 인기를 얻기 시작했다. 우디 앨런 감독의 「매치 포인트」를 필두로 「캐스피언 왕자」, 〈해리 포터〉 시리즈 두 편, 「소셜 네트워크」에 이어 2009년에는 「스타 트렉: 더 비기닝」에 출연했다. 그해에 할리우드에 진출해 「매드맨」 두 시즌에 출연했다. 방송되지 않은 파일럿 프로그램도 있었다. 그러다 마침내 클레어 데인스, 맨디 패틴킨과 함께 「홈랜드」라는 새로운 작품에서 주인공을 맡게 되었고 이제 막 촬영을 시작하려는 찰나 어머니가 세상을 떠났다.

그가 어느 시점에 브릭레인의 방 두 개짜리 아파트를 장만할 여력이 되었는지는 알 수 없었지만 런던에 올 일이 있으면 여기서 지냈다. 창고 3층이었고 기존의 특징을 고스란히 드러내도록 조심스럽게 개조되었다. 벗겨진 나무 바닥, 노출된 들보, 구식 라디에이터, 벽돌로 된 부분이 많았다. 어마어마하게 넓은 2층 높이의 거실을 보았을 때 맨 처음 든 생각은 TV 세트장처럼 가짜 같다는 것이었다. 무대 왼쪽으로 인더스트리얼 스타일의 부엌이 갖추어진 또 다른 거실과, 빈티지 가죽 소파와 안락의자가 커피 테이블을 감싸고 있는 응접실을 지나면 단차를 둔 유리문을 지나 루프 테라스로 나갈 수 있었다. 유리문 너머로 수많은 테라 코타 화분과 가스 바비큐 그릴이 보였다. 월리처 주크박스가 저편 벽을 등지고 세워져 있었다. 반질반질한 알루미늄과 네온등으로 근사하게 개조한 주크박스였다. 나선형 계단이 다음 층으로 이어졌다.

도착해 보니 데이미언 쿠퍼가 부엌 조리대 옆 바 의자에 앉아서 우리를 기다리고 있었다. 그 역시 왠지 모르게 비현실적인 분위기를 풍겼다. 나른한 자세, 널찍한 칼라가 달리고 단추를 풀어 헤친 셔츠, 가슴 털 위에 놓인 금색 체인, 까무잡잡하게 태운 피부가 그랬다. 패션 잡지 표지 사진을 찍느라 포즈를 잡았다고 해도 될 정도였다. 그는 뒤로 빗어 넘긴 새까만 머리, 강렬한 파란 눈과 딱 알맞게 까칠한 수염이 눈에 확 띄는 미남이었고 자기도 그걸 아는 눈치였다. 피곤해 보이는 이유가 시차 때문일 수도 있었지만 거의 하루 종일 경찰의 신문을 받아서일 것이었다. 그리고 장례식도 신경 써야 했다. 준비는 모두 끝나서 할 필요가 없었지만 그래도 참석은 해야 했다.

그는 인터콤으로 문을 열어 주고 휴대 전화로 통화하며 우리에게 들어오라고 손짓했다. 「응, 응. 저기, 이따 다시 전화할게. 손님들이 오셨거든. 잘 지내. 나중에 만나자.」

그는 전화를 끊었다.

「안녕하세요. 죄송해요. 어제서야 돌아왔는데 짐작하셨겠지만 조금 정신이 없네요.」 그는 딱 짜증이 날 만큼의 대서양 저편 억양을 구사했다. 나는 호손이 돈 문제, 여자 친구, 약물에 대해 했던 말을 떠올리고 그 즉시 호손의 말을 믿기로 결정했다. 데이미언 쿠퍼의 모든 것이 내 신경을 자극했다.

우리는 서로 악수했다.

「커피 드릴까요?」 데이미언은 물으며 앉으라는 뜻으로 소파를 가리켰다.

「고맙습니다.」

그는 우유를 금속 통에 넣어서 거품을 내는 캡슐 머신을 썼다. 「이 모든 게 얼마나 끔찍한지 몰라요. 가엾은 어머니! 어제 경찰과 오랜 시간 동안 대화를 나누었어요. 이 소식을 전해 들었을 때 믿기지가 않더군요……. 처음에는요.」 그는 말을 하다 말고 끊었다. 「궁금한 게 있으시면 뭐든 말씀드릴게요. 이런 짓을 저지른 개자식을 체포할 수 있다면 전폭적으로 협조를 아끼지 않겠습니다.」

「어머님을 마지막으로 본 게 언제였죠?」 호손이 물었다.

「마지막으로 건너왔던 지난 12월요.」 데이미언은 냉장고에서 우유를 꺼냈다. 「손녀가 생겼으니 어머니가 아이를 보고 싶어 하셨고 저희가 여기로 오는 편이 더 쉽거든요. 어차피 할 일도 있고 해서 크리스마스를 같이 보냈어요. 어머니와 그레이스는 아주 잘 지냈어요. 둘이 서로 조금 가깝게 지낸 시간이 있어서 다행이에요.」

「당신은 어머니와 각별한 사이였죠.」 호손은 이렇게 말했지만 번뜩 스치고 지나간 눈빛을 보면 그렇게 생각하지 않는다는 것을 알 수 있었다.

「네, 그럼요. 뭐, 제가 미국으로 거처를 옮겼을 때 어머니로서는 적응하기 쉽지 않으셨겠지만 제 일을 전적으로 응원하셨어요. 제가 하는 일을 자랑스럽게 생각하셨고요. 아버지는 오래전에 돌아가셨고 어머니는 재혼을 하지 않으셨으니 제 성공이 어머니에게는 여러 가지로 의미가 있었을 거예요.」 그는 커피 두 잔을 끓이고 고인이 된 아버지를 추억하는 와중에도 우유 거품 위에 그림을 그렸다. 그는 자기 작품을 흘끗 내려다보고는 우리에게 잔을 건네며 덧붙였다. 「소식을 들었을 때 제가 얼마나 억장이 무너졌는지 몰라요.」

「어머님이 돌아가신 지 1주일이 지났죠.」 호손은 딱히 비난하지는 않는 투로 말했다.

「처리해야 할 일들이 있었어요. 새 공연을 앞두고 리허설을 하는 중이라. 집도 단속하고 개를 맡길 데도 찾아야 했고요.」

「개를 기르시는군요. 좋으시겠습니다.」

「래브라두들이에요.」

이 마지막 말을 듣고 나는 얼마 전에 어머니를 여의고 근심하는 다정다감한 데이미언 쿠퍼가 보기와 다를지 모른다는 생각이 들었다. 새 공연이 1순위였지 않은가. 게다가 어머니가 잔인하게 살해당한 사건의 수사를 돕기 위해 모국으로 돌아오기 전에 래브라두들을 먼저 챙겼다.

「두 분은 얼마나 자주 통화를 하셨습니까?」 호손이 물었다.

「1주일에 한 번요.」 그는 말을 하다 말고 멈췄다. 「음, 2주일에 한 번요. 어머니는 종종 이 집에 오셔서 별일 없는지 체크하고 테라스와 다른 데 있는 화분에 물을 주셨어요. 저한테 온 우편물을 보내 주셨고요.」 그는 어깨를 으쓱했다. 「통화를 자주 하지는 않았어요. 어머니는 바쁜 분이셨고 시차도 있고 해서요. 문자와 이메일로 연락을 많이 했죠.」

「사망하신 날에도 당신한테 문자를 보내셨죠?」 내가 말했다.

「네, 경찰에도 얘기했어요. 어머니가 무섭다고 하셨다고.」

「어떤 뜻에서 그런 말씀을 하셨는지 아십니까?」

「딜에서 다친 그 아이를 두고 하신 말씀이었어요.」

「그냥 다친 정도가 아니었죠.」 호손이 끼어들었다. 다리를 꼬고 소파 한쪽 구석에 느른하게 앉아 있는 품새가…… 탐정이라기보다 의사에 더 가까웠다. 「심각한 뇌 손상을 입었으니까요. 스물네 시간 보호가 필요하고요.」

「사고였어요.」 갑자기 데이미언은 흥분한 기미를 보였다. 그가 주머니를 뒤지자 담배를 찾는다고 생각했는지 호손이 자기 담배를 한 대 건넸다. 데이미언은 담배를 받았다. 둘은 담배에 불을 붙였다. 「그 아이가 이 사건과 연관이 있다는 말씀이신가요? 왜냐하면 오후 절반 동안 경찰과 얘기를 나누었지만 그쪽에서는 그 아이를 언급하지 않았거든요. 강도가 들어왔다가 일이 잘못되는 바람에 어머니가 돌아가셨다고 생각하던데요.」

「그럴 가능성도 있죠, 쿠퍼 씨. 하지만 전체적인 그림을 조망하는 것이 내 역할입니다. 딜에서 벌어진 일에 대해 듣고 싶은데요. 당신도 그때 거기 있었으니까요.」

「내가 그 차에 타고 있지는 않았어요. 젠장!」 그는 빈틈없이 정돈된 머리칼을 한 손으로 훑었다. 고급 잡지에 실리는 인터뷰라면 모를까, 신문을 받는 데 익숙하지 않은 남자였다. 게다가 옆에서 인터뷰 방향을 잡아 주는 홍보 담당자도 없었다. 「이봐요, 그건 10년 전 일이에요.」 그가 말했다. 「어머니는 그때 딜 옆 마을인 월머에서 살고 계셨어요. 우리는 예전부터 거기서 살았어요. 내 고향이에요. 아버지가 돌아가신 뒤에도 어머니는 거길 떠나고 싶어 하지 않았어요. 그 집이 여러모로 의미가 있었거든요. 그 집과 마당이. 어머니 생일이라 내가 며칠 동안 어머니를 보러 내려갔어요. 나는 그때 왕립 셰익스피어 극단에서 공연을 마치고 이런저런 대본을 읽으며 차기작을 고민하던 중이었어요. 사고가 벌어진 날은 목요일이었어요. 어머니는 골프를 치러 가셨고요. 그 날 저녁에 외식을 하기로 되어 있었는데 어머니가 새파랗게 질린 얼굴로 들어오셨어요. 안경을 깜빡하는 바람에 차로 사람을 치었다고요. 어머니는 아이들이 다쳤다는 건 알았지만 그중 한 명이 죽었다는 건 전혀 모르셨어요.」

「그런데 왜 차를 세우지 않으셨답니까?」

「솔직하게 말씀을 드리겠습니다, 호손 씨. 이제는 어머니에게 법의 심판을 내릴 수도 없으니까요. 사실 어머니는 제가 걱정돼서 그러셨어요. 그때 제가 막 인기를 얻기 시작한 시점이었거든요. 〈헨리 5세〉로 엄청난 호평을 받았고 심지어 그 작품을 브로드웨이에 올린다는 얘기까지 오가고 있었어요. 어머니는 평판이 나빠지면 저한테 마이너스가 될지 모른다고 생각하셨어요. 어머니가 경찰에 자수하지 않고 넘어가려고 하셨다는 얘기는 아니에요. 그런 생각은 절대 하신 적 없어요. 그저 저한테 먼저 얘기를 하고 싶으셨을 뿐.」

「어머님은 아이를 죽이셨어요.」 갑자기 호손이 몸을 앞으로 숙이고 비난하는 투로 말했다. 그가 목격자에서 검사로, 친구에서 위험한 적으로 눈 깜짝할 새 변신하는 것에 나도 점점 익숙해져 가고 있었다.

「말씀드렸잖습니까, 어머니는 그런 줄 모르셨다고요.」 그는 말을 하다 말고 멈추었다. 「그리고 어떻게 들릴지 모르겠지만 그 사고에는 앞뒤가 안 맞는 부분이 많았어요.」

「예를 들면 어떤 거요?」

「뭐, 베이비시터 말로는 두 아이가 아이스크림 가게에 가려고 도로로 뛰어들었다고 했거든요. 하지만 그 아이스크림 가게는 영업을 하지 않았으니 말이 안 되죠. 그리고 사라져 버린 목격자의 문제도 있고요.」

「사라져 버린 목격자라뇨?」

「맨 처음 현장으로 달려온 남자요. 도우려고 했다던데 경찰과 구급차가 도착하자 갑자기 자리를 떴고 그가 누구이며 무엇을 보았는지 아무도 알아내지 못했어요. 사건 조사에서도 법정에서도.」

「어머님은 책임이 없다는 말씀인가요?」

「아뇨.」 데이미언은 담배를 빨았다. 흑백 영화 속 주인공처럼 엄지와 검지를 O 자 모양으로 만들어 담배를 잡았다. 「어머니는 안경을 쓰셔야 했고 어머니도 그걸 알았어요. 그 일로 어머니가 얼마나 심란해하셨는지 몰라요. 이후로 두 번 다시 운전대를 잡지 않으셨죠. 그리고 가슴이 찢어지긴 하지만 더는 월머에서 살 수 없다는 것도 깨달으셨고요. 몇 달 뒤에 어머니는 집을 팔고 런던으로 거처를 옮기셨어요.」

다른 방에서 전화벨이 몇 번 울리고 누군가가 전화를 받는 소리가 들렸다.

「그럼 그 가족과 추가적으로 접촉한 적이 없으셨겠군요.」 호손이 물었다.

「고드윈 가족하고요?」 데이미언은 어깨를 으쓱했다. 「〈추가적으로 접촉〉한 적이 있었죠. 아주 분명하게. 그들은 어머니를 절대 용서하지 않았고 법원의 판결을 받아들이지 않았어요. 사실 어머니는 돌아가시기 두어 주 전에 아이들 아버지인 앨런 고드윈에게 괴롭힘을 당하고 있었어요.」

「그걸 어떻게 아십니까?」

「어머니한테 들었으니까요. 그가 브리태니아로드의 집으로 직접 찾아왔어요. 믿어지세요? 망한 사업을 일으켜 세우고 싶으니 돈을 달라고 말이죠. 어머니가 나가라고 했더니 쪽지를 보냈어요. 그게 괴롭힘이 아니고 뭡니까? 나는 경찰에 신고하라고 말씀드렸어요.」

앨런 고드윈은 아이를 잃었다. 남은 아이는 장애인이 되었다. 이 사건에서 데이미언 쿠퍼를 희생자로 간주하기는 어려웠다. 하지만 호손이 말을 꺼낼 겨를도 없이, 젊고 아주 매력적인 흑인 여자가 조그만 여자아이의 손을 잡고 휴대 전화를 들고 나선형 계단을 내려왔다.

「데이미언, 제이슨이야.」 그녀가 말했다. 불안해하는 목소리였다. 「중요한 일이래.」

「응.」 그는 전화기를 건네받고 테라스 쪽으로 걸음을 옮겼다. 「죄송합니다. 매니저 전화라 받아야겠네요.」 그는 창문 앞에서 걸음을 멈추고 미간을 찡그렸다. 「애슐리 낮잠 재우겠다고 하지 않았어?」

「시차 때문에 애가 지금이 밤인지 낮인지도 잘 몰라.」

그는 우리 곁에 여자와 아이를 두고 밖으로 나갔다. 이 여자는 그레이스 러벨일 수밖에 없었다. 전직 또는 현직 모델 아니면 배우인 게 분명했다. 그 직업에 걸맞은 체격과 자신감, 화면에 담아 달라는 듯한 도도함을 갖추고 있었다. 30대

초반 정도 되어 보였고 꽤 큰 키에 아주 우뚝한 광대뼈와 긴 목과 가녀리고 둥근 어깨가 특징이었다. 더 이상 달라붙을 수 없을 정도의 스키니 청바지와 비싸고 아주 헐렁한 니트 저지를 입고 있었다. 아이는 기껏해야 세 살이었다. 접시만 한 눈으로 우리를 뚫어져라 쳐다보았다. 전 세계로 끌려다니는 데 이골이 날 수밖에 없겠다는 생각이 들었다.

「저는 그레이스예요.」 그녀는 말했다. 「그리고 이 아이는 애슐리고요. 이분들한테 인사할래, 애슐리?」 아이는 아무 말도 하지 않았다. 「데이미언이 커피를 드렸나요?」

「네, 감사합니다.」

「어머님 일로 오셨죠?」

「아무래도 그렇죠.」

「저이는 이 일로 완전히 무너졌어요. 안 그래 보일지 모르겠지만요. 데이미언은 감정을 숨기는 솜씨가 아주 훌륭하거든요.」 그녀가 왜 그를 변호하려 드는지 이유가 궁금했다. 「소식을 듣고 얼마나 충격을 받았는지 몰라요.」 그녀는 말을 이었다. 「어머님을 많이 좋아했거든요.」

「지난 크리스마스 때 그분과 같이 시간을 보냈다면서요.」

「네. 며칠 같이 있었지만 어머님은 저보다 애슐리한테 관심이 더 많으셨어요.」 그녀는 냉장고에서 주스를 꺼내 플라스틱 컵에 따라서 아이에게 건넸다. 「그럴 만도 하죠. 첫 손주니까요.」

「당신도 배우인가요?」 내가 물었다.

「네. 음, 전에는요. 저이하고 일을 하다가 만났어요. 왕립 연극 학교를 같이 다녔거든요. 저이가 햄릿 역할을 맡았죠.

엄청난 걸작이었어요. 몇 년이 지난 지금까지도 사람들이 얘기할 정도로. 다들 저이가 스타가 될 거라고 했어요. 제가 오필리아였어요.」

「그럼 두 분이 사귄 지 어느 정도 됐겠네요.」

「아니에요. 저이는 왕립 연극 학교를 졸업하고 왕립 셰익스피어 극단에 뽑혀서 스트랫퍼드어폰에이번으로 갔어요. 저는 TV 드라마에 줄기차게 출연했고요. 〈홀비시티〉, 〈조너선 크리크〉, 〈퀴어 애즈 포크〉…… 뭐 그런 작품에요. 사실 2~3년 전에 다시 만났어요. 영국 영화상 첫날 저녁에 열린 파티에서. 그 뒤로 사귀었고 애슐리가 태어났죠.」

「힘들겠어요.」 나는 말했다. 「집에서 아이를 키우려면.」

「그렇지는 않아요. 제가 선택한 거예요.」

나는 그 말을 믿지 않았다. 그녀는 불안한 눈빛을 짓고 있었다. 데이미언에게 전화기를 건넬 때부터 그랬다. 그가 전화기를 자기 손에서 낚아채는 건 아닐지 전전긍긍하고 있었다. 어쩌면 그녀는 데이미언을 무서워하고 있을지 몰랐다. 나는 그가 성공을 거두면서 연극 학교에서 처음 만났을 때와 180도 달라졌을 거라고 장담할 수 있었다.

데이미언이 통화를 끝내고 다시 안으로 들어왔다. 「죄송합니다.」 그가 말했다. 「저쪽에서 아주 난리예요. 다음 주에 촬영이 시작되거든요.」

「왜 전화했대?」 그레이스가 물었다.

「언제 돌아오느냐고. 젠장! 아주 밥맛이야. 내가 여기 온 지 얼마나 됐다고.」 그는 다이얼이 여러 개 달린 큼지막한 철제 손목시계를 들여다보았다. 「로스앤젤레스는 지금 오전

5신데 벌써 러닝 머신을 뛰고 있어. 통화하는데 뒤에서 소리가 들리더라고.」

「언제 돌아가실 생각입니까?」 호손이 물었다.

「장례식이 금요일이에요. 그다음 날 돌아갈 겁니다.」

「아.」 그레이스가 실망한 표정을 지었다. 「좀 더 있다 갔으면 했는데.」

「원래 일정대로라면 나 지금 리허설하고 있어야 해. 알면서 그래.」

「엄마, 아빠하고 시간을 좀 보내고 싶었는데.」

「이미 1주일 동안 같이 있었잖아, 자기야.」

〈자기〉라는 단어가 거만한 동시에 희미하게 협박조로 들렸다. 「더 필요한 거 있으신가요?」 그는 우리에게 물었지만 딴 데 정신을 팔고 있었다. 「제가 어떤 식으로 도움을 드릴 수 있을지 모르겠네요. 아는 건 전부 경찰에 얘기했고 솔직히 경찰 측에서는 전혀 다른 방향으로 수사를 하고 있는 것 같던데요. 어머니를 잃은 것만으로도 끔찍한데, 딜에서 있었던 일을 되짚으려니 정말 뭣 같네요.」

호손은 이런 쪽으로 수사를 계속하려니 진심으로 괴로운 사람처럼 우거지상을 지었다. 하지만 멈추지는 않았다. 「어머님이 장례 준비를 해놓으셨다는 걸 알고 계셨습니까?」 그는 따져 물었다.

「아뇨. 말씀하지 않으셨어요.」

「어머님이 왜 그러기로 마음먹었는지 아세요?」

「아뇨. 어머니는 아주 체계적인 분이셨어요. 원래 그런 성격이세요. 장례식이며 유언장이며…….」

「유언장에 대해서 아세요?」

데이미언은 화가 나면 전구처럼 생긴 빨간색의 조그만 동그라미가 양쪽 뺨에 생겼다. 「유언장에 대해서는 전부터 알고 있었어요.」 그는 말했다. 「하지만 이 자리에서 그 부분에 대해 논의할 생각은 없습니다.」

「당신에게 전 재산을 남기셨겠죠.」

「말씀드렸다시피 그건 개인적인 문제라서요.」

호손은 자리에서 일어났다. 「장례식 때 뵙겠습니다. 당신의 주도하에 거행되겠죠?」

「솔직히 거행이라고 하면 좀 그렇고요. 어머니께서 몇 마디 하라고 저한테 당부를 남기셨어요. 그리고 그레이스가 시를 낭독할 겁니다.」

「실비아 플래스의 시예요.」 그레이스가 말했다.

「어머니가 실비아 플래스를 좋아하시는 줄 몰랐어요. 하지만 아이린 로스라는 장의업체 직원에게 연락을 받았어요. 모든 걸 정해 놓으신 모양이더라고요.」

「어머님이 그 모든 준비를 마친 날 돌아가신 게 조금 이상하다는 생각이 들지 않으십니까?」

그는 그 질문에 짜증이 난 눈치였다. 「우연의 일치라고 생각하는데요.」

「희한한 우연의 일치죠.」

「뭐가 희한하다는지 모르겠습니다만.」 데이미언은 현관문 앞으로 걸어가 문을 열어 주었다. 「만나서 반가웠습니다.」 그가 말했다.

그는 그 말을 진심처럼 포장하려는 노력조차 기울이지 않았다. 우리는 그 집에서 나와 번잡한 길거리를 향해 계단을 하나 내려갔다.

길거리에 다다르자 호손이 걸음을 멈추었다. 그는 생각에 잠긴 표정으로 뒤를 돌아보았다. 「놓친 게 있어요.」 그가 말했다.

「뭘요?」

「그게 뭔지를 모르겠어요. 선생이 다이애나 쿠퍼가 보낸 문자를 운운했을 때 생각이 난 거였는데. 내가 그렇게 얘기했는데 왜 입 다물고 가만히 있질 못해요?」

「이봐요, 호손!」 나는 더 이상 참을 수가 없었다. 「나한테 그런 식으로 얘기하지 말아요. 나는 당신이 하는 말을 열심히 듣고 있어요. 받아 적기도 해가면서. 하지만 무슨 반려견처럼 당신 뒤를 졸졸 따라다녀 주길 바라면 꿈 깨요. 문자에 대해서 물어본 게 뭐 어때서요? 누가 봐도 타당한 질문이잖아요.」

호손은 나를 노려보았다. 「그건 선생 생각이죠!」

「그럼, 아닌가요?」

「나야 모르죠! 타당한 질문인지 아닌지. 하지만 그가 한 말 중에 중요한 단서가 있었어요. 선생 때문에 내 생각의 흐름이 끊기는 바람에 그게 뭐였는지 파악이 되지 않는다는 게 문제예요. 내가 하고 싶은 말은 그뿐이에요.」

「장례식장에서 물어보시죠.」 나는 걸음을 옮겼다. 「그가 뭐라고 대답했는지 나한테는 나중에 알려 주고.」

「금요일 11시예요!」 그가 내 뒤에 대고 외쳤다. 「브롬프턴 공동묘지고요.」

나는 걸음을 멈추고 뒤를 돌아보았다. 「나는 못 가요. 바빠서.」

그가 내 뒤를 쫓아왔다. 「참석해야 해요. 중요한 자리란 말이에요. 이게 다 그 장례식 때문에 벌어진 일인데, 모르겠어요? 부인이 장례식을 원했어요.」

「나도 중요한 미팅이 있어서요. 미안해요. 당신이 적어 놓았다가 나중에 알려 줘요. 어차피 당신이 나보다 더 정확할 거잖아요.」

택시가 보이자 나는 손을 흔들었다. 호손은 이번에는 나를 잡지 않았다. 나는 일부러 뒤를 돌아보지 않았지만 택시가 속도를 높이며 모퉁이를 도는 순간 거울에 비친 그를 보았다. 그는 그 자리에 서서 새 담배에 불을 붙이고 있었다.

10
시나리오 회의

나는 장례식에 참석하지 못하는 이유가 있었다. 그 전날 드디어 스티븐 스필버그의 회사에서 연락이 왔다. 그와 피터 잭슨이 런던에 왔으니 딘스트리트 바로 옆 리치먼드뮤즈에 있는 소호 호텔에서 만나 「틴틴 2」의 시나리오 초안에 대해 의논하고 싶다는 것이었다.

나는 그 호텔을 잘 알았다. 믿기지 않겠지만 예전에는 NCP 주차장으로 쓰이다(천장이 낮고 창문이 없다는 것이 유일한 흔적이다) 요즘 들어 영국 영화업계의 구심점이 된 곳이었다. 주변이 온통 제작사와 후반 작업 업체였고 자체적으로 상영실을 두 개 갖추고 있었다. 나는 1층에 있는 분주한 레스토랑인 리퓨얼에서 한두 번 점심을 먹은 적이 있었다. 여기에 가면 아는 사람과 거의 매번 마주칠 수밖에 없고, 여기에서 누굴 만난다는 사실 자체에서 성공한 인물이 된 듯한 기분을 느낄 수 있다. 이런 관점에서 보았을 때 런던에서 만날 수 있는 로스앤젤레스라고 하겠다.

나는 그 뒤로 며칠 동안 데이미언 쿠퍼와 그의 어머니를 까맣게 잊었다. 대신 시나리오에 몰두해 한 줄씩 읽어 가며 그 당시 어떤 논리적인 과정을 거쳐 이런 결과물을 탄생시키게 되었는지 애써 기억을 더듬었다. 장점이 많다고 자신할 수 있었지만 그래도 불안했다. 감독인 잭슨과 제작자인 스필버그가 어떤 반응을 보일지 걱정스러웠다.

문제는 이거였다.

〈탱탱〉 시리즈[11]는 유럽에서는 일대 히트작이었을지 몰라도 대서양 너머에서는 지금까지 별 인기가 없었다. 역사적인 이유에서 그랬을지 몰랐다. 1932년에 출간된 『미국에 간 탱탱』은 미국을 무자비하게 풍자한 작품이었다. 미국인들을 잔인하고 탐욕스럽고 부패한 국민으로 묘사했다. 첫 장부터 연기가 나는 총을 들고 자기 앞을 지나가는 복면강도에게 경례하는 경찰이 등장할 뿐 아니라 탱탱은 뉴욕에 도착해 택시를 타자마자 폭도에게 납치를 당한다. 아메리카 원주민의 역사도 다섯 장에 걸쳐 생생하게 소개된다. 원주민 보호구역에서 유전이 발견되자 시가를 피우는 사업가들이 쳐들어오고 군인들이 울부짖는 원주민 아이들을 거기서 내쫓는다. 건설업자와 은행업자가 등장한다. 그로부터 딱 하루 뒤에 경찰이 탱탱에게 널찍한 네거리에서 비키라고 한다. 「당신이 뭔데 그래? 무슨 서부극 주인공이야 뭐야?」

문화적인 차이도 문제다. 탱탱의 세상에서는 상당히 정상적으로 묘사되는 괴상한 관계에 대해 미국인들은 어떻게 생

11 미국에서 제작된 영화 「틴틴」의 원작은 벨기에 작가 에르제의 만화다. 영화 제목은 영국 표기법을, 원작 제목과 등장인물 이름은 프랑스어 표기법을 따랐다.

각할까? 그는 알코올 의존증을 아직 제대로 치료하지 않은 아독 선장이나 전혀 듣지 못하는 투르느솔 교수(영화 1편에서는 등장하지 않았다)와 친구다. 말하는 개도 있다. 콧수염만 다르게 생긴 뒤퐁Dupont과 뒤퐁Dupond 형사는 바보 같은 개그 캐릭터다. 하지만 가장 큰 문제는 탱탱이 벌이는 모험이 시시하다는 것이다. 마블과 DC 코믹스에서도 기상천외한 인물들을 등장시키지만 그래도 알 만한 곳으로 여행을 보내고, 출생에 얽힌 이야기와 개인적인 비극(악당 마그네토도 홀로코스트 생존자로 밝혀졌다), 연애, 정신적인 문제, 정치적인 각성 등을 부여한다. 탱탱의 경우에는 제대로 된 서사랄 게 거의 없고 그중에서 특히 『카스타피오레의 보석』은 일부러 스토리를 배제했다.

탱탱은 연인이 없다. 기자라고 하지만 일하는 모습은 거의 보이지 않는다. 나이는 알 수 없다. 아직 어린아이라 덩치만 큰 보이 스카우트일 수도 있다. 패션 센스와 헤어스타일은 우스꽝스럽다. 꼼꼼하게 묘사된 다른 인물들과 다르게 그는 의도적으로 대충 그려졌다. 점 세 개가 눈과 입이고 소문자 c가 코다. 벨기에 사람으로 추정되지만 국적을 가늠할 수 있는 특징이 없어서 해외 거주 외국인인가 싶다. 부모도 없고 진짜 집도 없고(나중에 물랭스아르 저택에서 아독 선장과 같이 살긴 하지만) 여행하며 모험을 펼치고 싶은 욕심 말고는 아무 감정도 없다. 그가 어떻게 1억 3천5백만 달러짜리 할리우드 영화의 주인공이 될 수 있었을까?

나는 다소 특이한 경로를 통해 「틴틴」의 세계에 발을 들였다. 원래는 「어새신 크리드」로 엄청난 성공을 거둔 프랑스

업체에서 「틴틴」 영화 1편인 「유니콘호의 비밀」과 함께 출시될 컴퓨터 게임을 같이 만들어 보지 않겠느냐고 했다. 평소 같으면 고민하지 않았을 제안이었다. 나는 컴퓨터 게임을 하지 않는다. 컴퓨터 게임을 좋아하지도 않는다. 게다가 초안에서는 내가 해적들끼리 내 작품을 놓고 열띤 토론을 벌이는 장면을 만들어 놓기는 했지만 유니콘호의 갑판을 배회하는 이름 모를 그들이 툭툭 내뱉는 대사를 만들어 내는 것이 딱히 재밌게 느껴지지도 않았다. 하지만 솔직히 스필버그는 스필버그였고 그 일의 끝은 어디가 될지 궁금했다.

그 일의 끝은 웰링턴과 피터 잭슨의 집이었다. 나는 어찌어찌하다 보니 영화 1편이 거의 완성 단계에 다다랐을 때 속편 제작에 합류하게 됐다. 뜻밖에도 「유니콘호의 비밀」에 몇 가지 문제점이 있는 것으로 밝혀졌고, 나는 거의 우연히 그 작품의 형태와 이야기의 흐름을 다듬는 작업에 동참하는 것을 넘어 내 손으로 몇 장면을 추가하게 됐다. 그중 일부가 최종 편집본까지 살아남았다. 영화를 보다 보면 어떤 남자가 가로등에 부딪히는 짤막한 장면이 등장한다. 그는 바닥으로 쓰러지고 에르제의 만화 스타일로 짹짹거리는 새들이 그의 머리 주변에서 조그맣게 맴을 돈다. 하지만 반전이 있다. 카메라가 뒤로 이동하면서 이 일이 반려동물 가게 앞에서 벌어진 일이고 새들이 진짜 새라는 사실이 밝혀진다. 가게 주인이 새들을 잡으려고 그물을 들고 등장한다.

여기서 이 이야기를 꺼내는 이유는 제작자가 스티븐 스필버그였고 이것이야말로 내가 지난 40여 년 동안 집필한 모든 작품을 통틀어 어쩌면 가장 자부심을 느끼는 장면이기 때문이다. 그가 로스앤젤레스의 상영실에서 이 장면을 보여 주었을 때 나는 좋아서 하마터면 자리에서 벌떡 일어날 뻔했다. 「조스」, 「ET」, 「인디애나 존스」, 「신들러 리스트」를 만든 감독이지 않은가. 이제 그의 필모그래피에 내가 관여한 40초가 추가됐다. 사실 「틴틴」 작업을 통틀어 가장 기억하고 싶은 순간이 그때다. 그렇게 좋았던 적은 다시 없었다.

그런가 하면 피터 잭슨과의 작업도 정말 즐거웠다. 사실 나는 웰링턴의 웨타 스튜디오에서 처음 만난 순간부터 그가 좋았다. 그는 하단에 캐비닛이 달린 긴 복도로 나를 안내했다. 거기가 그의 사무실로 가는 비밀 통로였다. 그가 버튼을 누르자 보이지 않는 유압 장치에 의해 뒷벽이 열리면서 어마어마하게 넓은 공간이 드러났다. 비밀 문이었다! 탱탱 책에는 그런 비밀 문이 천지였다. (훨씬 조잡하게 만들어지기는 했지만) 런던에 있는 내 집에도 하나 있다. 잭슨은 워낙 서글서글하고 침착하고 둥글둥글한 성격이라 그가 〈반지의 제왕〉 시리즈를 비롯해 영화 역사상 가장 엄청난 흥행 기록을 남긴 블록버스터 세 편의 시나리오를 집필했고 그걸 통해 수억 달러를 벌어들인 인물이라는 사실을 깜빡하기 십상이었다. 그의 옷차림이나 생활 방식은 영화계의 거물 하면 떠오르는 이미지와 거리가 멀었다. 첫 만남 이후에 주로 그의 집에서 작업을 했는데, 내가 기억하기로는 지저분하고 아늑하며 인간미를 물씬 풍기는 공간이었다. 점심을 먹을 시간이 되면 어시스턴트가 웰링턴의 배달 음식을 주문했다. 맛이 형편없었다.

우리는 에르제의 2부작인 『일곱 개의 수정 구슬』과 『태양의 신전』을 공동 각색하기로 했다. 이 이야기는 교수 몇 명이 투탕카멘 양식으로 만들어진 대제사장 라스카르 카파크의 무덤을 우연히 발견하는 것으로 시작된다. 그들은 신비로운 힘이 깃든 고대의 팔찌를 찾는 중이었고 그 팔찌가 있으면 잉카의 사라진 황금 도시 아니면 그 비슷한 곳으로 갈 수 있다고 했다. 내가 시나리오를 완성했을 무렵에는 절반 정도만 에르제의 이야기였고 상당 부분이 내 이야기였다. 나는 증기 기관차 두 대로 벌이는 추격전을 비롯해 어마어마한 액션 신을 한두 군데 추가했는데, 롤러코스터를 타고 안데스산맥을 누비다 원시적인 레이저에 의해 황금 산이 통째로 녹아 버리는 새로운 클라이맥스를 맞이하는 식이었다. 원작에서는 일식으로 끝이 났지만 흥행에 아주 성공한 작품(멜 깁슨의 「어포컬립토」)에서 5년 전에 이미 등장한 설정이라 쓸 수가 없었다.

그러니까 내가 그들을 만나기 위해 소호 호텔로 찾아갔을 때 이런 상황이었다. 피터 잭슨에게 그가 의견을 몇 마디 적어 놓았다는 이야기를 이미 들었고 그건 놀랄 일이 아니었다. 이 정도 규모의 영화라면 스무 번이나 서른 번 시나리오를 수정한 다음에야 촬영에 돌입할 수 있었고 나는 그러는 와중에 잘릴 가능성이 컸다. 거기에 대한 마음의 준비는 되어 있었다. 그저 지금 당장 잘리지 않기만을 바랄 따름이었다. 두세 번 시나리오를 수정할 기회가 주어진다면 고마울 것이었다. 여담이지만 이때는 「유니콘호의 비밀」이 아직 개봉되기 전이었다. 나는 미리 보았고 대단한 작품이라는 생각을 했다. 스필버그가 모션 캡처라는 기법으로 제이미 벨과 앤디 서키스를 탱탱과 아독으로 변신시켰다. 두 사람 모두 2편에 출연할 예정이었다.

나는 그들이 요청한 대로 10시까지 소호 호텔로 갔고 2층의 어느 방으로 안내되었다. 큼지막한 회의용 테이블 위에 유리잔 세 개와 피지 광천수 한 병이 놓여 있는 방이었다. 몇 분 뒤에 피터 잭슨이 들어왔다. 방금 전에 지구 저편에서 날아온 사람답게 너덜너덜한 분위기를 풍겼지만 여느 때와 다름없이 서글서글했다. 살이 많이 빠져서 옷이 부대 자루 같았다. 우리는 런던과 날씨와 최근 개봉한 이런저런 영화 등…… 대본 이야기만 빼고 딴소리를 했다. 잠시 후에 문이 열렸고 스필버그가 들어왔다. 그는 비슷한 의상을 고수하는 성향이 있었다. 가죽 재킷, 청바지, 운동화, 야구 모자였다. 안경과 수염 때문에 단박에 알아볼 수 있었다. 나는 늘 그렇듯 이렇게 그와 같은 공간에 있는 것이 꿈이 아니라고 속으로 중얼거려야 했다. 그는 내가 거의 평생 동안 만나고 싶어 한 인물이었다.

늘 그렇듯 스필버그는 본론으로 직행했다. 나는 그보다 더 영화 제작과 스토리텔링에 집중하는 사람을 만난 적이 없었다. 그는 알고 지낸 짧은 기간 동안 내게 개인적인 질문을 한 적이 없었고 내가 쓰는 글 말고는 나에게 아무 관심이 없다는 느낌을 여러 번 풍겼다. 나는 그가 어디에서부터 짚고 넘어갈지 궁금해하고 있었다. 그는 나의 이야기 전개 방식을 마음에 들어 했을까? 등장인물이 제대로 구현됐을까? 액션은 올바른 순서로 배열되었을까? 말장난이 재밌었을까? 나는 감독이 내 시나리오를 펼치는 순간을 항상 두려워했다. 상대의 입에서 나오는 첫 번째 단어로 나의 향후 몇 년이 달라질 수 있었다.

「책을 잘못 선택했어요.」 그가 말했다.

있을 수 없는 일이었다. 피터와 내가 웰링턴에서 의논 끝에 선택한 작품이었다. 내가 이 대본에 들인 시간이 3개월이었다. 그에게 그런 말을 들을 줄은 상상조차 하지 못했다.

「네?」 내가 정확히 이렇게 물었는지는 잘 모르겠다.

「『일곱 개의 수정 구슬』과 『태양의 신전』. 이 두 권을 선택한 게 실수라고요.」

「왜요?」

「그 두 권은 영화로 만들고 싶지 않아서요.」

나는 피터를 돌아보았다. 그는 고개를 끄덕였다. 「그러시군요.」

그리고 그걸로 끝이었다. 피터 잭슨이 감독이거나 말거나 스필버그가 제작자이거나 말거나 상관없었다. 둘 다 내 시나리오 사본을 받았지만 거기에 대한 논의는 없던 일이 되었다. 구성도 인물도 액션도 말장난도. 할 말이 아무것도 없었다.

「『태양의 신전』을 3편으로 하면 되죠.」 피터가 태평하게 손사래를 치며 말했다. 「앤서니가 뭘 2편으로 각색했으면 좋겠어요?」

앤서니! 나였다. 내가 잘리지 않을 모양이었다.

하지만 스필버그의 대답을 아직 듣지 못했을 때 문이 다시 열리더니 경악스럽게도 호손이 들어왔다. 그는 늘 그렇듯 양복에 하얀 셔츠를 입었지만 이번에는 까만 넥타이를 맸다.

장례식 복장이었다.

그는 자기 때문에 어떤 회의가 중단됐는지, 이게 나에게 얼마나 중요한 자리인지 전혀 모르는 눈치였다. 초대받은 사람처럼 어슬렁어슬렁 들어왔고 나를 보더니 여기서 만날 줄 몰랐다는 듯이 미소를 지었다.「토니.」그가 말했다.「찾으러 다니고 있었어요.」

「나 지금 바빠요.」나는 얼굴로 피가 쏠리는 걸 느끼며 이렇게 말했다.

「어이, 알아요. 보니까 알겠어요. 하지만 깜빡한 모양이네요. 장례식이 있는데!」

「얘기했잖아요. 못 간다고.」

「누가 돌아가셨어요?」피터 잭슨이 물었다.

나는 그를 흘끗 쳐다보았다. 그는 진심으로 걱정하는 눈치였다. 테이블 저편에서는 스필버그가 살짝 짜증 난 표정을 지으며 아주 꼿꼿하게 앉아 있었다. 그는 불청객이나 어시스턴트의 안내 없이 등장하는 사람은 본 적 없는 세상에서 살고 있었을 것이다. 다른 건 둘째 치고 보안을 걱정해야 할 판국이었다.

「아무도 아니에요.」나는 말했다. 호손이 여기까지 찾아오다니 믿을 수가 없었다. 일부러 작정하고 나를 골탕 먹이는 걸까?「얘기했잖아요.」나는 조용히 말했다.「못 간다고.」

「하지만 가야 해요. 중요한 자리라.」

「누구시죠?」스필버그가 물었다.

호손은 그제야 그의 존재를 알아차린 척했다.「댄 호손이라고 합니다.」 그가 말했다. 「경찰 일을 하고 있고요.」
「경찰이세요?」
「아뇨. 컨설턴트예요.」 나는 끼어들었다. 「경찰 수사를 돕고 있고요.」
「살인 사건 수사를요.」 고맙게도 호손이 설명하고 나섰다. 또다시 첫 번째 모음을 뭉개 한층 더 살벌한 단어처럼 들리게 했다. 그는 이제야 스필버그를 알아보고는 빤히 응시했다. 「우리, 구면인가요?」 그가 물었다.
「나는 스티븐 스필버그요.」
「영화 일을 하시죠?」
나는 울고 싶었다.
「맞아요. 영화 제작을 합니다만…….」
「이쪽은 스티븐 스필버그, 그리고 이쪽은 피터 잭슨이에요.」 내가 이 말을 왜 꺼냈는지 이유를 모르겠다. 주도권을 되찾고 싶은 마음이 있어서 그랬을까? 아니면 호손이 기가 죽어서 나가 주길 바랐을 수도 있었다.
「피터 잭슨!」 호손의 얼굴이 환해졌다. 「그 세 편의 영화를 찍은 분이죠? 〈반지의 제왕〉!」
「맞습니다.」 잭슨은 긴장을 풀었다. 「보셨어요?」
「아들이랑 같이 봤어요. 아이가 걸작이라고 하더군요.」
「고맙습니다.」
「1편요. 2편은 잘 모르겠다고 했어요. 2편은 제목이…….」
「〈두 개의 탑〉요.」 피터는 계속 미소를 짓고 있었지만 살짝 딱딱하게 굳은 미소였다.
「그 나무가 별로였어요. 말하는 나무. 바보 같더라고요.」

「그…… 엔트족 말이죠?」

「이름은 모르겠고요. 그리고 간달프. 죽은 줄 알았는데 다시 등장해서 좀 놀랐어요.」 호손은 잠깐 생각에 잠겼고 나는 점점 커져 가는 두려움을 달래며 그가 이번에는 또 무슨 말을 할지 기다렸다.「그 역할을 맡은 배우가 이언 매큐언이었죠? 좀 오버하더라고요.」

「이언 매켈런 경이었어요. 그 연기로 아카데미상 후보에 올랐고요.」

「그렇군요. 하지만 상을 받았나요?」

「호손 씨는 런던 경찰청의 특별 고문이에요.」 내가 끼어들었다.「가장 최근에 맡은 사건을 주제로 책을 써달라고 저한테 의뢰를 했어요.」

「제목은 〈호손 사건집〉이에요.」 호손이 말했다.

스필버그는 곰곰이 생각했다.「제목 좋네요.」 그가 말했다.

「괜찮네요.」 잭슨도 맞장구쳤다.

호손은 손목시계를 흘끗 확인했다.「11시에 시작되는 장례식이 있거든요.」

「이미 얘기했다시피 나는 못 가요.」

「가야 해요, 토니. 아니, 다이애나 쿠퍼와 알고 지냈던 사람들이 전부 참석하잖아요. 그들이 어떤 식으로 상호 작용하는지 관찰할 수 있는 기회예요. 영화를 촬영하기 전에 하는 대본 리딩하고 비슷하다고 보면 돼요. 그런 기회를 놓치고 싶은 건 아니겠죠?」

「설명했다시피…….」

「다이애나 쿠퍼라면.」 스필버그가 말했다. 「데이미언 쿠퍼의 어머니 아닌가요?」

「맞아요. 그분이 목 졸려 죽었어요. 자기 집에서.」

「나도 소식 들었어요.」

스필버그는 「라이언 일병 구하기」에서 영화 역사상 가장 피비린내 나는 오프닝을 선보였고 「신들러 리스트」에서 나치의 만행을 재현했지만 나는 그가 폭력에 얽힌 대화를 좋아하지 않는다는 인상을 여러 번 받았다. 내가 어떤 식으로 「틴틴」의 시나리오를 구상 중인지 설명했을 때 그의 얼굴이 살짝 하얘졌다고 맹세할 수 있었다.

이제 그가 피터를 돌아보았다. 「지난달에 데이미언 쿠퍼를 만났는데. 〈워 호스〉 얘기를 하려고 왔더라고요.」

「딱해라.」 피터 잭슨이 말했다. 「그런 사건이 벌어지다니 끔찍하죠.」

「그러게요.」 스필버그와 잭슨은 데이미언 쿠퍼와 평생 알고 지낸 사이인데 그의 어머니의 장례식에 참석하지 않겠다니 어떻게 그렇게 야비한 생각을 할 수 있느냐고 묻는 듯한 표정으로 나를 쳐다보았다. 그러는 동안 호손은 나의 양심에 호소하려고 지나다가 들어온 천사처럼 그 자리에 있었다.

「참석해야 하는 거 아닌가 싶은데요, 앤서니.」 스필버그가 말했다.

「그냥 책 때문이에요.」 나는 그들을 안심시켰다. 「솔직히 그걸 쓰는 게 좋을지 다시 고민하던 중이기도 하고요. 저한테는 영화가 훨씬 중요해서요.」

「뭐, 2편과 관련해서는 사실 할 말도 별로 없어요.」 피터가 말했다. 「나중에 다시 만나기로 하고 두어 주 동안 현재 상황을 점검할 필요가 있을지도 모르겠네요.」

「화상 회의를 해도 되고요.」 스필버그가 말했다.

우리가 「틴틴」에 대해 대화를 나눈 시간은 2분도 되지 않았다. 내가 쓴 시나리오는 통째로 내동댕이쳐졌다. 그리고 나는 『해바라기 사건』이나 『달 탐험 계획』이나 『시드니행 714편』과 관련해서 괜찮은 아이디어를 생각해 낼 겨를도 없이(우주선…… 스필버그가 우주선을 좋아하지 않나?) 내쳐졌다. 이건 너무했다. 나는 전 세계를 통틀어 가장 위대한 두 명의 영화 제작자를 만나는 중이었다. 내가 그들이 만들 작품의 시나리오를 쓰기로 되어 있었다. 그런데 얼굴도 모르는 사람의 장례식장으로 끌려가야 하다니.

호손이 자리에서 일어났다. 그가 자리에 앉은 줄도 몰랐다는 것이야말로 내 정신 상태가 어땠는지 알 수 있는 대목이었다. 「만나서 정말 반가웠습니다.」 그가 말했다.

「네.」 스필버그가 말했다. 「데이미언에게 조의를 전해 주세요.」

「알겠습니다.」

「그리고 걱정할 것 없어요, 앤서니. 에이전트 통해서 연락할게요.」

그들은 내 에이전트를 통해서 연락하지 않았다. 사실 나는 그 두 사람을 두 번 다시 만나지 못했고 지금 여기 이렇게 앉아 있는 내게 유일한 위안이 있다면 아직까지 새롭게 개봉된 「틴틴」 영화가 없다는 것이다. 「유니콘호의 비밀」은 극찬을 받았고 전 세계적으로 3억 7천5백만 달러의 수입을 거두었지만 미국에서의 반응은 그렇게 뜨겁지 않았다. 그렇기 때문에 속편 제작에 박차를 가하지 않는 것일지 모른다. 아니면 지금 속편을 제작하고 있을 수도 있다. 자기들끼리.

「아주 괜찮은 사람들 같네요.」 호손이 복도를 앞장서며 말했다.

「빌어먹을!」 나는 폭발했다. 「장례식장에 못 간다고 얘기했잖아요. 왜 왔어요? 내가 여기 있는 건 어떻게 알았어요?」

「어시스턴트한테 연락했죠.」

「그랬더니 그녀가 알려 줬다고요?」

「이봐요.」 호손은 나를 진정시키려고 했다. 「〈틴틴〉 작업이 하고 싶어요? 애들용이잖아요. 애들용은 이제 졸업한 거 아니었어요?」

「스티븐 스필버그가 제작자라고요!」 나는 외쳤다.

「뭐, 어쩌면 그가 당신의 신작을 영화로 만들 수도 있잖아요. 살인 사건 이야기! 데이미언 쿠퍼하고도 아는 사이고 하니.」 우리는 호텔 정문을 지나 길거리로 나섰다. 「누가 내 역할을 맡으면 좋겠어요?」

11
장례식

나는 브롬프턴 공동묘지를 잘 안다. 20대 시절에 그곳에서 5분만 가면 나오는 아파트에서 살았기 때문에 무더운 여름날 오후면 어슬렁어슬렁 걸어가 거기서 글을 썼다. 먼지나 차량과 동떨어진, 고요하고 독자적인 세상이었다. 사실 고딕풍의 묘소와 석조 천사와 성인이 달린 기둥이 으리으리하게 줄줄이 이어지는 이곳은 런던에서도 가장 손꼽히는 공동묘지이자 이른바 〈7대 공동묘지〉 가운데 하나다. 죽음을 기리는 동시에 적당한 자리에 모아 놓기 위해 빅토리아 시대에 건설되었다. 대로가 이쪽 끝에서 저쪽 끝까지 일직선으로 이어지고, 햇볕 좋은 날에 거길 걷다 보면 고대 로마에 있는 듯한 착각에 빠져들기 쉬웠다. 벤치가 보이면 공책을 펼치고 앉아서 다람쥐를, 가끔은 여우를 구경했고, 토요일 오후에는 나무 저편의 스탬퍼드 브리지 축구장에서 멀찌감치 전해 오는 군중의 함성을 들었다. 런던의 이런저런 장소들이 내 작업에 얼마나 많은 영향을 미쳤는지 생각해 보면 신기하다. 템스강도 그중 한 곳이다. 브롬프턴 공동묘지도 마찬가지다.

호손과 나는 11시 10분 전에 도착해 정문 양옆을 지키고 선 것처럼 보이는 빨간색 공중전화 박스 사이를 지났다. 차량 — 아마도 영구차이지 싶었다 — 이 진입할 수 있도록 차단 기둥을 내릴 수 있는 좁고 구불구불한 길을 따라 걸었다. 조문객 몇 명이 앞에서 걸어갔다. 묘지 중에서 이 일대는 내가 기억하는 것보다 더 후줄근하고 음울했다. 이제 보니 대좌 위에 놓인 한 석상의 머리가 없었다. 또 다른 석상은 팔이 한쪽 잘렸다. 나는 휴대 전화로 그들의 사진을 찍었다. 비둘기 몇 마리가 풀밭 속을 쪼았다.

모퉁이를 돌자 브롬프턴 예배당이 전면에 등장했다. 부속 건물을 두 개 거느린 완벽한 원형 건물이었다. 위에서 보면 런던의 지하철 표지판과 똑같이 생겼는데…… 생각해 보면 어렴풋이 어울린다. 뒤편으로 예배당을 향해 다가가 보니 아니나 다를까, 열린 문 옆쪽으로 정사각형의 콘크리트 위에 영구차가 주차되어 있었다. 다이애나 쿠퍼가 요청한 고리버들 관이 그녀와 함께 그 안에 있겠구나 하는 생각이 들자 내 배 속이 움찔거렸다. 검은색 연미복을 입은 남자 네 명이 그녀의 관을 옮기려고 서서 기다리고 있었다.

굽은 길을 따라가자 정문이 나왔다. 정문에는 북쪽을 바라보고 네 개의 기둥이 딸려 있었다. 몇 명이 안으로 들어갔다. 그 자리에 있다는 것이 어색한 사람들처럼 고개를 숙이고 서로 한마디도 하지 않았다. 다이애나 쿠퍼를 만난 적 없는 내가 그 대열에 합류하려니 기분이 묘했다. 1주일 전만 해도 그녀의 이름조차 들은 적이 없지 않았던가. 나는 원래 장례식장에 잘 가지 않는다. 너무 끔찍하고 심란하기 때문인데 두말하면 잔소리지만 나이를 먹을수록 날아드는 부고도 점점 많아진다. 나는 친구들에게 내 장례식 날짜를 함구하는 호의를 베풀 생각이다.

이 장례식에는 참석자가 제법 많았다. 안드레아 클루바네크도 예전 고용주에게 작별 인사를 하러 왔는지 우리가 모퉁이를 도는 순간 안쪽으로 사라지는 그녀의 모습이 보였다. 레이먼드 클룬스는 이 자리를 위해 특별히 장만했나 싶은 검은색의 새 캐시미어 코트를 입고 있었다. 자기보다 젊고 수염을 기른 남자를 데리고 왔는데, 연인일 공산이 컸다. 나는 눈을 가늘게 뜨고 그들을 경계하듯 관찰하는 호손을 신경질적으로 흘끗 쳐다보았다. 다행히 지금만큼은 그도 아무 말 하지 않았다.

클룬스를 지켜보는 또 다른 인물이 있었다. 까만 곱슬머리를 어깨까지 길렀고 홍콩 출신인 것처럼 보이는 중국계 미남이었다. 제임스 본드 칼라가 달린 흰색 실크 셔츠에 양복을 입었고 검은색 구두는 눈이 부실 정도로 광을 낸, 흠잡을 데 없는 차림새였다. 신기하게도 나는 그를 예전에 한 번 만난 적이 있었다. 그의 이름은 브루노 왕이었고 클룬스처럼 굵직한 연극 제작자였다. 그런가 하면 왕실의 여러 인물과 가깝게 지내고 예술계에 거금을 후원하는 유명한 자선사업가였다. 그는 내가 임원을 맡고 있는 올드 빅 극단의 첫날 공연을 종종 보러 왔다. 클룬스를 지켜보는 눈빛으로 미루어 짐작하건대 둘이 서로 친구 사이가 아니라는 것을 한눈에 알 수 있었다.

어쩌다 보니 우리 둘이 문 앞에서 그의 옆에 서게 됐고 나는 그에게 인사를 건넸다. 「다이애나 쿠퍼하고 아는 사이였어요?」 나는 물었다.

「아주, 아주 소중한 친구였죠.」 왕은 대답했다. 그는 마치 시를 암송하는 사람처럼 항상 다음 단어를 고민해 가며 차분하게 말했다. 「아주 따뜻하고 고결한 분이었어요. 사망 소식을 듣고 얼마나 충격을 받았는지 몰라요. 오늘 이 자리에 있으려니 억장이 무너질 것 같습니다.」

「부인이 당신 작품에도 투자를 했나요?」 나는 물었다.

「아쉽게도 그건 아니었어요. 내가 여러 번 제안을 하긴 했어요. 감각이 남다른 분이었거든요. 하지만 안타깝게도 가끔 부적절한 판단을 내릴 때가 있었어요. 그녀에게 한 가지 단점이 있다면 너무 정이 많다는 거였죠. 사람을 너무 잘 믿었어요. 내가 경고를 했어요. 몇 주 전에도…….」

「무슨 경고를 하셨나요?」 호손이 물었다. 아무렇지 않게 나를 밀치고 전면으로 나선 참이었다.

왕은 사방을 두리번거렸다. 주변에 아무도 없었다. 다들 예배당 안으로 들어간 뒤였다. 「경솔한 발언은 삼가고 싶습니다만.」

「어디 들어나 봅시다.」

「우리 초면이지 않은가요?」 왕은 방어적으로 나왔고 솔직히 나는 그를 이해했다. 호손 특유의 은은한 협박 — 창백한 피부와 귀신 들린 듯한 눈빛 — 은 분위기가 최고로 좋은 때라도 정이 가지 않는데, 공동묘지였으니 그야말로 불길하게 느껴질 수밖에 없었다. 흡혈귀가 장례식에 참석하기로 마음을 먹었다 한들 그보다 섬뜩하지는 않았을 것이다.
「이쪽은 대니얼 호손.」 내가 말했다. 「사건을 조사 중인 수사관이에요.」
「레이먼드 클룬스와 아는 사이인가요?」 호손이 물었다. 그도 방금 전에 왕이 어떤 눈빛으로 클룬스를 쳐다보았는지 알아차린 것이었다.
「아는 사이라고 할 수는 없지만 만난 적은 있습니다.」
「그런데……?」
「다른 사람을 매정하게 몰아붙이고 싶지는 않습니다.」 왕은 조심스럽고 신중하게 말했다. 「특히나 이런 데에서는요. 안 그래도 이 세상은 매정한 일들로 넘쳐 나니까요. 하지만…….」 그는 숨을 들이마셨다. 「나중에 아시게 되겠지만 레이먼드 클룬스가 관계 당국의 조사를 받고 있습니다. 가장 최근에 제작한 작품과 관련해서 했던 주장이 과대 포장으로 밝혀졌거든요.」
「〈모로코의 밤〉 말인가요?」 나는 물었다.
「내가 이런 비극이 벌어지기 몇 주 전에 소중한 친구 다이애나한테도 알려 주었어요. 그녀는 조치를 취할 생각이었고 내가 보기에는 그럴 권리가 충분하고도 남았어요.」
「그런데 그녀가 교살을 당했죠.」 호손이 심드렁하게 말했다.
왕은 그 둘의 연관성을 이제 처음 파악한 눈빛으로 그를 빤히 쳐다보았다. 「강도의 소행이라고 들었습니다만.」
「나는 강도의 소행이라고 생각하지 않습니다.」
「그렇다면 내가 선을 넘었을지 모르겠네요. 다이애나가

거금을 투자하지는 않았을 거예요. 뭔가…… 다른 뜻에서 한 말은 아니었습니다.」 그는 두 손을 펼쳤다. 「이제 실례하겠습니다. 장례식을 놓치고 싶지 않아서요.」 그는 허둥지둥 안으로 들어갔다.

우리 둘만 남겨졌다.

「재밌네요.」 호손이 혼잣말처럼 중얼거렸다. 「부인이 클룬스에게 속은 걸 알아차렸다. 그와 결판을 낼 생각이었다. 그런데 갑자기 부인이 결딴났다.」

「적절한 비유로군요.」

「고마워요. 마음에 들면 써도 돼요.」

카메라를 들고 근처에서 어슬렁거리는 남자들이 두어 명 있었다. 나는 모르고 있다가 그중 한 명이 사진을 찍자 알아차렸다.

「거머리 같은 기자들 같으니라고.」 호손은 중얼거렸다.

맞는 말이었다. 그들은 데이미언 쿠퍼를 찍으려고 출동했을 것이었다.

「기자를 왜 그렇게 싫어해요?」 나는 그들도 명단에 넣어야 할지 모르겠다는 생각을 하며 물었다.

호손은 피우던 담배를 바닥에 던지고 발로 비벼서 껐다. 「아무것도 아니에요. 사건 현장을 킁킁거리며 돌아다니는 기자들이라면 신물이 나서 그래요. 그 인간들은 뭐 하나 제대로 하는 게 없더군요.」

우리는 예배당 안으로 들어갔다.

내부는 기둥이 돔형 천장을 받치고 있는 하얗고 둥그런 공간이었고, 창문이 너무 높게 달려 있어서 하늘 말고는 아무것도 보이지 않았다. 우리가 자리를 잡고 앉았을 무렵 운구 중이었던 관을 마주 보는 방향으로 좌석이 마흔 개 정도 놓여 있었다. 관을 좀 더 가까이서 보니 두 개의 가죽 끈으로 뚜껑을 닫은 특대형 피크닉 바구니와 묘하게 닮았다는 생각이 들었다. 위에 노란색과 흰색으로 엮은 화환이 놓여 있었다. 제러마이아 클라크의 「트럼펫 봉헌」이 이미 스피커에서 흘러나오고 있었다. 결혼식장에서 좀 더 자주 들을 수 있는 곡이라 이상하게 느껴졌다. 다이애나 쿠퍼의 결혼식 때 쓰인 노래인가 싶었다.

두 개의 버팀 다리 위로 관이 조심스럽게 놓이는 동안 나는 모인 사람들을 살펴보았다. 뜻밖에도 조문객 숫자가 많지 않았다. 기껏해야 20에서 30명이었다. 브루노 왕과 레이먼드 클룬스는 거리를 두고 앞줄에 앉아 있었다. 검은색의 싸구려 가죽 재킷을 입은 안드레아는 옆쪽에 앉았다. 〈잭〉 메도스 경위도 왔다. 나는 그가 조금 작은 의자에 불편하게 앉아서 하품을 참는 것을 보았다.

이 작품의 주인공은 데이미언 쿠퍼였고 그도 그렇다는 것을 아는 눈치였다. 그는 그 역할을 위해 멋들어진 맞춤 양복에 회색 셔츠를 입고 반짝반짝 광을 낸 구두를 신었다. 그레이스 러벨도 검은색 원피스를 입고 그의 옆자리를 지켰지만, 다른 조문객의 접근을 차단하는 VIP석이라도 되는 양 빈 공간이 그들 주변을 에워싸고 있었다. 과장이 아니라 그의 뒷줄에 두 사람만이 앉아 있었다. 나중에 알고 보니 그중 한 명은 데이미언의 런던 에이전시 직원이었고, 다른 한 명은 개인 트레이너로 보디가드 역할을 맡고 있는 듯해 보이는 엄청난 근육질의 흑인이었다.

그들 말고는 다이애나 쿠퍼의 친구들과 동료들이었고 모두 50세 이상이었다. 좌우를 둘러보니 여러 감정 — 지루함, 호기심, 진지함 — 이 예배당을 장식했지만 유난히 슬퍼하는 사람은 없는 듯했다. 조금이나마 상실감을 표정으로 드러낸 사람은 산발하고 내 몇 자리 옆에 앉은 키 큰 남자뿐이었다. 목사가 자리에서 일어나 관 쪽으로 다가가자 그는 손수건을 꺼내 눈을 훔쳤다.

목사는 키가 작고 살집이 있고 입꼬리를 내리며 웃는 여자였다. 안타까운 상황인 건 알지만 다들 이렇게 참석해 주셔서 다행이라고 말하는 듯해 보였다. 나는 그녀가 장례식을 대하는 태도가 전통적이라기보다 현대적이라는 것을 알 수 있었다. 그녀는 음악이 끝날 때까지 기다렸다가 앞으로 나와 손을 마주 비비며 추도사를 시작했다.

「안녕하세요, 여러분. 로마의 성 베드로 성당에서 영감을 얻어 1839년에 건축된 이 너무 아름다운 예배당에 오신 것을 진심으로 환영합니다. 오늘 우리는 너무 귀하디귀한 분과 작별을 하기 위해 이렇게 너무 특별하고 아름다운 곳에 모였습니다. 남겨진 사람들에게는 죽음이 항상 어렵게 느껴지죠. 다이애나 쿠퍼는 너무 갑작스럽고 난폭하게 삶의 길에서 이탈되었기 때문에 작별 인사를 해야 하는 이유를 알기란 너무 어렵고 그녀에게 벌어진 일을 받아들이기가 정말이지 쉽지 않습니다.」

나는 벌써부터 그녀가 〈너무〉라는 단어를 남발하는 것이 듣기 싫어졌다. 다이애나 쿠퍼가 〈귀하디귀한 분〉이라는 표현을 들었다면 마음에 들어 했을지 궁금해졌다. 꼭 TV 퀴즈 쇼에 출연한 특별 게스트를 소개하는 느낌이었다.

「다이애나는 늘 남을 도우려는 자세를 갖추고 있었습니다. 자선 활동도 상당히 많이 했죠. 그런가 하면 글로브 극장의 임원이었고 너무나 유명한 아들의 어머니였습니다. 데이미언이 오늘 이 자리에 참석하기 위해 미국에서부터 건너왔는데요, 분명 슬플 테지만 만나서 너무너무 반가워요, 데이미언.」

고개를 돌려보니 장의사 로버트 콘월리스가 문 옆에 서서 아이린 로스에게 뭐라고 속삭이고 있었다. 둘 다 장례식에 걸맞게 정장을 입고 있었다. 그녀는 고개를 끄덕였고 그는 슬그머니 밖으로 나갔다. 나는 아직 소호 호텔에 있을지 모르는 스티븐 스필버그와 피터 잭슨을 잠깐 떠올렸다. 어쩌면 그들은 이른 점심을 먹으러 리퓨얼로 내려갔을 수도 있었다. 내가 그 옆에 있었어야 하는 건데! 여기로 끌려왔다는 데 분노가 솟구쳤다.

「다이애나 쿠퍼는 언젠가는 죽을 수밖에 없는 자신의 운명을 잘 알고 있었습니다.」 목사의 추도사가 계속 이어지고 있었다. 「그래서 방금 전에 들으신 음악을 비롯해 오늘 장례식의 모든 절차를 준비해 놓았죠. 고인이 장례식을 짧게 끝내길 원했으니 제 이야기는 여기서 마치도록 하겠습니다! 먼저 〈시편〉 34편을 낭송하려는데요. 다이애나가 이 장을 골랐을 때 죽음이 두려워할 것만은 아니라는 사실을 알고 있었길 바랍니다. 〈올바른 사람에게 불행이 겹쳐도 야훼께서는 모든 곤경에서 그를 구해 주시고.〉 죽음이 위안이 될 수도 있죠.」

목사는 「시편」을 읽었다. 잠시 후에 그레이스 러벨이 자리에서 일어나 앞으로 걸어가 실비아 플래스의 「에어리얼」을 낭송했다.

「어둠 속의 정지

이후에 실질 없는 푸름이

바위산과 먼 곳에 쏟아진다…….」

그녀가 시를 외운 것을 보고 나는 감동을 받았다. 게다가 그녀는 시에 감정을 실었다. 데이미언은 잘생긴 눈으로 묘하게 냉랭한 분위기를 풍기며 그녀를 지켜보았다. 호손은 내 옆에서 하품을 했다.

마침내 데이미언의 차례가 되었다. 그는 자리에서 일어나 앞으로 천천히 걸어 나가 몸을 돌려 어머니의 관을 등지고 섰다. 그의 추도사는 짧고 아무 감정이 없었다.

「제 나이 겨우 스물한 살이었을 때 아버지가 돌아가셨는데 이제 어머니마저 떠나보내게 되었네요. 아버지는 병환이 있었지만 어머니는 사시던 집에서 습격을 당하셨고 그 일이 벌어졌을 때 저는 미국에 있었으니 더 받아들이기가 힘든 것 같습니다. 작별 인사를 할 수 없었다는 것이 죽을 때까지 한으로 남겠지만 어머니는 제가 하는 일을 자랑스러워하셨고 다음 주부터 촬영에 들어가는 제 새로운 드라마를 좋아하셨을 거라는 걸 압니다. 제목은 〈홈랜드〉이고 올해 안으로 쇼타임에서 방영될 거예요. 어머니는 저의 연기 인생을 항상 응원해 주셨죠. 제가 스트랫퍼드 소속이었을 때는 모든 출연작을 보러 오셨고요. 〈폭풍우〉의 에어리얼, 〈헨리 5세〉

그리고 어머니가 가장 좋아하셨던 〈파우스트〉의 메피스토펠레스. 어머니는 항상 저더러 어머니의 꼬맹이 악마라고 하셨거든요.」이 말에 조문객 몇 명이 나지막이 동정의 웃음을 터뜨렸다.「저는 앞으로도 무대에 오를 때마다 객석에서 어머니를 찾을 테고 어머니의 자리가 비어 있는 걸 보게 되겠죠. 그 표를 되팔 수 있으면 좋을 텐데…….」이 대목에서는 조문객들이 머뭇거렸다. 정말 웃자고 하는 이야기였을까?

나는 그가 하는 말을 전부 휴대 전화로 녹음하고 있었지만 이 시점부터 더는 듣지 않았다. 데이미언 쿠퍼의 추도사를 듣고 그에 대한 평가가 분명해졌다. 그가 몇 분 더 이야기한 뒤에 스피커에서 다시「엘리너 릭비」가 흘러나오자 문이 열렸고 우리는 우르르 공동묘지로 나갔다. 산발한 남자가 우리 바로 앞이었다. 그는 두 번째로 눈가를 훔쳤다.

우리는 기둥 뒤편의 공동묘지 서쪽으로 터벅터벅 걸어갔다. 야트막한 담벼락 옆으로 지저분하게 자란 길쭉한 풀밭에 묘지가 마련되어 있었다. 담벼락 저편은 기찻길이었다. 보이지는 않았지만 걸어가는 동안 열차 지나가는 소리가 들렸다. 이런 비명이 새겨진 묘비가 나왔다. 〈로런스 쿠퍼, 1950년 4월 3일~1999년 10월 22일. 불굴의 의지로 견디며 오랜 투병 끝에 눈을 감다.〉 그는 켄트에서 살았고 아마 거기서 죽었을 텐데 어쩌다 여기에 묻혔는지 궁금해졌다. 해가 비쳤지만 플라타너스 두 그루가 그늘을 드리웠다. 상쾌하고 따뜻한 오후였다. 데이미언 쿠퍼과 그레이스 러벨과 목사는 망자의 마지막 가는 길에 동행하기 위해 뒤에 남았다. 그들을 기다리는데, 메도스 경위가 우리 쪽으로 느릿느릿 걸어왔다. 그는 중고 용품점에서 샀거나 아니면 중고 용품점으로 넘겨야 하게 생긴 양복을 입고 있었다.

「그래, 잘돼 가고 있나, 호손?」 그가 물었다.

「그럭저럭.」

「진척이 있단 말인가?」 메도스는 코를 킁킁거렸다. 「너무 일찍 해결하고 싶지는 않을 거라고 보네만. 일당을 받는 마당이잖은가.」

「자네가 정답을 알아낼 때까지 기다릴까 봐.」 호손은 말했다. 「그럼 떼돈을 벌 수 있을 텐데.」

「실은 그 지점에서 자네가 실망하게 생겨서. 수사가 조만간 종료될 것 같거든…….」

「그래요?」 나는 물었다. 메도스가 호손보다 먼저 사건을 해결한다면 책에 치명타였다.

「네. 조만간 신문에 보도될 거라 이 자리에서 알리는 게 좋지 않을까 싶었어요. 브리태니아로드 일대에서 동일한 수법의 강도 사건이 세 건 발생했어요. 범인은 퀵 서비스 기사로 위장해서 오토바이 헬멧으로 얼굴을 가렸고요. 혼자 사는 여자들을 표적으로 삼았어요.」

「그리고 그들 모두를 살해했고요?」

「아뇨. 처음 두 명은 구타하고 집 안을 뒤지는 동안 벽장에 가둬 놓았어요. 세 번째 여자는 영리하게 대처했어요. 문을 열어 주지 않고 999[12]에 신고했죠. 녀석은 도망쳤지만 우리는 누굴 찾으면 되는지 알아요. CCTV를 돌려 보고 있거든

12 영국의 긴급 전화번호.

요. 오토바이를 금세 추적할 수 있을 테니 그럼 녀석의 꼬리를 밟을 수 있겠죠.」

「그럼 다이애나 쿠퍼가 교살당한 건 무슨 수로 설명하나요? 범인이 그녀는 왜 남들처럼 그냥 구타하지 않고 죽였을까요?」

메도스는 럭비 선수처럼 생긴 어깨를 으쓱했다. 「일이 잘못된 거죠.」

나무 저편에서 움직임이 있었다. 장의업체에서 나온 네 명의 남자 — 상여꾼이었다 — 와 데이미언 쿠퍼와 그레이스 러벨로 이루어진 운구 행렬이 다이애나 쿠퍼를 마지막 안식처로 옮기고 있었다. 마지막으로 아이린 로스가 뒷짐을 진 채 어느 정도 거리를 두고 따라가며 모든 게 차질 없이 진행되고 있는지 살폈다. 로버트 콘웰리스는 보이지 않았다.

「그거 아나? 자네 이론은 순 쓰레기라는 거.」 호손이 말했다. 분위기와 어울리지 않는 대사였다. 햇살, 공동묘지 그리고 화관을 얹고 점점 다가오는 관. 「어이, 자네는 예전부터 일에는 젬병이었지. 복면 쓴 퀵 서비스 기사를 잡거든 나를 대신해서 안부 좀 전해 줘. 왜냐하면 그자는 브리태니아로드 근처에는 얼씬한 적 없다는 데 내 전 재산을 걸 수도 있거든.」

「자네는 런던 경찰청에 있었을 때부터 재수가 없었지.」 메도스는 으르렁거렸다. 「떠나는 자네를 보고 우리가 얼마나 반가워했는지 몰라.」

「자네 실적이 그렇게 된 건 유감이야.」 호손은 눈을 번뜩이며 대답했다. 「내가 떠난 뒤로 곤두박질쳤다고 들었어. 그리고 말이 나온 김에, 자네가 이혼한 것도 매우 안타깝게 생각하네.」

「누구한테 들었나?」 메도스는 움찔했다.

「자네 얼굴에 다 쓰여 있지.」

맞는 말이었다. 메도스는 방치된 분위기를 풍겼다. 쭈글쭈글한 양복, 다리지 않은 데다 단추가 하나 없는 셔츠, 흠집투성이 구두가 절반의 증거였다. 나머지 절반의 증거는 여전히 왼손에 끼고 있는 결혼반지였다. 사별했거나 아내가 그를 떠난 게 분명했다. 하지만 내 짐작이 맞든 틀리든 그는 급소를 찔렸다. 무덤가에서 햄릿과 레어티즈가 그랬듯 그 둘이 난투극을 벌이는 건 아닌가 싶던 찰나 관이 도착했다. 나는 그 관이 고리버들 삐걱거리는 소리를 내며 풀밭 위로 내려지는 것을 지켜보았다. 네 명의 상여꾼이 그 아래로 밧줄을 넣어서 단단히 고정할 수 있도록 손잡이를 통과시키는 동안 아이린 로스는 흡족한 표정으로 지켜보았다.

나는 데이미언 쿠퍼를 흘끗 보았다. 그는 주변의 모든 사람을 잊은 채 허공을 멍하니 응시하고 있었다. 그레이스가 그의 옆에 서 있었지만 둘은 아무런 접촉이 없었다. 그녀는 그의 팔짱을 끼지 않았다. 아까 보았던 사진 기자들은 조금 떨어져 있었지만 카메라에 줌 렌즈가 달렸으니 필요한 사진을 얼마든지 찍을 수 있을 것이었다.

「이제 하관식을 거행하려고 합니다.」 목사가 읊조렸다. 「모두 모여 주세요. 이젠 끝나 버린 너무나 특별했던 삶에 대해 마지막으로 잠깐 생각하며 서로 손을 잡으셔도 좋겠네요.」

상여꾼들이 관을 들어 대기 중인 무덤 위로 옮겼다. 몇 안 되는 사람들이 동그랗게 서서 하관을 지켜보았다. 손수건을 쥔 남자가 눈가를 두드렸다. 이제 보니 레이먼드 클룬스가 브루노 왕의 옆에 섰고 둘이서 조용히 몇 마디를 주고받고 있었다. 네 명의 상여꾼이 대기 중이던 시커먼 구멍 안으로 관을 내리기 시작했다.

그때 갑자기 음악이 흘러나왔다. 노래였다. 동요 말이다.

버스 바퀴가 돌아요, 뱅뱅뱅
뱅뱅뱅
뱅뱅뱅
버스 바퀴가 돌아요, 뱅뱅뱅
하루 종일.

소리가 가늘고 쨍하게 울려서 처음에는 휴대 전화 벨소리인가 싶었다. 조문객들은 두리번거리며 누구 전화인지, 누가 민망하게 되었는지 궁금해했다. 아이린 로스가 놀라서 앞으로 나섰다. 데이미언 쿠퍼가 무덤에서 가장 가까이 서 있었다. 그가 경악과 분노의 중간 어디쯤 되는 표정으로 무덤 가장자리를 넘어 안을 들여다보았다. 그가 아래를 가리키며 그레이스 러벨에게 뭔가 이야기했다. 그때 나는 알아차렸다.

노래가 무덤 안에서 흘러나오고 있었다.

관 속이었다.

2절이 시작됐다.

버스 와이퍼가 움직여요, 쉭쉭쉭
쉭쉭쉭
쉭쉭쉭…….

네 명의 상여꾼은 소리가 멀어지길 바라며 관을 마저 내려야 할지 아니면 다시 올려서 이 사태를 해결해야 할지 알지 못한 채 그 자리에서 얼어붙었다. 섬뜩하도록 부적절한 이 노래가 흐르는 가운데 망자를 묻어도 될까? 관 속에 든 디지털 녹음기 아니면 라디오가 노랫소리의 진원지인 게 이제는 누가 봐도 분명했다. 만약 다이애나 쿠퍼가 예컨대 마호가니처럼 좀 더 전통적인 소재를 선택했더라면 우리 귀에 그 소리가 들리지 않았을 수도 있었다. 그러면 망자는 땅속에 묻혀 편히 잠들 수 있었을 것이다. 적어도 배터리가 다 되면 그럴 수 있었을 것이다. 하지만 서로 엮인 고리버들 가지 사이로 가사가 새어 나왔다. 그걸 피할 도리가 없었다.

버스 기사가 말해요, 〈뒤로 가세요〉.

수상한 조짐을 느낀 사진 기자들이 공동묘지 저편에서 카메라를 들고 앞으로 움직였다. 그와 동시에 데이미언 쿠퍼가 목사를 몸이 아니라 말로 격하게 몰아붙였다. 책임을 물을 사람이 필요한데 그녀가 바로 옆에 있었던 것이다. 「이게 무슨 일입니까?」 그는 으르렁거렸다. 「누가 이런 짓을 저지른 겁니까?」
아이린 로스가 짧고 굵은 다리가 허락하는 한도 안에서

최대한 빠르게 움직여 무덤가로 다가갔다. 「쿠퍼 씨…….」 그녀가 숨을 헐떡이며 말문을 열었다.

「이게 무슨 장난이에요?」 데이미언은 얼굴이 핼쑥했다. 「왜 저 노래를 틀고 있는 거예요?」

「관 올려요.」 아이린이 책임자로 나섰다. 「다시 꺼내요.」

뒤로 가세요, 뒤로 가세요…….

「이 자리에서 밝히는데 내가 당신의 그 빌어먹을 회사를 반드시 고소해서 ─.」

「정말 송구스럽습니다!」 아이린이 그보다 큰 소리로 외쳤다. 「저도 이게 어떻게 된 일인지…….」

네 명의 상여꾼이 관을 내릴 때보다 더 빠른 속도로 다시 들어 올렸다. 구덩이 가장자리를 넘은 관이 풀밭 위로 털썩 내려앉아 하마터면 옆으로 뒤집힐 뻔했다. 안에서 좌우로 흔들리고 있을 다이애나 쿠퍼가 그려졌다. 계획적으로 저질러진 일이라는 것이 분명했기 때문에 그중에 범인이 있나 싶어 다른 조문객들을 살펴보았다. 역겨운 장난이었을까? 아니면 일종의 메시지였을까?

레이먼드 클룬스는 파트너를 부여잡고 있었다. 브루노 왕은 손으로 입을 가리고 빤히 쳐다보고 있었다. 안드레아 클루바네크는 ─ 내가 잘못 봤을 수도 있지만 웃고 있는 듯했다. 그녀의 옆에서 손수건을 쥔 남자가 해석이 되지 않는 표정으로 관을 물끄러미 바라보고 있었다. 그는 토악질을 하거나 폭소를 터뜨리려는 듯 손을 입 쪽으로 가져가더니 몸을 돌려서 뒷걸음질 쳤다. 나는 그가 허둥지둥 공동묘지를 빠져나가 브롬프턴로드 방향으로 가는 것을 지켜보았다.

버스 기사가 말해요, 〈뒤로 가세요〉.
하루 종일.

노래가 멈출 줄 몰랐다. 그게 최악이었다. 진부하기 짝이 없는 노래고 어른들이 아이들 노래를 부를 때 내는 그 섬뜩하게 명랑한 목소리였다.

「더는 못 참겠네.」 데이미언이 선포했다. 표정을 보아 하니 충격으로 정신을 못 차리는 듯했다. 장례식이 시작된 이래 그가 감정다운 감정을 표출한 것은 처음이었다.

「데이미언…….」 그레이스가 그의 팔을 잡았다.

그는 그녀의 손을 뿌리쳤다. 「나는 집에 갈게. 조문객 접대는 당신이 맡아 줘. 이따 집에서 봐.」

사진 기자들이 묘비 위로 낯 뜨겁게 장거리 렌즈를 내밀고 사진을 찍어 댔다. 개인 트레이너 겸 보디가드가 그들의 시야를 가리려고 최선을 다했지만 렌즈들이 방향을 돌려 씩씩대며 걸음을 옮기는 데이미언을 쫓았다.

목사가 난감해하며 아이린을 돌아보았다. 「어쩌죠?」 그녀가 물었다.

「관을 다시 예배당으로 들고 가죠.」 아이린은 애써 평정을 유지했다. 「얼른요.」 그녀가 조용히 재촉했다.

상여꾼들이 다이애나 쿠퍼를 들어서 다시 풀밭 사이로 이동했다. 달리지 않는 한도 안에서 최대한 빨리 움직이며 예의를 갖추려고 애를 썼다. 하지만 성공하지 못했다. 엇박자로 움직이고 서두르느라 서로 부딪히고 발이 걸려 비틀거리는 모습이 우스꽝스러웠다. 쩽 울리는 노랫소리가 점점 희미해졌다.

버스 경적이…….

호손은 멀어지는 그들을 바라보았다. 그의 머릿속을 수놓고 있는 이런저런 생각들이 내 눈에 보일 듯했다.

「빵빵빵.」 그는 멜로디 없이 중얼거리고는 관을 따라 예배당 쪽으로 성큼성큼 걸음을 옮기기 시작했다.

12
피 냄새

우리는 당황스러워하며 빈 무덤가에 서 있는 다른 조문객들을 남겨 두고, 폭풍이 부는 바다 위에서 이리저리 흔들리는 조그만 배를 연상시키는 관을 따라나섰다.

호손은 지금 이 사태를 재밌어하는 것 같았다. 섬뜩한 보복성 장난이 — 장난이 맞는지 모르겠지만 — 그의 음험한 측면을 자극하는 모양이었다. 그보다는 메도스가 제시한 이론이 와르르 무너졌다는 데서 오는 희열이 더 컸을 것이다. 불과 몇 분 전만 해도 일이 잘못되어 버린 강도 사건 어쩌고 했는데, 지금은 없던 이야기가 됐다. 어딜 봐도 경찰의 일반적인 범주를 벗어나는 사건이라 호손이 독자적으로 수사를 진행할 수 있는 여지가 늘어났다.

돌아보니 메도스가 뒤에서 느릿느릿 따라오고 있었지만, 지금 당장은 바로 앞 예배당을 향해 가는 사람이 호손과 나뿐이었다.

「그게 무슨 일이었다고 생각해요?」 나는 물었다.

「메시지였어요.」 호손이 말했다.

「메시지라니…… 누구한테 보내는 메시지요?」

「뭐, 일단은 데이미언 쿠퍼요. 그의 표정을 봤잖아요.」

「당혹스러워하더군요.」

「그 정도가 아니었어요. 얼굴이 빌어먹을 백지장처럼 새하얘지던데. 저러다 기절하는 거 아닌가 싶을 정도로!」

「제러미 고드윈하고 연관이 있는 거겠죠?」 나는 물었다.

「그 아이가 버스에 치이지는 않았잖아요.」

「그렇죠. 하지만 차에 치였을 때 장난감 버스를 들고 있었을지 몰라요. 아니면 버스를 타고 돌아다니는 걸 좋아했든지…….」

「어이, 그거 하나는 맞아요. 애들 동요니까 죽은 아이와 연관이 있을 가능성이 크다는 거.」 호손은 무덤 하나를 조심스럽게 넘었다. 「데이미언은 집으로 가버렸어요.」 그는 이어 말했다. 「하지만 조만간 찾아가야겠어요. 뭐라고 할지 궁금하네.」

「딜에서 그런 사고가 벌어진 지 10년이 지났어요.」 나는 혼잣말처럼 중얼거렸다. 「먼저 다이애나 쿠퍼가 살해되고. 그다음에는 이런 사건까지. 누군가가 할 말이 있는 게 분명하네요.」

예배당에 다다랐다. 관은 이미 안으로 들어갔다. 우리는 메도스가 올 때까지 기다렸다.

「자네가 엮이면 일이 꼭 틀어진다니까.」 그는 툴툴거렸다. 그는 심각한 운동 부족이었다. 그 짧은 거리를 걷고 헉헉거렸다. 식습관에 신경 쓰고 담배를 끊고 운동을 시작하지 않으면 조만간 좀 더 일찍 공동묘지에서 머물게 생겼다.

「자네가 말한 그 강도가 무슨 수로 이런 장치를 설치했는지 듣고 싶군그래.」 호손이 말했다. 「퀵 서비스 기사 옷을 입은 사람은 보이지 않던데.」

「여기서 벌어진 일은 살인 사건과 상관이 없을 수도 있어, 자네도 알겠지만.」 메도스는 대답했다. 「할리우드의 유명 인사가 연루돼 있지 않나. 배배 꼬인 사람이 저지른 짓궂은 장난이야. 그뿐이라고.」

「자네 말이 맞을 수도 있지.」 호손은 이렇게 말했지만 누가 들어도 전혀 믿지 않는 말투였다.

우리는 예배당 안으로 들어갔다. 관이 다시 버팀 다리 위에 놓였고 충격으로 눈이 동그래진 목사와 콘월리스 앤드 선스의 상여꾼들이 지켜보는 가운데 아이린 로스가 부산하게 끈을 풀고 있었다. 우리가 들어서자 그녀가 고개를 들었다.

「저는 27년째 이 일을 하고 있어요.」 그녀가 말했다. 「그런데 이런 일은, 이 비슷한 일도 없었어요.」

그나마 동요는 멈췄다. 아이린이 끈을 다 풀고 뚜껑을 열자 고리버들이 삐걱거렸다. 나는 움찔했다. 죽은 지 1주일이 지난 다이애나 쿠퍼는 보고 싶지 않았다. 다행히 그녀는 모슬린 수의로 덮여 있었고 형체는 드러났지만 초점을 잃은 두 눈과 한데 꿰매어진 입술은 보이지 않았다. 아이린은 앞으로 몸을 숙여 다이애나 쿠퍼의 두 손 사이에서 밝은 주황색 크리켓 공처럼 보이는 것을 끄집어내 메도스에게 건넸다.

그는 질색하며 그걸 살폈다. 「뭔지 모르겠네요.」 그가 말했다.

「알람 시계야.」 호손이 손을 내밀자 메도스는 반색하며 그걸 넘겼다.

과연 한쪽에 달린 동그란 화면으로 정확한 시간을 알려주는 디지털 알람 시계였다. 구식 라디오처럼 구멍이 숭숭 뚫렸고 스위치가 두 개 달렸다. 호손이 스위치 하나를 올리자 노래가 다시 시작됐다.

버스 바퀴가 돌아요, 뱅뱅뱅…….

「꺼주세요!」 아이린 로스가 몸서리치며 말했다.

그는 그녀가 해달라는 대로 했다. 「MP3 녹음 알람 시계예요.」 그가 설명했다. 「인터넷에서 많이 팔아요. 아이들이 좋아하는 노래를 다운받아서 그걸로 아침에 깨우는 거죠. 나도 아들 녀석한테 사줬는데, 내 목소리를 녹음했어요. 〈얼른 일어나라, 이놈아.〉 녀석은 그게 웃기다고 생각하더라고요.」

「어쩌다 알람이 울린 거예요?」 내가 물었다.

호손은 시계를 뒤집었다. 「11시 30분으로 맞춰져 있었어요. 누군지 몰라도 장례식 도중에 알람이 울리게 한 거죠. 이보다 더 완벽할 수 없는 수법으로.」 그는 아이린 로스에게 따지고 들었다. 「이게 어쩌다 저기 들어갔는지 아십니까?」

「아뇨!」 그녀는 그에게 기소라도 당한 듯 소스라치게 놀랐다.

「관이 지키는 사람 없이 방치된 적이 있습니까?」

「그건 콘웰리스 씨에게 물어보세요.」

호손은 잠깐 말을 멈추었다. 「콘웰리스 씨는 어디 있죠?」

「먼저 갔어요. 오늘 오후에 아들 학교에서 학예회가 있어서요.」 그녀는 주황색 공을 빤히 쳐다보고 있었다. 「저희 회사에는 이런 짓을 저지를 사람이 없어요.」

「그럼 외부인의 소행일 테니 다시 묻겠습니다. 관이 지키는 사람 없이 방치된 적이 있습니까?」

「네.」 아이린은 당혹스러워하며 어쩔 수 없이 시인했다. 「시신은 풀럼팰리스로드에 있는 저희 시설에 모셔져 있다가 오늘 여기로 옮겨졌어요. 사우스켄징턴 사무실에 공간이 부족해서요. 해머스미스 교차로 근처에 저희가 조문용으로 쓰는 예배당이 있거든요. 가족과 가까운 친구의 경우 원하면 쿠퍼 부인을 보러 올 수 있었어요.」

「보러 왔던 사람이 몇 명이나 되죠?」

「이 자리에서 말씀드리지는 못하겠네요. 하지만 방명록이 있어서 신원 확인 없이 아무나 출입할 수는 없어요.」

「여기 이 공동묘지에서는요?」 호손이 물었다. 아이린이 아무 대답도 하지 않자 그는 다시 말했다. 「우리가 왔을 때 관을 실은 영구차가 뒤편에 주차되어 있던데요. 거길 누가 계속 지키고 있었나요?」

아이린이 한 상여꾼에게 이 질문을 돌리자 그는 발로 바닥을 긁으며 아래를 내려다보았다. 「지키고 있긴 했어요.」 그가 중얼거렸다. 「계속 있지는 않았지만.」

「댁은 누구시죠?」

「앨프리드 로스. 이 회사 임원입니다.」 그는 숨을 들이마셨다. 「아이린이 제 아내고요.」

호손은 씩은 미소를 지었다. 「가족끼리 운영하는 회사로군요! 그럼 어디 있었다는 겁니까?」
「도착하자마자 차를 주차하고 이 안으로 들어왔습니다.」
「전부요?」
「네.」
「영구차는 잠가 놓았고요?」
「아뇨.」
「저희 경험상 시신을 옮기려고 했던 사람은 없었거든요.」 아이린이 냉랭하게 말했다.
「앞으로는 그럴 가능성도 염두에 두셔야겠습니다.」 호손은 거의 협박조로 그녀에게 바짝 다가갔다. 「콘월리스 씨와 얘기를 좀 나눠야겠는데요. 어디로 찾아가면 될까요?」
「주소를 알려 드릴게요.」 아이린이 손을 내밀자 남편이 수첩과 펜을 건넸다. 그녀는 수첩 맨 앞 장에 몇 줄 끼적이고 찢어서 호손에게 건넸다.
「고맙습니다.」
「잠깐!」 지금까지 한쪽 옆에 가만히 서 있던 메도스가 자기는 여태 아무 말도 하지 않았다는 것을 문득 깨달은 사람처럼 외쳤다. 하지만 이렇게 외친 순간 더는 할 말이 없음을 알아차린 눈빛이었다. 「알람 시계는 내가 들고 가겠네.」 그가 권위를 앞세우며 중얼거렸다. 「맨손으로 자꾸 만지면 쓰나.」 그는 맨 처음 아이린에게 그 시계를 건네받은 사람이 자기라는 사실을 깜빡하고 이렇게 덧붙였다. 「감식반에서 좋아하지 않을 거야.」
「감식반에서 찾을 만한 게 별로 없을 텐데.」 호손이 말했다.

「인터넷에서 산 거라면 구매자의 신원을 파악할 수 있을지 모르지.」

호손은 시계를 그에게 넘겼다. 메도스는 시계 양옆을 엄지와 검지로 아주 조심스럽게 잡았다.

「행운을 빌겠네.」 호손이 말했다.

이제 그만 나가 보라는 뜻이었다.

공동묘지에서 몇 분 걸어가면 나오는, 핀버러로드 모퉁이의 어느 술집을 개조한 곳에서 조문객 접대라면 접대랄 수 있는 자리가 마련됐다. 데이미언이 씩씩대며 자리를 뜨기 전에 이야기한 그곳이었다. 그 혼자만 집으로 직행한 게 아니었다. 조문객 절반이 다과를 생략했다. 따라서 그레이스 러벨과 10여 명의 조문객이 프로세코를 마시고 미니 소시지를 먹으며 옛 친구의 죽음뿐 아니라 장례식장에서 벌어진 끔찍한 소동을 두고 서로 위로했다.

호손은 데이미언 쿠퍼를 만나고 싶다고 이야기해 놓았고 로버트 콘월리스에게도 연락해 휴대 전화에 메시지를 남겼다. 하지만 먼저 다른 조문객들과 대화를 나누고 싶어 했다. 다들 다이애나 쿠퍼와 잘 알던 사이라 장례식에 참석했을 테니 그들 모두를 한자리에서 만날 수 있는 좋은 기회였다. 풀럼로드를 건너 건물 안으로 들어가는 그의 발걸음은 누가 봐도 생기가 넘쳤다. 미스터리라면 뭐든 그에게 활력을 불어넣었다. 기이할수록 좋았다.

우리는 그레이스를 한눈에 알아보았다. 검은색이기는 했지만 원피스가 아주 짧았고 어깨에 패드가 과하게 들어간 벨벳 턱시도를 입고 있었다. 영화 시사회에 다녀온 사람처럼 편안하게 바에 기대고 서 있었다. 아무하고도 말을 섞지 않았고 우리가 다가가자 불안한 표정으로 미소를 지었다.

「호손 씨!」 그녀는 그를 만나서 반가운 기색이 역력했다. 「제가 여기 있는 이유를 모르겠어요. 이분들을 잘 알지도 못하는데.」

「저 사람들은 누구예요?」 호손이 물었다.

그녀는 좌우를 두리번거리다가 손가락으로 가리켰다. 「저분은 레이먼드 클룬스예요. 연극 제작자요. 데이미언이 그의 작품에 출연한 적 있어요.」

「우리도 만난 적 있습니다.」

「그리고 저분은 어머님의 주치의예요.」 그녀는 체형이 비둘기를 닮았고 검은색 스리피스 정장을 입은 60대 남자를 턱으로 가리켰다. 「이름은 아마 버터워스일 거예요. 옆에 있는 여자는 부인이고요. 한쪽 구석에 서 있는 남자는 어머님의 변호사인 찰스 켄워디예요. 그가 유언장 집행을 맡고 있죠. 하지만 그 나머지는 누군지 저도 몰라요.」

「데이미언은 집에 갔죠?」

「너무 당황해서요. 그이를 당황하게 만들려고 의도적으로 선택된 노래였어요. 너무 끔찍한 장난이었지 뭐예요.」

「그 노래에 대해 아십니까?」

「네, 그럼요……!」 그녀는 말을 이어도 될지 머뭇거렸다. 「그 두 아이에 얽힌 끔찍한 사고로 역사가 거슬러 올라가죠.」 그녀가 말했다. 「티머시 고드윈이 좋아했던 노래거든요. 그 아이를 해로 윌드에 묻었을 때 이 노래를 틀었어요.」

「그걸 어떻게 아십니까?」 호손이 물었다.

「데이미언한테 들었어요. 그때 얘기를 자주 했거든요.」 무슨 이유에서인지 모르겠지만 그녀는 그를 변호해야 할 필요성을 느끼는 모양이었다. 「그이는 감정을 잘 드러내지 않는 사람이지만 옛날에 벌어졌던 그 사건이 그이한테는 지대한 영향을 미쳤어요.」 그녀는 들고 있던 프로세코 잔을 비웠다. 「아우, 정말 끔찍하네요. 오늘 아침에 눈을 떴을 때 끔찍한 하루가 되겠다는 건 알았지만 이 정도일 줄은 꿈에도 몰랐어요!」

호손은 그녀를 예의 관찰했다. 「당신은 시어머니를 별로 좋아하지 않았던 것 같던데요.」 그가 느닷없이 말했다.

그레이스가 얼굴을 붉히자 광대뼈 꼭대기에 점점 짙어져 가는 일직선이 등장했다. 「아니에요! 누가 그래요?」

「그녀에게 무시당했다고 당신 입으로 얘기했잖습니까.」

「제가 언제요. 저보다는 애슐리한테 관심이 더 많으셨을 뿐이에요.」

「애슐리는 어디 있나요?」

「하운즐로에 있는 저희 부모님 댁에요. 여기서 데리러 갈 거예요.」 그녀는 바에 잔을 내려놓고 지나가던 웨이터에게 한 잔을 더 건네받았다.

「그럼 부인과 가깝게 지냈다는 거로군요.」 호손이 말했다.

「그건 아니었어요.」 그녀는 잠깐 생각에 잠겼다. 「데이미언과 제가 사귄 지 얼마 되지 않았을 때 애슐리가 생겼고 어머님은 아이가 생기면 그이의 일에 지장이 생길까 봐 불안해하셨어요.」 그녀는 말을 하다 말고 멈췄다. 「어떻게 들릴지 알지만 어머님은 아주 외로운 분이셨다는 걸 이해해 주셔야 해요. 아버님이 돌아가신 뒤에 남은 사람이 데이미언뿐이라 애지중지하셨거든요. 어머님에게는 그이의 성공이 전부였죠.」

「그런데 아이가 방해가 된다?」

「계획하고 낳은 아이가 아니었으니까요. 하지만 데이미언이 지금은 아이를 예뻐해요. 당연한 거겠지만요.」

「당신은 어떻습니까, 러벨 씨? 당신의 일에도 애슐리가 도움이 되지는 않을 텐데요.」

「계속 불편한 말씀만 하시네요, 호손 씨. 저는 이제 서른세 살이에요. 그리고 애슐리를 엄청 사랑하고요. 저는 앞으로 몇 년 동안 일을 하지 못하더라도 상관없어요. 지금 생활에 아주 만족해요.」

나는 그녀가 훌륭한 배우는 되지 못하겠다는 생각이 들었다. 그녀의 말이 설득력 있게 들리지 않았던 것이다.

「로스앤젤레스는 마음에 드십니까?」 호손이 물었다.

「적응하느라 시간이 좀 걸렸어요. 할리우드힐스에 집이 있는데 아침에 눈을 뜰 때마다 거기서 살고 있다는 게 믿기지가 않아요. 연극 학교에 다녔을 때부터 그게 꿈이었거든요. 아침에 눈을 뜨면 할리우드 간판이 보이는 게.」

「새로운 친구를 많이 사귀셨겠네요.」

「새로운 친구는 필요 없어요. 데이미언이 있는걸요.」 그녀는 그의 어깨 너머를 쳐다보았다. 「이제 괜찮으시면 저분들께 인사를 좀 해야겠어요. 다른 분들을 챙기는 게 제 몫인데 짧게 끝내고 나가고 싶어서요.」

그녀는 자리를 옮겼다. 호손은 시선으로 그녀를 좇았다. 그의 머릿속에서 이런저런 생각들이 펼쳐지는 것이 내 눈에 보이는 듯했다.

「이제 어쩔 거예요?」 나는 물었다.

「의사를 만납시다.」 그가 말했다.

「왜요?」

호손은 피곤하다는 듯이 나를 흘끗 쳐다보았다. 「왜냐하면 다이애나 쿠퍼를 속속들이 알던 인물이니까요. 무슨 문제가 생겼으면 부인이 그에게 얘기했을 수도 있으니까요. 그가 부인을 살해한 범인일 수도 있으니까요. 나도 몰라요!」

호손은 고개를 저으며, 그레이스가 주치의라고 가르쳐 준 스리피스 정장을 입은 남자에게로 다가갔다. 「버터워스 선생님.」 그가 말했다.

「버티모어입니다.」 의사는 그와 악수했다. 그는 덩치가 크고 수염을 길렀으며 금테 안경을 썼다. 기꺼이 〈구닥다리〉라고 자칭할 인물이었다. 호손에게 이름을 잘못 불리고 기분 나빠 했지만 호손이 런던 경찰청과 어떤 관계인지 설명하자 조금 누그러졌다. 나도 자주 목격한 현상이었다. 사람들은 살인 사건 수사와 관련해서 협조 요청을 받으면 좋아한다. 돕고 싶은 마음도 있거니와 살인 사건이라고 하면 뭔가 음험한 분위기를 풍기기 때문이다.

「그래, 아까 공동묘지에서 있었던 그 일은 어떻게 된 겁니까?」 버티모어가 물었다. 「당신도 그런 사건은 경험한 적 없을 거라고 봅니다만. 가엾은 다이애나! 그녀가 알았더라면 뭐라고 생각했을지! 누가 고의로 그런 거라고 보십니까?」

「어쩌다 우연히 알람 시계를 관 속에 넣는 사람은 없겠죠, 선생님.」 호손은 말했다.

그가 말미에 〈선생님〉이라는 단어를 붙여서 다행이었다. 그러지 않았더라면 지나치게 경멸 조로 들렸을 것이었다.

「그건 전적으로 맞는 말씀이겠죠. 그러니까 어떻게 된 일인지 조사하시겠군요.」

「뭐, 쿠퍼 부인의 살인 사건이 저의 최우선 과제이긴 합니다.」

「범인이 이미 밝혀졌다고 들었는데요.」

「강도였다고요.」 그의 아내가 말했다. 그녀는 체구가 남편의 절반이었고 평범한 50대였다.

「모든 가능성을 염두에 두어야 합니다.」 호손은 설명했다. 그는 주치의에게로 고개를 돌렸다. 「쿠퍼 부인과 가깝게 지내셨다고 들었습니다, 버티모어 선생님. 부인을 마지막으로 만난 게 언제였는지 말씀해 주시면 도움이 되겠는데요.」

「3주쯤 전이었어요. 부인이 캐번디시스퀘어에 있는 내 병원으로 찾아왔어요. 사실 꽤 여러 번 진찰을 받으러 왔었죠.」

「최근 들어서요?」

「지난 몇 달 동안요. 불면증으로 고생하고 있었거든요. 사실 특정 연령대의 여성들 사이에서는 상당히 흔한 증상이에요. 부인은 불안증도 있긴 했지만,」 그는 공개적인 장소에서 기밀을 누설하려니 걱정이 되는지 좌우를 흘끗거렸다. 「아들 걱정이 이만저만이 아니었거든요.」

「왜 그랬을까요?」 호손은 물었다.

「나는 지금 부인의 친구 겸 주치의로서 얘기하는 겁니다,

호손 씨. 사실 부인이 걱정했던 건 로스앤젤레스에서의 생활 방식이었어요. 애초에 거기로 가는 것부터 반대했었는데 가십난에서 온갖 혐오스러운 기사를 접했으니 말이죠. 마약, 파티, 기타 등등. 물론 그런 기사에서 진실은 찾아볼 수가 없죠. 신문에서는 유명인 아무나 내세워 쓰레기 같은 거짓말을 만들어 내니까. 나도 부인에게 그렇게 얘기했어요. 하지만 증상이 심해서 수면제를 처방해 주었어요. 처음에는 아티반, 그걸로는 부족해서 나중에는 테마제팜을요.」 나는 부인의 화장실에 있던 약을 떠올렸다. 「그게 효과가 있는 것 같았어요.」 버티모어는 말을 이었다. 「아까 얘기했다시피 부인을 마지막으로 본 게 4월 말이었거든요. 그때 다시 약을 처방하고 ―.」

「부인이 중독되지는 않을까 걱정되지 않으시던가요?」

버티모어는 인자하게 미소를 지었다. 「미안하지만 호손 씨, 약에 대해 아는 사람이라면 테마제팜에 중독될 일은 없다는 것도 알 겁니다. 내가 그걸 처방하는 이유도 그 때문이에요. 유일한 부작용이 단기 기억 손상인데 쿠퍼 부인은 전반적으로 건강해 보였어요.」

「부인에게 장의업체를 찾아간 얘기를 들은 적 있습니까?」

「네?」

「부인이 장의업체를 찾아갔어요. 자기 장례식을 준비하고 바로 그날 죽었죠.」

버티모어는 눈을 깜빡였다. 「전혀 몰랐습니다. 부인이 왜 그랬는지 전혀 모르겠네요. 분명히 말씀드리지만 불안증 말고는 건강에 문제가 있다고 생각할 이유가 없었거든요. 타이밍이 우연히 맞아떨어진 게 아닌가 싶습니다만.」

「강도의 소행이었다잖아요.」 그녀의 아내가 고집스럽게 말했다.

「그렇지. 부인은 그런 사태가 벌어질 줄 전혀 몰랐을 거예요. 우연의 일치. 그 이상도 그 이하도 아니었을 겁니다.」

호손은 고개를 끄덕였고 우리는 자리를 옮겼다. 「멍청한 새끼.」 우리 목소리가 들리지 않을 만한 거리가 되자마자 그가 중얼거렸다.

「왜 그래요?」

「저 인간, 자기가 무슨 소리를 하는지 전혀 모르잖아요.」 나는 어리둥절한 표정을 지었다. 「당신도 저 인간이 하는 얘기를 들었잖아요. 도대체 앞뒤가 맞아야 말이지.」

「내가 듣기에는 앞뒤가 잘 맞던데요.」

「멍청이예요. 내가 그랬다고 꼭 적어요.」

「멍청한 새끼라고 했다고요? 욕을 좋아하는 모양이네요.」 호손은 아무 대꾸도 하지 않았다. 「당신이 한 말이라는 걸 분명히 할게요.」 나는 덧붙였다. 「그래야 저 사람이 내가 아니라 당신을 고소할 테니까.」

「그게 사실이면 고소도 못 하죠.」

우리는 변호사 찰스 켄워디에게 다가갔다. 그는 계속 한쪽 구석에서 아내인가 싶은 여자와 대화를 나누고 있었다. 키가 작고 둥글둥글했고 은발이 곱슬곱슬했다. 여자도 체형이 비슷했지만 더 육중했다. 둘 다 상쾌한 공기를 맞고 불그스름해진 혈색 하며 둔한 분위기를 풍기는 것이 런던으로 상경한 시골 출신일 수 있겠다 싶었다. 그는 프로세코를 마시고 있었다. 여자는 과일 주스를 마셨다.

「안녕하세요? 네, 네. 제가 찰스 켄워디입니다. 이쪽은 프리다고요.」

그는 이보다 더 서글서글할 수 없었다. 호손이 자기소개를 하자마자 자진해서 최대한 많은 정보를 전달했다. 그는 고인과 30년 넘게 알고 지냈고 로런스 쿠퍼와 가까운 친구였다(「췌장암이었어요. 정말 충격이었죠. 아주 훌륭한 친구이자…… 최고의 치과 의사였는데.」). 지금도 켄트의 패버셤에서 살았다. 그 〈끔찍한 사고〉 이후에 다이애나가 집을 팔고 런던으로 거처를 옮길 수 있도록 도왔다.

「재판 당시에도 부인에게 조언을 하셨나요?」 호손이 물었다.

「그럼요.」 켄워디는 입을 다물지 못했다. 그냥 이야기를 하는 수준이 아니라 쏟아냈다. 「소송이 기각됐죠. 판사의 판결이 전적으로 옳았습니다.」

「그와 아는 사이였습니까?」

「웨스턴요? 한두 번 만난 적 있습니다. 편견이 없는 친구예요. 나는 부인에게 신문에서 뭐라고 떠들어 대건 걱정할 필요가 전혀 없다고 했죠. 그래도 부인으로서는 힘든 시간이었어요. 무척 괴로워했죠.」

「부인을 마지막으로 만난 게 언제였습니까?」

「지난주요……. 부인이 사망한 날. 임원 회의에서요. 우리 둘 다 글로브 극장 임원이었거든요. 아시다시피 극장은 교육적인 자선 단체 아닙니까. 운영에 있어서 후원금이 차지하는 비중이 아주 높아요.」

「거기서 주로 어떤 작품을 올립니까?」

「뭐…… 당연히 셰익스피어죠.」

글로브는 4백 년 동안 템스강 남쪽 강변을 지켰던 극장을 복원한 곳이고, 주로 엘리자베스 여왕 시대의 작품을 고스란히 재현하는 데 일가견이 있다는 사실을 호손이 과연 알까 싶었다. 그는 연극에 관심이 있는 기미를 전혀 보이지 않았다. 그 점에 있어서라면 문학이나 음악이나 미술도 마찬가지였다. 하지만 또 어떻게 보면 아는 게 아주 많았으니 변호사의 신경을 건드리기 위해 한 질문일 수도 있었다.

「그날 조금 옥신각신하셨다면서요?」

「옥신각신했다니 설마요. 누가 그러던가요?」

호손은 대답하지 않았다. 다이애나 쿠퍼에게 브롬프턴 공동묘지의 묘지 번호를 확인하려고 전화했을 때 뒤에서 고성을 들었다고 한 사람은 사실 로버트 콘윌리스였다. 「부인은 그날 임원진에서 사임했죠.」 호손이 말했다.

「네. 하지만 어떤 의견 충돌이 있었기 때문에 그런 건 아니었습니다.」

「그럼 사임하신 이유가 뭐였죠?」

「모르겠습니다. 고민한 지 좀 됐다며 당장 사임하겠다고 했어요. 부인의 선언을 듣고 다들 깜짝 놀랐죠. 극장의 열렬한 후원자였고 모금 운동이나 교육 프로그램의 구심점이었거든요.」

「부인이 그날 우울해하던가요?」

「전혀요. 오히려 후련해 보였어요. 임원을 맡은 지 6년 됐거든요. 이제 그만할 때도 됐다고 생각했겠죠.」

그의 옆에서 아내가 점점 불안해했다. 「찰스 — 이제 그만 가야 할 것 같은데.」

「알았어, 여보.」 켄워디는 호손을 돌아보았다. 「임원진에 대해서는 아무것도 말씀드릴 수가 없습니다. 기밀 사항이라서요.」

「쿠퍼 부인의 유언장에 대해서는 들을 수 있을까요?」

「음, 네. 조만간 공개될 테니까요. 아주 간단합니다. 전 재산을 데이미언에게 남겼거든요.」

「액수가 상당하다고 들었습니다만.」

「제가 세세하게 논할 수 있는 부분은 아니라서요. 만나서 정말 반가웠습니다, 호손 씨.」 찰스 켄워디는 잔을 내려놓았다. 주머니에서 자동차 열쇠를 꺼내 아내에게 건넸다. 「이제 출발하자. 당신이 운전하는 게 좋겠어.」

「그래.」

「열쇠가…….」 호손은 혼잣말을 중얼거렸다. 그의 시선은 멀어져 가는 찰스 켄워디와 프리다 켄워디에게 고정되어 있었지만 그들에게 더는 관심이 없었다. 딴생각을 하고 있었다. 프리다가 계속 자동차 열쇠를 들고 있었다. 나는 그녀의 손에 들린 그 열쇠를 보며, 그것이 호손에게 그가 놓친 무언가를 떠올리게 만드는 스위치 역할을 했다는 사실을 알아차렸다.

잠시 후에 그가 그게 뭐였는지 깨달았다. 나는 그 순간을 눈앞에서 목격했다. 충격적이었다. 그는 한 대 얻어맞기라도 한 것처럼 돌변했다. 원래 안색이 창백했던 사람이라 얼굴에서 핏기가 가셨다고 하지는 못하겠지만 눈빛이 달라졌다. 자신의 실수를 깨닫고 경악하는 눈빛이었다.

「갑시다.」 그가 말했다.

「어디로요?」

「시간 없어요. 얼른 움직여요.」

그는 웨이터를 밀치며 이미 문을 향해 걸어가고 있었다. 우리는 아는 사람에게 작별 인사 중인 켄워디 부부를 지나 도로로 뛰쳐나갔다. 길모퉁이에 다다랐을 때 호손이 분노로 씩씩대며 걸음을 멈추었다.

「아니 왜 빌어먹을 택시가 없는 거지?」

그랬다. 지나가는 차량이 많았음에도 택시는 보이지 않았다. 하지만 우리가 거기 서 있는 동안 택시 한 대가 반대편 차로에서 멈추어 섰다. 쇼핑백을 주렁주렁 든 여자가 부른 거였다. 호손이 외마디 소리를 질렀다. 그와 동시에 오가는 차량을 무시하고 길을 건넜다. 나는 좀 더 주의를 기울여 가며 — 모퉁이만 돌면 나오는 공동묘지를 잊지 않았다 — 뒤따라갔다. 끼이익 하는 타이어 소리와 경적 소리가 들렸지만 어찌어찌 무사히 길을 건널 수 있었다. 호손은 벌써 여자와 택시 기사 사이에 끼어들었다. 기사는 지붕 위의 등 색을 바꾸고 미터기를 눌러 놓았다.

「저기요…….」 화가 난 여자가 언성을 높이는 소리가 들렸다.

「경찰입니다.」 호손은 딱 잘라 말했다. 「비상사태예요.」

그녀는 신원증을 보여 달라고 하지 않았다. 호손이 경찰서에 몸담은 기간이 워낙 길었기 때문에 권위가 절로 풍겨져 나왔다. 아니면 그가 옥신각신하면 안 되는 위험인물처럼 보였을 수도 있었다.

「어디로 갈까요?」 우리가 올라타자 기사가 물었다.

「브릭레인으로 갑시다.」 호손이 말했다.

데이미언 쿠퍼의 집이 있는 곳이었다.

나는 택시를 타고 갔던 그 순간을 잊지 못할 것이다. 정오에서 몇 분 지난 시각이라 교통량이 그렇게 많지는 않았지만 정체가 생기거나 빨간불에 걸릴 때마다 내 옆에 웅크리고 앉은 호손은 온몸을 비틀다시피 하며 괴로워했다. 나는 묻고 싶은 게 한두 가지가 아니었다. 자동차 열쇠를 보고 뭣 때문에 정신을 번쩍 차렸는지. 어째서 데이미언 쿠퍼를 떠올렸는지. 데이미언이 위험한 상황인지. 하지만 내가 입을 다물지 못할 만큼 어리석지는 않았다. 호손의 분노가 내게로 쏟아지는 건 싫었고 왠지 모르겠지만 무슨 일인지 몰라도 나 때문에 벌어진 일일 수도 있다는 속삭임이 내 머릿속 한구석에서 들렸다.

풀럼에서 브릭레인까지는 먼 거리였다. 런던을 서쪽에서 동쪽으로 가로질러야 했기 때문에 지하철이 더 빨랐을 수도 있었다. 실제로 우리는 사우스켄징턴, 나이츠브리지, 하이드파크코너와 같은 몇 개 역을 지나쳤고 그럴 때마다 호손은 통행량을 감안해 가며 도착 예정 시각을 계산했다. 피커딜리를 향해 달리는 동안에는 기사를 닦달했다.

「왜 이쪽으로 왔어요? 궁전 앞으로 갔어야죠.」

기사는 그 말을 못 들은 체했다. 피커딜리서커스로 향해 가는 속도가 굼벵이 같긴 했지만 런던에서는 마음이 급하면 어느 길이든 잘못된 선택으로 전락하기 마련이다. 나는 손목시계를 확인했다. 여기까지 오는 데 25분이 걸렸다. 느낌상으로는 그보다 훨씬 길었다. 옆에서 호손이 들릴락 말락 하게 중얼거렸다. 나는 의자에 몸을 묻고 눈을 감았다. 그는 아직까지 무슨 일인지 내게 이야기하지 않았다.

마침내 우리는 데이미언 쿠퍼의 아파트에 도착했다. 호손은 계산을 내게 맡기고 택시에서 뛰어내렸다. 나는 기사에게 50파운드를 건네고 거스름돈은 생략한 채 그를 따라 출입구를 지나고 두 상점 사이로 난 계단을 올라갔다. 3층 입구에 다다랐다. 불길하게 문이 열려 있었다.

안으로 들어갔다.

나를 맨 처음 강타한 것은 피 냄새였다. 나는 책과 TV 드라마에서 살인 사건을 숱하게 다루었지만 이런 식인 줄은 상상조차 한 적 없었다.

데이미언 쿠퍼는 신체 일부를 절단당했다. 그는 사방으로 번져 마룻장으로 스며든 짙은 갈색의 피 웅덩이 속에 옆으로 누워 있었다. 뻗어진 한 손에서, 그의 몸을 대여섯 번 찌르고 마침내 가슴에 꽂힌 칼을 막으려고 허우적거리다가 반쯤 잘린 손가락 두 개가 가장 먼저 눈에 띄었다. 얼굴에도 가로로 베인 상처가 남았는데, 사람을 볼 때 맨 처음 시선이 향하는 곳이 얼굴이기 때문에 다른 데보다 더 끔찍했다. 한쪽 팔이나 다리를 잃어도 나는 나일 수 있다. 하지만 얼굴을 잃으면 나라는 존재를 알리는 거의 모든 것이 사라져 버리는 셈이다.

데이미언은 한쪽 눈이 떨어져 나오고 피부가 입까지 넓게 뒤집힐 정도로 얼굴을 심하게 찔렸다. 옷으로 덮인 곳에 더 심한 상처가 있을지 몰라도 이곳은 그에게 저질러진 만행을 가릴 방법이 없었다. 한쪽 뺨이 바닥에 눌렸고 온 머리가 구멍 난 축구공처럼 뭉개졌다. 그에게서 이제는 예전의 모습을 전혀 찾을 수가 없었다. 옷과 한데 뒤엉킨 까만 머리를 보고서야 그인 줄 알아볼 수 있었다.

피 냄새가 내 콧구멍을 가득 채웠다. 방금 전에 판 흙처럼 강하고 진했다. 피에서 이런 냄새가 날 줄은 몰랐는데, 워낙 피가 많이 난 데다 아파트가 따뜻했고 창문이 닫혀 있었고 벽이 휘었으니…….

「토니? 왜 이래요? 정신 차려요!」

어찌 된 영문인지 내가 천장을 올려다보고 있었다. 뒤통수가 아팠다. 호손이 내 위로 몸을 숙이고 있었다. 나는 무슨 말을 하려고 입을 벌렸다가 멈추었다. 내가 정신을 잃었나? 그럴 리 없었다. 말도 안 되는 일이었다. 당황스러웠다.

하지만 사실이었다.

13
죽은 자의 신발

「토니? 괜찮아요?」

내 위로 몸을 숙인 호손이 눈앞을 가로막았다. 그는 걱정하는 표정이 아니었다. 오히려 흉측하게 잘려서 아직까지 피를 흘리는 시신을 보고 기절하다니 희한한 반응이라는 듯 영문을 몰라 하는 표정이었다.

나는 괜찮지 않았다. 데이미언 쿠퍼의 창고 스타일 바닥에 머리를 부딪혔고 속이 메슥거렸다. 피 냄새가 콧구멍에서 떠날 줄 몰랐고 그 위로 쓰러진 건 아닌지 걱정스러웠다. 나는 주변을 더듬어 보았다. 바닥이 축축하지 않았다.

「나 좀 잡아 줄래요?」 나는 말했다.

「그래요.」 그는 머뭇거리다 손을 내밀어 내 팔을 잡고 일으켜 세웠다. 머뭇거린 이유가 뭐였을까? 이때가 깨달음의 순간이었다. 사건을 수사하고 그가 내 자료 조사를 돕는 내내 우리는 신체적인 접촉을 한 적이 없었다. 악수조차 한 적이 없었다. 이제 와 생각해 보니 그가 다른 사람과 접촉하는 것도 본 적이 없었다. 결벽증일까? 아니면 단순히 사교성이 떨어지는 성격일까? 내가 풀어야 하는 또 다른 수수께끼였다.

나는 시신과 피 웅덩이에서 거리를 두고 가죽 안락의자에 앉았다.

「물 좀 마실래요?」 그가 물었다.

「아뇨. 됐어요.」

「토하지 않을 거죠? 범죄 현장을 보존해야 하거든요.」

「토하지 않을게요.」

그는 고개를 끄덕였다. 「시신을 보는 게 아주 기분 좋은 경험은 아니죠. 그리고 장담하는데 이건 최악이에요!」 그는 고개를 저었다. 「참수당하거나 눈알이 빠진 시신도 본 적 있지만…….」

「알았어요!」 구역질이 치밀어 오르는 것을 느낄 수 있었다. 나는 숨을 들이마셨다.

「데이미언 쿠퍼를 좋아하지 않은 사람이 있었던가 보네요.」 그가 말했다.

「이해가 안 돼요.」 나는 말했다. 장례식이 끝난 뒤에 그레이스에게 들은 이야기가 생각났다. 「모두 계획하에 벌어진 일이었잖아요. 범인은 데이미언을 괴롭히려고 관 속에 알람시계를 넣었어요. 심란해진 데이미언이 장례식장에서 뛰쳐나와 혼자 있게 하려고요. 하지만 왜 그를 표적으로 삼았을까요? 이게 다 딜에서 벌어진 사고 때문이라면 그는 잘못이 없는데. 그는 심지어 그 차에 타고 있지도 않았잖아요!」

「그러게 말이죠.」

나는 열심히 머리를 굴려 보았다. 어떤 여자가 난폭 운전으로 아이를 한 명 죽였다. 그녀는 10년 뒤에 벌을 받았다.

하지만 그 벌이 왜 아들에게까지 확대됐을까? 성경에서 이유를 찾을 수 있을까? 〈눈에는 눈〉이라서? 말이 되지 않았다. 다이애나 쿠퍼는 이미 죽었다. 만약 범인이 아들을 통해 그녀에게 상처를 입히려 했다면 그를 먼저 죽였을 것이다.

「그의 어머니는 아들을 보호하려고 경찰서로 직행하지 않았죠.」 나는 곰곰이 중얼거렸다. 「그러느라 차를 몰고 도망쳤어요. 그랬으니 그에게도 책임을 묻기 충분했을까요?」

호손은 아무 말 없이 생각에 잠겼지만 내가 한 말에 대해 생각한 건 아니었다. 「잠깐 여기 선생 혼자 있어야겠는데.」 그가 말했다. 「999에는 연락했어요. 하지만 아파트를 체크해 봐야겠어서요.」

「그래요.」

우습게도 우리 둘이서 「인저스티스」 작업을 하던 도중에 있었던 일이 생각났다. 동물 권리 보호 운동가가 어느 농가에서 시신으로 발견되는 1화의 한 장면에 대해 의견을 주고받았을 때였다. 그때 호손은 시신이 발견되면 경찰이나 형사는 가장 먼저 자신의 안위를 살필 거라고 했다. 자신의 목숨이 위태롭지는 않은지, 범인이 아직 건물 안에 있는지, 안전한 상황인지 확인할 거라고 했다. 그런 다음 벽장이나 침대 아래에 숨어 있는 아이 등 증인이 있는지 찾아 나설 거라고 했다. 호손은 내가 쓰러져 있는 동안 999에 연락한 모양이었다. 나라는 존재를 챙겨 주었다니 고마울 따름이었다.

그는 나선형 계단 위로 사라졌다. 나는 안락의자에 앉아서 시신을 외면하려고, 심지어 끔찍한 상처에 대해서조차 생각하지 않으려고 했다. 쉽지 않았다. 눈을 감으면 냄새가 더 강렬하게 느껴졌다. 눈을 뜨면 피 웅덩이와 아무렇게나 널브러진 팔다리를 자꾸 흘끗거리게 됐다. 고개를 돌려 데이미언 쿠퍼를 시야 밖으로 밀어내야 했다.

그때 그가 신음 소리를 냈다.

나는 잘못 들었겠지 생각하며 고개를 홱 돌렸다. 하지만 상당히 섬뜩하고 심란한 그 소리가 다시 들렸다. 데이미언은 내 반대편으로 얼굴을 향하고 있었지만 그에게서 나는 소리라고 장담할 수 있었다.

「호손!」 나는 외쳤다. 신물이 올라오는 것이 느껴졌다. 「호손!」

그가 허둥지둥 계단을 다시 내려왔다. 「왜요?」

「데이미언요. 데이미언이 살아 있어요.」

그는 미심쩍은 눈빛으로 나를 쳐다보다가 시신 앞으로 다가갔다. 「아뇨, 아니에요.」 그가 딱 잘라 말했다.

「내가 방금 전에 소리를 들었어요.」

데이미언이 아까보다 크게 다시 신음 소리를 냈다. 내가 잘못 들은 게 아니었다. 그가 말을 하려 하고 있었다.

하지만 호손은 코를 킁킁거리고 그만이었다. 「거기 가만히 있어요, 토니. 그리고 쓸데없는 생각은 하지 말고. 사후 경직으로 성대를 둘러싼 근육도 뻣뻣해지고 있는 거예요. 그리고 배 속에서 가스도 나와야 하고. 그 소리예요. 항상 벌어지는 현상이에요.」

「아.」 나는 진심으로 거기가 아닌 다른 데 있고 싶었다. 이 빌어먹을 책을 왜 쓰겠다고 했는지 다시 한번 후회가 됐다.

호손은 담배에 불을 붙였다.

「위에서 뭐 찾은 거 있어요?」 나는 물었다.
「다른 사람은 없다는 거요.」 그가 말했다.
「그가 살해될 거라는 걸 알았죠?」
「그럴 수도 있다는 걸 알았죠.」
「어떻게요?」
그는 한 손을 오므리고 거기에 재를 털었다. 내게 설명하고 싶지 않은 티가 역력했다. 「내가 바보 같았어요.」 마침내 그가 말했다. 「하지만 우리 둘이 여기 왔을 때 당신 때문에 주의가 산만해졌단 말이죠.」
「그러니까 내 탓이다?」
「얘기했잖아요, 누구랑 대화를 나눌 때는 집중해야 하는데 당신이 끼어들면 생각의 흐름이 끊어져 버린다고.」 그는 누그러졌다. 「내 탓이에요. 손 들고 있을게요. 내가 그걸 놓쳤어요.」
「뭘요?」
「데이미언이 그랬잖아요, 자기 엄마가 드나들며 테라스에 있는 화분에 물을 주고 우편물도 보내 주었다고. 내가 기억하고 있어야 했는데. 다이애나 쿠퍼의 집에 갔을 때 부엌에 갈고리가 다섯 개 있었는데. 기억나요?」
「나무를 깎아서 만든 물고기에 달려 있었죠.」
「맞아요. 그리고 거기에 열쇠가 네 벌 걸려 있었어요. 그가 로스앤젤레스에 있는 동안 다이애나 쿠퍼가 이 집에 드나들었다면 이 집 열쇠가 있어야 하는데 이 집 라벨이 달려 있는 열쇠가 없었어요.」
「갈고리 하나가 비어 있었죠.」

「맞아요. 범인이 그녀를 죽여요. 집 안을 뒤져요. 열쇠를 봐요. 기회를 놓치지 않고 열쇠를 챙겨요.」 그는 말을 멈추었고 나는 그가 방금 전에 한 말을 곱씹고 있다는 것을 알 수 있었다. 「하나의 가설에 불과하긴 하지만요.」

현관 앞 계단을 올라오는 발소리가 들렸고 잠시 후에 제복을 입은 두 명의 순경이 등장했다. 그들은 시신과 우리를 번갈아 쳐다보며 어떻게 된 일인지 파악하려고 했다.

「그 자리에 가만히 계십시오.」 한 순경이 말했다. 「신고하신 분이 누구시죠?」

「날세.」 호손이 말했다. 「출동하는 데 시간이 이렇게 오래 걸리다니!」

「성함이 어떻게 되십니까?」

「전직 경위 호손일세, 예전에 살인 수사팀 소속이었고. 메도스 경위한테는 이미 연락해 놓았네. 이 사건이 현재 수사 중인 사건과 연관성이 있을지 모른다고 생각할 만한 근거가 있어서. 이 지역 관할 경위와 강력계를 호출하는 편이 좋을 걸세.」

영국 경찰은 서로 대화를 나눌 때 시대에 뒤떨어지고 살짝 듣기 괴로운 표현을 썼다. 그들을 TV 드라마에 출연시키기 힘든 이유 중 하나가 그것이다. 케케묵은 말투를 쓰는 등장인물에게 어느 누가 호감을 느끼겠는가. 게다가 외모상으로도 하얀 셔츠에 방탄조끼를 입고 그 어이없는 파란색 헬멧을 쓰고 다니는 미국 경찰만큼 호기심을 자극하지 않는다. 총도 없고 선글라스도 없지 않은가. 이 두 명의 경관은 젊고 적극적이었다. 한 명은 아시아인이고 다른 한 명은 백인이었다. 둘 다 우리에게 더는 별말 하지 않았다.

그중 한 명이 무전기를 꺼내 상황을 설명하는 동안 호손은 직접 현장 조사에 나섰다. 나는 그가 테라스와 연결된 문 쪽으로 다가가는 것을 지켜보았다. 그는 손잡이에 지문이 남지 않도록 주머니에서 꺼낸 손수건으로 감쌌다. 문이 잠겨 있지 않았다. 그가 밖으로 사라지자 나는 여전히 기분이 처참했지만 그래도 자리에서 일어나 그를 따라갔다. 경관들은 호출을 마쳤다. 더는 할 일이 없는 눈치였다. 그들은 내 쪽을 불안한 눈빛으로 흘끗거렸다. 심지어 나더러 누구냐고 묻지도 않았다.

오후의 공기 속으로 나서자 당장 기분이 상쾌해졌다. 접의자와 화분과 바비큐 그릴을 갖춘 외부도 아파트 내부처럼 스튜디오 세트를 연상시켰다. 미국 시트콤 「프렌즈」에서 조이와 챈들러와 나머지 친구들이 노닥거리던 발코니를 닮았고, 철제 비상계단이 골목길로 연결되는 앞 건물 뒤편이 보였다. 호손은 그 끝에 서서 아래를 내려다보고 있었다. 다시 담배를 피우는 중이었다. 그는 자살행위나 다름없을 정도로 담배를 많이 피웠다. 하루에 적어도 스무 대, 어쩌면 그 이상이었다. 내가 다가가자 그가 고개를 돌렸다.

「범인은 여기서 기다리고 있었어요.」 그가 말했다. 「데이미언 쿠퍼가 장례식장에서 돌아왔을 때 그 남자는 브리태니아로드에서 슬쩍한 열쇠로 문을 열고 아파트 안에 들어와 있었어요. 여기로 나와서 기다렸죠. 범행이 끝났을 때도 여기로 빠져나갔고요.」

「잠깐만요. 그걸 다 어떻게 알아요? 범인이 남자라는 건 또 어떻게 알고요?」

「다이애나 쿠퍼는 커튼 끈으로 목이 졸려 죽었어요. 아들은 토막 살인을 당했고. 범인은 남자 아니면 화가 머리끝까지 난 여자예요.」

「그것 말고 나머지 부분들은요? 살인이 그런 식으로 이루어졌다는 걸 무슨 수로 장담해요?」 호손은 어깨를 으쓱하고 그만이었다. 「나한테 집필을 맡기고 싶으면 다 얘기해 줘야죠. 안 그러면 내가 상상해서 쓰는 수밖에 없잖아요.」 내가 전에도 한 적 있는 협박이었다.

「알았어요.」 그는 건물 옆면 너머로 담배 불똥을 튀겼다. 나는 불똥이 허공에서 빙글빙글 돌다가 사라지는 것을 지켜보았다. 「먼저 당신이 범인이라고 상상해 봐요. 그의 의식의 흐름을 짐작해 봐요.

당신은 장례식이 끝나면 데이미언이 여기로 돌아올 줄 알고 있어요. 그 MP3 플레이어와 버스 바퀴 노래는 그를 여기로 불러들이기 위해 설치한 장치였어요. 당신은 공동묘지에서 사람들 틈바구니 속에 아니면 어느 묘비 뒤에 숨어 있었을 거예요. 당신은 그가 여자 친구한테 하는 말을 들었어요. 〈나는 집에 갈게.〉 그때 계획을 세웠죠.

한 가지 문제가 있다면 그가 혼자 집으로 갈지 장담할 수 없다는 거예요. 그레이스가 따라나설 수도 있어요. 목사가 동행할 수도 있고요. 그렇기 때문에 당신은 그를 볼 수 있는 곳에서 기다려야 해요. 안 되겠다 싶으면 다시 도망칠 수 있게.」 그는 엄지손가락을 휙 움직였다. 「저쪽에 1층으로 내려가는 계단이 있어요.」

「범인이 그쪽으로 올라왔을 수도 있겠네요?」

「그랬을 리는 없어요. 거실과 연결된 문이 잠겼고 안에서 빗장이 걸려 있었으니까.」 호손은 고개를 저었다. 「범인에게는 열쇠가 있었어요. 그걸로 현관문을 열고 들어왔죠. 숨을 곳을 찾다가 여기로 나왔어요. 완벽했어요. 창문 너머로 안을 들여다보며 데이미언에게 일행이 있는지 확인할 수 있었으니까요. 그런데 데이미언은 그가 바라던 대로 혼자 돌아왔어요. 범인은 거실로 다시 들어가…….」 그는 말끝을 흐렸다.

「범인의 도주로도 이쪽이었다고요?」 나는 짚고 넘어갔다.

「발자국이 있어요.」 호손이 가리키는 곳으로 시선을 옮겨 보니 비상계단 옆에 빨간색 반달이 있었다. 데이미언의 피가 묻은 신발 밑창이 남긴 자국이었다. 그걸 보자 다이애나 쿠퍼의 집에 있었던 발자국이 생각났다. 어쩌면 동일인이 남긴 것일 수 있었다.

「아무튼 현관문으로 나갈 수는 없었어요.」 호손은 하던 이야기를 계속했다. 「칼에 찔린 상처를 봤죠? 피가 많이 났잖아요. 범인은 그 피를 다 뒤집어썼을 거예요. 그런 몰골로 브릭레인을 지나면 눈에 띄지 않겠어요? 범인은 아마 외투나 뭐 그런 걸 걸치고 여기로 내려가 골목길로 사라졌을 거예요.」

「알람 시계가 어떤 경로로 관 속에 들어갔는지 알아요?」

「아직은 몰라요. 콘월리스를 만나야 해요.」 그는 손가락 사이로 담배를 돌렸다. 「하지만 당분간 여길 지키고 있어야 해요. 나중에 메도스가 얼굴을 내밀면 당신이 진술을 해야 할지 몰라요. 말을 너무 많이 하지는 말아요. 그냥 아무것도 모르는 척해요.」 그는 나를 흘끗 쳐다보았다. 「어려울 것도 없겠죠?」

이후로 두어 시간 동안 데이미언 쿠퍼의 아파트는 인구 밀도가 점점 높아졌지만 우리 둘은 앉아서 무료함을 달랬다. 맨 처음 출동한 순경들이 소속 경찰서의 경위를 소환했고 그는 다시 살인 수사팀을 호출했다. 그들 대여섯 명이 모자 달린 비닐 옷을 입고 돌아다니는데, 마스크와 장갑을 끼고 있어서 누가 누군지 알아볼 수가 없었다. 결국 그들은 떼를 지어 다니다가 경찰서 소속 사진사가 몇 초마다 한 번씩 눈부신 플래시를 터뜨려 가며 거실의 일부분을 사진으로 담을 때마다 동작을 멈추었다. 감식반에서 나온 남자와 여자가 데이미언의 시신 위로 쭈그리고 앉아 면봉으로 그의 손과 목을 조심스럽게 닦았다. 나는 그들이 뭘 찾으려고 하는지 알았다. 데이미언과 범인 사이에 신체 접촉이 이루어졌다면 DNA를 검출할 수 있을지 몰랐다. 그들은 그의 양손에 불투명 비닐을 씌우고 테이프로 단단히 봉했다. 그에게서 엄청난 속도로 인간성이 제거되고 있었지만 최악은 아직 남아 있었다. 모든 준비가 끝나자 두 남자가 무릎을 꿇고 앉아 그를 비닐로 감싸고 청 테이프로 감았다. 그 결과 그는 고대 이집트와 페더럴 익스프레스 택배가 동시에 연상되는 어떤 것으로 바뀌었다.

그들은 파란색과 흰색 테이프로 현관문에서부터 시작되는 저지선을 만들어 계단을 봉쇄했다. 위아래 층 주민들은 어쩌라는 건지 알 수가 없었다. 나는 아직 신문을 받지 않았지만 비닐 옷을 입은 여자가 신발을 벗어 달라고 하고는 들고 갔다. 나는 곤혹스러웠다. 「저건 뭐 하러 들고 간대요?」 나는 호손에게 물었다.

「잔류 발자국 때문에요.」 그가 말했다. 「당신 발자국을 조사 대상에서 제외하려는 거죠.」

「언제 돌려줄까요?」

호손은 어깨를 으쓱했다.

「언제까지 여기 있을 거예요?」

이번에도 그는 대꾸가 없었다. 담배를 또 한 대 피우고 싶은데 안에서 피울 수가 없으니 짜증이 난 것이었다.

잠시 후에 메도스가 도착해 문 앞을 지키던 경관의 일지에 이름을 기입했다. 데이미언 쿠퍼의 살인 사건이 현재 수사 중인 사건과 합쳐져 그의 관할이 되었고 이번에 그는 전과 다른 면모를 발휘했다. 침착하고 권위 있게 초동 수사 담당 형사에게 문의하고 감식반과 대화를 나누고 메모를 적었다. 그러고 나서 우리에게 다가와 단도직입적으로 물었다.

「여긴 어쩐 일인가?」

「조문을 전하려고 왔지.」

「집어치워, 호손. 장난할 때가 아니야. 그가 자네한테 연락했나? 자네는 그가 위험할지도 모른다는 걸 알았나?」

메도스는 호손이 주장한 것처럼 멍청하지 않았다. 그의 짐작이 맞았다. 호손은 알고 있었다. 하지만 과연 시인할까?

「아니.」 그는 말했다. 「연락받은 거 없었네.」

「그런데 여길 찾아온 이유가 뭔가?」

「뭐라고 생각하나? 장례식장에서 벌어진 그 사건을 보면 구린 냄새가 나는데, 있지도 않은 강도를 쫓는답시고 정신이 없지 않았다면 자네도 그걸 느꼈을 거야. 그에게 어떻게 된 일이냐고 묻고 싶었는데 한발 늦었더군.」

열쇠 이야기는 없었다. 호손은 그의 실수를 끝까지 인정하지 않았다. 나중에 내 책을 읽으면 메도스도 알아차릴 텐데, 그걸 깜빡한 모양이었다.

「자네가 왔을 때 그가 이미 죽어 있었다고?」

「음.」

「누가 나가는 걸 보지 못했나?」

「테라스에 피 묻은 발자국이 있어. 그걸 보면 신발 사이즈를 짐작할 수 있을 걸세. 내가 보기에 범인은 비상계단으로 내려가 골목길로 도망쳤으니 CCTV에 찍혔을 수도 있겠어. 하지만 아무것도 보지 못했네. 너무 늦게 오는 바람에.」

「그렇군. 그럼 이제 가도 좋네. 여기 이 애거사 크리스티도 데리고 가주게.」

나를 두고 한 말이었다. 애거사 크리스티는 내 우상이지만 그래도 기분이 나빴다.

호손은 자리에서 일어났고 나도 그를 따라 양말 바람으로 나무 바닥을 터벅터벅 가로질렀다. 내가 말을 꺼내려던 찰나, 그가 아르 데코 거실장에서 검은색 가죽 신발을 꺼내 내게 건넸다. 「이거 신어요.」 그가 말했다.

「어디서 구했어요?」

「위층에 올라갔을 때 벽장에서 슬쩍했어요. 저 사람 거예요.」 그는 데이미언 쿠퍼가 있는 쪽을 턱으로 가리켰다. 「사이즈가 얼추 비슷할 거예요.」

내가 머뭇거리는 걸 보고 그가 덧붙였다.「어차피 저 사람한테는 이제 필요 없잖아요.」

나는 신발을 신었다. 비싼 이탈리아 제품이었다. 내게 딱 맞았다.

우리는 밖으로 나가 제복 경관을 추가로 지나 브릭레인으로 접어들었다. 밖에 경찰차 세 대가 주차되어 있었고 옆면에 〈사설 구급차〉라고 적힌 차량이 그 옆을 지키고 있었다. 사실 구급차가 아니었다. 데이미언 쿠퍼를 시신 안치실로 옮기기 위해 동원된 검은색 밴이었다. 시신이 옮겨질 때 아무도 보지 못하게 경관들이 건물 앞에서부터 가장자리까지 벽을 쌓았다. 차량은 통제됐다. 나는 또다시 지금까지 제작에 관여했던 TV 프로그램들을 떠올렸다. 이것이 드라마였다면 런던 한복판을 촬영지로 빌리기는커녕 이렇게 많은 엑스트라와 차량을 동원하지도 못했을 것이다.

택시 한 대가 바로 앞에서 정차했다. 나는 그레이스 러벨이 내리는 것을 보고 호손을 팔꿈치로 찔렀다. 그녀는 장례식 때 입었던 옷차림 그대로 한쪽 팔에 핸드백을 든 채, 분홍색 원피스를 입은 애슐리의 손을 잡고 있었다. 그레이스는 걸음을 멈추고 사람들의 부산한 움직임에 놀란 표정으로 좌우를 두리번거렸다. 그러다 우리를 발견하고는 허둥지둥 다가왔다.

「무슨 일이에요?」 그녀가 물었다. 「경찰이 왜 여기 있어요?」

「아마 안으로 들어가지 못하게 할 겁니다.」 호손이 말했다. 「안 좋은 소식이 있어요.」
「데이미언이……?」
「살해당했습니다.」
나는 좀 더 에둘러서 이야기할 수도 있지 않나 하는 생각이 들었다. 그의 앞에 세 살짜리 아이가 서 있었다. 그 아이가 듣고 무슨 뜻인지 이해하면 어쩔 것인가? 그레이스도 나와 같은 생각을 했다. 딸을 바짝 당겨 한 팔로 아이의 어깨를 감쌌다. 「그게 무슨 말씀이세요?」 그녀가 속삭였다.
「장례식 이후에 괴한에게 습격을 당했어요.」
「죽었나요?」
「그런 것 같습니다.」
「아니에요. 그럴 리 없어요. 그이는 혼란스러워했어요. 집에 가겠다고 했어요. 그 끔찍한 장난 때문에.」 그녀는 호손에게서 문 쪽으로 시선을 옮겼다가 다시 호손을 바라보았다. 우리가 나가는 길이었음을 알아차렸다. 「어디 가세요?」
「집 안에 메도스라는 경위가 있어요. 수사 책임자라 당신을 만나고 싶어 할 거예요. 하지만 충고하자면 들어가지 말아요. 별로 유쾌한 상황이 못 되거든요. 지금까지 아버지와 함께 있었나요?」
「네, 애슐리를 데리러 다녀왔어요.」
「그럼 다시 택시를 타고 아버지에게로 돌아가세요. 메도스가 조만간 연락할 거예요.」
「그래도 될까요? 경찰에서 혹시……?」
「저들이 당신을 의심할 일은 없을 거예요. 우리랑 같이 술집에 있었잖아요.」

「그런 뜻에서 드린 말씀이 아닌데.」 그녀는 결심하고 고개를 끄덕였다. 「맞아요. 들어가면 안 되겠어요. 애슐리를 데리고서는.」

「아빠 어디 있어요?」 애슐리가 처음으로 말문을 열었다. 경찰과 소란스러운 주변 상황 때문에 당황하고 겁을 먹은 듯했다.

「아빠 여기 안 계셔.」 그레이스가 말했다. 「다시 할아버지 집으로 가자.」

「혹시 동행이 필요하세요?」 내가 물었다. 「필요하면 제가 같이 가드릴게요.」

「아뇨, 아무도 없어도 돼요.」

그레이스 러벨은 속을 알 수 없는 인물이었다. 나는 원래 배우들을 대하는 것이 그다지 편하지 않았다. 그들이 솔직하게 대하고 있는 건지 아니면 그냥…… 연기를 하고 있는 건지 헷갈리기 때문이었다. 지금이 바로 그랬다. 그레이스는 혼란스러워했다. 눈에 눈물이 고였다. 충격을 받았을 수도 있었다. 그럼에도 내 머릿속 한구석에서는 이게 다 연기고 그녀가 택시에서 내리는 순간부터 뭐라고 할지 예행연습을 했을 거라는 생각이 들었다.

우리는 그녀가 다시 택시에 올라타 문을 닫는 것을 지켜보았다. 그녀는 앞으로 몸을 숙여 기사에게 행선지를 알렸다. 잠시 후에 택시가 출발했다.

「남편을 잃어 슬픈 여인이로군요.」 호손이 중얼거렸다.

「그렇게 보여요?」

「아뇨. 동네 혼인 잔치가 그보다 더 슬퍼하는 분위기였겠어요. 내가 보기에는 그녀에게 담아 둔 얘기가 아주 많은 것 같네요.」 택시는 브릭레인 입구의 신호등을 지나 사라졌다. 호손은 미소를 지었다. 「심지어 그가 어떤 식으로 죽었는지도 묻지 않았어요.」

14
윌즈던 그린

그 집은 1950년대에 지어진 이호 주택으로 2층은 빨간 벽돌이었고 그 위로 황백색 치장 벽토에 박공지붕이 얹혀 있었다. 마치 세 명의 건축가가 서로 통성명도 하지 않은 상태에서 동시에 작업을 시작한 집처럼 보였다. 하지만 그들은 자기들 작품에 만족했는지 이 스타일을 옆집에 고스란히 복제해 놓았다. 옆집은 나무 울타리로 두 집의 진입로와 양쪽 집이 같이 쓰는 굴뚝을 나눈 것까지 판박이였다. 양쪽 집 모두 내닫이창 밖으로 야트막한 담벼락까지 각양각색의 돌을 깔아 놓은 공간이 있었고, 그 담벼락 저편은 스니드로드였다. 방은 네 개쯤 되는 듯했다. 앞 유리창에 노스런던 호스피스의 기금 마련을 위한 달리기 대회 홍보 포스터가 붙어 있었다. 한쪽에는 문 열린 차고 안에서 밝은 초록색 복스홀 애스트라와 세발자전거와 오토바이가 자리싸움을 벌이고 있었다.

문간은 아치 모양이었고 중세 분위기를 흉내 낸 문에는 두툼한 불투명 유리가 달려 있었다. 현관 매트에는 이런 참신한 문구가 적혀 있었다. 〈개 걱정은 하지 말고 집주인을 조심하세요!〉 호손이 초인종을 누르자 「스타 워스」 주제가의 도입부가 흘러나왔다. 그보다는 쇼팽의 「장송 행진곡」이 더 어울리지 않을까. 로버트 콘월리스의 집이니 말이다.

문을 열어 준 여자는 이번 주 내내 우리를 기다리기라도 했던 것처럼 당황스러울 정도로 명랑했다. 「드디어 오셨군요.」 그녀는 마치 이렇게 이야기하듯 우리를 보며 환하게 얼굴을 밝혔다. 〈왜 이제야 오셨어요?〉

그녀는 나이가 마흔 살 정도 되어 보였고, 헐렁하고 볼품없는 옷과 맞지 않는 청바지(한쪽 무릎에 꽃무늬가 새겨져 있었다)와 부스스한 머리와 큼지막한 싸구려 액세서리와 함께 무모하게 중년을 향해 돌진하는 중이었다. 과체중인데 풍만하다고 자기 최면을 걸 수도 있었다. 한쪽 겨드랑이에는 산더미 같은 빨랫감을 끼고, 한 손에는 무선 전화기를 들고 있었지만 의식하지 않는 눈치였다. 한쪽 허벅지를 들어 빨랫감을 얹고 수화기를 귀와 어깨 사이에 끼우고 끙끙대며 문을 열었을 모습이 그려졌다.

「호손 씨이신가요?」 그녀가 나를 보며 물었다. 듣기 좋고 지적인 목소리였다.

「아뇨.」 나는 말했다. 「저쪽이에요.」

「저는 바버라에요. 들어오세요. 집 상태가 엉망인데 양해 부탁드릴게요. 6시라 애들을 재우려던 참이었어요. 로버트는 다른 방에 있어요. 이해해 주실 거라고 믿어요, 오늘 하루 종일 좀 정신이 없었어요! 장례식장에서 무슨 일이 있었는지는 아이린한테 들었어요. 충격적이에요. 경찰과 공조 관계시죠, 그렇죠?」

「수사를 돕고 있습니다.」

「이쪽으로 오세요! 롤러스케이트 조심하세요. 현관 앞에 두지 말라고 애들한테 그렇게 얘기하는데. 조만간 누구 하나 목이 부러지게 생겼어요!」 그녀는 아래를 내려다보다가 그제야 들고 있던 빨랫감을 보았다. 「어머나! 죄송해요. 세탁기에 빨래를 넣다가 초인종 소리를 들었거든요. 두 분께서 저를 뭐라고 생각하셨을지!」

우리는 아무렇게나 방치된 롤러스케이트를 넘어 외투, 장화, 각기 다른 사이즈의 신발들이 여기저기 흩뿌려진 복도로 들어갔다. 오토바이 헬멧이 의자에 놓여 있었다. 아이 둘이 온 집 안을 뛰어다니고 있었다. 아이들 모습에 앞서 소리가 먼저 들렸다. 카랑카랑한 비명 소리였다. 잠시 후에 남자아이 둘이 문밖으로 뛰쳐나왔다. 둘 다 금발이었고 나이는 각각 다섯 살과 일곱 살쯤 되어 보였다. 아이들은 우리를 흘끗 쳐다보더니 몸을 돌려서 계속 비명을 지르며 어디론가 사라졌다.

「토비하고 서배스천이에요.」 바버라가 말했다. 「조만간 씻으러 들어갈 테니 그러면 좀 조용해질 거예요. 아이가 있으신가요? 솔직히 여기가 전쟁터 같다는 생각이 들 때가 가끔 있어요.」

아이들이 집 안을 점령했다. 라디에이터마다 옷이 널려 있고 온 사방이 장난감이었다. 축구공, 플라스틱 칼, 봉제 인형, 헌 테니스 라켓, 카드와 레고 조각이 여기저기 흩뿌려져 있었다. 그 난장판의 이미지를 떨쳐 버리기가 쉽지 않았지만 아치 모양의 문간을 지나 거실로 들어서자 말린 꽃이 놓인 푸근한 벽난로, 해변 식물을 엮어서 만든 카펫, 조율이 안 됐을 게 거의 분명한 업라이트 피아노, 담요로 덮인 소파, 언제 봐도 한물갔다고 보이지는 않는 둥그스름한 종이 전등갓으로 이루어진 편안하고 예스러운 분위기가 우리를 맞았다. 벽에는 백화점에서 볼 수 있음 직한 알록달록한 추상화가 걸려 있었다.

「부인께서도 부군의 회사에서 일하십니까?」 그녀를 따라 부엌으로 들어가는 동안 호손이 물었다.

「어머, 아뇨! 그리고 그냥 바버라라고 불러 주세요.」 그녀는 의자 위에 빨랫감을 내려놓았다. 「우리는 집에서 만나는 것만으로 충분해요. 저는 약사예요. 근처 부츠 체인점에서 파트타임으로 일해요. 그 일도 사랑한다고 할 수는 없겠지만 생활비를 벌어야 하니까요. 조심하세요! 롤러스케이트 한 짝이 여기 있네요. 로버트는 이 안에 있어요…….」

문을 지나자 아일랜드 식탁과 흰색의 투박한 식탁이 놓인 환한 부엌이 나왔다. 지저분한 그릇들이 깨끗한 그릇들과 함께 개수대에 나란히 쌓여 있었다. 양쪽을 어떻게 구분하는지 궁금했다. 프렌치 도어 너머로 보이는 마당은 관목 몇 그루가 한쪽 울타리 안에서 자라는 초록색 사각형에 불과했다. 여기마저 아이들에게 점령당해 트램펄린과 정글짐이 대부분의 잔디밭을 차지하고서 풀을 죽이고 있었다.

로버트 콘월리스는 브롬프턴 예배당에 입고 온 양복에 넥타이만 푼 상태로 식탁에 앉아서 장부를 정리하고 있었다. 장의업체 밖에서 장의사를 만나니 기분이 묘했다. 그가 장의사라는 걸 알기 때문에 묘한 거였다. 안치실에서 시신을 처리하고 이렇게 평범하고 아늑한 집으로 퇴근하면 기분이 어떨지 궁금해졌다. 그것이 그나 그의 아내에게 영향을 미칠까? 아이들은 아버지가 무슨 일을 하는지 알까? 나는 내 작품에 장의사를 등장시킨 적이 없었기 때문에 호손이 그의 직업에 대해 좀 더 꼬치꼬치 물어봐 주길 바랐다. 나는 그런 정보를 전부 모아 놓는다. 언제 쓸 일이 있을지 모르기 때문이다.

부엌도 다른 곳처럼 아이들의 습격을 피하지 못했다. 플라스틱 장난감과 크레용과 종이가 식탁을 뒤덮었고 알록달록한 낙서가 온 벽에 붙어 있었다. 나는 해로온더힐의 집과 아이를 잃고 무너진 주디스 고드윈의 삶을 떠올렸다. 이 집도 아이들이 분위기를 좌우했지만 서로 전혀 달랐다.

「로버트가 여기 있네요.」 바버라는 선포하고 그를 나무랐다. 「아직도 그거 하고 있어? 저녁도 준비해야 하고 애들도 재워야 하고 지금 경찰까지 찾아왔는데?」

「이제 막 끝냈어.」 콘월리스는 장부를 덮었다. 자기 앞의 빈자리를 손짓했다. 「호손 씨, 앉으세요.」

「차 드시겠어요?」 바버라가 물었다. 「잉글리시 브렉퍼스트, 얼 그레이, 정산샤오중 있어요.」

「말씀은 감사하지만 괜찮습니다.」

「그럼 그보다 독한 걸 드릴까요? 로버트 — 냉장고에 그 와인 아직 있지?」

나는 고개를 저었다.

「제가 한잔 마실까 봐요. 거의 주말이니까요. 당신도 한잔 마실래, 로비?」

「아니, 됐어.」

호손과 나는 식탁 맞은편에 앉았다. 호손이 신문을 시작하려던 찰나, 두 아이가 갑자기 들이닥쳐 식탁 주변을 뛰어다니며 책을 읽어 달라고 졸랐다. 「알았다, 얘들아. 이제 그만!」 아이들은 그의 말을 무시했다. 「마당으로 나가서 놀지 그러니? 오늘은 특별히 잠자기 전에 10분 동안 트램펄린에서 뛰어도 좋아.」

아이들은 좋아서 고함을 질렀다. 아이들 아버지는 일어나 프렌치 도어를 열었다. 아이들은 밖으로 달려 나갔고 우리는 그들이 트램펄린 위로 올라가는 것을 지켜보았다.

「아이들이 귀엽네요.」 호손이 그보다 심술궂을 수 없는 목소리로 중얼거렸다.

「이 시각쯤 되면 힘에 부칠 때도 있습니다.」 콘월리스는 다시 자리에 앉았다. 「앤드루는 어디 있어?」 그는 화이트와인 반 잔을 들고 냉장고 옆에 서 있는 아내에게 물었다.

「위에서 숙제해.」

「아니면 컴퓨터 게임을 하고 있든지.」 콘월리스가 말했다. 「못 하게 막을 수가 없네. 하긴, 이제 아홉 살이니까.」

「친구들도 다 마찬가지야.」 바버라가 와인을 따르며 맞장구를 쳤다. 「요즘 애들은 왜 그러나 몰라. 현실 세계에는 관심이 없어.」

잠시 정적이 흘렀다. 이 집에서는 일순간의 고요가 사치였다.

「장례식장에서 무슨 일이 있었는지 아이린한테 들었습니

다.」 콘월리스가 바버라가 현관 앞에서 했던 것과 똑같은 말을 했다. 「얼마나 놀랐는지 모릅니다. 저는 이 일을 한 10년째 하고 있어요. 그 전에는 아버지께서, 그 전에는 할아버지께서 하셨고요. 그 비슷한 사건은 지금까지 한 번도 벌어진 적 없다고 맹세할 수 있습니다.」 호손이 뭐라고 물어보려고 했지만 그가 말을 이었다. 「제가 그 자리에 없었던 게 이보다 더 안타까울 수가 없네요. 장례식마다 가능한 한 참석하려고 하는데 아이린이 아까 말씀드렸다시피 아들 녀석 학교에서 연극이 있었어요.」

「아이가 대사를 외운다고 몇 주 동안 고생했거든요.」 바버라가 외쳤다. 「매일 밤마다 잠자기 전에요. 엄청 진지하게 생각하더라고요.」 그녀는 큼지막한 잔을 와인으로 채우고 우리가 있는 쪽으로 건너왔다. 「그랬으니 보러 가지 않았으면 우리를 죽을 때까지 용서하지 않았을 거예요. 배우의 유전자를 물려받았다 보니…… 계속 그 얘기뿐이에요. 게다가 얼마나 잘했다고요. 뭐, 엄마 눈에는 그럴 수밖에 없겠죠. 하지만 진짜예요!」

「제가 자리를 지켰어야 하는 건데. 저는 그럴 줄 알았어요. 사고가 벌어질 것 같은 예감이 들었어요.」

「어째서요, 콘월리스 씨?」

그는 기억을 되짚었다. 「아, 쿠퍼 부인의 사망이 모든 면에서 특이했거든요. 놀라실지 몰라도 저는 끔찍한 범죄라면 익숙합니다, 호손 씨. 저희는 사우스런던에도 지점이 있고 흉기 범죄, 조직 폭력 등으로 종종 경찰에 소환됩니다. 하지만 이 경우에는 쿠퍼 부인이 바로 그날 자기 장례식을 준비했으니…….」
「나더러 불안하다고 했었지.」 바버라가 맞장구쳤다. 「바로 오늘 아침에 옷을 입으면서 계속 그랬어.」 그녀는 그를 위아래로 훑었다. 「왜 아직 그 양복을 입고 있어? 갈아입을 줄 알았더니.」
바버라 콘월리스는 서글서글하고 다정한 성격이었지만 입을 잠시도 다물지 못해서 내가 그녀와 결혼했다면 미쳐 버렸을 것이다. 그녀의 남편은 아내의 마지막 질문을 못 들은 척했다. 「그래서 아이린더러 그 자리에 있어 달라고 했어요.」 그가 설명했다. 「경찰이며 기자도 있을 테고 두말하면 잔소리지만 데이미언 쿠퍼가 유명 인사였으니까요. 앨프리드를 믿고 전부 맡기지 못하겠더라고요. 그렇다 하더라도 제가 자리를 지켰어야 하는 건데.」
「당신은 데이미언 쿠퍼하고 말을 섞지도 못했잖아.」 테이블 위에 감자칩이 담긴 그릇이 있었다. 바버라가 그걸 자기 쪽으로 끌고 가서 감자칩을 한 움큼 집었다. 마당에서는 아이들이 위아래로 깡충깡충 뛰고 있었다. 아이들의 신이 난 웃음소리가 이중 유리문 너머에서 들렸다. 「당신이 좋아하는 배우인데도.」
「맞아.」
「그 사람이 출연한 작품을 전부 챙겨 봤지. 그 TV 드라마 제목이 뭐였더라? 기자들이 주인공이었던 거.」
「기억이 안 나.」
「기억이 안 날 리가 있나. DVD까지 사서 수없이 보고 또 봤으면서.」

「〈스테이트 오브 플레이〉요.」

「맞아요, 그거. 저는 줄거리를 잘 못 따라가겠더라고요. 하지만 그 사람 연기는 아주 훌륭했어요. 그리고 그 사람이 출연한 오스카 와일드의 연극도 봤어요. 〈진지함의 중요성〉. 우리 결혼기념일 때 내가 로버트를 데려갔어요.」 그녀는 자기 남편을 돌아보았다. 「당신은 내키지 않아 했지만 그 사람 정말 대단했어.」

「아주 훌륭한 배우였지.」 콘월리스도 맞장구쳤다. 「하지만 나는 기회가 있었더라도 그 사람 어머니 장례식장에서 그에게 접근하지는 않았을 거야. 부적절한 짓이니까.」 그는 가벼운 농담을 시도했다. 「사인해 달랄 수도 없고 말이지!」

「음, 제가 전하는 소식을 들으시면 놀라실 수도 있겠습니다만.」 호손이 말했다. 그는 감자칩을 하나 집어서 증거라도 되는 양 가만히 들고 있었다. 「데이미언 쿠퍼도 죽었습니다.」

「네?」 콘월리스는 그를 빤히 쳐다보았다.

「오늘 오후에 살해당했어요. 장례식이 끝나고 한 시간쯤 뒤에.」

「그게 무슨 말씀이십니까? 그럴 리 없어요!」 콘월리스는 완전히 충격을 받은 얼굴이었다. TV나 인터넷에 뉴스가 보도됐을 텐데 두 사람은 아이들 때문에 정신이 없었던 모양이었다.

「어떻게 죽었는데요?」 바바라가 물었다. 그녀도 충격을 받은 얼굴이었다.

「칼에 찔렸어요. 브릭레인에 있는 자기 아파트에서.」

「범인이 누군지 아세요?」

「아뇨. 메도스 경위가 아직 연락을 하지 않았다니 놀랍네요.」

「저희는 아무 소식도 못 들었어요.」 콘월리스는 우리를 빤히 쳐다보며 할 말을 찾았다. 「장례식장에서 벌어진 사건과…… 연관이 있을까요? 아니, 그럴 수밖에 없겠죠! 아이린한테 들었을 때는 단순히 기분 나쁜 장난이라고 생각했는데…….」

「원한을 품은 사람이 있는 거야. 당신도 그렇게 얘기했잖아.」 바버라가 그에게 환기했다.

「누가 봐도 그런 결론을 내릴 수밖에 없어 보였지만 얘기했다시피 이런 일은 처음이라. 하지만 데이미언이 살해됐다니. 모든 게 180도 달라지겠어.」

호손은 감자칩을 먹으려다 생각을 바꿨는지 그릇 안에 다시 넣었다. 「누군가가 MP3로 녹음할 수 있는 알람 시계를 관 속에 넣었습니다. 11시 30분에 알람이 울리면서 동요가 흘러나왔죠. 둘 사이에 연관이 있다고 봐도 무방할 겁니다. 그래서 알람 시계가 어쩌다 거기 들어가게 됐는지 알고 싶은데요.」

「전혀 모르겠습니다.」

「잠깐 생각을 해보시지요?」 호손은 신경이 날카로워져 있었다. 난장판인 집, 깡충깡충 뛰는 아이들, 와인을 마시며 감자칩을 먹는 바버라. 윌즈던 그린의 모든 것이 그의 신경을 건드리기 시작한 것이었다.

콘월리스는 도움을 구하는 듯 아내를 쳐다보았다. 「저희 직원이 넣지는 않았다고 맹세할 수 있습니다. 콘월리스 앤드 선스의 직원들은 모두 근속 연수가 최소 5년이고 대다수가 저희 가족이에요. 아이린도 말씀을 드렸을 거라고 보지만요. 쿠퍼 부인은 병원에서 해머스미스에 있는 저희 시신 안치실로 곧장 옮겨졌습니다. 저희가 부인을 씻기고 눈을 감겨 드렸죠. 부인은 방부 처리를 하지 말아 달라고 했어요. 시신을 보겠다고 한 사람은 없었습니다. 있었다 한들 수상한 짓을 저지를 겨를이 없었을 겁니다.

부인은 직접 고른 천연 고리버들 관에 안치됐어요. 오늘 아침 9시 30분쯤이에요. 저는 그 자리에 없었지만 상여꾼 네 명이 전원 옆을 지키고 있었을 겁니다. 그런 다음 영구차로 옮겨졌죠. 그 건물 마당에 전자식 출입문이 달려 있기 때문에 외부인은 들어올 수 없어요. 부인은 거기서 곧장 브롬프턴 공동묘지로 옮겨졌습니다.」

「그러니까 옆에서 지키는 사람이 항상 있었겠군요.」

「네. 제가 알기로 3~4분 동안 아무도 없이 방치돼 있었을 수도 있어요. 예배당 뒤편 주차장에서요. 여담이지만 앞으로는 두 번 다시 그런 일이 없도록 하겠습니다.」

「하지만 그때 누군가가 알람 시계를 관 속에 넣었을 수도 있었겠군요.」

「네, 아마도요.」

「관을 열기가 어느 정도로 쉬운가요?」

콘월리스는 곰곰이 생각했다. 「몇 분이면 될 겁니다. 단단한 나무로 만든 전통적인 관이었다면 나사로 뚜껑을 고정했을 겁니다. 하지만 고리버들 관은 끈 두 개뿐이라서요.」

바버라가 잔을 비웠다. 「와인 한잔 안 드시겠어요?」 그녀가 우리에게 물었다.

「네, 괜찮습니다.」 내가 말했다.

「흠, 저는 한 잔 더 마셔야겠어요. 살인이며 죽음이며 하는 얘기를 듣고 있었더니! 우리는 원래 집 안에서 로버트의 일 얘기를 절대 하지 않아요. 애들이 싫어하거든요. 앤드루는 반 친구들 앞에서 아버지가 하는 일에 대해 발표하는 시간에도 전부 지어서 얘기했어요. 아버지가 회계사라며.」 그녀는 요란하게 폭소를 터뜨렸다. 「어디서 정보를 얻었는지 모르겠어요. 회계에 대해서는 쥐뿔도 모르는데.」 그녀는 냉장고로 가서 와인을 다시 한 잔 따랐다.

그녀가 냉장고 문을 닫았을 때 트레이닝팬츠에 티셔츠를 입은 다른 남자아이가 들어왔다. 다른 두 아이보다 키가 컸고 더 짙은 색 머리칼로 얼굴을 대충 덮었다. 「토비하고 세브가 왜 마당에 있어요?」 아이는 이렇게 묻다가 우리 존재를 알아차렸다. 「아저씨들은 누구세요?」

「이쪽은 앤드루예요.」 바버라가 말했다. 「이분들은 경찰이야.」

「왜요? 무슨 일 생겼어요?」

「네가 걱정할 일은 아니다, 앤드루. 숙제 다 했니?」 아이는 고개를 끄덕였다. 「그럼 TV 봐도 돼.」 그녀는 아이를 향해 미소를 지으며 아이 자랑을 했다. 「이분들한테 네 연극 얘기를 하고 있었어. 미스터 피노키오!」

「연기가 그냥 그랬어.」 콘월리스가 말했다. 그러더니 코가 늘어나는 흉내를 냈다. 「잠깐. 거짓말이야. 아주 훌륭하더라!」

앤드루는 좋아하며 가슴을 내밀었다. 「나중에 크면 배우가 될 거예요.」 그는 선포했다.

「그 얘긴 나중에 하자, 앤드루.」 콘월리스가 그의 말허리를 잘랐다. 「엄마 아빠 도울 생각 있으면 나가서 동생들한테 이제 자러 들어갈 시간이 됐다고 해.」

토비와 서배스천은 마당에서 정글짐으로 자리를 옮긴 상태였다. 서로에게 소리를 지르고 있었는데 많이 지쳤는지 이성적인 인간으로서의 모습을 점점 잃어 가고 있었다. 예전에 내 아이들을 키웠을 때가 기억나는 광경이었다. 앤드루는 고개를 끄덕이고 아버지가 시킨 대로 했다.

「뭐 하나만 물어봐도 될까요?」 나는 호손이 화를 낼지 모른다는 것을 알았지만 그래도 호기심이 생겼다. 「전혀 관계없는 질문이지만 이 직업을 선택한 이유가 궁금해서요.」

「장의사요?」 콘월리스는 내 질문에 심란해하지 않는 눈치였다. 「어떻게 보면 그 직업이 저를 선택한 셈이에요. 사우스 켄징턴에 있는 저희 사무실 출입문 위에 달린 간판 보셨죠? 가업이거든요. 제가 알기로는 고조부께서 맨 처음 시작하셨고 이후에 가업이 되었죠. 같이 일하는 사촌이 둘이에요. 아이린은 만나셨죠. 또 다른 사촌 조지는 경리를 맡고 있어요. 나중에 아이들 중 한 명이 물려받을지도 모르겠네요.」

「꿈도 야무지시지!」 바버라가 콧방귀를 뀌었다.

「생각이 바뀔 수도 있어.」

「당신처럼?」

「요즘은 젊은 친구들이 살기가 만만치 않잖아. 마음만 먹으면 언제든 할 수 있는 일이 있다는 걸 알면 애들도 좋지 않겠어?」 그는 우리 쪽으로 고개를 돌렸다. 「저는 대학을 졸업한 뒤에는 다른 일을 했어요. 질풍노도의 시기를 보냈죠. 장의사라는 직업을 거부하는 마음이 있었어요. 하지만 제가 이 회사에 들어가지 않았다면 지금과 전혀 다른 인생을 살았을 겁니다.」 그는 손을 내밀어 아내의 손을 잡았다. 「거기서 우리가 만났거든요.」

「제 삼촌 장례식장에서요!」

「제가 거의 처음으로 맡은 장례식이었어요.」 콘월리스는 미소를 지었다. 「인생의 파트너를 만나기에 가장 낭만적인 장소는 아닐지 몰라도 그날의 하이라이트였죠.」

「저는 어차피 데이비드 삼촌을 별로 좋아하지도 않았어요.」 바버라가 말했다.

밖이 점점 어두워져 가고 있었고 이제 두 아이는 자기들을 안으로 데리고 들어가려는 형과 옥신각신했다. 「더 이상 질문 없으시면 이제 그만 자리를 정리해도 될까요?」 콘월리스가 말했다. 「아이들을 재워야 해서요.」

호손이 자리에서 일어났다. 「도움이 많이 됐습니다.」 그가 말했다.

나로서는 그 말이 진심일까 싶었다.

「뭐든 밝혀지면 알려 주시겠어요?」 바버라가 물었다. 「데이미언 쿠퍼가 살해됐다니 믿기지가 않네요. 어머니에 이어 그 사람까지 그렇게 됐다니. 다음은 누구 차례일까 하는 생각이 드네요!」

그녀는 아이들을 데리러 나갔고 콘월리스가 우리를 문까지 배웅했다. 「말씀드려야겠다는 생각이 드는 게 한 가지 더 있는데요.」 어두침침한 집 밖으로 나서 각양각색의 돌이 깔린 공간에 섰을 때 그가 말했다. 「상관이 있는 건지는 잘 모르겠습니다만…….」

「말씀하세요.」 호손이 말했다.

「그게, 이틀 전에 제가 전화를 받았습니다. 장례식이 언제, 어디에서 열리느냐고 문의하는 전화였어요. 상대는 남자였고, 다이애나 쿠퍼의 친구라며 장례식에 참석하고 싶다고 했는데 이름은 밝히지 않았어요. 사실 전반적인 태도가 — 뭐라고 해야 할까요? 조금 의심스러웠어요. 정신적으로 이상이 있다고 얘기할 정도는 아니었지만 잔뜩 긴장한 목소리였거든요. 안절부절못했고요. 심지어 어디에서 전화하고 있는지조차 밝히지 않더군요.」

「당신 회사에서 장례를 맡았다는 걸 어떻게 알았을까요?」

「저도 그게 궁금하더라고요, 호손 씨. 런던 서쪽의 모든 장의업체에 전화해 똑같은 질문을 하지 않았을까요? 저희가 가장 규모도 크고 평이 좋은 곳이라 1순위로 연락을 했을 수도 있겠습니다만. 아무튼 그 당시에는 그냥 그런가 보다 했습니다. 묻는 대로 자세히 알려 주었고요. 하지만 아이린에게 오늘 어떤 끔찍한 사건이 벌어졌는지 들었더니 자연스럽게 그 사람 생각이 나더군요.」

「번호는 모르시죠?」

「압니다. 저희는 수신 번호를 모두 기록해 놓는데 그 남자는 휴대 전화로 전화를 했기 때문에 화면에 번호가 떴어요.」 콘월리스는 접은 쪽지를 꺼내 호손에게 건넸다. 「솔직히 이걸 드릴까 말까 고민했습니다. 누구든 난처해지는 건 원치 않거든요.」

「저희가 조사해 보겠습니다, 콘월리스 씨.」

「아무것도 아닐 수 있습니다. 시간 낭비일지도요.」

「남는 게 시간이라서요.」

콘월리스는 안으로 들어가 문을 닫았다. 호손은 쪽지를 펴서 들여다보고는 미소를 지었다. 「아는 번호네요.」 그가 말했다.

「어떻게요?」

「해로온더힐로 주디스 고드윈을 만나러 갔을 때 받은 번호예요. 남편 앨런 고드윈의 연락처요.」

호손은 쪽지를 접어서 주머니에 넣었다. 처음부터 이런 상황을 예상하고 있기라도 했던 것처럼 미소를 짓고 있었다.

15
힐다와의 점심

「신발 새로 샀네?」 다음 주 월요일에 집을 나서는 나를 보고 아내가 말했다.

「아닌데.」 나는 대답했다. 아래를 내려다보니 내가 호손에게 건네받은 데이미언 쿠퍼의 신발을 신고 있었다. 발이 편했고 이탈리아 제품이긴 했지만 아무 생각 없이 그냥 신은 거였다. 「아, 이거는…….」 나는 중얼거렸다.

내 아내는 방송 PD다. 사소한 부분을 간파하는 남다른 능력의 소유자라 형사나 스파이가 됐어도 잘했을 것이다. 나는 어색하게 그 자리에 서 있었다. 아직 그녀에게 호손에 대해 한마디도 하지 않았다.

「전부터 있던 거야.」 나는 말했다. 「자주 신지 않았을 뿐이지.」 우리는 서로에게 거짓말을 하지 않는다. 이 두 마디 다 넓은 의미에서 보면 거짓말이 아니었다.

「어디 가?」 그녀가 물었다.

「힐다하고 점심 약속이 있어서.」

힐다 스타크는 내 에이전트였다. 나는 그녀에게도 호손에 대해 밝히지 않았다. 나는 얼른 집에서 도망쳤다.

작가와 에이전트는 독특한 관계이고 나조차도 그 관계를 1백 퍼센트 이해하는지 알쏭달쏭하다. 기본적으로 작가에게는 에이전트가 필요하다. 대부분의 작가들은 계약, 협상, 청구서 작성에 관한 한 젬병이다. 사실 사업적인 수완이나 상식 면에서도 마찬가지다. 에이전트가 수입의 10퍼센트를 받는 조건으로 이 모든 일을 대신 처리해 주는데, 책이 아주 많이 팔리기 전까지는 매우 합리적인 조건이랄 수 있고 책이 아주 많이 팔리기 시작하면 더는 액수가 상관없어진다. 그들이 그것 말고 하는 일은 거의 없다. 에이전트가 작업의 원동력이 되지는 않는다. 그들이 선인세를 올린다 한들 그들 자신이 챙겨 가는 액수에 비하면 새 발의 피다.

엄밀히 따지면 에이전트는 친구가 아니다. 만나면 똑같이 반가워하는 다른 고객이 수십 명 있으니 친구라 하더라도 아주 바람기가 많은 친구다. 그들이 아내나 아이들의 안부를 조심스럽게 물을지 몰라도 최대 관심사는 일의 진척 상황이다. 그들이 집착하는 것은 오로지 하나라고 봐도 무방하며 그것은 영국의 도서 판매 추이를 살피고 추적하는 닐슨이라는 회사와 완벽하게 일맥상통한다. 내가 책을 출간하고 1주일이 지나면 힐다가 전화해 순위가 몇 위인지 알려 줄 것이다. 내가 그걸 싫어한다는 걸 알면서도 그럴 것이다. 「판매량이 전부는 아니잖아요.」 나는 그녀에게 이렇게 말할 것이다. 한마디로 그것이 우리 둘의 차이점이다.

에이전트 계약을 맺은 직후에 런던 공항에서 그녀를 만났을 때가 생각난다. 에든버러에서 열리는 내 강연회를 위해 나선 길이었는데 나는 그녀가 같이 나서 주었다는 데 이미 놀라고 있었다. 그녀에게는 돌아갈 집이나 가족이 없는 걸까? 절대 알 수 없었다. 그녀는 나를 자기 집으로 초대하지 않았고 나는 그녀의 가족을 만난 적이 없었다. 내가 보안 검색대 이편에서 보았을 때 그녀는 휴대 전화로 누군가에게 소리를 지르고 있었고 내게 끼어들지 말라는 신호를 보냈다. 나는 10초쯤 지난 다음 통화 상대가 출판사 사장이라는 것을, 다시 10초가 지났을 때 내 책 출판사 사장이라는 것을 알아차렸다. 그녀는 신발을 신고 허리띠를 차고 재킷을 입고 W. H. 스미스 서점 공항점에 갔다가 내 신작이 입고되지 않았다는 것을 알아차렸다. 그래서 그 이유를 알고 싶어 했다.

그런 사람이 힐다였다. 나는 그녀와 계약하기 전에 두바이, 홍콩, 케이프타운, 에든버러, 시드니 도서전에서 그녀를 만났다. 그녀는 나에 대해 모르는 게 없었다. 최근에 출간한 내 작품 성적이 어떤지, 내 담당 편집자가 얼마 전에 퇴사한 이유는 뭔지, 누가 후임이 될 예정인지. 그녀는 알라딘의 램프 요정과도 같았고 내가 요술 램프를 문지른 기억도 없는데 그녀가 그 램프의 요정처럼 등장했다. 나는 그녀와 계약할 수밖에 없는 운명이었고 결국 그렇게 됐다. 나는 그녀가 맡은 작가들 중에서 가장 거물급은 아니었다. 하지만 그렇다고 믿게 만드는 것이 그녀의 재능이었다.

나는 원칙적으로는 내가 그녀를 위해 일하는 게 아니라 그 반대라는 사실을 항상 상기해야 했다. 그랬음에도 그녀를 만날 때마다 긴장이 됐다. 그녀는 심한 고수머리에 상당히 강렬하고 면밀한 눈빛의 소유자로 키가 작았고 딱 떨어지는 옷을 즐겨 입었다. 모든 면이 터프했다. 상대방을 손가락질하는 것과 스타카토 같은 말투와 감정이 결핍된 성격과 옷차림이 그랬다. 그런가 하면 거의 호손만큼 욕을 많이 썼다. 나는 그녀를 좋아하는 만큼 무서워했다.

나는 그녀에게 지금 작업 중인 책에 대해 알려야 한다는 것을 알았다. 그녀는 그 책을 팔아 낼 것이다. 제 역할을 다 할 것이다. 하지만 자기한테 묻지 않고 강행했다는 데 짜증을 낼 터였다. 내가 최대한 끝까지 함구하고 다른 중요한 사안을 먼저 끄집어 낸 이유가 그 때문이었다. 『실크 하우스의 비밀』의 마케팅 방안, 〈앨릭스 라이더〉 시리즈의 신작 가능성(여러 권에 등장했던 야센 그레고로비치라는 암살자를 주인공으로 한 권 써볼까 고민 중이었다), ITV와 「인저스티스」 일정, 「포일의 전쟁」 다음 시즌이 제작될지 여부. 힐다는 원래 가만히 앉아 있지 못하는 성격이지만 그날은 더 심했다. 나는 종업원이 접시를 치우자마자 왜 그러느냐고 물었다.

「얘기하지 않으려고 했는데.」 그녀가 말했다. 「하지만 어차피 신문 기사로 접할 테니까요. 제 고객 중 한 명이 체포됐어요.」

「누가요?」

「레이먼드 클룬스요.」

「그 연극 제작자?」

그녀는 고개를 끄덕였다. 「작년에 투자를 받아서 뮤지컬을 제작했거든요. 〈모로코의 밤〉요. 기대했던 것에 비해 잘 안 됐어요.」 투자금을 모두 날렸다 한들 힐다가 그걸 쫄딱 망했다고 표현할 일은 없을 것이었다. 어떤 책이 평단의 난도질을 당했더라도 그녀는 어떻게든 호평을 한 단어라도 찾아서 엇갈린 평가를 받았다고 주장할 것이었다. 「이제 와서 일부 투자자들이 그가 잘못된 정보를 흘렸다는 의혹을 제기한 거예요. 그래서 지금 사기 혐의로 조사를 받고 있어요.」

그러니까 장례식장에서 브루노 왕에게 들은 이야기가 진짜였다. 나는 깜짝 놀랐다. 힐다가 맡고 있는 사람들 중에 연극 제작자도 있는 줄 몰랐는데 그녀도 돈을 날렸는지 궁금해졌다. 감히 물어볼 수는 없었다. 하지만 이것이 내가 찾고 있던 절호의 기회였다. 나는 얼마 전에 클룬스를 만난 적이 있다고, 데이미언 쿠퍼의 장례식에 참석했노라고 말문을 열었다. 거기에서부터 호손의 소개를 거쳐 마침내 내가 어떤 책을 쓰기로 했는지 설명을 마쳤다.

그녀는 화를 내지 않았다. 힐다는 고객에게 언성을 높이는 일이 없었다. 믿기지 않아 했다는 것이 더 정확한 표현일 것이다. 「이해가 안 되네요.」 그녀가 말했다. 「지금까지 아동 도서 시장에서 발을 빼고 성인 도서 작가로 입지를 다지자는 얘기를 하고 있었는데…….」

「이것도 성인 도서잖아요.」

「하지만 범죄 실화잖아요! 당신은 범죄 실화 작가가 아니에요. 그리고 범죄 실화는 잘 팔리지 않고요.」 그녀는 와인잔을 향해 손을 뻗었다. 「이건 좋은 선택이 아니라고 봐요. 몇 달 있으면 『실크 하우스의 비밀』이 출간될 테고 내가 이 책을 얼마나 좋아하는지 당신도 알잖아요. 그거 후속 편을 쓰기로 하지 않았나요?」

「쓸 거예요!」

「그럼 지금 후속 편 작업을 하고 있어야죠. 독자들은 그걸 읽고 싶어 할 거예요. 누가 이런 책에 관심이……. 그 사람 이름이 뭐라고요?」

「호손요. 대니얼 호손이지만 이름이 아니라 성을 써요.」

「원래 그렇더라고요. 형사들은.」

「그 사람은 전직 형사예요.」

「그럼 백수 형사네요! 〈백수 형사〉. 제목을 그렇게 할 거예요? 제목은 정했어요?」

「아뇨.」

그녀는 와인 잔을 비웠다. 「왜 이런 일을 벌였는지 정말 이해가 안 되네. 그 사람을 좋아해요?」

「아주 좋아하지는 않아요.」 나는 솔직히 시인했다.

「그럼 다른 사람들은 왜 좋아할까요?」

「엄청 똑똑하거든요.」 나는 내 대답이 얼마나 논리적으로 빈약하게 들릴지 알았다.

「아직 사건을 해결하지 못했잖아요.」

「계속 수사하고 있어요.」

종업원이 메인 요리를 들고 왔고 나는 그녀에게 배석한 신문이 어떤 식으로 진행됐는지 몇 가지 사례를 들려주었다. 문제가 있다면 내가 짤막한 메모 말고는 아직 아무것도 써 놓은 게 없었고 이야기를 하다 보니 애매모호하고 단편적이며…… 심지어 재미없게 들렸다는 것이었다. 애거사 크리스티의 작품 줄거리를 자세하게 소개한다고 상상해 보라. 내가 딱 그 심정이었다.

결국 그녀가 말허리를 잘랐다. 「이 호손이라는 사람은 어떤 사람이에요?」 그녀는 물었다. 「어떤 면에서 매력적이에요? 싱글 몰트 위스키를 마셔요? 클래식 카를 몰고 다녀요? 재즈나 오페라를 좋아해요? 개를 키워요?」

「그 사람에 대해서는 아는 게 아무것도 없어요.」 나는 애처로운 목소리로 말했다. 「결혼했다가 이혼했고 열한 살짜리 아들이 있어요. 런던 경찰청에서 누굴 계단에서 밀쳐 떨어뜨린 것 같아요. 동성애자를 싫어하는데…… 이유는 모르겠어요.」

「그 사람이 동성애자예요?」

「아뇨. 자기 얘기하는 걸 질색해요. 내가 접근하려 하면 딱 잘라 차단하고요.」

「그럼 무슨 수로 그 사람을 주인공으로 책을 쓰려고요?」

「그가 사건을 해결하면…….」

「어떤 사건은 해결하기까지 몇 년이 걸리기도 해요. 평생 런던 여기저기로 그 사람을 따라다닐 거예요?」 그녀가 주문한 음식은 송아지 고기로 만든 에스칼로프[13]였다. 그녀는 화풀이라도 하듯 그걸 칼로 썰었다. 「이름을 바꿔야 할 거예요.」 그녀는 덧붙였다. 「다짜고짜 아무 집이나 쳐들어가고 그 사람들 얘기를 책에 실으면 되겠어요?」 그녀는 나를 노려보았다. 「내 이름은 꼭 바꿔 줘요! 동참하고 싶지 않으니까.」

「다 해결되면 흥미진진한 사건이 될 거예요.」 나는 주장했다. 「그리고 내가 보기에 호손도 흥미진진한 인물이에요. 앞으로 그 사람에 대해 좀 더 알아볼게요.」

「무슨 수로요?」

13 얇게 저민 살코기에 빵가루를 발라 튀긴 요리.

「중간에 알게 된 형사가 있거든요. 그 사람부터 먼저 만나볼까 봐요.」 찰리 메도스를 염두에 두고 한 말이었다. 술을 한잔 사겠다고 하면 그가 만나줄지 몰랐다.

「호손 씨하고 돈 문제는 얘기해 봤어요?」 힐다가 송아지 고기를 씹으며 물었다.

두려워하던 질문이 드디어 등장했다. 「내가 50 대 50으로 하면 어떻겠느냐고 했어요.」

「네?」 그녀는 나이프와 포크를 내동댕이치다시피 했다. 「말도 안 돼.」 그녀가 말했다. 「당신은 40편의 소설을 쓴 유명한 작가예요. 그 사람은 직장에서 잘린 형사고요. 오히려 그가 당신한테 사례를 해야 하고 20퍼센트 이상은 가져가면 안 되죠.」

「그래도 그가 주인공이잖아요!」

「하지만 원고를 쓰는 사람은 당신이잖아요.」 그녀는 한숨을 쉬었다. 「진짜 이 프로젝트를 강행하고 싶어요?」

「이제 와서 발을 빼기에는 좀 늦었어요.」 나는 말했다. 「발을 빼고 싶은지도 잘 모르겠고. 내가 그 자리에 있었어요, 힐다. 갈기갈기 찢겨서 피로 물든 시신을 두 눈으로 목격했다고요.」 나는 스테이크를 흘끗 쳐다보고 나이프와 포크를 내려놓았다. 「누가 그랬는지 알아내고 싶어요.」

「알았어요.」 그녀는 저질러 봐야 좋을 것 하나 없겠지만 자기 탓하지 말라는 눈빛으로 나를 쳐다보았다. 「그 사람 연락처 줘요. 내가 통화해 볼게요. 하지만 이 자리에서 경고하는데 아직 써야 하는 원고가 두 편 남았고 그중에서 최소 한 편은 19세기가 배경이라야 해요. 출판사 측에서 이 책에 관심이 있을지 모르겠네요.」

「50 대 50요.」

「내 눈에 흙이 들어가기 전에는 안 돼요.」

나는 점심을 먹고 나서 땡땡이치는 학생이 된 듯한 심정을 달래며 빅토리아로 출발했다. 내가 갑자기 모든 사람들에게 모든 것을 숨기게 된 이유가 뭘까? 아내에게도 호손에 대해 함구했고 힐다에게 말도 없이 이렇게 다시 그를 만나러 슬그머니 길을 나서고 있었다. 호손이 바람직하지 못한 방향으로 내 삶을 조금씩 갉아먹고 있었다. 이후 상황이 어떻게 됐는지 궁금해서 그를 만나는 순간이 기다려진다는 것이 최악이었다. 내가 방금 전에 힐다에게 한 말이 사실이었다. 나는 코가 꿰였다.

나는 빅토리아를 좋아하지 않았고 그 근처에 간 적도 거의 없었다. 갈 이유가 없었다. 그곳은 버킹엄 궁전의 험한 쪽에 자리 잡은, 런던에서도 특이한 동네였다. 내가 알기로 괜찮은 음식점도 없고, 살 만한 것을 파는 상점도 없고, 영화관도 없고, 섀프츠베리애비뉴라는 고향에서 덩그러니 떨어져 나온 것처럼 보이는 공연장만 두어 개 있었다. 빅토리아역은 하도 오래돼서 증기 기관차가 들어오는 건 아닌가 싶었고, 밖으로 나선 순간 전부 똑같아 보이는 추레하고 지저분한 길거리들이 마구잡이로 뒤엉킨 미로 안에서 길을 잃기 십상이었다. 최근 들어 가이드가 중산모를 쓰고 역 앞에 서서 관광객들에게 명랑하게 길을 안내해 주고 있지만 나라면 다른 동네를 구경하라고 안내하겠다.

앨런 고드윈이 여기서 콘퍼런스와 이벤트를 기획하는 회사를 운영하고 있었다. 들어가고 싶지 않은 카페들로 복작거리는, 버스 정거장 근처 좁은 골목길 끝에 세월의 역풍을 심하게 맞은 1960년대 건물이 있었고 그 건물 3층에 그의 사무실이 있었다. 도착하고 보니 비가 내리고 있어서 — 하루 종일 날이 흐리긴 했다 — 인도에 빗물이 고였고 지나가는 버스들이 물을 튀기는 통에 어서 빨리 자리를 옮기고 싶었다. 문에 달린 간판에는 〈디어보이 이벤트〉라고 적혀 있었다. 어디에서 차용한 회사 이름인지 알아차리기까지 잠깐 시간이 걸렸다. 예전에 해럴드 맥밀런이 정치인은 무엇을 두려워해야 하느냐는 질문을 받았을 때 이렇게 대답한 적이 있었다. 「이벤트지, 디어 보이,[14] 이벤트이고말고.」

나는 조그맣고 형태가 반듯하지 않은 대기실로 안내됐고 형사가 아니라도 그의 사업이 어떤 형국인지 감을 잡을 수 있었다. 가구는 고급이었지만 낡아 가고 있었고 테이블 위에 펼쳐 놓은 관련 잡지들은 묵은 것들이었다. 화분은 시들어 가고 있었다. 안내 담당 직원은 일을 지겨워했고 그걸 감추려는 시도조차 하지 않았다. 그녀 앞에 놓인 전화기는 울릴 줄 몰랐다. 선반에 상 몇 개가 전시되어 있었지만 전부 내가 들은 적 없는 기관에서 받은 상이었다.

호손은 벌써 도착해 당장이라도 에너지를 분출할 듯한 분위기를 풍기며 소파에 앉아 있었다. 나도 익히 아는 분위기였다. 「늦었네요.」 그가 말했다.

나는 손목시계를 확인했다. 3시 5분이었다. 「어떻게 지냈

14 Dear boy. 〈이 사람아〉 또는 〈이 친구야〉라는 뜻.

어요?」 나는 물었다. 「주말 잘 보냈어요?」

「그럭저럭요.」

「뭐 하고 보냈어요? 영화 봤어요?」

그는 궁금해하는 눈빛으로 나를 쳐다보았다. 「왜 그래요?」

「아무것도 아니에요.」 나는 힐다와의 점심을 떠올리고 있었다. 나는 그의 맞은편 자리에 앉았다. 「레이먼드 클룬스가 체포된 거 알아요?」

그는 고개를 끄덕였다. 「신문에서 봤어요. 다이애나 쿠퍼를 속여서 그 5만 파운드를 받은 모양이던데.」

「그녀가 그에 대해 뭔가를 알고 있었을 수 있어요. 그래서 그에게 그녀를 살해할 이유가 생겼을지도요.」

호손은 내 말을 듣고 고민하는 척했지만 나는 그가 한 귀로 듣고 한 귀로 흘렸다는 걸 알 수 있었다. 「그렇게 생각해요?」

「그랬을 수도 있죠.」

젊은 여성이 대기실로 들어와 체념한 말투로 고드윈 씨에게 안내하겠다고 했다. 우리는 그녀를 따라 두 개의 방을 지났다. 두 군데 모두 비어 있었다. 복도 맨 끝에 문이 달려 있었다. 그녀가 말했다. 「손님들 오셨어요, 사장님.」

우리는 안으로 들어갔다.

나는 앨런 고드윈을 한눈에 알아보았다. 장례식장에서 본 얼굴이었다. 산발하고 하얀색 손수건을 쥐고 있었던 키가 큰 남자. 이제는 그가 창문을 등지고 책상 앞에 앉아 있었고 어깨 너머로 버스 정거장이 보였다. 캐주얼 재킷에 라운드

넥 저지를 입고 있었다. 그도 우리를 한눈에 알아보았다. 우리와 장례식장에서 만난 사이라는 것을 알아차렸다. 그의 표정이 일그러졌다.

책상 맞은편에 의자가 두 개 있었다. 우리는 거기에 앉았다.

「경찰이십니까?」 그는 불안한 눈빛으로 호손을 살폈다.

「경찰과 공조 관계니 그렇다고 해야겠죠.」

「신원증 같은 걸 볼 수 있을까요?」

「브롬프턴 공동묘지에는 어쩐 일로 갔었고 거기서 나와서 뭘 했는지 들을 수 있을까요?」 고드윈이 아무 말도 하지 않는 걸 보고 호손은 말을 이었다. 「경찰에서는 당신이 거기 있었다는 걸 모르지만 나는 알고 내가 그들에게 알리면 그쪽에서는 당신을 당장 만나고 싶어 할 거예요. 솔직히 당신 쪽에서는 나를 상대하는 편이 훨씬 쉬울 거라고 보는데요.」

고드윈이 의자 속으로 가라앉는 것처럼 느껴졌다. 좀 더 자세히 들여다보니 그는 실패의 무게에 짓눌린 남자였다. 그럴 만도 했다. 사고로 아들 하나를 잃고 다른 아들은 심하게 다친 것을 기점으로 내리막길이 시작돼 가정과 결혼 생활과 회사가 파탄에 이르렀지 않는가. 나는 그가 호손의 질문에 대답할 거라는 것을 알았다. 그에게는 전투력이 거의 남아 있지 않았다.

「장례식에 참석하는 것이 죄는 아니잖습니까.」 그가 말했다.

「그럴 수도 있고 아닐 수도 있습니다. 그 노래 들으셨죠? 〈버스 바퀴가 돌아요…….〉 내 기억이 맞는다면 장례식장에서 소란스럽거나 난폭하거나 불손한 행동을 저지르면 장의 법령 개정법 위반이에요. 하지만 이번 경우에는 불법 침입으로 볼 수 있습니다. 누군가가 관을 열고 안에 뮤직 박스를 넣었으니까요. 거기에 대해 뭐 아시는 게 있습니까?」

「아뇨.」

「하지만 어떤 사건이 벌어졌는지는 보셨죠.」

「네, 그럼요.」

「그 노래가 아무 의미 없던가요?」

고드윈은 잠깐 머뭇거렸고 나는 순간 깊은 절망의 구렁텅이가 그의 눈에서 입을 벌리는 것을 보았다. 「티머시를 묻을 때 튼 노래예요.」 그가 쉰 목소리로 말했다. 「그 아이가 제일 좋아했던 노래라.」

호손조차 그 말을 듣고 멈칫했지만 잠시뿐이었다. 곧바로 다시 공격에 돌입했다. 「그런데 그 자리에 참석한 이유가 뭡니까?」 그는 따져 물었다. 「증오할 수밖에 없는 여자의 장례식장에 찾아간 이유가 뭡니까?」

「증오했으니까요!」 고드윈의 두 뺨이 벌게졌다. 숱 많은 까만 눈썹이 분노로 더욱 도드라졌다. 「그 멍청하고 생각 없는 여자 때문에 우리 아들이, 여덟 살짜리 아이가 죽었어요. 활기 넘쳤고 누구든 웃게 만들 수 있었던 아이는 식물인간이나 다름없게 됐고요. 안경을 쓰지 않은 그 여자 때문에 내 인생이 망가졌어요. 내가 장례식에 참석한 이유는 그 여자가 땅에 묻히는 걸 보고 싶었기 때문이에요. 그러면 나도 종지부를 찍을 수 있지 않을까 싶어서요.」

「찍을 수 있던가요?」

「아뇨.」

「데이미언 쿠퍼의 죽음은 어떻습니까?」 호손은 공을 쳐서 네트 저편으로 넘기는 테니스 선수 같았다. 그 정도로 에너지의 폭발력과 집중력이 어마어마했다.

고드윈은 비웃었다. 「내가 그자를 죽였다고 생각하십니까, 호손 씨? 그래서 나더러 장례식 이후에 뭘 했는지 물었어요? 킹스로드와 템스강 변을 한참 동안 걸었습니다. 네, 압니다. 이보다 간편할 수 없다는 걸. 목격자도 없고. 내가 어디 있었는지 알릴 사람도 없고. 하지만 내가 왜 그에게 해코지를 하겠습니까? 그자가 운전대를 잡지도 않았는데. 그자는 집에 있었어요.」

「그의 어머니가 도망친 이유가 아들을 보호하기 위해서였다잖습니까.」

「그건 그 여자의 선택이었죠. 비겁하고 이기적인 선택이었지만 그자와는 아무 상관 없어요.」

내 생각에도 그랬다. 앨런 고드윈에게는 다이애나 쿠퍼를 죽일 동기가 충분히 있었을지 몰라도 그것이 그녀의 아들에게로까지 확대 적용될 이유는 없었다.

두 사람은 사각의 링에서 싸우다 한 라운드가 끝나기라도 한 것처럼 동시에 하던 말을 멈췄다. 잠시 후에 호손이 다시 말을 꺼냈다. 「쿠퍼 부인을 찾아가셨죠.」

고드윈은 머뭇거렸다. 「아뇨.」

「거짓말은 사절합니다, 고드윈 씨. 찾아가셨다는 거 압니다.」

「어떻게 아셨습니까?」

「쿠퍼 부인이 자기 아들한테 얘기했어요. 당신 때문에 무섭다고. 그 아들 말로는 당신이 부인을 협박했다고 하던데요.」

「그런 짓은 한 적 없습니다.」 그는 말을 멈추고 심호흡을 한 번 했다. 「맞아요. 부인을 찾아갔습니다. 아니라고 해야 할 이유가 없네요. 3주인가 4주 전이었어요.」

「부인이 사망하기 2주 전이었죠.」

「언제였는지 말씀드릴게요. 주디스에게 집에서 나가 달라는 얘기를 듣고 2주 뒤, 우리 결혼 생활을 구제할 방법이 없다는 걸 마침내 깨달았을 때였어요. 그때 그 여자를 찾아간 이유는 어쩌면, 정말 어쩌면 도움을 받을 수 있지 않을까 싶었기 때문이었어요. 어쩌면 그 여자가 심지어 돕고 싶어 할지도 모른다고 생각했고요.」

「돕는다고요? 어떤 식으로요?」

「금전적으로요! 달리 무슨 방법이 있겠습니까?」 그는 숨을 들이마셨다. 「당신이 듣고 싶어 하는 대로 얘기하는 편이 좋을 수도 있겠네요. 왜냐하면 — 이제는 정말이지 아무 상관이 없거든요. 나한테는 남은 게 아무것도 없어요. 회사는 망했어요. 기업들이 회사 이벤트에 더 이상 돈을 쓰지 않거든요. 고든 브라운이 이 빌어먹을 나라를 박살냈고 햇병아리들은 전혀 아무것도 몰라요. 그러니 다들 허리띠를 졸라매고 나 같은 사람들을 제일 먼저 아웃시키죠.

주디스하고 나도 끝났어요. 24년 동안 부부로 살았는데 어느 날 눈을 떠보니 같은 공간에 있는 걸 견딜 수 없게 된 거죠. 아무튼 주디스 말로는 그래요.」 그는 천장을 가리켰다.

「위에 방 하나짜리 아파트가 있어서 요즘 거기서 지내고 있어요. 나이 쉰다섯에 화구 하나짜리 가스레인지에서 달걀을 삶거나 갈색 봉지에 담긴 햄버거를 사 가지고 들어와야 해요. 내 인생이 그 꼴이 됐어요.

그건 다 참을 수 있어요. 상관없어요. 하지만 정말로 가슴이 아픈 부분은 뭔지 아십니까? 내가 그 빌어먹을 여자를 찾아간 이유가 뭔지? 해로온더힐의 그 집을 날리게 생겼어요. 대출금을 감당할 수가 없어서. 나한테는 그것 역시 상관없을지 몰라도 거긴 제러미의 집이거든요. 그 아이의 집이에요. 그 아이가 안심할 수 있는 곳.」 그의 눈이 분노로 번뜩였다. 「그 사태를 막을 수만 있다면 나는 뭐든 마다하지 않을 겁니다. 그래서 자존심을 누르고 쿠퍼 부인을 찾아갔어요. 도움을 받을 수 있을 줄 알고. 첼시의 근사한 집에서 살고 신문에서 읽은 바로는 아들이 할리우드에서 떼돈을 벌고 있다고 했거든요. 그래서 일말의 양심이 있다면 자기가 저지른 짓을 반성하는 차원에서 주머니를 열어 우리 가족을 도울지 모른다고 생각했어요.」

「그런데요?」

「어땠을 것 같습니까?」 그는 다시 비웃음을 흘렸다. 「그 여자는 내 면전에 대고 문을 닫으려고 했고 내가 억지로 들어가자 경찰을 부르겠다고 협박했어요.」

「억지로 들어갔다고요? 그게 정확히 무슨 뜻이죠?」

「제 얘기를 들어 보라고 그 여자를 설득했다는 뜻입니다. 협박은 하지 않았어요. 폭력을 쓰지도 않았고요. 딱 10분만 시간을 내달라고 빌어먹을 무릎을 꿇고 빌다시피 했습니다.」 그는 말을 잠깐 멈추었다. 「내가 원한 건 대출이었어요. 그게 무리한 요구인가요? 나는 프레젠테이션을 두어 건 앞두고 있었어요. 고비를 넘길 수 있을지 몰랐어요. 숨 돌릴 틈이 필요했을 뿐이에요. 하지만 그 여자는 딱 잘라서 거부하더군요. 어떻게 인간이 그렇게 냉정하고 무심할 수 있는지 모르겠어요. 나더러 자기 집에서 나가라고 하길래 그 말대로 했습니다. 애초에 그 집을 찾아간 나 자신에게 이미 넌더리가 났거든요. 내가 얼마나 절박한 상황이었는지 그걸 보면 알 수가 있죠.」

「어느 공간에서 그런 대화가 이루어졌습니까, 고드윈 씨?」

「현관 옆방이랑 거실요. 왜요?」

「몇 시에요?」

「점심 시간이었어요. 정오쯤요.」

「그럼 커튼이 묶여 있었겠네요.」

「네.」 그는 그 질문에 곤혹스러워하는 표정이었다.

「부인이 들어오라고 할 거라는 걸 어떻게 아셨나요?」

「몰랐습니다. 그냥 혹시나 하고 간 거였어요.」

「그러고 나서 몇 주 뒤에 편지를 보냈죠.」

고드윈은 아주 잠깐 동안 머뭇거렸다. 「네.」

호손은 재킷 주머니에서 안드레아 클루바네크에게 받은 편지를 꺼냈다. 지난 며칠 동안 하도 많은 일이 벌어지다 보니 나는 그 편지를 거의 잊고 있었다. 그가 편지를 펼쳤다. 「나는 당신을 죽 지켜봤고 당신에게 소중한 게 뭔지 알아.」 그는 편지를 읽었다. 「당신은 부인을 협박하지 않았다지만 내 기준으로는 상당히 협박조로 들리는데요.」

「홧김에 쓴 거예요. 진심으로 뭘 어찌해 볼 생각은 없었습니다.」

「이걸 언제 부쳤습니까?」

「부치지 않고 직접 들고 갔어요.」

「언제요?」

「만난 지 1주일쯤 뒤에요. 금요일요. 6일인가 7일이었던 것 같아요.」

「부인이 죽기 전 주말이네요!」

「집 안에 들어가지는 않았습니다. 그냥 문 사이로 넣었지.」

「부인이 답장했나요?」

「아뇨, 아무 답도 못 들었습니다.」

「당신에게 소중한 거라니 이게 무슨 뜻입니까?」

「아무 뜻도 아니에요!」 고드윈은 주먹으로 책상을 내리쳤다. 「그냥 생각나는 대로 쓴 거예요! 내 입장이 되어 보세요! 그 여자를 찾아가다니 바보 같은 짓이었어요. 편지를 쓰다니 바보 같은 짓이었다고요. 하지만 사람이 궁지에 몰리면 가끔 바보 같은 짓을 저지르잖습니까.」

「쿠퍼 부인은 고양이를 키웠어요.」 호손이 말했다. 「회색의 페르시아고양이를요. 그 고양이를 보지 못했겠죠?」

「네, 우라질 고양이 같은 건 보지 못했습니다. 그리고 이제 더는 드릴 말씀이 없네요. 당신은 신원증도 보여 주지 않았어요. 나는 당신이 누군지 몰라요. 이제 그만 나가 주셨으면 좋겠습니다.」

옆방에서 전화벨이 울렸다. 우리가 이 건물에 들어온 이래 처음 들은 소리였다. 「언제면 여길 비워 줘야 하죠?」 호손이 물었다.

「임대 기간이 석 달 남았습니다.」

「그럼 향후에 소재가 분명하겠군요.」

우리는 거의 비다시피 한 사무실을 지나 다시 빗속으로 나섰다. 호손은 당장 담배에 불을 붙였다. 「내일 캔터베리에 가려고요.」 그가 갑작스럽게 선포했다. 「같이 갈 생각 있어요?」

「캔터베리에는 왜요?」 나는 물었다.

「나이절 웨스턴의 소재를 파악했거든요.」 나는 그가 누군지 기억이 나지 않았다. 「나이절 웨스턴 판사.」 호손이 일깨워 주었다. 「다이애나 쿠퍼에게 무죄 판결을 내린 판사요. 거기서 딜로 넘어갈까 해요. 재미있을 거예요, 토니. 바닷바람도 좀 쐴 수 있고.」

「좋아요.」 나는 이렇게 대답했지만 실은 런던을 떠나고 싶지 않았다. 모든 면에서 낯선 땅으로 끌려들어 가고 있었는데 호손이 가이드라니 불안했다.

「그럼 내일 만나요.」

각자의 방향으로 헤어져 내가 그 길의 끝에 다다랐을 때 하려고 했던 한 가지 질문이 생각났다. 앨런 고드윈은 그녀가 살해됐을 때 반가웠다고 했다. 그의 표현을 빌리자면 기뻤다고 했다. 그런데 장례식장에서 보았을 때 그는 울고 있었다. 손수건으로 계속 눈가를 훔쳤다. 왜 그랬을까?

그가 다이애나 쿠퍼를 언급했을 때 했던 또 다른 말이 생각났다. 그녀의 재판을 보러 갔을 때…….

〈안경을 쓰지 않은 그 여자 때문에 내 인생이 망가졌어요.〉 그는 분노로 목이 졸린 듯한 음성으로 이렇게 말했다. 하지만 또 다른 증인인 레이먼드 클룬스가 다이애나 쿠퍼를 두고 한 얘기는 그의 주장과 상당히 달랐다.

나는 집에 들어가자마자 그간의 메모를 훑었고 찾고 싶었던 것을 찾았다. 호손은 못 보고 지나갔지만 그 단서는 처음부터 우리 눈앞에 있었고 이로써 어머니와 아들이 둘 다 죽을 수밖에 없었던 이유와 범인이 누구였는지 정확하게 밝혀졌다. 사실상 명백해졌다.

나는 문득 기차를 타고 캔터베리로 가는 길이 기다려졌다. 이번만큼은 내가 그보다 우위에 있었다.

16
메도스 경위

책의 결말이 보이기 시작했을 때 나는 배후 설명이 부족하다는 사실을 깨달았다. 이제 찰스 메도스 경위와 접촉해야 할 순간이었다.

알고 보니 전혀 어려울 게 없었다. 런던 경찰청으로 전화해 그의 이름을 대자 곧장 연결이 되었는데, 아마도 휴대 전화인 듯했다. 통화하는 동안 에어 드릴 소리가 배경 음악처럼 들렸다. 처음에 내가 신원을 밝히고 그를 만나고 싶어 하는 이유를 설명하자 그는 의심스러워했다. 핑계를 늘어놓으며 전화를 끊으려고 했다. 하지만 내가 시간당 50파운드를 부담하고 술을 한잔 살 테니 술집에서 만나면 어떻겠느냐는 말로 매수했다. 그는 조심스럽게 좋다고 했지만 그런 뇌물이 없었어도 나를 만나 주었을 것 같은 예감이 들었다. 호손을 좋아하지 않았으니 그를 헐뜯을 수 있는 기회를 분명 놓치지 않았을 것이다.

우리는 그날 저녁에 소호에 있는 그라우초 클럽에서 만났다. 그가 런던 도심에서 만나자고 했기 때문인데, 나는 쟁쟁

한 손님들로 유명한 프라이빗 클럽을 대면 그에게 깊은 인상을 줄 수 있을 거라고 생각했다. 게다가 자리가 없을 가능성도 없었다. 그가 10분 늦게 도착했을 때 나는 2층의 조용한 구석 테이블에 자리를 잡고 앉아 있었다. 그는 뜻밖에도 보드카 마티니를 주문했다. 그의 거대한 손에 들린 삼각형 잔이 우스꽝스럽게 보였고 그는 세 모금 만에 잔을 비우고 다시 한 잔을 더 주문했다.

나는 그에게 물어보고 싶은 것들이 많았지만 그가 먼저 나에 대해 알고 싶어 했다. 어쩌다 호손을 만나게 되었는지. 그를 주인공으로 책을 쓰는 이유가 뭔지. 그에게 보수로 얼마를 받았는지. 나는 어떤 경로로 그와 만났고 (보수 없이) 이 일을 하기로 한 이유가 뭔지 설명하되 나도 호손에 대해 못 미더워하는 부분이 있고 친구 사이가 아니라고 분명하게 못을 박았다.

메도스는 그 말에 미소를 지었다. 「호손 같은 인간은 친구가 많을 수가 없죠.」 그가 말했다. 「내가 감방으로 보낸 절도범과 성폭행범이 그보다 더 인기가 많아요.」

그래서 나는 「인저스티스」 제작 때 우리가 어떤 식으로 공조했고, 그가 가장 최근에 맡은 사건을 책으로 출간해 보자며 어떤 식으로 내게 효과적으로 접근했는지 설명했다. 헤이온와이에서의 만남을 계기로 내 생각이 바뀌었다는 말은 하지 않았다. 「재미있을 것 같았어요.」 나는 말했다. 「살인 사건을 다룬 적은 많지만 호손 같은 사람은 만난 적이 없거든요.」

그는 두 번째로 미소를 지었다. 「호손 같은 인간은 많지 않죠, 감사하게도.」
「그를 싫어하는 이유가 정확히 뭡니까?」
「왜 내가 그를 싫어한다고 생각하십니까? 솔직히 나는 그에게 눈곱만큼도 관심이 없어요. 경찰도 아닌데 그런 친구에게 경찰 일을 맡기면 안 된다고 생각할 뿐이에요.」
「무슨 일이 있었는지 궁금하네요. 그가 어쩌다 해고를 당했나요?」
「나를 만난다고 그 친구한테 얘기했나요?」
「아뇨, 하지만 그는 내가 자기를 주인공으로 책을 쓴다는 걸 알아요. 그가 요청한 일이에요. 그리고 나는 그에 대한 모든 걸 알아내겠다고 이미 얘기했어요.」
「그럼 당신이 형사 노릇을 좀 하겠다는 거로군요.」
「내 생각은 그렇습니다.」
이쪽을 쳐다본 사람이 있다면 우리가 어떻게 비쳐질지 궁금했다. 코는 부러졌고 헤어스타일은 후줄근하며 싸구려 양복을 입었고 덩치가 럭비 선수에 버금가는 메도스는 그라우초에서 술을 마실 사람처럼 보이지 않았다. 호손처럼 왠지 모르게 위협적인 분위기를 풍겼다. 종업원이 트위글릿 과자를 그릇에 담아서 들고 왔다. 그가 그 속으로 손을 집어넣었다가 꺼내자 그릇의 반이 비었다.
「강력계에 대해 그 친구가 뭐라고 하던가요?」 우드득, 우드득, 우드득. 그가 그 빌어먹을 과자를 기계적으로 으스러뜨리는 소리가 이후로 우리의 대화에 간간이 섞일 예정이었다.
「아무 얘기도 듣지 못했어요. 나는 그에 대해 아는 게 거의 없습니다. 그가 어디에 사는지도 정확히 모르고요.」

「블랙프라이어스의 리버코트예요.」 클라컨웰에 있는 내 아파트에서 2킬로미터 정도만 가면 나오는 곳이었다. 「제법 근사한 집이에요. 템스강이 내다보이고. 계약 조건이 어떻게 되는지는 모르겠네요. 자가는 아닌데.」

「번지수를 아십니까?」

그는 고개를 저었다. 「아뇨.」

「갠츠힐에도 집이 있다고 하던데요.」

「이혼하면서 빼앗겼어요.」

「역시 짐작했던 대로네요.」 나는 잠깐 말을 멈추었다. 「부인을 만난 적 있나요?」

「한 번요. 사무실로 찾아왔었어요. 키는 180센티미터쯤 되고 백인이에요.」 그는 용의자라도 되는 듯 그녀를 묘사했다. 「금발이고 그 친구보다 몇 살 어리고 상당한 미인이었어요. 조금 불안해하는 분위기를 풍겼고요. 그 친구를 만나러 왔다기에 내가 그의 자리까지 안내해 주었죠.」

「그 둘이 무슨 얘기를 했을까요?」

「전혀 모르죠. 아무도 호손 옆에서 얼찡거리지 않았어요. 나도 곧장 자리를 피했죠.」

「같이 일하는 동료로서 그는 어떻던가요?」

「그 친구하고는 같이 일을 할 수가 없었어요. 그게 문제였죠.」 우드득, 우드득, 우드득. 그는 트위글릿을 좋아하는 게 아니었다. 그냥 있으니까 먹는 거였다. 「한 잔 더 마셔도 될까요?」

그가 잔을 들었다. 나는 종업원을 불렀다.

「호손은 2005년에 우리 지서로 왔어요.」 그가 말했다. 「서턴과 헨던의 다른 지서에 있다가 쫓겨났는데, 왜 그랬는지 금세 알 수 있겠더군요. 사람들이 말하길 강력계는 경쟁이 심하다고 하잖아요? 팀들끼리 서로 피 터지게 싸우는 건 맞아요. 하지만 또 한편으로는 친하게 지내거든요. 퇴근 후에 술도 한잔하고 서로 돕기도 하면서.

하지만 그 친구는 아니었어요. 독불장군이었어요. 솔직히 독불장군을 좋아하는 사람은 없죠. 다른 동료들이 그 친구를 존경하지 않았던 건 아니에요. 일은 끝내주게 잘했고 좋은 성과도 거두었으니까. 우리한테는 〈살인 수사 매뉴얼〉이라는 게 있어요. 들어 봤어요?」

「못 들어 본 것 같은데요.」

「뭐, 비밀도 아니에요. 내용이 궁금하면 인터넷에서 전문을 다운받을 수 있어요. 20년 전쯤에 만들어진 살인 수사의 확실한 교본이에요. 1페이지에 그렇게 적혀 있어요. 기본적으로 초동 대처에서부터 범죄 현장에서 동원할 수 있는 작전, 호별 탐문, 검시 절차에 이르기까지 모든 게 망라되어 있어서 개심한 그리스도교도들이 성서를 들고 다니듯 그걸 들고 다니는 수사관들도 있을 정도예요. 우리 직업이 그래요. 절차가 왕이에요. 문제가 있다면 그 정도가 심해질 수 있다는 거죠. 예전에 내가 아는 어떤 친구는 교회 지하실에서 발굴된 1950년대 살인 사건의 피해자 유골을 수사하면서 교본에 그렇게 적혀 있다는 이유로 CCTV를 확인하려고 한 적도 있어요. CCTV가 발명되기 25년 전에 벌어진 사건인데도 말이죠.

그런데 호손은 뭐가 문제였는가 하면, 자기 멋대로 일을 처리했어요. 허락을 구하지도 않고 그냥 사라지는 식이었죠. 느낌이 온다는 이유로. 찍었는데 운 좋게 맞힌 건지 뭔지 모르겠지만 거의 매번 그의 촉이 맞았어요. 사람들이 열받은 이유가 그 때문이었죠. 그 친구 검거 기록이 타의 추종을 불허했거든요.」

「다른 사람들이 그의 어떤 부분을 싫어했나요?」

「모두 다요. 일상생활을 할 때는 눈엣가시였어요. 상사한테는 예의 없게 굴었고 어느 누구하고도 가깝게 지내지 않았으니. 술도 마시지 않았어요. 그걸 뭐라 하는 건 아닌데 도움이 되지 않았죠. 저녁 7시만 되면 사라졌으니. 부인이 기다리는 집으로 퇴근했겠지만 여자를 만나러 다닌다는 소문도 있었어요. 상관없어요. 친구를 사귀었다면 그 엿 같은 일이 벌어졌을 때 위로해 줄 사람이 있었다는 뜻이니까.」

「나더러 계단 근처에 가지 말라고 하셨죠?」

「그런 소리는 하면 안 되는 거였는데. 호손의 속을 긁고 싶어서 견딜 수가 있어야 말이죠.」 세 번째 보드카 마티니가 왔다. 그는 술을 들이켰다. 「데릭 애벗이라고 브렌트퍼드에 살던 예순두 살의 전직 교사가 있었는데 스페이드 작전으로 체포가 됐어요. 스페이드 작전은 50개국에서 우편과 인터넷으로 불법 거래된 아동 성 착취물을 수사한 국제 프로젝트예요. 캐나다에서 시작됐고 최종적으로 3백여 명이 체포됐죠. 애벗은 영국의 유통 책임자라는 혐의가 있었기 때문에 서에서 신문을 받았어요. 그자가 퍼트니에는 어쩐 일로 갔는지 모르겠지만 아무튼 거기서 잡혔어요.

일단 3층에 있는 유치실로 끌려왔죠. 서류 작성과 소지품 검사 등이 끝나서 지하에 있는 취조실로 데리고 가야 하는 시점이 됐을 때였어요. 원래는 민간인이 하는 일인데 아무도 없었고 어쩌다 그렇게 됐는지 아직도 모르겠지만 호손이 자원하고 나섰어요. 그 친구가 복도를 따라 계단까지 그를 데려갔어요. 내가 깜빡하고 얘길 빠뜨렸는데 그 친구가 애벗한테 수갑을 채웠어요. 그럴 필요가 없었는데. 그자는 60대였어요. 폭행 전과도 없었고. 아무튼 그 뒤로 무슨 일이 벌어졌는지 당신도 짐작할 수 있을 텐데, 짐작이 전부일 수밖에 없는 게 그 주변은 CCTV가 고장이 났거든요. 애벗은 호손이 자기한테 발을 걸었다고 했어요. 호손은 아니라고 했고요. 아무튼 확실한 건 애벗이 앞으로 넘어져서 계단 열네 칸을 굴렀는데 등 뒤로 수갑을 차고 있었기 때문에 그걸 막을 방법이 없었다는 거예요.」

「그래서 죽었나요?」

메도스는 고개를 저었다.「목을 다쳤고 뼈가 몇 개 부러졌어요. 죽었다면 호손은 철창에 갇혔겠죠. 사실 애벗은 큰소리를 낼 수 없는 입장이었기 때문에 기본적으로 쉬쉬하고 넘어갔어요. 그렇다 하더라도 모두 없는 일로 간주할 수는 없었죠. 아는 사람이 너무 많았던 데다 아까도 얘기했다시피 그 친구한테 앙심을 품은 사람이 많았거든요. 그래서 호손이 잘렸어요.」

딱히 놀랄 일은 아니었다. 나는 예전부터 호손의 안에서 부글거리는 폭력성을, 분노와 부도덕 — 아이로니컬한 일이었다 — 의 기미를 느끼고 있었다. 그가 계단 꼭대기에서 누굴 발로 차서 떨어뜨렸다면 아동 성 착취범일 수밖에 없었다. 레이먼드 클룬스를 만나러 갔을 때 그가 보인 태도가 생각나는 대목이었다.

「그는 동성애를 혐오하나요?」 나는 물었다.

「내가 어찌 알겠어요?」

「뭐라고 한 적이 분명 있을 거예요. 사교적인 성격은 아니더라도 자기 의견을 피력한 적이 분명 있을 거예요. 신문에서 뭘 읽거나 TV에서 뭘 봤을 때 말이에요.」

「없었어요.」 메도스는 트위글릿 그릇을 들여다보았다. 남은 게 없었다. 「요즘은 경찰이 자기 생각을 표현하지 않아요. 게이나 흑인을 두고 떠들어 댔다가는 자기도 모르는 새 잘릴 테니까. 심지어 이제는 〈남자답다〉라는 단어도 쓰지 않아요. 성평등을 의식해야 하기 때문에. 10년 전에는 헛소리를 하더라도 따귀 한 대 얻어맞고 끝났을지 몰라도 요즘은 아니에요. 요즘은 PC가 순경Police 말고 다른 단어의 줄임말이기도 하거든요.」

「애벗은 어떻게 됐나요?」

「모르겠어요. 병원에 입원했고 그 뒤로는 두 번 다시 본 적 없어요.」

「호손을 돕는 경감님이 있던데요.」

「러더퍼드일 거예요. 그분은 예전부터 호손을 특별 취급했고, 이번 일도 그분의 아이디어였어요. 일종의 병행 수사라고 할까요. 당신도 범죄 현장에 가봤으니 알겠지만 호손이 와서 보고 추리할 수 있게 우리가 모든 걸 복원해 놓았잖아요. 그 친구는 러더퍼드에게 직접 보고해요. 모든 보고 체계를 건너뛰고…….」 메도스는 말을 하다 말고 멈추었다. 의도치 않게 고주알미주알 늘어놓게 된 것이었다.「그분에 대해서는 할 말 없어요. 그리고 그분은 당신을 만나 주지 않을 테니까 괜히 시간 낭비하지 말아요.」 그는 손목시계를 확인했다.「다 됐나요?」

「글쎄요. 저한테 더 들려주실 얘기가 있을까요?」

「없어요. 하지만 당신한테 듣고 싶은 얘기는 있는데. 지금 호손을 따라다니고 있잖아요. 그 친구가 앨런 고드윈이라는 남자를 만났나요?」

나는 심장이 철렁 내려앉았다. 메도스가 나를 이용해 수사에서 호손을 앞지르려고 할 줄은 몰랐다. 이제 와 생각해 보니 그가 나를 만나겠다고 한 것도 사실은 이런 목적 때문일지 몰랐다. 나는 그에게 아무 말도 하면 안 된다는 것을 당장 알아차릴 수 있었다. 메도스가 느닷없이 범인을 공표하면 그야말로 끝장이었다. 책이 날아갈 판국이었다!

그런가 하면 문득 호손에 대한 의리가 느껴졌다. 지금까지 한 번도 느낀 적이 없었던 감정인 걸 보면 지난 며칠 동안 점점 자라난 모양이었다. 우리는 한 팀이었다. 메도스나 다른 누가 아닌 우리가 사건을 해결할 것이다.「면담을 할 때마다 따라다닌 게 아니라서요.」 나는 힘없이 말했다.

「그 말을 못 믿겠는데요.」

「저기…… 미안합니다. 호손이 지금 어쩌고 있는지는 알려 드릴 수가 없어요. 우리가 맺은 계약이 있어서요. 그건 대외비예요.」

메도스는 노년의 연금 생활자를 구타하거나 아이를 죽인

사람을 대하듯 나를 쳐다보았다. 나는 그때까지 그를 세 번 만났고, 느리고 열등하며 심지어 미련한 인간으로 간주하고 있었다. 속으로 그를 잽[15]이나 레스트레이드[16]나 버든[17]처럼 사건을 절대 해결하지 못하는 인물로 설정했던 것 같다. 그런데 이제 보니 내가 그를 과소평가했다. 그 역시 위험인물이 될 수 있었다.

「뭘 잘 모르시는 것 같긴 하지만.」 그가 말했다. 「그래도 공무집행방해죄라는 단어는 들어 보셨죠?」

「네.」

「공무를 집행하려는 경찰관을 방해하면 1991년에 제정된 경찰법에 따라 1천 파운드의 벌금형을 받거나 구금될 수 있어요.」

「말도 안 되는 소리 하지 마세요.」 나는 말했다. 맞는 말이었다. 여기는 런던 경찰청이 아니라 그라우초 클럽이었다. 게다가 그를 여기로 초대한 사람이 나였다!

「어려운 질문도 아니잖습니까.」

「그 친구한테 물어보세요.」 나는 그의 시선을 피하지 않았다. 그가 어떤 식으로 나올지 전혀 알 수 없었다. 하지만 갑자기 그가 긴장을 풀었다. 먹구름이 지나갔다. 분위기가 살짝 험상궂어졌던 게 언제였나 싶었다.

「깜빡하고 말씀을 안 드렸네요.」 그가 말했다. 「당신을 만난다고 하니까 우리 아들이 엄청 흥분하더군요.」

15 애거사 크리스티의 작품에 등장하는 경찰관.

16 〈셜록 홈스〉 시리즈에 등장하는 경찰관.

17 영국의 심리 범죄물 작가 루스 렌들의 작품에 등장하는 경감의 조수.

「그래요?」 나는 진토닉을 주문해 놓고 있었다. 그걸 한 모금 마셨다.

「네, 앨릭스 라이더의 엄청난 팬이라서요.」

「듣던 중 반가운 말씀이네요.」

「사실…….」 갑자기 메도스가 겸연쩍어하며 들고 온 가죽 가방 안으로 손을 넣었다. 나는 앞으로 어떤 일이 벌어질지 알았다. 오랜 경험이 있기에 특유의 보디랭귀지라면 손바닥 보듯 훤했다. 메도스는 〈앨릭스 라이더〉 시리즈 3권인 『해골 열쇠』를 꺼냈다. 새 책이었다. 클럽으로 오는 길에 서점에 들른 모양이었다. 「여기다 사인을 좀 받을 수 있을까요?」 그가 물었다.

「물론이지요.」 나는 펜을 꺼냈다. 「아드님 성함이 어떻게 되죠?」

「브라이언입니다.」

나는 책을 펼쳐서 맨 위 장에 적었다. 〈브라이언에게. 너희 아빠를 만났다가 하마터면 체포될 뻔했어. 모든 행운이 함께하길.〉

나는 사인하고 책을 돌려주었다. 「만나서 반가웠습니다.」 나는 말했다. 「협조해 주셔서 감사하고요.」

「시간당 보수를 주겠다고 한 걸로 기억하는데요.」

「아, 그렇죠.」 나는 지갑을 꺼냈다. 「50파운드요.」 나는 말했다.

그는 손목시계를 확인했다. 「사실 여기서 만난 지 한 시간 10분이 지났어요.」

「그렇게나 오래됐나요?」

「그리고 여기까지 오느라 30분 걸렸고요.」

그는 1백 파운드와 함께 떠났다. 칵테일 세 잔 값도 내가 계산하고 책에 사인까지 해주었나. 그런데 그 대가로 얻은 게 뭘까? 괜찮은 거래인지 의심스러웠다.

17
캔터베리

이번만큼은 호손과 만나는 순간이 기다려졌다. 다음 날 킹스크로스세인트팬크래스역에서 만났을 때 그는 기분이 좋아 보였다. 이미 표를 사놓았고 내 푯값만 달라고 했다.

우리는 테이블을 사이에 두고 마주 앉았고 열차가 출발했다. 하지만 내 쪽에서 대화를 시작할 겨를도 없이 그가 갑자기 메모지와 펜과 책을 꺼냈다. 나는 책 표지를 거꾸로 바라보았다. 프랑스어에서 영어로 번역된 알베르 카뮈의 『이방인』이었다. 책장이 뜯기고 책등이 분리된 중고 펭귄 클래식 전집이었다. 나는 깜짝 놀랐다. 호손이 타블로이드 신문 말고 다른 것도 읽을 줄은 꿈에도 몰랐던 것이다. 그는 사실 소설, 그것도 1940년대 알제에서 실존주의의 심연으로 뛰어드는 젊은 무명씨를 연구한 작품에 관심을 기울일 사람처럼 보이지 않았다. 누가 내게 물었다면 댄 브라운이나 그보다 더 폭력적인 할런 코벤 또는 제임스 패터슨의 작품을 들고 의자에 몸을 묻은 그의 모습을 상상했을 것이다. 심지어 그조차 무리한 상상이었다. 호손은 똑똑하고 고등 교육을 받긴 했지만 내가 보기에는 상상력이 풍부한 내적인 삶을 영위하는 타입으로 느껴지지 않았다.

방해하고 싶지는 않았지만 다이애나 쿠퍼 모자의 살인 사건을 어떤 식으로 풀었는지 내 가설을 그에게 소개하고 싶어서 입이 근질거렸다. 런던 풍경이 스쳐 지나가는 가운데 말없이 15분 동안 앉아 있다가 결국 더는 참을 수 없는 지경에 이르렀다. 그는 그동안 세 페이지를 읽었는데, 단호하게 책장을 넘기는 것으로 보았을 때 한 장, 한 장이 고역이었고 다시 돌아가지 않아도 된다는 데 기뻐하고 있다는 것을 알 수 있었다.

「그거 재미있어요?」 나는 물었다.

「네?」

「『레트랑제』.」 그가 멍한 표정을 짓기에 나는 번역해 주었다. 「『이방인』 말이에요.」

「그럭저럭요.」

「현대 문학을 좋아하는 모양이네요.」

그는 내가 빈정거리고 있다는 것을 알아차리고 잠깐 짜증을 냈다. 하지만 이번만큼은 웬일로 자진해서 정보를 제공했다. 「내가 고른 거 아니에요.」

「그래요?」

「독서 모임 선정 도서예요.」

호손과 독서 모임이라니! 뜨개질 모임만큼이나 어울리지 않는 조합이었다.

「난 열여덟 살 때 그 작품을 읽었어요.」 나는 말했다. 「상당히 많은 영향을 받았죠. 나를 뫼르소와 동일시했으니까.」

뫼르소는 『이방인』의 주인공이다. 그는 작품 전반을 부유하며 ― 〈오늘 엄마가 죽었다. 아니면 어제였을 수도 있다…….〉 ― 아랍인을 살해하고 감옥에 가고 죽는다. 나는 그의 암울한 인생관과 소통의 부재에 매력을 느꼈다. 10대로서 그를 닮고 싶은 마음이 있었다.

「어이, 선생은 뫼르소하고 전혀 닮은 구석이 없어요. 내 말 믿어도 좋아요.」 호손은 대답하고 책을 덮었다. 「나는 뫼르소와 비슷한 인간들을 노상 만나요. 안은 시체와 같은 인간들. 그들은 나가서 바보 같은 짓을 저지르고 세상이 자기들 덕분에 돌아간다고 생각하죠. 나라면 그런 인간을 주인공으로 책을 쓰지 않을 거예요. 그런 인간이 등장하는 책을 읽지도 않을 테고. 내가 선택할 수만 있다면.」

「그래, 어떤 사람들이랑 같이 독서 모임을 하고 있어요?」 나는 물었다.

「그냥 사람들요.」 나는 그가 부연 설명하기를 기다렸다. 「도서관에서 알게 된 사람들.」

「언제 만나요?」

그는 아무 대꾸도 하지 않았다. 나는 창밖으로 줄줄이 지나가는 비슷비슷한 모양의 주택들을 내다보았다. 철길을 등지고 있었고, 조그만 마당이 끝없이 덜커덩거리는 열차와 그들의 사이를 갈랐다. 온 사방이 쓰레기 천지였다. 모든 것이 잿빛 먼지로 뒤덮여 있었다.

「또 다른 책 뭐 읽었어요?」 나는 물었다.

「그건 왜 물어요?」

「궁금해서요.」

그는 곰곰이 생각했다. 나는 그가 짜증이 났다는 것을 알 수 있었다. 「라이오넬 슈라이버. 학교 친구들을 죽이는 남자아이가 나오는 거. 그게 제일 최근에 읽은 책이었어요.」

「『케빈에 대하여』 말이죠? 좋았어요?」

「작가가 똑똑하더군요. 계속 생각하게 만들고.」 그는 말을 하다 말고 멈추었다. 이것이 대화로 발전하려는 위험한 조짐이 있었다. 「사건에 대해서 생각하고 있어야죠.」 그가 말했다.

「사실 생각하고 있어요.」 드디어 호손이 내가 기다리고 있던 빌미를 제공했다. 나는 덥석 물었다. 「나는 범인이 누군지 알아요.」

그는 책을 덮고 도전적인 동시에 내가 실패하길 기다리는 눈빛으로 나를 쳐다보았다. 「누군데요?」 그가 물었다.

「앨런 고드윈요.」 나는 말했다.

그는 천천히 고개를 끄덕였지만 동의하는 뜻에서 그런 건 아니었다. 「그는 다이애나 쿠퍼를 살해하기에 충분한 이유가 있었죠.」 그는 맞장구쳤다. 「하지만 우리와 같이 장례식장에 있었어요. 시간상 그가 런던을 가로질러서 데이미언의 집에 갈 수 있었을 거라고 생각해요?」

「그는 노래가 시작되자마자 묘지를 빠져나갔어요. 그리고 그가 아니면 누가 MP3 플레이어를 관 속에 넣었겠어요? 그가 한 얘기를 들었잖아요. 죽은 아들이 좋아했던 노래라고 한 거.」 나는 그가 끼어들기 전에 얼른 하던 얘기를 계속했다. 「원인은 티머시 고드윈일 수밖에 없어요. 우리가 이 열차를 타고 가는 것도 그 때문이고 단순히 따져 봐도 그 말고는 어느 누구에게도 다이애나 쿠퍼를 죽일 이유가 없잖아요. 청소부가 돈을 훔치다 그랬겠어요? 레이먼드 클룬스가 그 바보 같은 뮤지컬 때문에 그랬겠어요? 왜 이래요! 이걸 가지고 옥신각신한다는 것 자체가 놀랍네요.」

「옥신각신하는 거 아니에요.」 호손은 차분하게 말했다. 그는 방금 전에 내가 한 말을 곰곰이 생각하더니 슬픈 표정으로 고개를 저었다. 「사고가 났을 때 데이미언 쿠퍼는 집에 있었어요. 그 사고하고는 아무 관계가 없었다고요. 그런데 그를 살해한 이유가 뭘까요?」

「그 부분은 내가 해결한 것 같은데요.」 나는 말했다. 「차를 운전한 사람이 다이애나 쿠퍼가 아니었다면요? 메리 오브라이언은 부인의 얼굴을 보지 못했고 오로지 번호판으로 부인의 신원이 밝혀졌잖아요.」

「쿠퍼 부인이 경찰서를 찾아가서 자수를 했잖아요.」

「데이미언을 보호하기 위해 그랬겠죠. 운전대를 잡은 사람이 데이미언이었으니까!」 생각하면 할수록 앞뒤가 맞아떨어졌다. 「자기 아들이잖아요. 점점 유명해지고 있었고요. 아마 그는 술이나 코카인이나 뭐 그런 거에 취했을 거예요. 앞날을 망칠 수 있으니 부인이 죄를 뒤집어쓴 거죠! 들키지 않게 안경을 깜빡했다는 변명을 지어냈고요.」

「그랬다는 증거가 없잖아요.」

「사실 있어요.」 나는 다시 비장의 카드를 꺼냈다. 「레이먼드 클룬스를 만났을 때 그가 그랬잖아요. 부인이 죽은 날 같이 점심을 먹었는데 전철역에서 나오는 것을 보았다고. 부인이 〈길 건너편에서 나를 보며 손을 흔들〉었다고. 길 건너편에서 그를 알아볼 수 있을 정도면 시력에 아무 문제가 없었다는 거죠. 전부 그녀의 자작극이었어요.」

호손은 나를 보며 웬일로 미소를 지었다. 미소가 언뜻 그의 얼굴 위로 떠올랐다가 금세 사라졌다. 「열심히 귀를 기울이고 있었군요.」 그가 말했다.

「열심히 귀를 기울이고 있었죠.」 나는 조심스럽게 말했다.

「문제는 부인이 전철역에서 나왔을 때 안경을 쓰고 있었을 수도 있다는 거예요.」 호손은 말을 이었다. 내 가설을 무너뜨리려니 가슴이 아픈 듯 진심으로 슬퍼하는 얼굴이었다. 「클룬스는 거기에 대해 아무 말도 하지 않았지만. 그리고 부인이 운전자가 아니었다면 왜 두 번 다시 운전대를 잡지 않았을까요? 왜 이사를 했을까요? 자기가 저지르지도 않은 일에 너무 심란해한 것 같은데요.」

「데이미언이 그런 짓을 저질렀다는 데 심란해한 것일 수도 있죠. 그리고 부인은 종범이었어요! 앨런 고드윈이 어쩌다 진상을 파악했고 그래서 두 사람을 살해한 거예요. 그 둘의 합작품이었으니까.」

열차가 속도를 높였다. 런던 동쪽의 건물들이 뒤로 물러나고 좀 더 파릇파릇하고 뻥 뚫린 공간이 등장했다.

「당신의 가설은 설득력이 없어요.」 호손이 말했다. 「사고 이후에 경찰에서 부인의 시력을 확인했을 테고 당신이 깜빡한 게 한두 가지가 아니에요.」

「예를 들면 어떤 거요?」

호손은 이쯤에서 대화를 접고 싶다는 듯이 어깨를 으쓱했다. 하지만 나를 불쌍하게 여긴 걸까. 「장의업체를 찾아갔을 때 다이애나 쿠퍼의 심리 상태가 어땠을까요?」 그가 물었다. 「그리고 거기 찾아갔을 때 맨 처음으로 본 게 뭐였을까요?」

「글쎄요.」

「어이, 생각하고 말고 할 것도 없어요. 당신이 보여 준 그 허접한 원고 첫 장에 적혀 있었으니까. 하지만 가장 중요한 게 그거라는 걸 당신도 알게 될 거예요. 모든 게 그것에 의해 좌우됐다는 걸.」

다이애나 쿠퍼가 장의업체에 들어갔을 때 맨 처음 본 게 뭐였을까?

나는 그녀가 되었다고 상상하며 버스에서 내려 길을 따라 걸었다. 당연히 상호였다. 콘월리스 앤드 선스라는 상호가 한 군데가 아니라 두 군데 적혀 있었다. 아니면 자정 1분 전에 멈추어 있는 시계가 보였을 수도 있었다. 그게 다 무슨 상관일까? 창문에는 대리석으로 만든 책이 있었다. 아무 장의업체에서나 볼 수 있는 것들이었다. 그리고 그녀의 심리 상태? 호손은 쿠퍼 부인이 자신의 죽음을 알고 있었다고 했다. 그녀는 누군가에게 협박을 받았지만 경찰에 신고하지 않았다. 왜 그랬을까?

나는 갑자기 화가 났다.

「이봐요, 호손.」 나는 말했다. 「당신은 지금 나를 영국의 절반을 가로질러서 해변까지 끌고 가고 있잖아요. 그러면 최소한 뭐 하러 가는지는 알려 줘야 하는 거 아닌가요?」

「얘기했잖아요. 판사를 만나러 간다고. 그런 다음 사고 현장에 갈 거라고요.」

「그러니까 그 사고하고 연관이 있다고 생각한다?」

그는 미소를 지었다. 나는 그 너머에서 빠르게 지나가는 시골 풍경과 함께 유리창에 비친 그의 얼굴을 보았다.「일당을 받는 사람한테는 모든 게 연관이 있죠.」

그는 다시 책을 읽기 시작했고 이후로 아무 말도 하지 않았다.

다이애나 쿠퍼의 형사 재판을 주관했고 무죄 판결을 내렸던 나이절 웨스턴 판사는 이쪽으로는 대성당이, 저쪽으로는 세인트오거스틴 대학이 보이는 캔터베리 정중앙에 살고 있었다. 마치 한평생 법조계에서 일하다 역사와 종교의 품속에서 지내기로 작정한 사람 같았다. 아주 오래된 담벼락과 첨탑과 자전거를 타고 다니는 선교사들 속에서 말이다. 그의 집은 네모반듯하고 단단하며 모든 면에서 균형이 맞았고 풀밭이 내다보였다. 이제 편안한 삶을 누리게 된 사람이 사는 편안한 도시 속의 편안한 집이었다.

호손이 11시에 만나기로 약속을 잡아 놓았고 내가 택시 요금을 계산하는 동안 웨스턴은 문 앞에서 우리를 기다렸다. 그는 은퇴한 법조인이라기보다 음악가, 그중에서도 지휘자에 더 가까워 보였다. 길고 호리호리한 손가락에서부터 섬세한 분위기를 풍겼고 은발과 캐묻는 듯한 눈빛이 특징이었다. 70대였고 나이와 함께 쪼그라들어 입고 있는 두툼한 니트 카디건과 코듀로이 바지 속으로 사라지고 있었다. 신발이 아니라 슬리퍼를 신고 있었다. 움푹 들어간 두 눈이 법정의 서기처럼 빳빳한 광대뼈 위에서 우리를 뚫어져라 바라보았다.

「들어와요. 오는 동안 힘들지 않았어야 할 텐데. 열차가 말썽을 부리거나 그러지는 않았지요?」 나는 그가 환대하는 이유가 궁금해졌다. 우리가 여기까지 찾아온 이유를 호손이 밝히지 않은 모양이었다.

우리는 그를 따라 두툼한 카펫이 깔려 있고 앤티크 가구와 값비싼 미술품으로 장식된 복도로 들어갔다. 나는 에릭 길의 스케치와 에릭 래빌리어스의 수채화를 알아보았다. 둘 다 진품이었다. 그가 풀밭이 내다보이는 조그만 거실로 우리를 안내했다. 장작불이 타고 있었는데 그것 역시 진짜였다. 커피와 비스킷이 이미 테이블에 차려져 있었다.

「만나서 정말 반가워요, 호손 씨.」 자리에 앉은 뒤에 그가 말문을 열었다. 「명성이 자자하던데요. 그 러시아 대사에 얽힌 사건 말이지요. 베즈루코프 사건. 경찰의 능력을 제대로 보여 주었어요.」

「그래도 그는 무죄 판결을 받았습니다.」 호손은 짚고 넘어갔다.

「변호사가 워낙 훌륭했고 내가 보기에는 배심원단이 방향을 잘못 잡았어요. 누가 봐도 유죄였는데 말이지요. 커피 좀 드시겠어요?」

호손이 판사와 아는 사이일 줄은 몰랐다. 베즈루코프 사건이 벌어진 때가 그가 경찰에서 잘리기 전이었는지 후였는지 궁금해졌다. 이름 자체가 어째 믿기지 않았다. 런던 경찰청에서 러시아 대사를 다룬 적이 있단 말인가.

판사는 우리 세 사람 몫의 커피를 따랐다. 나는 소형 그랜드 피아노에 점령당한 거실을 둘러보았다. 피아노는 블뤼트너 제품이었고 비싼 액자에 담긴 사진 대여섯 장이 뚜껑 위에 놓여 있었다. 그중 네 개가 웨스턴이 다른 남자와 찍은 사진이있다. 그중 한 사진에서는 둘이 하와이안 셔츠와 반바지를 입고 팔짱을 끼고 있었다. 호손도 사진을 보았을 것이 분명했다.

「그래, 캔터베리에는 어쩐 일인가요?」 웨스턴이 물었다.

「제가 이중 살인 사건을 수사 중이라서요.」 호손은 설명했다. 「다이애나 쿠퍼와 그 아들요.」

「그래요. 나도 기사 봤어요. 끔찍한 사건이더군요. 런던 경찰청을 돕고 있는 거죠?」

「네, 판사님.」

「당신을 붙잡아 놓은 것이 런던 경찰청으로서는 신의 한 수였군요! 딜에서 있었던 교통사고와 어린아이가 안타깝게 세상을 떠난 것이 살인 사건과 연관이 있다고 보는 건가요?」

「모든 가능성을 염두에 두고 있습니다, 판사님.」

「그래요. 뭐, 이런 종류의 사건에서는 감정이 격해지기 마련이고 생각해 보니 얼마 있으면 그 사고가 벌어진 지 10년이라 분명히 가능성이 있다고 봅니다. 그렇긴 해도 재판 기록을 완벽하게 입수할 수 있을 텐데 내가 어떤 식으로 도움을 줄 수 있을지 모르겠습니다만.」

그는 여전히 판사처럼 말했다. 말 한마디, 한마디를 신중하게 골랐다.

「실제로 관계됐던 인물을 만나 보면 항상 도움이 되죠.」

「그건 맞는 말이에요. 증언과 서면 진술서는 차이가 있으니까요. 그 가족은 만나 보았나요? 고드윈 가족요.」

「네, 판사님.」

「그 가족에 대해서는 정말이지 안타깝게 생각합니다. 그 당시에도 안타깝게 생각했고 그런 심정을 말로 표현도 했었죠. 그들 입장에서는 정의가 구현되지 않은 느낌이겠지만, 호손 씨한테 이런 얘기를 할 필요는 없겠습니다만, 특히 이런 사건에서 피해자 가족의 감정은 고려 대상이 아니에요.」

「이해합니다.」

바로 그때 문이 열리면서 또 다른 남자가 고개를 내밀었다. 사진에서 본 남자였다. 키가 작고 상당히 다부지며 웨스턴보다 열 살쯤 어려 보였는데, 슈퍼마켓 재활용 봉투를 들고 있었다.

「나가려는 참인데.」 그가 말했다. 「뭐 필요한 거 있어?」

「적어서 부엌에 뒀어.」

「그건 챙겼어. 또 깜빡한 거 있나 해서.」

「식기세척기 세제 사야 해.」

「그건 목록에 있어.」

「다른 건 없어.」

「다녀올게.」 남자는 다시 사라졌다.

「저 친구는 콜린이에요.」 웨스턴이 말했다.

콜린이 하필이면 이때 등장하다니 유감천만이었다. 나는 호손을 흘끗 쳐다보았다. 그의 태도는 달라진 게 없었지만 나는 전에 없던 떨림을 느낄 수 있었고, 대화가 잠깐 끊겼던 것으로 인해 이후 면담과 그 방향이 달라졌다고 장담할 수 있다.

「신문에서는 판사님의 판결에 불만을 제기했죠.」 호손이 말했다. 나는 희미한 증오의 기미가 그의 눈에서 번뜩이는 것을 느낄 수 있었다.

웨스턴은 그를 향해 옅은 미소를 지었다.「나는 전부터 신문을 잘 보지 않았어요.」 그가 말했다.「그들이 불만스러워하거나 말거나 실상과는 아무 상관이 없었고요.」

「부인이 여덟 살 난 아이를 죽이고 그의 형제는 불구로 만들어 놓고 가벼운 벌을 받고 끝났다는 것이 실상이죠.」

미소가 아까보다 더 옅어졌다.「1988년에 제정된 도로교통법 2a 조항에 의거해 난폭 운전으로 인한 사망임을 증명하는 것이 검사의 임무였어요.」 웨스턴이 말했다.「그런데 이걸 실패했고 그럴 만한 이유가 있었죠. 쿠퍼 부인은 도로 규정을 준수했고 심각한 위험을 초래할 만한 행동을 전혀 하지 않았으니까요. 약물이나 알코올 문제도 없었고요. 설명을 계속해야 하나요? 부인은 어느 누구도 살해할 의사가 없었어요.」

「안경을 쓰지 않았잖습니까.」 호손은 끼어들지 말라고 경고하는 눈빛으로 나를 흘끗 쳐다보았다.

「맞아요, 그리고 그건 유감스러운 일이었죠. 하지만 호손 씨도 아셔야 할 것이 그 사고가 벌어진 때가 2001년이었어요. 이후로 이 부분에 대해 규제가 더 엄격해졌고 나도 그게 전적으로 옳다고 봅니다. 하지만 그렇다 한들 내가 오늘 그 사건의 재판을 맡는다면 새로운 가이드라인이 주어졌더라도 같은 결론을 내릴 거예요.」

「어째서요?」

「재판 기록을 인용할게요. 피고 측 변호사가 성공적으로 입증했다시피 전적으로 피고의 잘못이 아니었거든요. 두 아이가 차도로 뛰어들었어요. 맞은편에 있는 아이스크림 가게를 보고. 베이비시터가 잠깐 아이들을 놓쳤어요. 베이비시터 탓은 절대 아니지만 쿠퍼 부인이 안경을 쓰고 있었더라도 제때 차를 멈출 수 없었을 가능성이 커요.」

「그래서 배심원단에게 무죄 선고를 종용하셨나요?」

웨스턴은 괴로워하는 표정이었다. 그는 잠시 뜸을 들이고 나서 대답했다.「나는 그런 적이 없을뿐더러 종용이라는 표현을 쓰다니 조금 불쾌하군요. 사실 내가 유죄를 선고하지 않도록 배심원단에게 권고했더라도 월권이 아니고 그들은 얼마든지 내 권고를 무시할 수 있었어요. 내가 대체로 쿠퍼 부인에게 유리한 방향으로 사건의 개요를 정리했다는 데에는 동의하지만 실상을 감안해야지요. 부인은 전과가 없는 아주 훌륭한 시민이에요. 당시 법령을 기준으로 명백한 범죄를 저지르지도 않았고요. 두 아이의 가족에게는 비극적인 사고였지만 구금형을 선고했다면 전적으로 부적절한 조치가 됐을 겁니다.」

호손이 몸을 앞으로 기울이자 나는 상대의 숨통을 끊을 기회를 노리는 정글의 맹수가 다시금 생각났다.「부인과 아는 사이셨죠.」

별것 아닌 세 단어였지만 그 뒤로 시신 안치실 문이 쾅 하고 닫히듯 거의 피부로 느껴지는 정적이 이어졌다. 나이절 웨스턴이 위험을 감지한 그 순간 모든 게 달라졌다. 나는 장작불의 탁탁거리는 소리와 내 얼굴에 닿는 열기를 느꼈다.

「네?」 웨스턴이 되물었다.

「부인과 아는 사이셨다는 데 호기심이 생기더군요. 그게 판결에 영향을 미쳤을지.」

「잘못 알고 계신 겁니다. 나는 부인과 모르는 사이였어요.」

호손은 어리둥절한 표정을 지었다. 「레이먼드 클룬스와 가깝게 지내지 않으셨나요?」 그가 물었다.

「그게…….」

「레이먼드 클룬스, 뮤지컬 제작자요. 깜빡할 만한 이름이 아니라고 보는데요. 덕분에 돈도 많이 벌었고 하니.」

웨스턴은 어렵사리 평정심을 유지했다. 「레이먼드 클룬스와 잘 아는 사이인 건 맞습니다. 사교적으로, 사업적으로.」

「그의 작품에 투자를 하셨죠.」

「사실 두 작품에 투자했어요. 〈새장 속의 광대〉와 〈진지함의 중요성〉.」

「두 번째 작품은 데이미언 쿠퍼가 주연을 맡았죠. 시사회 때 그와 그의 어머니를 만나셨나요?」

「아니요.」

「하지만 그 사건에 대해 클룬스와 대화를 나누셨잖습니까.」

「누가 그러던가요?」

「클룬스가요.」

웨스턴의 인내심이 한계에 다다랐다. 「어디 감히 내 집에서 그런 혐의를 제기합니까?」 그는 언성을 높이지는 않았지만 분노했다. 안락의자 끝부분을 손으로 세게 움켜쥐었다. 살갗 아래로 불거져 나온 혈관이 보였다. 「쿠퍼 부인과 나는 거리가 한참 멀고 접점이 별로 없는 관계였어요. 지능이라는 게 있는 사람이라면 이 나라의 모든 판사가 똑같은 입장이라는 걸 알 텐데 당신 논리에 따르면 전부 사퇴해야겠군요. 여섯 단계의 법칙[18]을 당신도 분명 들어 봤을 거라고 생각하는데요! 법정의 모든 사람들에게 피고와의 연결 고리가 있었어요. 공교롭게도 내가 〈진지함의 중요성〉 시사회가 끝나고 마련된 파티에 참석하기는 했지만 데이미언 쿠퍼나 그의 어머니가 거기 있었다 한들 보지도 못했고 대화도 나누지 않았어요.」

「쿠퍼 부인도 재판 당시 레이먼드 클룬스를 통해 판사님께 청탁을 넣지 않았고요?」

「부인이 뭐 하러 그런 짓을 했겠습니까?」

「자기에게 유리한 입장에서 판단해 달라고 판사님을 설득하기 위해서요. 판사님이 그의 말에 귀를 기울일 수도 있잖습니까, 두 분 다…… 그걸 뭐라고 하죠?」

「내가 어찌 압니까!」

「에인절! 판사님과 쿠퍼 부인은 두 분 다 그의 작품에 투자한 에인절이었죠.」

「더는 못 참겠군.」 웨스턴은 자리에서 일어났다. 「내가 당신을 만나겠다고 한 이유는 도움을 줄 수 있을까 생각한 데다 당신의 명성을 알기 때문이었어요. 그런데 이렇게 찾아와 온갖 불쾌한 뉘앙스를 풍기니 이런 식으로 논의를 지속해야 할 이유를 모르겠군요.」

하지만 호손은 할 말이 남았다. 「레이먼드 클룬스가 철창신세를 지게 됐다는 걸 아십니까?」

「내 집에서 나가 달라니까요!」 웨스턴이 호통을 쳤다.

18 여섯 단계만 거치면 지구상의 거의 모든 사람들과 연결이 된다는 법칙.

우리는 그 집에서 나왔다.

밖으로 나와 역까지 가는 동안 나는 그에게 따져 물었다. 「도대체 뭘 노리고 그런 거예요?」

호손은 전혀 동요하지 않는 눈치였다. 그는 담배에 불을 붙였다. 「그냥 동태를 살핀 거예요.」

「진심으로 동성애자 간에 모종의 결탁이 있었다고 생각해요? 레이먼드 클룬스와 나이절 웨스턴의 성 지향성이 마침 같다 보니 둘이, 당신 표현을 빌리자면 〈붙어먹었다〉고? 왜냐하면 솔직히 말해서 그렇게 생각한다면 당신한테 문제가 있다고 보거든요.」

「어쩌면 나는 문제가 많을지 모르죠.」 호손은 대꾸했다. 그는 내 쪽을 쳐다보지 않은 채 좀 더 빠르게 걸음을 재촉했다. 「하지만 내가 성생활에 대해 운운하지는 않았어요. 돈 문제만 거론했지. 우리가 여기까지 찾아온 이유가 뭐겠어요? 다이애나 쿠퍼와 고드윈 가족 간의 연결 고리와 그 사고에 대해 파악하고 싶기 때문이죠. 나이절 웨스턴 판사는 그 연결 고리의 일부분이었고 내가 캐려고 했던 건 그뿐이에요.」

「그가 부인의 살인 사건과 연관이 있다고 생각해요?」

「우리가 만나는 모든 사람이 부인의 살인 사건과 연관이 있죠. 살인이 원래 그런 식이에요. 살다 보면 자다가 죽을 수도 있어요. 암으로 죽을 수도 있어요. 노환으로 죽을 수도 있어요. 하지만 난도질당하거나 목이 졸려서 죽은 사람이 있다면 거기에는 패턴이, 어떤 네트워크가 존재해요. 우리는 그걸 알아내려고 하는 거예요.」 그는 고개를 저었다. 「모르겠어요! 어쩌면 당신은 이 일에 어울리지 않을지 몰라요, 토니. 다른 작가하고 손을 잡을 걸 그랬나 봐요.」

「뭐라고요?」 나는 경악했다.

「그게 무슨 소리예요?」

「당신이 들은 그대로예요.」

「다른 작가하고도 만난 적 있단 말이에요?」

「어이, 당연하죠. 다들 거절해서 그렇지.」

18
딜

나는 딜로 가는 열차 안에서 호손에게 말을 걸지 않았다. 우리는 통로를 사이에 두고 서로 마주 보고 앉았는데 그 어느 때보다 심한 거리감이 느껴졌다. 호손은 모서리가 접힌 책장을 결연하게 넘겨 가며 책을 읽었다. 나는 뚱하니 창밖을 내다보며 그가 한 말을 곱씹었다. 기분 나쁠 일은 아닐 수 있었고 그가 접촉한 다른 작가들은 뭐라고 했을지 궁금하긴 했지만, 목적지에 도착했을 무렵에는 모든 걸 훌훌 털어 버릴 수 있었다. 이 일이 어쩌다 내게 맡겨졌는지는 중요하지 않았다. 어쨌거나 이건 내 책이었으니 내가 중심을 잡아야 한다고 더욱 결연하게 의지를 다지는 계기가 되었다.

딜은 초행이었지만 전부터 와보고 싶었던 곳이었다. 학창 시절에 열심히 읽은 〈혼블로워〉[19] 시리즈의 기점이 여기였다. 〈제임스 본드〉 시리즈 3편 『문레이커』의 무대도 여기다. 휴고 드랙스[20]가 이 근처의 본거지에서 런던을 향해 최신식

19 C. S. 포레스터가 쓴 대하소설. 동명의 주인공이 해군 사관 후보생에서 출발해 제독이 된다.

V2 로켓을 발사했다. 그런가 하면 내가 가장 좋아하는 디킨스의 소설 『황폐한 집』의 무대이기도 하다. 주인공 리처드 캐스턴이 여기 주둔했다.

사실 나는 예전부터 바닷가 마을을 좋아했다. 특히 길거리는 비워지고 잿빛 하늘에서 가랑비가 내리는 비수기 때를 좋아한다. 내가 〈혼블로워〉 시리즈를 읽던 시절에 우리 부모님은 종종 남프랑스 여행을 할 때마다 우리 남매를 유모와 함께 데번셔의 인스토로 보냈기 때문에 영국 바닷가의 온갖 언어가 지금까지 내 머릿속에 남아 있다. 나는 그 모래 언덕, 자판기, 부두, 갈매기, 이름이 찍혀 있는 페퍼민트록 사탕을 아직까지 대책 없이 사랑한다. 카페와 찻집, 찻주전자에서 부연 차를 따르는 노부인, 밀리어네어쇼트브레드 조각, 그물과 창문 받침대와 희한한 모자를 파는 가게라면 사족을 못 쓴다. 나이 때문인 것 같다. 요즘은 저렴하게 휴가를 즐기고 싶으면 너도나도 비행기를 타고 떠난다. 하지만 버려졌다는 사실이 바닷가를 따라 이어지는 그 조그만 마을들의 매력이기도 하다.

역을 나서 지붕 꼭대기에서 갈매기들이 우리를 향해 비명을 질러 대는 큰길을 따라 걷는 동안 딜은 놀라우리만치 매력이 없는 마을처럼 느껴졌다. 5월이었지만 아직 성수기가 시작되지 않았고 날씨가 우울, 그 자체였다. 여기서 너무 큰 세인즈버리, 피할 수 없는 파운들랜드와 아이슬랜드, 이 세 개의 슈퍼마켓으로 이루어진 삼각형 안에 갇혀 지내면 어떤 기분일지 궁금해졌다. 노먼 위즈덤 경 술집에서 술을 한잔

20 『문레이커』의 악당.

하고 룬 힌 중국 식당에서 저녁을 먹은 다음 (〈출입문은 협동조합 옆〉에 있다는) 오션 룸 나이트클럽 앤드 바로 직행.

우리는 영국 해협답게 차갑고 냉랭한 바닷가로 갔다. 딜에도 부두가 있지만 브루털리즘 스타일의 콘크리트만 길게 이어질 뿐 놀 거리라고는 눈을 씻고 찾아봐도 없는, 세상에서 가장 우울한 곳이었다. 오락실도 트램펄린도 회전목마도 없었다. 고드윈 부부가 아이들을 여기로 보냈던 이유가 궁금해졌다. 이보다 더 재밌는 곳이 있지 않았을까?

하지만 이 조그만 마을의 매력이 조금씩 내 마음을 적셨다. 바닷가 마을 특유의 그 반항적인 분위기, 주류와 동떨어져 모서리에 서 있는 느낌이 있었다. 바다를 바라보는 주택과 별장은 대다수가 밝은색이었고 창가 화단이 꽃으로 넘쳐났다. 물가를 향해 내리막을 그리며 저 멀리까지 이어지는 몽돌 해변에는 널찍한 산책로와 수십 개의 벤치가 있었다. 화단과 잔디와 풀밭이 있었고 낡은 고깃배들은 옆으로 비스듬히 누웠고 개들은 달렸고 갈매기들은 끼룩거렸다. 조그만 성 앞에 다다랐을 때 화창한 날에는 딜에서 놀 거리가 많을지 모르겠다는 생각이 들기 시작했다. 내가 너무 부정적이었다. 아이의 시각에서 바라보았어야 하는데.

맨 처음 사고 현장부터 찾아가지는 않았다.

호손이 다이애나 쿠퍼가 살았던 곳을 보고 싶어 했기 때문에 바닷가에 다다랐을 때 오른쪽으로 방향을 꺾어 옆 마을 월머를 향해 갔다. 여전히 대화가 없었지만 해변 산책로를 따라 걷다가 오래된 골동품 가게 앞을 지났을 때 호손이 갑자기 걸음을 멈추더니 쇼윈도 안을 들여다보았다. 별건 없었다. 배에서 쓰는 나침반, 지구본, 재봉틀, 썩어 가는 책과 그림 몇 개뿐이었다. 하지만 정적을 깨려는 듯 그가 손가락으로 가리키며 말했다.「저기 포케불프 Fw 190이 있네요.」

실에 묶여서 매달려 있는 독일제 전투기를 보고 하는 말이었는데, 기체에 검은색 십자가 세 개와 숫자 1이 그려져 있었다. 간신히 보일 정도로 작은 조종사가 조종석에 앉아 있는 게 보였다. 아이들이 조립하는, 레벨 아니면 매치박스 아니면 에어픽스의 플라스틱 키트인데 아이의 솜씨가 맞는지 의심스러울 정도로 훌륭한 걸작이었다.

「1930년대에 개발된 단좌 단발 전투기예요.」그는 말을 이었다.「독일 공군이 전쟁 내내 저걸 썼죠. 독일군이 가장 좋아한 전투기였어요.」

지금까지와는 상당히 다른 말투라 열차에서 내게 한 말을 만회하기 위해 화해의 선물 삼아 흘리는 정보 부스러기라는 것을 알 수 있었다. 내 호기심을 자극한 것은 포케불프의 역사가 아니었다. 호손이 거기에 열의를 보이고 있다는 사실이었다. 그는 하루 동안 자신의 두 가지 측면을 공개했다. 하나는 독서 모임이었고 다른 하나는 이것이었다. 그렇다 한들 그가 어떤 인물인지 딱히 이해가 되는 건 아니었지만 이게 시작이었고 그래서 고마웠다.

다시 15분 정도 걸었을 때 어느 지점에서 딜이 월머로 바뀌었고 우리는 사고 때문에 어쩔 수 없이 이사를 하기 전까지 다이애나 쿠퍼가 살았던 스토너 하우스에 도착했다. 뒤쪽으로는 리버풀로드, 앞쪽으로는 비치, 이렇게 두 개의 도로 사이에 끼어 있는 집이었고 양쪽 끝에 화려한 철제 대문이 달린 사설 진입로가 두 도로를 연결했다. 내가 다이애나 쿠퍼에 대해 아는 건 별로 없었지만 그녀와 아주 잘 어울리는 집이라고 할 수 있었다. 여기에서 살던 그녀의 모습이 쉽게 그려졌다. 굴뚝이 여러 개 있고 차고가 한 개 딸린 옅은 파란색의 2층짜리 집은 견고했고 관리가 잘 되어 있었다. 한 쌍의 사자 석상이 대문 앞에서 보초를 서고 있었다. 정교하게 다듬어진 토피어리와, 좁은 화단에 똑같이 가지런하게 심긴 아열대 식물이 집 주변을 에워싸고 있었다. 사방이 담으로 막혀서 눈에 잘 띄는 동시에 비공개적이었다. 물론 바뀐 집주인이 추가한 부분도 있을지 모르지만 내 느낌상 이 상태 그대로 물려받았을 것 같았다.

「초인종 누를 거예요?」 내가 물었다. 우리는 리버풀로드 쪽에 서 있었다. 보아하니 집에는 아무도 없는 듯했다.

「아뇨, 그럴 필요 없어요.」 그는 주머니에서 열쇠를 꺼냈다. 나는 대롱대롱 매달린 꼬리표에 적힌 집 이름을 보았고 잠깐 어리둥절했다. 그러다 문득 기억해 냈다. 언제인지는 모르겠지만 다이애나 쿠퍼의 부엌에서 슬쩍한 것이었다. 증거품을 들고 나가도 좋다고 경찰에서 허락했을 리 없을 테니 그들은 이 열쇠의 존재 자체를 모를 수 있었다.

열쇠는 단단하고 묵직하며 구식이었다. 예일 자물쇠 열쇠는 아니었다. 이제 보니 현관문 열쇠일 리 없었다. 대문 열쇠일 가능성이 더 컸다. 호손은 두어 번 시도해 보다가 고개를 저었다. 「여기가 아니네요.」

우리는 반대편으로 돌아가 비치와 연결된 쪽 대문을 열어 보려고 했지만 거기도 맞지 않았다. 「아쉽네요.」 호손은 중얼거렸다.
「부인은 왜 열쇠를 계속 가지고 있었을까요?」 나는 물었다.
「그걸 알아내고 싶었거든요.」
그는 주변을 두리번거렸고 나는 딜로 다시 돌아갈 건가 보다고 생각했다. 하지만 잠시 후에 그가 도로 저편에 달린 제2의 대문을 발견했다. 스토너 하우스는 바닷가 바로 옆에 아주 호젓한 개인 정원을 거느리고 있었다. 그는 혼자 미소를 지으며 길을 건너 세 번째로 열쇠를 넣었다. 이번에는 잘 돌아갔다.
우리는 사방 모두에 관목이 심긴 조그맣고 네모반듯한 공간으로 들어섰다. 정확히 정원은 아니었다. 그보다는 조그만 주목 나무와 장미 화단이 화려한 분수대와 서로 마주 보고 있는 나무 벤치 두 개를 둘러싼 안뜰에 가까웠다. 땅바닥에는 요크 스톤이 깔려 있었다. 어린이 동화책 속 한 장면처럼 효과가 극적이었다. 심지어 물이 없고 한동안 쓰지 않은 분수대로 걸어가는 동안에도 서글픈 감정이 느껴졌고 거기에 뭐가 있을지 알 수 있었다.
과연 분수대 석조 수반에 이런 문구가 새겨져 있었다. 「로런스 쿠퍼, 1950년 4월 3일~1999년 10월 22일. 잠을 자면 꿈을 꾸겠지.」
「남편이네요.」 내가 말했다.
「네, 남편이 암으로 죽었을 때 기념비 삼아 이걸 만들었어요. 이 집에서 살 수는 없었지만 나중에 돌아오고 싶어질 거라는 걸 알았기 때문에 열쇠를 가지고 있었던 거예요.」
「남편을 정말 사랑했나 봐요.」 내가 말했다.

그는 고개를 끄덕였다. 이번만큼은 우리 둘 다 거기 서 있는 것에 똑같이 불편함을 느꼈다. 「나갑시다.」 그가 말했다.

다이애나 쿠퍼의 인생을 바꾸어 놓은 사고는 딜 중심부의 로열 호텔 근처에서 벌어졌다. 로열 호텔은 근사한 조지 왕조 시대의 건물이었고 메리 오브라이언이 제러미와 티머시 고드윈을 데리고 거기에 묵었다. 그들 셋은 숙소 거의 앞에서 차에 치였다.

나는 메리가 했던 말을 기억했다. 아이들은 우리 뒤편으로 보이는, 비탈에 조약돌이 깔린 바닷가에 다녀왔다. 부두가 바로 옆이었다. 이 근처는 도로가 딜의 그 어떤 곳보다 넓었기 때문에 차들이 더 빨리 달렸다. 킹스트리트가 있는 네거리가 보였다. 딜의 조약돌을 파는 가게가 있었고 모퉁이에 오락실이 있었다. 다이애나 쿠퍼가 그쪽 방향에서 등장했다. 내 앞쪽으로 짧은 아케이드를 따라 상점이 몇 개 더 이어졌다. 술집, 호텔 그리고 〈피어 약국〉이라는 간판이 달린 약국이었다. 전면이 유리창과 환한 줄무늬 차양으로만 이루어진 아이스크림 가게가 마침내 그 옆으로 등장했다.

어떤 식으로 사고가 벌어졌을지 금세 알 수 있었다. 네거리를 얼른 지나려고 모퉁이를 미끄러지듯 돌아 나온 자동차. 바로 그 순간 눈앞에 보이는 아이스크림 가게에 가려고 베이비시터에게서 벗어나 인도를 가로지르고 도로로 뛰어든 아이들. 나이절 웨스턴의 말이 맞았을지 몰랐다. 다이애나 쿠퍼는 안경을 쓰고 있었더라도 제때 브레이크를 밟지 못했을 것이다. 사고는 정확히 지금 이 시기에 벌어졌고 날짜까지 거의 비슷했다. 산책로에 지금처럼 아무도 없고 어쩌면 하늘도 지금처럼 잿빛이었을 것이다.

「어디에서부터 시작할까요?」 나는 물었다.

호손은 턱으로 가리켰다. 「아이스크림 가게요.」

보아하니 영업 중이었다. 우리는 길을 건너 가게 안으로 들어갔다.

상호는 〈게일스 아이스크림〉이었고 포마이카 바닥에 플라스틱 의자들이 놓인 활기찬 공간이었다. 직접 만든 아이스크림이 10여 개의 통에 담겨 매우 오래된 냉동실 안에 들어 있었다. 창가에 쌓여 있는 아이스크림콘은 거기 그렇게 있은 지 좀 되어 보였다. 탄산음료, 초콜릿, 감자칩과 바닷가의 또 다른 주력 상품이라 할 수 있는 봉지 사탕도 팔았다. 벽에 붙은 메뉴에는 달걀, 베이컨, 소시지, 버섯 그리고 감자칩이 들어간 〈빅 딜 프라이〉를 판다고 되어 있었다. 마을 이름을 가지고 만든 말장난을 마지막으로 본 게 언제인가 싶었다.

손님은 두 테이블뿐이었다. 한 테이블에는 노년의 커플이 앉아 있었다. 다른 테이블에는 아이를 유아차에 태우고 나온 젊은 엄마들이 앉아 있었다. 우리는 카운터로 다가갔다. 원피스 위에 차양과 같은 색의 앞치마를 두른 거구의 50대 여자가 웃는 얼굴로 기다리고 있었다.

「뭘 드릴까요?」 그녀가 물었다.

「도움을 좀 받고 싶어서 왔습니다.」 호손이 말했다. 「저는 경찰의 수사를 돕고 있어요.」

「아.」

「예전에 여기서 벌어진 사고에 대해 조사를 하고 있는데요. 두 아이가 차에 치인 사고요.」

「하지만 그건 10년 전의 일인걸요!」

「다이애나 쿠퍼, 그 당시 운전자가…… 죽었어요. 기사 못 보셨나요?」

「뭔가 읽은 것 같기도 해요. 하지만 그게 무슨…….」

「새로운 증거를 발견할 수 있을지도 몰라서요.」 호손은 얼른 대화를 차단했다.

「아!」 여자는 불안한 눈빛으로 우리를 쳐다보았다. 뭔가 숨기는 게 있나 싶어지는 눈빛이었다. 「그 사고에 대해서는 드릴 말씀이 별로 없는데요.」 그녀가 말했다.

「그 당시에 여기 계셨나요?」

「전 게일 하코트예요. 여긴 제 가게고요. 그리고 사고가 벌어진 날 여기 있었어요. 그 딱한 아이들을 생각하면 속이 안 좋아요. 그냥 아이스크림을 먹고 싶어서 도로로 달려들었을 뿐인데. 하지만 헛수고였죠. 우리가 문을 열지 않았으니.」

「6월 초였는데요? 왜 그랬죠?」

그녀는 천장을 가리켰다. 「관이 터졌거든요. 홍수가 나서 재고를 못 쓰게 됐고 전기가 나갔어요. 당연히 보험도 안 들어 놨는데. 뭐, 그 대가가 눈에 보이시죠? 하마터면 문을 닫을 뻔했어요.」 그녀는 한숨을 쉬었다. 「아이들이 멈춰서 확인만 했어도 좋았을 것을! 도로로 뛰어든 타이밍이 최악이었지 뭐예요. 사고가 난 건 소리로 알았어요. 직접 보지는 못했고요. 밖으로 나가 보니 아이 둘이 쓰러져 있더라고요. 베이비시터는 우왕좌왕했고. 충격을 받은 상태였어요. 하긴 베이비시터도 어렸으니까요. 20대였잖아요. 고개를 돌려 보니 차가 보이더군요. 부두 반대편에 멈춰 서 있었어요. 그렇게 잠깐 서 있다가 쌩하니 도망쳤어요.」

「운전자를 보셨나요?」 내가 물었다. 호손이 험상궂은 눈빛으로 쳐다보았지만 나는 아랑곳하지 않았다.

「뒤통수만요.」

「그러니까 누군지 확실하지 않았겠네요?」

「그 여자였어요! 사람들이 그 여자를 법정에 세웠잖아요.」 그녀는 호손 쪽을 다시 돌아보았다. 「사고 현장에서 도망치다니 어쩌면 그럴 수가 있는지 모르겠어요. 애들이 쓰러져 있는데! 나쁜 년 같으니라고! 그 여자는 안경을 쓰지 않았대요. 앞도 잘 못 보면서 운전대를 잡는 사람이 세상에 어디 있어요? 죽을 때까지 가둬 놔야 하는데 그 판사, 그 여자를 무죄로 석방한 그 판사는 잘려야 해요. 구역질 나요. 요즘 세상에는 정의라는 게 없다니까요?」

나는 그녀의 격한 발언에 깜짝 놀랐다. 순간 그녀가 무섭게 느껴졌다.

「이후로 느낌이 달라졌어요.」 그녀가 계속 말했다. 「이 일을 하는 즐거움이 모두 사라져 버렸어요. 하지만 이것 말고 할 수 있는 일이 있어야 말이죠.」 손님 두 명이 더 들어오자 그녀는 앞치마 끈을 동여매고 장사할 준비를 했다. 「옆 가게 트래버턴 씨를 만나 보세요. 그이가 현장에 있었으니까. 나보다 본 게 더 많아요.」 그녀는 우리를 옆으로 밀어내고 통통한 얼굴로 생글생글 웃는, 누구나 좋아하는 아주머니로 돌변했다. 「네, 손님. 뭘로 드릴까요?」

「어제 일처럼 생생하게 기억해요. 4시 15분이었어요. 화창한 날이었고요. 오늘 같지 않았어요. 햇살이 눈이 부셨고 바다에서 배를 탈 수 있을 만큼 따뜻했죠. 나는 손님을 상대하고 있었는데 — 나중에 모든 사람의 관심이 이 손님에게로 쏠렸죠. 정체불명의 사나이. 그 손님은 사고가 벌어지기 5초 전쯤에 우리 가게에서 나갔고 그 덕분에 내가 그 소리를 또렷하게 들을 수 있었어요. 손님이 문을 연 덕분에. 두 아이가 차에 치이는 소리를 실제로 들었어요. 얼마나 끔찍했는지 몰라요. 소리가 그렇게 크게 날 줄은 몰랐는데. 대형 사고라는 걸 단박에 알 수 있겠더군요. 나는 휴대 전화를 집어 들고 곧장 달려 나갔죠. 그나저나 그때 가게 안에는 동종 요법 치료사로 일하던 프레슬리밖에 없었는데, 지금은 결혼해서 다른 데서 사는 걸로 알아요. 밖으로 달려 나가기 전에 그녀에게 그 자리에 가만히 있으라고 했어요. 이 안에 약이 워낙 많아서 그런 이례적인 상황이 벌어지더라도 가게를 비우면 안 되거든요.」

피어 약국은 영국 바닷가 휴양지에서 흔히 볼 수 있는, 특이하고 시대에 뒤떨어진 가게였다. 우리가 들어가자 접이식 자동문이 열리면서 10여 종류의 탕파가 진열된 선반이 드러났다. 그 옆에는 알록달록한 스카프 더미가 철제 진열대에 쓸쓸하게 걸려 있었다. 이것저것 조금씩 파는 가게인 듯했다. 좌우를 둘러보니 봉제 인형, 잼, 초코바, 시리얼, 화장지와 개줄이 있었다. 우리 아이들과 했던 그 말도 안 되는 기억력 게임 비슷했다. 한쪽 구석에는 문구류와 주유소에서 팜 직한 끔찍한 생일 카드가 있었다. 통로 하나가 통째로 동종 요법 코너였다. 단연코 가장 넓은 공간은 가게 뒤편의 실제 약국이었다. 딜에는 나이 든 연금 생활자가 상당히 많겠지만 그들이 말년에 무슨 병에 걸리든 여기서 약을 찾을 수 있을 게 분명했다. 직원들은 흰색 가운을 입었다. 그들의 손이 닿는 곳에 수백 가지의 종이 상자와 포일과 병이 있었다.

우리가 만난 그레이엄 트래버턴은 피어 약국의 주인 겸 운영자였고, 대머리이고 볼이 빨갛고 앞니 사이가 보기 싫게 벌어진 50대였다. 적극적으로 대화에 임했고 세세한 부분을 어찌나 제대로 파악하고 있는지 놀라울 정도였다. 그날 있었던 모든 일을, 일부는 지어낸 게 아닌지 의심스러울 만큼 완벽하게 기억하고 있었다. 하지만 그는 전에도 경찰이나 기자와 인터뷰를 한 적이 있을 것이다. 이야기를 반복할 기회가 많았을 것이다. 그리고 인간은 누구나 끔찍한 사건이 벌어지면 그걸 둘러싼 세세한 부분에 집착하게 되지 않을까 싶다.

「그 문밖으로 나갔다가 하마터면 인도에 서 있던 손님과 부딪힐 뻔했죠.」 트래버턴이 말했다. 「나는 손님에게 곧바로 다가가서 물었어요. 〈무슨 일이에요?〉 대답하지 않더군요. 아무 말도 하지 않았어요.

아직도 모든 광경이 눈에 선해요. 퇴근할 때마다 사진이 머릿속에 새겨진 것처럼 떠올라요. 도로에 쓰러진 아이들은 둘 다 파란색 반바지에 반팔 셔츠를 입고 있었어요. 한 아이는 팔다리가 이상한 각도로 꺾인 채 쓰러져 있는 걸 보고 죽었다는 걸 알 수 있었어요. 눈을 감고 꼼짝도 하지 않더군요. 베이비시터는 이름이 메리 오브라이언이었는데, 다른 아이

옆에 무릎을 꿇고 앉아 있었어요. 충격을 받아서 꼭 유령 같았죠. 그녀가 고개를 들고 거기 서 있던 내 눈을 똑바로 쳐다보았어요. 도와 달라고 애원하는 것 같았지만 뭘 어쩔 도리가 있어야 말이죠. 경찰에 연락했어요. 아마 어느 누구라도 그렇게 했을 거예요.

파란색 폴크스바겐이 바로 앞에 서 있더군요. 안에 누가 앉아 있는 게 보였는데, 잠시 후에 출발하더니 쌩하니 사라졌어요. 배기관에서 연기가 나왔고 고무 타이어가 아스팔트를 요란하게 긁는 소리가 들렸다고 장담할 수 있어요. 당연히 그때는 사고를 낸 여자의 차라는 걸 몰랐지만 번호를 적어 놓았다가 나중에 경찰에 넘겼죠. 그때 우리 가게에 있었던 손님이 내 눈에 들어왔어요. 갑자기 몸을 돌리더니 발걸음을 옮기더군요. 킹스트리트로 모퉁이를 돌아서 사라졌어요.」

「그게 수상하게 느껴지던가요?」 호손이 물었다.

「그랬어요. 남들 눈에 띄고 싶지 않은 사람처럼 굴었거든요. 아니, 그런 사고를 목격하면 다들 어떻게 하겠어요? 남아서 구경하든지 — 그게 인간의 본능이니까요 — 자기하고는 상관없는 일이니 자리를 뜨든지, 둘 중 하나잖아요. 하지만 그는 남들 눈에 띄고 싶지 않은 사람처럼 허둥지둥 사라지더라고요. 그리고 중요한 건 이거예요. 그는 사고를 목격했다는 것. 분명해요. 그의 눈앞에서 벌어졌거든요. 하지만 경찰에서 목격자를 찾아도 그는 나서지 않았어요.」

「그 손님에 대해 다른 정보가 추가로 있으십니까?」

「많지는 않아요. 그게 또 이상한 부분이거든요. 그는 선글라스를 쓰고 있었어요. 왜 그랬는지 이유를 알 수 없게. 오후 4시 반이라 해가 저물어가고 있었거든요. 사실 날이 점점 흐려지고 있었어요. 그러니까 선글라스를 쓸 필요가 없었죠. 유명 인사라 남들 눈에 띄고 싶지 않은 이상은요. 솔직히 다른 건 별로 기억나는 게 없어요. 거기다 야구 모자까지 쓰고 있었으니. 하지만 그가 뭘 사 갔는지는 말씀드릴 수 있어요.」

「뭘 사 갔습니까?」

「꿀하고 생강차요. 핑글섬의 한 업체에서 생산한 현지 꿀이었어요. 내가 추천했죠.」

「그래서 그 이후로 어떤 상황이 벌어졌습니까?」

트래버턴은 한숨을 쉬었다.「그 이후로는 별로 드릴 말씀이 없어요. 베이비시터는 그 자리에 무릎을 꿇고 앉아 있었어요. 두 아이 중에서 최소 한 명은 살아 있었고요. 나는 그 아이가 눈을 뜨는 걸 봤어요. 자기 아버지를 부르더군요. 〈아빠!〉 얼마나 안쓰럽던지요. 잠시 후에 경찰차와 구급차가 도착했어요. 금세 출동했더군요. 나는 다시 가게로 들어갔어요. 사실 위층에 올라가서 차를 한잔 마셨죠. 마음이 안 좋아서 그랬는데, 지금도 기억을 되살리려니 기분이 별로 좋지 않네요. 그 차를 몰았던 여자가 죽었다면서요? 그래서 오신 건가요? 끔찍한 사건이긴 하고 당해도 싸다고는 하지 않겠어요. 하지만 그런 식으로 도망을 치다니. 그렇게 피해를 입혀 놓고! 나는 판사가 너무 아무렇지 않게 무죄 판결을 내렸다고 생각하고 나와 같은 생각을 한 사람이 있었다는 사실이 전혀 놀랍지가 않네요.」

우리는 약국에서 로열 호텔까지 얼마 안 되는 길을 걸어갔다. 호손은 아무 말도 하지 않았다. 그에게도 아들이 있었고, 그의 말로는 열한 살이라고 했다. 티버시 고드윈이 죽었을 당시보다 겨우 세 살 많은 나이라 방금 전의 그 이야기를 듣고 상념에 잠겼을 수도 있었다. 하지만 그가 전과 다르게 슬퍼하는 것처럼 보이지는 않았다. 오히려 얼른 그 자리를 뜨고 싶어서 안달이 난 사람 같았다.

우리는 영국의 바닷가 호텔에서만 볼 수 있는 라운지로 들어갔다. 천장이 낮고 나무 바닥 여기저기 카펫이 깔려 있고 아늑한 가죽 의자가 놓인 공간이었다. 의외로 북적거렸는데, 대부분 샌드위치와 맥주를 욱여넣는 나이 많은 커플이었다. 라디에이터를 풀가동한 데다 한쪽 옆에 가스 벽난로까지 켜놓아서 거의 견딜 수 없을 만큼 후텁지근했다. 우리는 사람들을 헤치고 안내 데스크로 갔다. 거기서 일하는 상냥한 이 동네 젊은 여자는 잘 모르겠다며 아래층 바에 있던 지배인을 호출했다.

지배인은 렌델 부인이었다(스스로 〈범죄 소설 작가와 성이 같다〉고 했다). 로열 호텔에서 일한 지 12년째 됐지만 사고 당일에는 근무하지 않았다. 하지만 메리 오브라이언과 두 아이는 만난 적 있었다.

「아이들이 귀엽고 아주 예의가 발랐어요. 3층 패밀리 룸에 묵었고요. 킹 사이즈 침대와 2층 침대가 있는 객실이에요. 한번 보시겠어요?」

「아뇨.」 호손은 말했다.

「아.」 호손의 대답에 기분이 상했겠지만 그래도 그녀는 하던 이야기를 이어 갔다. 「그 손님들은 수요일에 내려왔는데 그다음 날 사고가 났어요. 사실 오브라이언 씨는 객실을 마음에 들어 하지 않았어요. 바다가 보이지 않았거든요. 그분은 서로 연결된 트윈 룸과 더블 룸을 달라고 했는데 이 호텔에는 그런 객실이 없고 어린아이들끼리 자게 할 수는 없지 않겠어요?」 렌델 부인은 체구가 아담하고 왜소했다. 얼굴은 분노를 표현하기 쉽게 생겼다. 「제가 오브라이언 씨를 아주 좋아했다고 하지는 못하겠네요.」 그녀는 말했다. 「못 미덥더라고요. 이런 말하기 싫지만 제 짐작이 맞았고요. 그분이 아이들을 잡고 있지 않고 도로로 뛰어들도록 방치하는 바람에 아이들이 죽었잖아요. 저는 그 사고가 쿠퍼 부인 책임이라고 생각하지 않아요.」

「부인과 아는 사이였나요?」

「그럼요. 점심이나 저녁을 드시러 호텔에 종종 오셨어요. 상당히 매력적인 분이었어요. 게다가 유명한 아드님도 있었고. 딜 하면 생각나는 유명 인사들이 많죠. 그중에서도 넬슨 경과 해밀턴 부인[21]이 가장 유명하지만 노먼 위즈덤[22]도 여기 출신이에요. 찰스 호트리[23]도 여기 바에서 자주 보였고요. 그는 은퇴한 이후에 아예 딜로 거처를 옮겼어요.」

찰스 호트리. 나는 여태껏 그를 기억하고 있었다. 까만 고수머리에 동그란 안경을 썼고 비쩍 말랐던 배우. 그는 동성애자였고 친구가 없었고 가장 비전형적인 영국식 유머가 뭔

21 넬슨 제독의 정부.
22 영국의 배우 겸 코미디언.
23 영국의 코미디 배우 겸 음악가.

지를 보여 주는 <캐리 온> 시리즈의 주정뱅이 스타였다. 나는 9살 때 기숙 학교에서 흑백 영화로 그를 만났다. 선생님들이 체육관에서 흑백 영화를 종종 보여 주었다. 「캐리 온: 간호사 편」, 「캐리 온: 교사 편」, 「캐리 온: 경찰 편」. 구타와 형편없는 급식과 괴롭힘으로 이루어진 일상에서 벗어날 수 있는 그 주의 엄청난 선물이었다. 어떤 아이들의 경우에는 산타클로스가 없다는 사실을 깨달은 순간 어른이 된다. 내 경우에는 찰스 호트리가 재밌었던 적이 없다는 사실을 깨달은 순간이었다. 그런데 그가 여기 이 호텔에 앉아서 진을 홀짝이며 지나가는 남자들을 구경했다니.

문득 이 호텔에서도 벗어나고 싶었다. 호손이 지배인에게 고맙다고 인사하고 더는 물어볼 게 없다고 했을 때 나는 기쁜 마음으로 그곳을 빠져나왔다.

19
티브스 씨

다음 날에는 호손과 만날 약속을 잡지 않았기 때문에 아침을 먹자마자 그에게 전화를 받았을 때 나는 깜짝 놀랐다.

「오늘 저녁에 바빠요?」

「일 시작했어요.」 나는 말했다.

「내가 찾아가야겠어서요.」

「여기로요?」

「네.」

「왜요?」

호손은 지금까지 내 런던 아파트로 찾아온 적이 없었고 나는 그 상태를 유지하고 싶었다. 그가 아니라 내 쪽에서 그의 일상 속으로 침투해야 맞는 상황이었다. 아직까지 그는 자기 집 주소조차 알려 주지 않았다. 사실상 의도적으로 엉뚱한 정보를 흘렸다. 실은 강 반대편의 블랙프라이어스 리버코트의 아파트에 살면서 갠츠힐에 집이 있다고 했다. 그가 형사의 시선으로 내 집과 소유물을 훑어보며 어떤 결론을 내린 뒤 나중에 그걸 가지고 나를 괴롭히는 건 싫었다.

그는 내가 망설이는 기미를 수화기 너머로 감지한 모양이었다. 「어떤 사람이랑 약속을 잡아야 하거든요.」 그가 설명했다. 「중립적인 곳에서 만나고 싶어서요.」

「당신 집에서 만나면 왜 안 되는데요?」

「그렇게는 안 되겠어서요.」 그는 하던 이야기를 잠깐 멈췄다. 「딜에서 벌어진 사고의 진상을 파악했어요.」 그가 말했다. 「그게 우리 수사와 연관이 있다는 데 당신도 동의하지 않나요?」

「누굴 만나는데요?」

「보면 알아요.」 그는 마지막으로 애원했다. 「중요한 일이에요.」

마침 그날 저녁에 나는 혼자 있을 예정이었다. 게다가 호손에게 내 집을 공개하면 그에게도 똑같은 호의를 요청할 수 있을지 모른다는 생각이 들었다. 그의 형편에 어떻게 템스강이 내려다보이는 아파트에서 살 수 있는지 여전히 궁금했고, 메도스 말로는 그가 집주인은 아니라고 했지만 그래도 안을 구경하고 싶었다.

「몇 시요?」 나는 물었다.

「5시요.」

「알았어요.」 나는 대답해 놓고 벌써부터 후회했다. 「한 시간 동안 내줄게요. 하지만 그 이상은 안 돼요.」

「좋아요.」 그는 전화를 끊었다.

나는 지금까지 수사하면서 적은 메모를 오전 내내 문서로 입력했다. 브리태니아로드, 콘월리스 앤드 선스, 사우스액턴 지구. 휴대 전화에 녹음된 파일이 몇 시간 분량이라 그걸 컴퓨터에 연결해 호손의 단조롭고 어벌쩡한 목소리를 헤드폰으로 들었다. 찍어 놓은 수십 장의 사진도 훑어보며 기억을 더듬었다. 자료가 필요 이상으로 많았고 그 가운데 90퍼센트는 쓸모없는 것이라고 장담할 수 있었다. 예컨대 안드레아 클루바네크가 슬로바키아의 반스카슈티아브니차에서 보낸 어린 시절과 아버지가 농작업 사고로 죽기 전까지 얼마나 행복하게 지냈는지 장황하게 늘어놓은 부분이 그랬다. 하긴 끊길 줄 모르는 그녀의 이야기를 들었을 때부터 그중 초고에서 살릴 부분이 있긴 할지 의심스럽긴 했었다.

나는 지금까지 이런 식으로 작업한 적이 없었다. 소설이나 드라마 대본을 기획할 때는 대개 뭐가 필요한지 정확히 알기 때문에 본질에서 벗어난 디테일에 시간을 낭비하지 않는다. 하지만 이번에는 호손이 무슨 생각을 하는지 알 길이 없었으니 뭐가 연관이 있고 뭐가 연관이 없는지 무슨 수로 판단할 수 있겠는가. 맨 첫 장을 읽었을 때 그가 경고한 부분이 바로 그것이었다. 문에 스프링 종이 달렸는지 달리지 않았는지 여부가 결론에 지대한 영향을 미칠 수 있었고, 있는 것을 빠뜨리는 것이 없는 것을 만들어 내는 것만큼 치명적일 수 있었다. 그 결과 나는 다이애나 쿠퍼의 방에서 본 스티그 라르손의 책이 됐건 그녀의 부엌에 걸린 물고기 모양의 갈고리가 됐건 주디스 고드윈의 부엌에서 본 포스트잇이 됐건, 모든 공간에서 본 모든 것을 기록해야만 했고 급속도로 쌓여 가는 정보 더미 때문에 미쳐 버릴 것 같았다.

앨런 고드윈이 범인이라는 내 믿음에는 변함이 없었다. 그가 아니면 누가 범인일 수 있을까. 내가 새하얀 A4지 폭탄을 맞은 것처럼 느껴지는 책상에 앉아 곰곰이 생각해 본 것이 이것이었다.

뭐, 일단 주디스 고드윈이 있었다. 그녀에게도 똑같은 동기가 있었다. 나는 범행 현장에서 호손이 범인에 대해 뭐라고 했는지 기억을 더듬다가 페이지를 뒤져 그 부분을 찾아냈다. 〈범인은 남자였을 확률이 거의 1백 퍼센트예요. 여자가 여자한테 목 졸려 죽었다는 얘기도 들은 적 있지만 — 진짜예요 — 드물죠.〉 녹취해 글로 옮긴 바에 따르면 그가 정확히 이렇게 말했다. 그 결과 나는 지금까지 만난 여자를 아무도 의심하지 않았다. 하지만 〈거의 1백 퍼센트〉는 1백 퍼센트가 아니었고 〈드물다〉고 해서 불가능하지는 않았다. 주디스였을 수도 있었다. 메리 오브라이언이었을 수도 있었다. 꼬박 10년 동안 같이 지냈을 정도로 그 가족에 헌신적이지 않았던가. 그리고 제러미 고드윈은 어떤가? 그가 다들 생각하는 것처럼 무력하지 않을 수 있었다.

그런가 하면 데이미언 쿠퍼와 결혼한 배우 그레이스 러벨도 있었다. 그녀가 여러 말로 표현하지는 않았지만 첫 손주인 애슐리 말고는 관심이 없었던 시어머니와 사이가 별로 좋지 않았다는 것은 누가 봐도 알 수 있었다. 아이가 태어나면서 그레이스의 배우 생활은 막을 내렸고 신문 기사가 맞는다면 데이미언은 이상적인 남편과 거리가 멀었다. 약물, 파티, 쇼걸…… 이것들을 전부 합치면 살인 동기가 되기에 충분했다. 하지만 다이애나가 살해됐을 때 그녀는 미국에 있었다.

아닌가?

나는 다시 한번 메모를 뒤졌고, 데이미언 쿠퍼가 한 말 중에 그 당시에는 흘려들었지만 이제 보니 어마어마하게 의미심장하게 느껴지는 대목을 찾았다. 그레이스가 로스앤젤레스로 돌아가기 싫다고 했을 때였다. 그녀는 자기 부모님과 좀 더 있다가 가고 싶어 했다. 그러자 데이미언이 이렇게 말했다. 〈이미 1주일 동안 같이 있었잖아, 자기야.〉 은근한 자부심이 느껴졌다. 놓친 게 하나도 없지 않은가! 이 부분에 있어서는 내가 호손을 앞질렀을 수도 있었다. 〈1주일〉은 근사치일 수 있었다. 그레이스가 남편보다 9일이나 10일 먼저 건너왔을 수 있었다. 그렇다면 다이애나가 살해된 날, 이 나라에 있었을 수도 있다는 뜻이었다. 하지만 우리가 장례식 이후에 풀럼로드의 술집에 그녀를 남겨 두고 먼저 떠났을 때 차가 얼마나 막혔는지 생각해 보면 그녀가 우리보다 먼저 브릭레인에 도착하는 건 불가능했다.

그리고 또 누가 있을까? 나는 로버트 콘월리스와 한참 동안 만났고 그 점에 있어서는 그의 사촌 아이린 로스와도 마찬가지였다. 둘 다 MP3 플레이어를 관 속에 몰래 넣을 수 있었지만 그럴 이유가 없었다. 그들은 다이애나 쿠퍼를, 그녀의 사망 당일에 만난 게 전부였다. 두 사람 모두 그녀나 그녀의 아들의 죽음으로부터 얻는 소득이 없었다.

이후로 계속 메모를 정리하느라 시간 가는 줄도 몰랐는데, 5시 15분 전에 초인종이 울렸다. 나는 인터콤이 달린 건물의 5층에서 일을 하기 때문에 지상과 연결되어 있지만 가끔 세상과 단절돼 상아탑에 갇혀 있는 듯한 기분이 들 때도 있다. 나는 버저를 눌러 문을 열고 아래로 내려가 손님을 맞았다.

「집 좋네요.」 호손이 안으로 들어오며 말했다. 「하지만 마실 건 없어도 될 겁니다.」

나는 예의상 유리잔과 함께 생수와 오렌지주스를 꺼내놓았다. 그걸 다시 냉장고에 넣는 동안 거실을 훑어보는 그의 시선이 느껴졌다. 내 아파트 1층은 기본적으로 널찍한 원룸이다. 책꽂이 — 집에도 5백 권쯤 있지만 좋아하는 책들은 여기 둔다 — 와 부엌, 식탁, 내가 날마다 치려고 노력하는 어머니의 오래된 피아노가 있다. TV도 있고 커피 테이블 주변에는 소파 두 개가 놓여 있다. 호손은 거기 앉았다. 제집처럼 편안해 보였다.

「그러니까 딜에서 벌어진 사고의 진상을 파악했다고요.」 나는 말했다. 「이제 다이애나 쿠퍼를 살해한 범인을 알게 되는 건가요?」

호손은 고개를 저었다. 「아직은 아니에요. 하지만 진상을 들으면 흥미롭게 느껴질 거예요. 그나저나 기쁜 소식을 들고 왔어요.」 그가 덧붙였다.

「뭔데요?」

「티브스 씨를 찾았어요.」

「티브스 씨?」 나는 어느 정도 시간이 지난 다음에야 그게 누군지 기억해 낼 수 있었다. 「그 고양이요?」

「다이애나 쿠퍼가 기르던 회색 페르시아고양이.」

「어디 있었대요?」

「천창을 넘어서 옆집으로 들어갔다가 다시 나오지 못했나 봐요. 남프랑스에서 돌아온 그 집 식구들이 발견하고는 나한테 연락했어요.」

「잘됐네요.」 나는 말했지만 다이애나 쿠퍼의 고양이가 무슨 상관일까 싶었다. 그러다 퍼뜩 떠오른 생각이 하나 있었다. 「잠깐. 옆집에 변호사가 살았잖아요.」

「그로스먼 씨요.」

「그 사람이 왜 연락했어요? 당신의 정체는 무슨 수로 알았고요?」

「내가 문 틈새로 쪽지를 넣어 놨어요. 사실 브리태니아로드에 있는 모든 집에 쪽지를 남겼어요. 고양이를 찾으면 소식을 듣고 싶어서.」

「왜요?」

「이 모든 사태의 원인이 티브스 씨니까요, 토니. 티브스 씨가 없었다면 쿠퍼 부인이 살해될 일은 없었을 거예요. 그 아들도 그렇고.」

농담인 게 분명했다. 하지만 그는 표독스러움과 외골수인 성격이 한데 어우러져 속을 도무지 읽을 수 없게 만드는, 특유의 묘한 에너지를 풍기며 앉아 있었고 내가 뭐라고 반박할 겨를도 없이 다시 초인종이 울렸다.

「내가 문을 열까요?」 나는 물었다.

호손은 손을 흔들었다. 「당신 집이잖아요.」

나는 인터콤 앞으로 가서 수화기를 들었다. 「네?」

「앨런 고드윈입니다.」

흥분이 나를 덮쳤다. 이자가 첫 번째 손님이었다. 나는 그에게 세 층 더 올라오라고 하고 문을 열어 주었다.

잠시 후에 너무 커 보이는 레인코트를 입은 그가 등장했다. 장례식 때 입은 옷이었다. 그는 교수대로 향하는 죄수처럼 거실로 들어왔고 나는 호손이 캔터베리로 가는 길에 한 말이 있음에도 불구하고 그에게 살인죄를 추궁하기 위해 여기로 불렀고 모든 게 밝혀지려는 순간이라고 확신했다. 그러다가 두 사람이 오기로 했다는 걸 떠올렸다. 고드윈에게 공범이 있었을까?

「원하는 게 뭡니까?」 그는 호손에게로 직행하며 물었다. 「할 말이 있다고 했죠? 전화로 하면 안 되는 이유가 뭡니까?」 그는 주변을 이제야 인식하고는 좌우를 두리번거렸다. 「여기가 당신 집인가요?」

「아뇨.」 호손은 내 쪽을 가리켰다. 「저 사람 집이에요.」

고드윈은 나를 만난 적이 있음에도 불구하고 나에 대해 아무것도 모른다는 사실을 깨달았다. 「댁은 누구예요?」 그가 따져 물었다. 「나한테 이름도 밝히지 않았잖습니까.」

다행히 초인종이 다시 울렸고 나는 얼른 가서 인터콤을 받았다. 이번에는 아래에서 아무 소리도 들리지 않았다. 「호손을 만나러 오셨나요?」 나는 물었다.

「네.」 여자 목소리였다.

「문을 열게요. 계단으로 올라오시면 방이 나옵니다.」

「누구예요?」 고드윈이 따져 물었지만 겁에 질린 목소리로 보건대 누군지 아는 눈치였다.

「앉으시죠, 고드윈 씨.」 호손이 말했다. 「내 말 못 믿겠지만 나는 사실 당신을 도우려고 하고 있어요. 뭐 필요하신 거 있습니까?」

「주스가 있는데요.」 내가 말했다.

「물을 마실게요.」 고드윈은 호손을 마주 보고 테이블 저편에 앉았지만 조심스럽게 그의 시선을 피했다.

나는 가서 호손이 치우라고 했던 물을 꺼냈다. 그걸 막 들고 왔을 때 발소리와 함께 메리 오브라이언이 거실로 들어왔다. 그녀는 가장 뜻밖의 인물이었지만 그 순간 문득 그녀일 수밖에 없다는 생각이 들었다. 그녀는 우리 쪽으로 두 걸음 다가왔다가 우뚝 섰다. 방금 전까지는 반신반의하며 불안해했다면 이제는 깜짝 놀랐다. 앨런 고드윈이 있다는 걸 알아차리고는 그를 빤히 쳐다보고 있었다. 그도 똑같이 충격을 받은 표정으로 그녀를 빤히 쳐다보았다.

호손이 자리에서 벌떡 일어났다. 그는 전에 없이 희희낙락하며 사악하달 수 있는 분위기를 풍겼다. 「두 분이 서로 아는 사이일 거라고 봅니다만.」 그가 말했다.

앨런 고드윈 쪽이 먼저 정신을 차렸다. 「당연히 아는 사이죠. 이게 뭐 하자는 겁니까?」

「어떻게 된 일인지 정확히 아실 거라고 보는데요, 앨런. 와서 앉으시죠, 메리. 그렇게 불러도 되겠죠? 이 자리에서는 다 친구니까요.」

「이게 뭐예요?」 메리 오브라이언은 감정을 추스르려고 했지만 울음을 터뜨리기 일보직전이었다. 그녀는 고드윈을 쳐다보았다. 「당신이 왜 여기 있어요?」

「저 사람이 와달라고 했어요.」

두 사람은 양심의 가책을 느끼는 한편 화가 나고 겁에 질린 표정이었다. 고드윈이 자리에서 일어났다. 「나는 그만 나가 보겠습니다.」 그가 말했다. 「당신이 무슨 게임을 벌이건 관심 없어요, 호손 씨. 거기에 동참할 생각 전혀 없습니다.」

「좋아요, 앨런. 하지만 당신이 이 방에서 나가는 순간 경찰이 모든 걸 알게 될 거예요. 당신 아내도 마찬가지고.」

고드윈은 그 사리에서 얼어붙었다. 메리도 꿈쩍하지 않았다. 모든 것이 호손의 손안에 있었다.

「앉아요.」그가 말했다.「당신들은 10년 동안 서로 짜고 거짓말을 하고 있었어요. 하지만 이제 다 끝났어요. 당신들이 여기로 불려 온 이유가 그 때문이에요.」

고드윈은 다시 자리에 앉았다. 메리도 멀찌감치 거리를 두고 그와 같은 소파에 앉았다. 나는 그녀가 자리를 잡고 앉았을 때 그가 입 모양으로 〈미안해요〉라고 말하는 것을 보았고, 바로 그때 그 둘이 애인 사이고 주디스 고드윈도 눈치챘다는 것을 알아차렸다. 두 여자 사이에 긴장감이 흘렀던 이유가 그 때문이었다.

나는 피아노 의자에 앉았다. 이 방 안에서 계속 서 있는 사람은 호손뿐이었다.

「딜에서 벌어진 사고의 진상부터 규명하죠.」그가 말문을 열었다.「왜냐하면 같은 얘기를 대여섯 번 들었고 망할 현장에까지 다녀왔지만 절대 앞뒤가 맞질 않거든요. 그럴 만도 하죠. 당신들이 한 얘기가 전부 거짓말이었으니. 당신들의 심정이 어땠을지 아무도 모르겠지만 문제는 뭔가 하면 당신들에게는 선택의 여지가 없었다는 거예요. 이 안에 갇혀서 빠져나갈 방법이 없었으니. 당신들이 딱하게 느껴질 지경이지만 아뇨, 그렇지가 않네요.」

그는 담뱃갑을 꺼내 담배에 불을 붙였다. 나는 부엌에서 재떨이를 가져다 테이블에 놓았다.

「언제 불륜이 시작됐죠?」 호손이 물었다.

한참 동안 정적이 흘렀다. 메리가 울음을 터뜨렸다. 앨런 고드윈이 손을 잡으려고 했지만 그녀 쪽에서 뿌리쳤다.

앨런 고드윈은 아닌 척해 봐야 소용없다는 것을 깨달은 모양이었다. 「메리와 같이 살기 시작한 직후요.」 그가 대답했다. 「내 쪽에서 먼저 접근했습니다. 내가 전적으로 책임을 지겠어요.」

「이제는 정리했어요.」 메리가 조용히 말했다. 「정리한 지 한참 됐어요.」

「솔직히 나는 당신들 관계에는 관심이 없어요.」 호손이 말했다. 「나는 진실을 원할 따름이고 딜에서 벌어진 사고는 당신들, 그러니까 당신 두 사람의 책임이라는 게 진실이죠. 다이애나 쿠퍼가 안경을 깜빡했을지 모르지만 두 아이가 차에 치인 건 당신들 때문이고 당신들도 그걸 알아요. 이후부터 지금까지 그걸 감당하며 살아 왔죠.」

메리가 고개를 끄덕였다. 눈물이 뺨을 타고 흘렀다.

호손이 내 쪽을 돌아보았다. 「솔직히 고백할게요, 토니. 우리 둘이 같이 딜에 갔을 때 이해가 안 되는 게 너무 많았어요. 어디에서부터 시작할까요? 아이들이 아이스크림 가게에 가려고 차도로 뛰어들었다고 했죠. 그런데 가게는 문을 열지 않았어요. 그뿐 아니라 홍수가 나서 전기가 전부 나갔죠. 어두컴컴했다고요. 아이들이 여덟 살밖에 안 되긴 했지만 거기서 아이스크림을 사 먹을 수 없겠다는 걸 모를 나이는 아니었어요. 그런데 차에 치여서 한 명은 죽고 다른 한 명은 쓰러졌고 약국 주인 트래버턴 씨 말로는 쓰러진 아이가 아빠를 불렀다고 했어요. 하지만 세상에 그런 아이는 없어요. 아이들은 다치면 엄마를 찾죠. 그렇다면 어떻게 된 일일까요?」

그는 잠깐 말을 멈추었다. 아무도 입을 열지 않았고, 나는 그가 상황을 완전히 장악하고 있고 여기가 내 집인 동시에 그의 집이나 다름없다는 것을 느꼈다. 호손에게는 분명 자석과도 같은 구석이 있었다. 물론 잡아당기기도 하고 밀어낼 수도 있는 것이 자석이긴 하지만.

「맨 처음으로 돌아갑시다.」 그가 말을 이었다. 「여기 이 메리가 아이들을 딜로 데려갔어요. 아이들 엄마는 학회가 있었죠. 아빠는 맨체스터로 출장을 갔고요. 그녀는 로열 호텔에 체크인했지만 패밀리 룸은 싫다고 했어요. 아이들은 트윈 룸에 재우고 자기는 바로 옆 더블 룸을 쓰고 싶어 했죠. 왜 그랬을까요?」

「호텔 측에서 패밀리 룸에서는 바다가 보이지 않는다고 했잖아요.」 내가 말했다.

「전망하고는 전혀 상관없어요. 당신이 직접 알려 주지 그래요, 메리?」

메리는 나를 쳐다보지 않았다. 말문을 열었을 때 그녀의 목소리는 거의 기계에 가까웠다. 「우리는 딜에서 만나기로 했어요. 같이 지내기로 했죠.」

「맞습니다. 베이비시터와 집주인. 육체적인 관계. 하지만 해로온더힐에서, 같이 사는 집에서 그럴 수는 없었죠. 그랬기 때문에 바닷가에서 주말에 몰래 만나기로 했어요. 아이들은 6시면 자러 들어갈 테니 밤새도록 같이 있을 수 있잖아요.」

「당신 왜 이렇게 저질이에요?」 고드윈이 말했다. 「그런 식으로 얘기하니까 너무…… 지저분하게 들리잖습니까.」

「지저분한 거 맞잖습니까.」 호손은 연기를 뱉었다. 「당신이 약국에 있었던 정체불명의 남자였죠. 그리고 당신이 약국을 찾은 이유가 뭐였을까요? 맥주 여섯 개 세트를 사기 위해서가 아니었어요. 당신이 다이애나 쿠퍼의 장례식장에서 펑펑 울었던 것과 같은 이유 때문이었죠.」

나도 그가 왜 그렇게 심란해했는지 궁금했었다.

「꽃가루 알레르기!」 호손이 설명했다. 그는 또다시 내게 말을 걸었다. 「브롬프턴 공동묘지에 갔을 때 플라타너스 있는 거 봤어요?」

「네.」 내가 말했다. 「내가 적어 놨어요. 무덤 바로 옆에 있었죠.」

「꽃가루 알레르기가 있으면 플라타너스가 최악이에요. 꽃가루가 콧구멍으로 바로 들어가거든요. 꽃가루 알레르기 치료법으로 뭐가 유명한지 내가 두 분께 알려 드릴까요?」

「꿀.」 내가 말했다. 「그리고 생강차.」

「앨런이 피어 약국에서 사려던 게 바로 그거였죠.」 그는 다시 고드윈 쪽으로 고개를 돌렸다. 「해가 졌는데 선글라스를 끼고 있었던 이유도 그 때문이었고요. 당신은 여자 친구를 만나러 딜로 내려갔어요. 하지만 꽃가루 알레르기를 일으키는 바람에 약을 사러 약국으로 들어갔죠. 트래버턴이 동종 요법 치료제를 권했고 당신은 사고가 벌어지기 몇 초 전에 약국에서 나왔어요.

사고를 일으킨 원흉이 당신이었어요. 아이들은 바닷가 옆 산책로를 걷고 있었어요. 아이들은 차도로 뛰어들면 절대 안 된다고 난단히 주의를 들었고 아이스크림 가게가 문을 닫았다는 걸 똑똑히 알았어요. 그런데 가게 바로 옆 약국에서 갑자기 아빠가 나왔고 야구 모자에 선글라스까지 썼음에도 아이들은 당신을 알아보고 흥분해서 달려갔어요. 바로 그때 다이애나 쿠퍼가 모퉁이를 돌아 나왔고 당신 눈앞에서 사고가 벌어졌죠. 아이 둘 다 차에 치이는 사고가.」

고드윈은 앓는 소리를 내며 두 손에 고개를 묻었다. 그의 옆에서 메리가 나지막이 흐느꼈다.

「티머시는 죽었어요. 제러미는 그 자리에 쓰러졌고 당연히 아빠를 불렀죠. 방금 전에 보았으니까요. 그때 당신 심정이 어땠을지 상상도 하지 못하겠네요, 앨런. 두 아이가 차에 치이는 걸 보았지만 맨체스터에 있어야 하는 사람이라 달려갈 수가 없었을 테니 말이죠. 딜에 있는 이유를 무슨 수로 아내에게 설명할 수 있겠어요?」

「나는 아이들이 그 정도로 심하게 다친 줄 몰랐어요.」 고드윈이 쉰 목소리로 말했다. 「내가 뭘 어쩔 방법이 있었던 것도 아니고…….」

「저기요, 내가 보기에는 그거 다 개소리예요. 차도로 달려가서 아이들을 챙길 수 있었잖아요. 말도 안 되는 변명은 집어치워요.」 호손은 담배를 비벼서 껐다. 불똥이 빨갛게 이글거렸다. 「하지만 바로 그 순간 당신과 메리는 일종의 협정을 맺었죠. 트래버턴은 메리가 자기 눈을 쳐다보았다고 했지만 그건 그의 착각이었어요. 당신은 그의 바로 옆에 서 있던 앨런을 쳐다보고 있었으니까요. 당신은 앨런에게 당장 도망치라고 하고 있었어요. 그렇죠?」

「이 사람이 할 수 있는 일이 아무것도 없었으니까요.」 메리는 방금 전에 앨런이 했던 말을 똑같이 반복했다. 두 뺨이 눈물로 번들거리는 산송장 같은 얼굴로 멍하니 허공을 응시했다. 나중에 나는 이런 광경이 우리 집에서 벌어졌다는 데 혐오감을 느낄 것이다. 그들을 여기로 부른 것을 후회할 것이다.

「당신이 그 오랜 세월 동안 이 가족의 곁을 떠나지 않은 이유를 알 것 같네요, 메리.」 호손은 결론을 내렸다. 「당신 때문에 그런 사고가 벌어졌다는 걸 알기 때문이었죠. 그렇죠? 아니면 앨런과 계속 자고 있었기 때문인가요?」

「이것 보세요!」 고드윈이 버럭 소리를 질렀다. 「우리 관계는 오래전에 끝났어요. 메리는 제러미를 위해 그 자리를 지켰어요. 오직 제러미를 위해서!」

「네. 그리고 제러미는 메리 때문에 그 자리에 있게 됐고요. 두 분은 정말이지 천생연분이었네요.」

「우리한테 원하는 게 뭡니까?」 고드윈이 물었다. 「그날 벌어진 사고로 우리가 받은 벌이 충분하지 않았다고 생각해요?」 그는 눈을 잠깐 감았다가 계속 말했다. 「그냥 재수가 없었을 뿐이에요. 내가 그 순간 약국에서 나오지 않았더라면, 아이들이 나를 보지 못했더라면…….」 그는 무덤덤하달 수 있는 말투로 아주 천천히 말했다. 「내 관심사는 주디스가 알면 절대 안 된다는 것뿐이에요.」 그는 말했다. 「티머시를 그리고 제러미를 잃은 것만으로도 충분히 끔찍한데. 메리와 나에 대해서까지 알게 되면…….」그는 말을 하다 말고 멈추었다.「주디스한테 얘기하실 건가요?」

「나는 아무 말도 하지 않을 겁니다. 내가 상관할 바가 아니니까요.」

「그럼 우리를 여기로 부른 이유가 뭡니까?」

「두 분에 대해 내가 짐작한 게 맞는지 확인하기 위해서였어요. 내가 충고 하나 할까요? 나라면 부인한테 다 얘기하겠어요. 부인은 이미 당신을 내쫓았어요. 당신의 결혼 생활은 끝났어요. 하지만 이것, 당신 둘 사이를 가로막고 있는 이 비밀은 종양과 같아요. 그게 당신들을 갉아먹고 있어요. 나라면 도려내겠어요.」

앨런 고드윈은 천천히 고개를 끄덕이고 잠시 후 자리에서 일어났다. 메리 오브라이언도 따라서 일어났다. 둘이 같이 문을 향해 걸어가다가 마지막 순간에 고드윈이 뒤를 돌아보았다.

「당신은 똑똑한 사람이에요, 호손 씨.」그가 말했다.「하지만 우리가 얼마나 괴로워했는지 전혀 이해하지 못해요. 감정이라는 게 전혀 없어요. 우리는 끔찍한 실수를 저질렀고 날마다 그 결과를 감당하며 지내야 했어요. 하지만 우리가 괴물은 아니에요. 죄인도 아니고요. 사랑에 빠졌을 뿐이지.」

하지만 호손은 꿈쩍하지 않았다. 내가 보기에는 그 어느 때보다 얼굴이 더 하얘지고 눈빛은 더 표독스러워진 것 같았다.「당신이 원한 건 섹스였죠. 아내 몰래 바람을 피웠고. 그리고 그 결과 아이가 하나 죽었어요.」

앨런 고드윈은 혐오에 가까운 표정으로 그를 쳐다보았다.

메리는 이미 밖으로 나가고 없었다. 그는 몸을 돌려 그녀를 따라 나갔다. 우리 둘만 남겨졌다.

「꼭 그렇게 심하게 몰아붙여야 했어요?」 마침내 내가 물었다.

호손은 어깨를 으쓱했다. 「두 사람이 안쓰러워요?」

「글쎄요. 네. 아마도요.」 나는 애써 생각을 정리했다. 「앨런 고드윈이 다이애나 쿠퍼를 죽이지는 않았군요.」

「맞아요. 그는 딜에서 벌어진 사고를 두고 그녀를 원망하지 않아요. 자기 자신을 원망하지. 그렇기 때문에 그녀를 살해할 이유가 없죠. 그녀는 사고의 원흉이 아니라 그냥 매개체였으니까요.」

「그리고 운전자는…….」

「누가 그 차를 운전하고 있었든 상관없어요. 데이미언이었든 그의 어머니였든 옆집 아주머니였든. 이 사건과는 무관하니까요.」

담배 연기가 허공에서 맴돌았다. 나중에 아내에게 이유를 설명해야 하게 생겼다. 나는 계속 피아노 의자에 앉아 있었다. 내가 세웠던 가장 그럴듯한 가설이 방금 전에 와르르 무너지고 말았다.

「앨런 고드윈이 아니면 누구 소행이죠?」 내가 물었다. 「다음 행선지는 어디예요?」

「그레이스 러벨.」 호손이 대답했다. 「내일 그녀를 만날 거예요.」

20
배우의 삶

그레이스 러벨은 브릭레인의 아파트로 돌아가지 않았고 나는 그녀를 나무랄 수 없다고 본다. 핏자국을 없애려면 오랜 시간이 필요할 테고 끔찍했던 범행의 기억을 지우려면 그보다 더 오랜 시간이 필요할 것이었다.

그녀는 애슐리와 함께 하운즐로에 있는 부모님 집에서 지내고 있었다. 그녀의 아버지가 민간 항공기 관리팀 간부로 근무하는 히스로 공항 근처였다. 마틴 러벨은 그날 휴가를 냈다. 그는 덩치가 크고 위협적인 인상을 풍기는 남자였는데, 너무 작은 폴로셔츠를 입고 있어서 어깨가 옷을 찢을 듯했고 울뚝불뚝한 팔뚝이 소매 밖으로 튀어나왔다. 머리를 다 밀어서 나이를 짐작하기 어려웠지만 50대 후반일 게 분명했다. 그레이스는 그를 전혀 닮지 않았다. 그는 애슐리를 안고 있었고 아이에게 집중해야 했다. 그가 와락 끌어안았다가 실수로 아이의 숨통을 조르는 장면이 쉽게 상상이 됐다. 아이는 평소처럼 주변 상황에 아무 관심을 보이지 않고 헝겊 책에 푹 빠져 있었다.

집은 깔끔하고 모던한 분위기였고 그 일대가 활주로와 딱 붙어 있는지 몇 분마다 한 번씩 이륙하는 비행기의 굉음에 귀가 먹먹해졌다. 그레이스와 그 아버지는 소음을 의식하지 않는 눈치였다. 애슐리는 비행기가 지나갈 때마다 좋아하며 까르르 웃었다. 그레이스가 말하길 인근 중학교에서 수학을 가르치는 어머니 로즈메리 러벨은 출근하고 없다고 했다. 그래서 우리 다섯 명이 공간에 비해 조금 큰 소파와 안락의자에 서로 마주 보고 어색하게 앉게 됐다. 마틴이 커피를 마시겠느냐고 했지만 우리는 사양했다. 그는 조용히 자리를 지켰고 그레이스가 대화를 주도했다. 나는 그가 분노로 이글거리는 묘한 눈빛으로 우리를 쳐다보는 것을 가끔 느꼈다.

그레이스는 20분 동안 데이미언 쿠퍼와 어떤 식으로 만났고 동거 생활과 미국에서 보낸 시간이 어땠는지 이야기했다. 데이미언의 죽음으로 어떤 의무에서 해방되기라도 한 듯 과거에 몇 번 만났을 때와 전혀 다른 모습을 보였다. 그녀의 얘기를 듣다 보니 오래전에 애정이 식었다는 것을 느낄 수 있었고 호손이 그녀를 〈남편을 잃어 슬픈 여인〉이라고 표현하며 빈정거렸던 것이 생각났다. 뭐, 그의 말은 맞았다. 그녀는 애초부터 배우였고 지금이 그녀에게 스포트라이트가 집중된 순간이었다. 그녀에게 모진 말을 하려는 건 아니다. 나는 그녀가 마음에 들었다. 그녀는 젊고 카리스마가 넘쳤지만 여태껏 자기 인생을 도난당하도록 방치하고 있었다. 자기 입으로는 절대 시인하지 않았지만 데이미언의 죽음으로 확실히 새 출발의 기회가 찾아왔다.

그녀가 한 말은 다음과 같았다.

「저는 아주 어렸을 때부터 배우가 되고 싶었어요. 학창 시절에는 연극 수업을 사랑했고 돈이 생기면 연극을 보러 다녔어요. 아침에 일어나자마자 국립 극장에 가서 10파운드짜리 좌석을 사려고 줄을 서거나 맨 꼭대기 층 뒷자리 표를 샀죠. 학교 쉬는 날마다 미용실에서 파트타임으로 그 돈을 벌었어요. 엄마, 아빠는 정말 좋은 부모님이었어요. 항상 저를 응원해 주셨어요. 제가 왕립 연극 학교에 지원하고 싶다고 했을 때도 1백 퍼센트 찬성하셨고요.」

「나는 설득하려고 했었다!」 마틴 러벨은 으르렁거렸다.

「저랑 시내까지 같이 가주셨잖아요, 아빠. 제가 맨 처음 실기 시험을 봤을 때 모퉁이를 돌면 나오는 그 술집에서 기다리셨고요.」 그녀는 다시 우리 쪽으로 고개를 돌렸다. 「저는 열여덟 살이었고 그때 막 대입 시험을 치렀어요. 아빠는 제가 대학 공부를 하고 졸업한 다음에 지원하길 바랐지만 기다릴 수가 있어야 말이죠. 오디션은 네 번 봤는데 갈수록 어려웠어요. 맨 마지막이 최악이었어요. 서른 명이 하루 종일 봤거든요. 수업을 엄청 많이 들었고 다양한 사람들이 수업 내내 우리를 예의 주시했고 우리 중 최소 절반이 탈락될 운명이었어요. 긴장돼서 속이 울렁거렸지만 그런 티를 내면 당연히 끝장이었죠. 며칠 뒤에 왕립 연극 학교 교장한테 합격했다는 전화를 받았을 때 — 모든 지원자에게 교장이 개인적으로 연락을 하거든요 — 〈이럴 수가! 말도 안 돼!〉 이런 심정이었어요. 모든 꿈이 이루어진 셈이었거든요.

그러고 얼마 안 있어 학비를 충당할 방법을 생각해 내야 했죠. 아빠가 절반을 내주겠다고 했고 그 정도로도 고마운 일이었지만…….」

「너를 믿었기 때문에 그랬지.」 마틴은 방금 전에 자기가 한 말을 잊었는지 이렇게 중얼거렸다.

「……나머지 절반을 마련해야 했어요. 우리 동네에는 5년 동안 학자금을 융자해 주는 곳이 없었고 어디서 돈을 빌릴 수도 없었으니 이러다 못 가는 건 아닌가 싶어서 진심으로 걱정되던 때도 있었어요. 결국에는 왕립 연극 학교의 도움을 받았죠. 유명한 배우가 있는데 — 누군지는 절대 가르쳐 주지 않더라고요 — 이제 막 걸음마를 시작한 신인을 돕고 싶어 한다지 뭐예요. 내가 흑인이라 도움이 된 것도 있을지 몰라요. 학교 측에서 적절한 인종 비율을 맞추는 데 민감했거든요. 이렇게 해서 학비 절반이 해결됐고 이듬해 9월에 나는 학교생활을 시작할 수 있었죠.

왕립 연극 학교 생활은 정말 좋았어요. 매 순간이 즐거웠어요. 가끔 내 밑천이 1백 퍼센트 드러난 것처럼 느껴질 때도 있었지만요. 긴장감이 어마어마했고 학교 측에서 정말 열심히 공부를 시켰어요. 그해 수강생이 스물여덟 명뿐이었고 스코틀랜드에서 온 남자아이와 홍콩에서 온 여자아이를 비롯해 두어 명이 중간에 나갔기 때문에 서로 아주 가깝게 지냈지만 또 한편으로는 자기 자신을 고스란히 노출시켜야 했어요. 그것도 훈련의 일부분이었거든요. 더는 못 하겠다, 집에 가서 울어야겠다는 생각이 든 적도 몇 번 있었지만 선생님한테 칭찬을 듣거나 친구들이 응원해 주면 어찌어찌 버틸 수 있었고 그 터널을 빠져나오면 내가 더 강해졌어요.

데이미언에 대해 알고 싶으시죠? 우리가 다 같이 아주 친하게 지냈다는 걸 아셔야 해요. 우리는 전부 서로 사랑했어요. 진심으로요. 그리고 전혀 경쟁하지 않았어요. 적어도 막판에 트리를 하고 에이전트들이 주변을 어슬렁거리기 전까지는요.」

「트리라뇨?」 내가 물었다.

「아, 쇼케이스요. 짤막한 장면을 연기하거나 독백을 하는 건데 여러 에이전트들이 보러 와요. 비어봄 트리라는 배우의 이름에서 붙여진 명칭이에요.」 그녀는 원래 하던 이야기로 돌아갔다. 「물론 처음에는 다들 끼리끼리 뭉치죠. 잉글랜드 북부에서 온 여학생 셋이 있었는데, 다들 걔네를 조금 무서워했어요. 게이도 두 명 있었고요. 나이가 좀 많아서 20대 후반인 몇몇은 자기들끼리 있을 때 좀 더 편안해했어요. 나는 처음에는 완전히 혼자였어요. 첫날 커다란 원형으로 앉아 있었을 때 이들과 앞으로 3년을 지내야 하는데 아는 사람이 한 명도 없다는 생각이 들면서 덜컥 겁이 났던 기억이 나요!

하지만 아까도 말씀드렸던 것처럼 다들 친해졌고 거의 처음부터 독보적으로 눈에 띈 사람이 있었다면 데이미언이었어요. 그를 모르는 사람이 없었어요. 다들 그를 떠받들었어요. 그는 나보다 겨우 한 살 많았고 집이 켄트라 런던에는 거의 온 적이 없었는데도 자신감이 넘쳤고 선생님들의 사랑을 독차지했어요. 그를 가리켜 최우등생이라고 한 사람은 없었어요. 그런 식이 아니었거든요. 하지만 데이미언이 항상 가장 좋은 배역을 맡았고 가장 좋은 평가를 받았고 다들 그의 가장 친한 친구가 되고 싶어 했어요. 어쩌다 보니 그게 내가 됐지만. 그나저나 우리 둘이 같이 잔 적은 없어요. 음…… 한 번 빼고는요. 하지만 말씀드렸던 것처럼 우리가 본격적으로 사귄 건 학교를 졸업하고 몇 년이 지난 다음이었어요.

데이미언하고 저는 아주 친하게 지냈지만 그가 반한 또 다른 여학생이 있었어요. 이름이 어맨다 리였는데, 데이미언은 항상 본명은 따로 있을 거라고 했어요. 배우 비비언 리에 미친 친구라 다들 비슷하게 이름을 바꾼 거라고 했거든요. 그 친구에 대해서는 나중에 좀 더 말씀드릴게요. 아무튼 그래서 데이미언, 어맨다, 저 그리고 댄 로버츠라는 또 다른 남자아이가 같이 다녔는데, 걔도 재능 있는 배우였어요. 데이미언과 댄이 서로 좋아한다고 생각한 사람들이 많았지만 그건 아니었어요. 우리 넷은 친한 친구였고 그 학교에 다니는 내내 그렇게 지냈죠. 학교를 졸업한 뒤에는 각자 뿔뿔이 흩어졌지만 이 바닥이 원래 그래요. 제 첫 직장은 글래스고에 있는 시티즌스 극장이었어요. 데이미언은 왕립 셰익스피어 극단에 들어갔고요. 댄은 브리스틀에서 〈십이야〉에 출연했어요. 어맨다는 어떤 작품을 했는지 기억이 나지 않지만 중요한 건 우리가 뿔뿔이 흩어졌다는 거예요.

왕립 연극 학교 얘기라면 하루 종일도 할 수 있어요. 가장 기억이 나는 건 소속감, 딱 맞는 사람들과 딱 맞는 곳에 있다는 느낌이에요. 학교에서 공부를 엄청 많이 시켰고 — 동작 수업, 발성 수업, 노래 수업 — 숙제도 진짜 많았어요. 다들 무일푼이었고요. 그래서 웃겼어요. 시드스라는 구역질 나는 카페가 우리 아지트였는데, 남학생들은 커다란 접시에 담긴 감자칩, 소시지, 그런 걸 먹었어요. 싼 게 그거라. 가끔 저녁에 말버러 암스에서 술을 마신 적도 있어요. 절 기다렸던 그

술집 말이에요, 아빠. 하지만 대개는 다들 집에 가서 로이드를 하거나 이런저런 숙제를 하고 그대로 뻗었죠.」

니로서는 로이드를 한다는 게 무슨 뜻인지 알 길이 없었다. 하지만 이번에는 말허리를 자르지 않았다.

「하지만 데이미언에 대해 알고 싶으실 테니까 3학년 때 제작한 〈햄릿〉에 얽힌 일화를 들려 드릴게요. 모든 게 곪아서 터진 게 그때였거든요. 그건 아주, 아주 중요한 작품이었어요. 일단 햄릿을 맡은 사람은 근사한 발판을 마련할 수 있을 게 분명했거든요. 수많은 에이전트들이 보러 올 거였고, 로열 코트 극장에서 걸작을 숱하게 작업한 린지 포즈너가 연출을 맡을 예정이었는데, 우리 중에 영 빅 극장에서 상연된 그의 〈아메리칸 버펄로〉를 안 본 사람이 없었어요. 다들 댄이 햄릿 역을 맡을 거라고 생각했어요. 그가 지난 두 작품에서 작은 배역만 맡은 이유가 학교 측에서 화려하게 빛날 수 있는 이 절호의 기회를 부여하기 위해서 일부러 아껴 둔 거라는 소문이 있었거든요. 게다가 그의 트리도 예상과 다르게 잘 안 됐어요. 대사를 몇 개 까먹었지 뭐예요. 그래서 이번이 그에게는 반전의 기회였죠.

우리는 하나같이 흥분을 달래며 명단이 공개되길 기다렸어요. 우편함 옆쪽의 조그맣고 비좁은 자리가 캐스팅 명단이 붙는 곳이라 다들 그 앞에 모여서 누가 무슨 배역을 맡았고 어느 극장을 쓰게 되는지 확인했거든요. 그때쯤에는 다들 점점 불안해한 것도 있었어요. 3년의 학교생활이 끝나가는 시점이었으니까요. 에이전트 없이 왕립 연극 학교를 졸업하는 건 최악이거든요. 그래서 그 마지막 공연이 진짜 중요했던 거예요.

아무튼 명단이 공개됐고 아니나 다를까, 댄이 햄릿으로 캐스팅됐어요. 저는 기쁘게도 오필리아로 뽑혔고요. 어맨다는 오즈릭이라는 조그만 배역으로 뽑혔어요. 원작과 성별을 바꾸기로 했거든요. 그래서 5막에 등장하고 그만이었지만 그해 초에 〈심벨린〉에서 이머전을 맡았으니까 공평한 거였죠. 데이미언은 레어티즈를 맡았고 좋아했지만 그가 햄릿이라야 한다는 사람들이 많았어요. 트리 때 〈나란 놈은 얼마나 똥 덩어리같이 더럽고 어리석은 불한당이란 말인가!〉가 나오는 독백을 했는데 다들 입을 모아서 칭찬했거든요. 현대식 복장으로 지하의 GBS에서 공연하기로 했는데, 거기가 극장 건물 안에서 제일 추운 곳이었어요. 밴브러보다 훨씬 추웠죠.

연습 기간은 5주였는데 언뜻 듣기에는 아주 긴 시간인 것 같지만 어마어마하게 힘들었어요. 그러다 한 주가 지났을 때 모든 게 달라졌어요. 제가 이때 이야기를 하는 이유가 그로 인해 제 인생이 달라졌다고 할 수 있기 때문이에요. 댄이 전염 단핵구증에 걸려서 연습에 참석을 할 수 없게 되는 바람에 숱한 논의 끝에 데이미언과 배역을 바꿨거든요. 그러니 갑자기 데이미언과 제가 그 격한 장면을 몇 시간이고 같이 연습하게 된 거죠. 이제 와 생각해 보면 그를 사랑하게 된 게 그때였어요. 그는 무대에 오르면 뭐랄까…… 자성이 생겨요. 무슨 말인가 하면, 그는 길거리에서 마주쳐도 눈에 띄지만 연기를 할 때는 물웅덩이나…… 우물을 들여다보는 느낌이 들어요. 그렇게 깊이가 있고 투명했어요. 린지 포즈너는 그와의 작업을 사랑해 마지않았고, 그가 왕립 셰익스피어 극단에 입단하게 된 것도 그 덕분이었어요. 린지가 스트랫퍼드와 바비칸에서 일을 많이 했는데, 데이미언을 데리고 다녔죠.

요즘도 사람들은 그해 〈햄릿〉 공연을 얘기해요. 덕분에 데이미언과 댄과 제가 모두 에이전트를 구했고 예술 감독님은 그때까지 본 〈햄릿〉 중에서 최고였다고 했어요. 우리는 무대 장치 없이, 소품도 거의 없이 원형 무대에서 공연했어요. 가면을 많이 활용했고요. 린지가 노[24]의 영향을 많이 받았거든요. 데이미언의 연기는 누가 봐도 눈이 부셨어요. 관객들의 마음을 훔쳤죠. 댄도 훌륭했어요. 5막에서 결투 장면을 칼이 아니라 부채를 들고 했는데, 그 에너지와 격한 감정을 느낄 수 있었어요. 우리는 사실 기립 박수를 받았는데, 에이전트들이 보러 온 왕립 연극 학교 연극에서는 흔치 않은 일이었어요.

하지만 제가 그 작품을 기억하는 이유는 대부분 데이미언 때문이에요. 두 분도 그 작품을 아시죠? 3막 1장. 그 장이 끝났을 때 저는 눈물 바람이었어요. 〈아, 더없이 고귀하신 영혼이 이렇게 망가지다니!〉 그 장면의 고통과 광기가 제 안에 남아 있었죠. 어느 순간, 데이미언이 제 목을 잡더니 숨결이 제 입술로 느껴질 만큼 가까이 자기 얼굴을 제 앞으로 들이댔지 뭐예요. 그가 손을 놓았을 때 제 목에는 멍이 들었고요. 사귀기 시작했을 때 그는 다시는 제 상대역을 맡고 싶지 않다고 했어요. 어차피 그 무렵에 제 연기 생활은 애슐리 때문

24 일본의 전통 가면극.

에 중단된 상태이긴 했지만요. 제가 드리고 싶은 말씀은 뭔가 하면, 제가 가장 사랑했던 건 그 남자라기보다 그 배우였다는 거예요. 남자로서 그는…….」

그녀가 알맞은 단어를 찾지 못하자 아버지가 알려 주었다.

「……개차반이었지.」

「아빠!」

「너를 그런 식으로 대하고 그런 식으로 이용했으니…….」

「처음부터 그랬던 건 아니에요.」

「그 녀석과 그 엄마는 처음부터 그랬어. 둘 다 서로 오십보 백보였지.」

그레이스는 못마땅한 눈빛으로 그를 쳐다보았지만 옥신각신하지는 않았다. 잠시 후에 그녀는 다시 이야기를 시작했다.

「저는 인디펜던트 탤런트와 계약을 맺었고 첫 작업은 〈조너선 크리크〉라는 TV 드라마였어요. 마술사의 조수였고 대사 몇 줄 없었지만 그래도 이력서에 넣을 거리는 생겼죠. 이후에 TV 드라마에 몇 편 더 출연했어요. 〈캐주얼티〉, 〈홀비 시티〉, 〈더 빌〉. 그러고 나서 스텔라 아르투아 광고를 찍었는데 끝내줬어요. 1주일 동안 부에노스아이레스에서 지냈거든요! 연극 쪽 일도 많아지기 시작했어요. 그중에서도 최고는 헤이마켓에서 보낸 〈조너선 켄트〉 시즌이었죠. 〈컨트리 와이프〉하고 에드워드 본드가 쓴 〈더 시〉에서도 괜찮은 배역을 맡았어요. 심지어 리뷰 기사에 내 이름이 언급되기도 했죠. 에이전트 피오나 브라운은 내가 슬슬 잘 풀리려나 보다고 확신했어요. 심지어 유명한 오디션도 몇 군데 받았거든요.

그런데 그때 데이미언과 재회했지 뭐예요. 그가 〈컨트리 와이프〉 공연을 보러 온 거예요. 제가 출연하는 건 알지도 못했고 피짓 부인 역을 맡은 배우가 자기 친구라서요. 우리는 백스테이지에서 우연히 만났고 술 한잔하자고 같이 나갔어요. 진짜 황당한 일이었죠. 서로 아는 사이였고 그렇게 가깝게 지냈는데, 몇 년 동안 연락 한 번 한 적 없었다는 게.」

「그런 인간이었지.」 마틴 러벨이 말했다. 애슐리는 헝겊 책을 다 보고 그의 품에서 잠이 들었다. 그는 아이를 조심스럽게 소파에 내려놓았다. 「관심사는 오로지 자기 직업뿐. 친구도 없었고. 녀석이 너를 이용한 거야.」

「그런 말 말아요, 아빠.」 그레이스는 이번에도 그에게 아니라고 하지 않았다. 「그때쯤 데이미언은 제법 유명 인사였어요. 사람들이 사인을 받으려고 줄을 서지는 않았지만 얼굴을 알아보는 정도? 유명한 영화와 TV 드라마에 많이 출연했고 『이브닝 스탠더드』에서 상도 받았으니까요. 그때 이미 할리우드에서 일하는 중이었죠. 〈스타 트렉〉 촬영을 앞두고 있었고요. 나는 그가 달라졌다는 걸 한눈에 알 수 있었어요. 내가 기억하는 것보다 더 냉정해졌더라고요. 그렇게 돈을 많이 벌고 성공을 거둬서 차갑고 날카로운 분위기가 생겼을 수도 있지만 — 브릭레인에 아파트를 장만한 직후였어요 — 솔직히 일종의 자기방어였다고 봐요. 이 업계에서 일하려면 냉정해야 하거든요. 저는 그게 배우 삶의 일부라고 하겠어요.

우리는 근사한 저녁 시간을 보냈어요. 다들 그 작품을 마음에 들어 했고 사방에서 웅성거렸죠. 우리는 술을 너무 많이 마셨고 왕립 연극 학교 시절과 거기서 보낸 시간에 대한 얘기가 나왔어요. 데이미언은 같은 학교 출신 두어 명과 같이 작업을 한 적이 있었대요. 그러면서 댄은 연기를 그만두었다는 소식을 전해 주었는데, 엄청 재능이 있었던 친구라 안타까운 일이었지만 가끔 그런 경우가 있어요. 자잘한 배역이나 대역 제안은 들어오지만 중요한 오디션은 계속 삐끗하는 경우요. 댄은 〈카리브해의 해적〉의 주인공으로 캐스팅될 뻔했지만 결국에는 올랜도 블룸의 차지가 됐죠. ITV에서 제작한 〈닥터 지바고〉도 놓쳤고요. 두말하면 잔소리지만 어맨다도 사라졌고 말이죠. 데이미언은 자기 얘기를 많이 했어요. 〈스타 트렉〉에서 번 돈으로 로스앤젤레스 집 보증금을 낼 수 있었다는 둥, 아예 거기서 살까 생각 중이라는 둥.

그는 3주 동안 영국에서 미니시리즈를 촬영했고 우리는 거의 날마다 붙어 지냈어요. 제 눈에는 브릭레인에 있는 아파트가 얼마나 근사했는지 몰라요. 저는 다른 배우 두 명과 함께 클래펌에 있는 조그만 집에서 살고 있었는데 아주 딴세상 같더라고요. 전화벨도 계속 울렸어요. 그의 에이전트, 매니저, 홍보 담당자, 신문사, 라디오 방송국. 생각해 보니 제가 왕립 연극 학교에 진학하면서 꾸었던 꿈이 그런 거였는데 그에게는 그게 현실이더라고요.」

「이제는 너한테도 그게 현실이 될 수 있어, 그레이스. 그 녀석도 사라졌고 하니.」

「그건 아니다, 아빠. 데이미언이 내 앞길을 가로막은 적은 없었잖아요.」

「네가 막 배우로서 꽃을 피우려던 시점에 그 녀석이 임신을 시켰잖니.」

「그건 제 선택이었어요.」 그녀는 우리 쪽으로 고개를 돌렸다. 「데이미언에게 임신 소식을 전했더니 저랑 같이 아이를 낳아서 키우고 싶다고 했어요. 신나했어요. 자기 집에서 같이 살자고 했죠. 자기가 벌어 놓은 돈이면 우리 둘이서 아이와 함께 살기에 충분하고도 남는다면서. 다음 비행기를 타고 로스앤젤레스로 오라고 했어요.」

「두 분이 혼인 신고는 하셨나요?」 호손이 물었다. 그는 그레이스의 증언에 열심히 귀를 기울이긴 했지만 평소답지 않게 계속 침묵을 지키고 있었다.

「아뇨. 하지 않았어요. 데이미언이 그럴 필요가 없다고 생각했거든요.」

「데이미언은 자기 생각만 했으니까.」 그녀의 아버지가 주장했다. 「발목 잡히기 싫었던 게지. 그리고 그 녀석 어미도 똑같아. 금쪽같은 자기 아들 말고는 아무한테도 관심이 없었으니. 널 무시하기나 하고.」

「우리 둘이서 같이 내린 결정이에요, 아빠. 아빠도 알잖아요. 그리고 어머님이 그렇게까지 못되진 않았어요. 그냥 외로워하셨고 좀 슬퍼하셨고 아들을 너무 애지중지하셨을 뿐이죠.」 그녀는 애슐리에게 다가가 눈을 덮은 머리칼을 쓸어 넘겼다. 그러고는 하던 얘기를 계속했다. 「저는 그가 하라는 대로 했어요. 그가 표를 사서 보내 줬고…….」

「프리미엄 이코노미석으로. 심지어 비즈니스석도 아깝다 이거였지.」

「……저는 그와 동거를 시작했어요. 그의 에이전트가 어찌어찌 비자를 받아 주었고요. 무슨 수로 그랬는지 모르겠지만 애슐리가 미국에서 태어났다 보니 미국 시민권까지 있어요. 제가 건너갔을 때 데이미언은 이미 〈스타 트렉〉 촬영을 시작했기 때문에 자주 볼 수 없었지만 상관없었어요. 그는 저랑 같이 찾은 집을 샀어요. 방은 두 개뿐이었지만 언덕 꼭대기라 전망이 근사했고 조그만 수영장이 딸린 아담하고 예쁜 집이었죠. 저는 무척 마음에 들었어요. 그는 인테리어를 저한테 일임했어요. 애슐리를 생각해서 하나를 아이 방으로 꾸미고 웨스트할리우드와 로데오드라이브로 쇼핑을 하러 다녔죠. 데이미언이 가끔 밤늦게 들어올 때도 있었지만 주말은 함께 보냈고요. 그가 자기 친구들한테 저를 소개했고 저는 모든 게 다 잘될 줄 알았어요.」

그녀는 시선을 떨어뜨렸고 나는 잠깐 그녀의 눈 속에서 슬픈 눈빛을 감지했다.

「하지만 그건 착각이었어요. 사실 제 탓이었죠. 아무리 애를 써도 로스앤젤레스가 좋아지지 않더라고요. 문제는 거기가 사실 전혀 도시라고 볼 수 없다는 거예요. 어디든 가려면 차를 타고 이동해야 하는데 갈 데가 없거든요. 뭐, 상점도 있고 음식점도 있고 해변도 있지만 왠지 모르게 전부 좀 무용지물처럼 느껴져요. 그리고 날이 항상 더워요. 특히 임신 6~7개월 때는 얼마나 더웠는지 몰라요. 저 혼자 지내는 시간이 점점 많아졌어요. 데이미언이 자기 친구들한테 저를 소개했다고 했지만 사실 친구가 그렇게 많지도 않았고, 대화 주제가 자기들 하는 일이었기 때문에 저는 소외감을 느낄 수밖에 없었죠. 친구들은 대부분 영국 출신이었고 대부분 배우였어요. 그 바닥이 얼마나 웃긴지 아세요? 저마다 자기들만의 그룹이 있고 외부인한테 못되게 굴지는 않지만 끼워 주지도 않아요. 그리고 향수병! 엄마, 아빠가 그리웠어요. 런던이 그리웠어요. 내 일이 그리웠어요.

데이미언하고 제가 싸우지는 않았지만 둘이서 아주 행복하게 지내지도 않았어요. 제가 왕립 연극 학교에서 알고 지냈던 데이미언과 전혀 다르게 느껴지더라고요. 어쩌면 그가 점점 너무 유명해져서 그랬을 수도 있죠. 그는 집에 오면 저를 보고 좋아했고 가끔 서로 살갑게 느껴졌지만 전부 연극일 뿐이라는 생각이 들 때가 많았어요. 그는 크리스 파인이며 레너드 니모이며 J. J. 에이브럼스며 유명 인사 만난 얘기를 끊임없이 들려주었지만 저는 집에만 틀어박혀 있어야 했으니 그런 얘기를 들으면 분할 수밖에 없었죠. 엄마가 되고 싶긴 했지만 그것 말고 다른 것도 되고 싶었거든요. 애슐리가 태어났고 그건 기적과도 같았고 데이미언은 으리으리한 파티를 열었고 아빠가 된 걸 자랑스러워했어요. 하지만 이후로 그가 집을 비우는 시간이 점점 늘었어요. 그는 〈매드맨〉 시즌 4에 캐스팅돼서 하루하루가 온통 파티 아니면 시사회, 스포츠카, 모델이었는데 저는 젖병, 유아차, 기저귀와 함께 집 안에 갇혀 있었어요. 그는 무섭게 돈을 써댔어요. 그래서 정원사를 부르거나 장을 보려면 돈이 없었어요. 삼류 소설판 할리우드 생활 같았죠. 빤한 설정이 난무하는.」

「약물 얘기도 하지 그러냐.」 그녀의 아버지가 말했다.

「그는 코카인과 다른 약에 손을 댔지만 그건 전혀 특별할 게 없는 일이었어요. 거기서 사는 영국 출신들은 다 똑같이 그랬거든요. 파티에 가면 누군가가 휴대 전화로 전화를 걸고 그럼 몇 분 만에 오토바이 기사가 조그만 비닐 백을 들고 왔어요. 결국 저는 파티에 발을 끊었어요. 약을 하지 않으니까 잘 어울리지 못하겠더라고요.」

애슐리가 소파 위에서 꼼지락거리자 마틴이 아이를 다시 안아 올렸다. 아이는 그의 품 안에서 행복하게 늘어졌다.

「제가 너무 끔찍하게 포장하고 있죠?」 그레이스가 하던 이야기를 계속했다. 「이제 모든 게 끝났다는 걸 알기 때문이에요. 로스앤젤레스에서는 1백 퍼센트 불행할 수가 없어요. 태양은 반짝이고 마당에서는 부겐빌레아 향이 풍기는데 그럴 수가 없죠. 데이미언이 저한테 폭력을 휘두른 적은 없어요. 나쁜 사람은 아니었어요. 다만…….」

「……이기적이었을 뿐.」 마틴 러벨이 말문을 맺었다.

「성공한 게 문제였죠.」 그레이스가 그의 말에 반박했다. 「성공에 잡아먹혀 버렸어요.」

「그리고 이제는 죽었고요.」 호손은 이렇게 말하고 스산한 눈빛으로 그녀 쪽을 흘끗 쳐다보았다. 「이보다 더 훌륭할 수는 없는 타이밍에 말이죠.」

「그게 무슨 말씀이신가요?」 그레이스는 분노했다. 「그보다 더 훌륭할 수는 없다니요. 그이는 애슐리 아빠였어요. 이 아이는 아빠를 알지도 못한 채 자라야 해요.」

「그가 유언장을 남겼다고 들었습니다만.」

그레이스는 멈칫했다. 「네.」

「어떤 내용인지 아십니까?」

「네. 그이의 변호사 찰스 켄워디가 장례식 때 왔길래 물어

봤어요. 애슐리를 위해서라도 우리가 앞으로 안정적으로 살 수 있는지 파악해야 했거든요. 걱정할 필요 없더라고요. 그이가 전 재산을 우리한테 남겼어요.」

「그가 생명 보험을 들어 놓았죠.」

「그 부분에 대해서는 아무것도 몰라요.」

「저는 아는데요.」 양복을 입고서 다리를 꼬고 팔짱을 끼고 앉아 있는 호손은 그보다 더 느긋할 수 없는 동시에 그보다 더 잔인할 수 없어 보였다. 까만 눈을 그녀에게 고정하고 뚫어져라 쳐다보았다. 「6개월 전에 가입했고 제가 알기로 당신은 거의 1백만 파운드를 받게 될 거예요. 그뿐 아니라 브릭레인의 아파트, 할리우드힐스의 집, 알파 로메오 스파이더 스포츠카…….」

「지금 뭐라는 겁니까, 호손 씨?」 그녀의 아버지가 따져 물었다. 「그래서 내 딸이 데이미언을 죽였다는 겁니까?」

「왜요? 듣자 하니 아버님은 별로 안타까워하지도 않는 눈치고, 솔직히 내가 그런 남자와 결혼했다면 두 번 고민하지도 않았을 것 같은데요.」 그는 다시 그레이스를 돌아보았다. 「당신은 데이미언의 어머니가 죽기 하루 전에 입국했던데…….」

나는 기회가 없어서 메모를 검토하다가 뭘 발견했는지 호손에게 아직 알리지 못한 상태였다. 그가 나 없이도 벌써 그걸 파악했다니 좌절스러웠다.

「부인을 만났나요?」 그가 물었다.

「찾아뵈려고 했는데 비행기를 타고 오느라 애슐리가 피곤해해서요.」

「또 프리미엄 이코노미석을 타신 모양이로군요! 그래서

찾아가지 않으셨습니까?」

「네!」

「그레이스는 나랑 같이 이 집에 있었어요.」 그녀의 아버지가 말했다. 「필요하면 내가 법정에서 증언도 할 수 있어요. 그리고 데이미언이 살해당했을 때는 그레이스가 아직 장례식장에 있었고요.」

「장례가 치러지는 동안 러벨 씨는 어디 계셨습니까?」

「애슐리와 함께 리치먼드 공원에 갔어요. 사슴을 보여 주려고 거기 데려갔죠.」

호손은 휙 하니 다시 그레이스에게로 고개를 돌렸다. 「왕립 연극 학교 다니던 시절에 대해 말씀하셨을 때 어맨다 리라는 여학생에 대해서 하고 싶은 얘기가 더 있다고 하셨죠? 뭐였습니까?」

「그 친구가 데이미언의 첫 번째 여자 친구였는데 막판에 헤어졌어요. 솔직히 데이미언을 차고 댄 로버츠한테 간 것 같아요. 햄릿 연습을 시작하기 직전에 그 둘이 키스하는 걸 봤거든요. 뽀뽀가 아니라 키스요! 그 둘은 서로 푹 빠졌어요.

그 친구는 그때 오즈릭을 맡았어요. 그건 말씀드렸죠? 이후에도 제법 잘나갔어요. 유명한 뮤지컬에 두어 편 출연도 했고. 그게 그 친구 전문 분야였거든요. 〈라이언 킹〉, 〈치티 치티 뱅 뱅〉. 그러다 어느 순간 사라졌어요.」

「더 이상 연기를 하지 않았다는 말씀인가요?」 나는 물었다.

「아뇨. 사라졌어요. 어느 날 좀 걷다 오겠다고 나가서 돌아오지 않았어요. 여러 신문에 기사화되고 그랬는데. 어떻게 된 일인지 아무도 몰라요.」

마틴 러벨의 집 앞에서 휴대 전화로 얼른 검색해 보니 다음과 같은 8년 전 신문 기사가 떴다.

『사우스런던 프레스』, 2003년 10월 18일

부모가 행방불명으로 신고한 여성 배우

스트레텀에 거주하던 26세의 여성이 사라져 경찰이 수색에 나섰다.

행방불명자의 신원은 「라이언 킹」과 「시카고」 등 여러 편의 웨스트엔드 뮤지컬에 출연했던 어맨다 리다. 그녀는 호리호리하며 금발을 길게 길렀고 눈은 적갈색이며 주근깨가 있다고 한다.

어맨다 리는 일요일 이른 저녁 시간에 자신의 아파트에서 외출했다. 회색 실크 바지 정장을 입었고 짙은 파란색의 에르메스 켈리 핸드백을 들었다. 그녀가 월요일 저녁 라이시엄 극장 공연 시간까지 출근하지 않자 경찰에 신고가 접수됐다. 그녀가 마지막으로 목격된 지 오늘로 6일째다.

경찰에서는 복수의 인터넷 데이트 사이트를 탐문 수사 중이다. 독신이었던 그녀는 온라인 만남을 자주 했고 밀회를 즐기기 위해 나선 길이었을 수 있다. 그녀의 부모는 그날 저녁에 딸을 목격한 사람의 연락을 애타게 기다리고 있다.

내가 그 기사를 보여 주자 호손은 그럴 줄 알았다는 듯이 고개를 끄덕였다. 「어맨다 리에 관심을 기울이는 이유가 뭐예요?」 나는 물었다.

그는 대답하지 않았다. 우리는 똑같이 생긴 집과 마당으로 둘러싸인 주택 단지 한복판에 아직까지 서 있었다. 주차된 몇 개의 차량이 유일한 원색이었다. 바로 그때 바퀴를 내린 비행기가 또다시 굉음과 함께 머리 위를 날아가며 거대한 기체로 햇빛을 가렸다. 나는 비행기가 지나갈 때까지 기다렸다. 「어맨다 리도 살해됐다는 거예요? 하지만 그녀는 이 사건과 아무 상관 없잖아요. 어제까지만 해도 심지어 그녀의 이름조차 들어 본 적 없는걸요.」

호손의 전화벨이 울렸다. 그는 한 손을 들어 보이고는 주머니에서 전화기를 꺼내서 받았다. 통화가 약 1분 동안 이어졌지만 호손은 거의 말을 하지 않았다. 두세 번 〈음〉이라고 하고 〈그래〉, 〈알았어〉 하고는 그만이었다. 이윽고 그가 전화를 끊었다. 표정이 험상궂었다. 「메도스였어요.」 그가 말했다.

「무슨 일이에요?」

「캔터베리로 돌아가야겠어요. 그 친구가 나를 만나고 싶어 하네요.」

「왜요?」

호손의 눈빛에 나는 불안해졌다. 「누가 어젯밤에 나이절 웨스턴의 집에 방화를 했대요.」 그가 말했다. 「우편함에 기름을 붓고 거기에 불을 질렀다네요.」

「맙소사. 그래서 죽었대요?」

「아뇨, 남자 친구와 함께 무사히 빠져나왔대요. 지금 병원에 있고요. 연기를 흡입하기는 했지만 심각하지는 않대요. 괜찮을 거라는군요.」 그는 손목시계를 확인했다. 「전철을 타고 갈게요.」

「나도 같이 갈게요.」 내가 말했다.

그는 고개를 저었다. 「아니에요. 당신은 가면 안 될 것 같아요. 나 혼자 갈게요.」

「왜요?」 다시 정적이 흘렀다. 나는 그에게 따지고 들었다. 「누구 때문에 그 집에 불이 났는지 아는 거죠, 그렇죠?」 나는 물었다.

그는 다시 내가 너무나 잘 아는 황량한 눈빛을 지었다. 그는 세상을 보는 시각이 나와 전혀 다르고 우리는 절대 가깝게 지낼 일이 없음을 알려 주는 눈빛이었다.

「맞아요.」 그가 말했다. 「당신 때문이죠.」

21
왕립 연극 학교

나는 호손의 그 말이 무슨 뜻인지 알 수 없었지만 생각하면 할수록 우울해졌다. 어떻게 나 때문에 나이절 웨스턴의 집에 불이 났다는 걸까? 나는 거기 가기 전까지는 그가 어디 사는 줄도 몰랐고 요령 없는 호손이 평소처럼 연장자를 마구 공격하는 동안에도 입도 벙긋하지 않았다. 게다가 나는 그를 만나러 간다고 아무에게도 말하지 않았다. 아내와 어시스턴트와 아마 두 아들 중에 한 녀석에게만 얘기했을 것이다. 호손이 괜히 나한테 분통을 터뜨린 걸까? 그럴 수도 있었다. 예상하지 못했던 일이 벌어지자 바로 옆에 있는 아무한테나 분풀이를 한 것이다.

이로써 우리의 수사는 어떻게 되는지 궁금해졌다. 호손은 우리 아파트에 왔을 때 앨런 고드윈을 수사선상에서 거의 제외했고 내가 생각하기에는 전직 판사의 최후 변론도 들었다. 웨스턴과 다이애나 쿠퍼의 인맥이나 그가 그녀에게 무죄 판결을 내렸다는 사실이 심란하기는 했지만 그가 범죄를 저질렀다는 증거는 없었다. 그런데 그가 공격을 당했다니!

내가 살인 사건과 교통사고가 전혀 연관이 없다고 생각했을 때 정반대인 것으로 밝혀지고 말았다.

티미시 고드윈을 죽이고 그의 형제를 다치게 한 차를 다이애나 쿠퍼가 몰고 있었다. 그녀는 아들 데이미언 쿠퍼를 보호하기 위해 현장에서 도주했다. 웨스턴 판사는 그녀를 그냥 놓아주다시피 했다. 그 세 사람 모두 공격을 당했고⋯⋯ 그중 두 명은 목숨을 잃었다. 그게 우연의 일치일 수는 없었다.

하지만 그러면 또 다른 문제가 제기됐다. 왕립 연극 학교에서 데이미언 쿠퍼와 함께 연기를 했고 이유 없이 사라진 어맨다 리가 이 모든 사태와 무슨 상관일까? 물론 그녀는 아무 상관 없을 수도 있었다. 그레이스 러벨의 집에서 나왔을 때 휴대 전화로 검색한 사람은 나였고 호손은 신문 기사를 보았지만 아무 말도 하지 않았다. 그러니까 연관이 있는지 없는지 알 수 없었다.

문득 나 자신에게 넌더리가 났다.

오후가 한창이었고 나는 호손과 헤어진 뒤에 하운즐로이스트 전철역 바로 옆의 요란한 싸구려 카페에 들어가 혼자 앉아 있었다. 그는 전철을 타고 떠났다. 거울, 반짝이는 메뉴, 재방송되는 주간 토크 쇼를 틀어 주는 TV가 나를 에워싸고 있었다. 나는 먹고 싶지도 않은 토스트 두 쪽과 차를 주문했다. 내가 어쩌다 이렇게 됐을까? 호손을 처음 만났을 때 나는 잘나가는 작가였다. 50개국에서 방영된 TV 프로그램을 만들었고 어쩌다 보니 아내가 PD였다. 호손이 우리를 위해서 일했다. 시간당 10파운드 아니면 20파운드를 받고 내가 대본을 쓰는 데 필요한 정보를 제공했다.

하지만 2주도 안 되는 시간 동안 모든 게 달라졌다. 내가 내 책 안에서 조용한 파트너, 조연으로 전락하고 말았다! 그보다 더 심각한 문제가 있다면 어떻게 된 거냐고 그에게 묻지 않고서는 단서를 하나도 찾을 수 없다는 자기 최면에 걸린 것이었다. 내가 그렇게 멍청하지는 않았다. 지금까지 너무 오랫동안 그의 꽁무니를 쫓아다녔다. 이제 호손도 사라졌으니 내가 선봉에 나설 차례였다.

차 표면에 번들거리는 기름 막이 생겼다. 토스트에 발린 스프레드는 녹아서 자동차에서 흘러나왔나 싶은 것으로 변했다. 나는 접시를 옆으로 치우고 전화기를 꺼냈다. 호손이 하루 종일 자리를 비울 테니 이 새로운 용의자를 조사할 시간이 충분했다. 어맨다 리. 희한하게도 『사우스런던 프레스』 기사에는 그녀의 사진이 추가되지 않았다. 그녀가 어떻게 생겼을지 궁금했다. 인터넷에 사진은 없었고 이름이 언급된 곳도 두어 군데뿐이었다. 그녀는 사라졌고 아무도 찾지 못했다. 그걸로 끝이었다. 그녀의 부모님은 아직까지 슬퍼하고 있을지 몰라도 대중의 관심은 증발했다.

나는 그녀에 대해 좀 더 많은 정보를 알아내고 싶었다. 여태껏 엉뚱한 방향을, 그러니까 딜 쪽을 보고 있었다면 이제 내가 뭘 놓치고 있었는지 짚어 보아야 할 때가 되었다. 왕립 연극 학교에서 어맨다, 데이미언 그리고 다이애나 쿠퍼를 한데 연결할 만한 어떤 일이 벌어졌을까, 그리고 그것이 어떻게 살인으로 이어졌을까?

이 문제를 고민하는 동안 내가 그 안으로 들어갈 방법이 있다는 생각이 퍼뜩 떠올랐다. 왕립 연극 학교에서는 가끔 배우, 감독, 극작가를 초빙해 학생들과의 만남을 주선하는데, 나는 작년에 가서 학생들을 앉혀 놓고 배우와 작가와 대본이라는 희한한 삼각관계에 대해 강연한 적이 있었다. 한 시간 동안 훌륭한 배우는 어떤 식으로 대본에서 작가가 있는 줄도 몰랐던 것을 찾아내고, 나쁜 배우는 어떤 식으로 작가가 원치 않는 것을 삽입하는지 설명해 보려고 했다. 캐릭터는 어떤 식으로 만들어지는지 자세히 이야기했다. 예를 들어 크리스토퍼 포일은 마이클 키친이 캐스팅되기 오래전부터 존재했지만 그를 캐스팅하기로 결정된 순간부터 진정한 작업이 시작됐다. 우리 둘 사이에는 항상 긴장감이 흘렀다. 예를 들어 마이클은 거의 처음부터 포일은 절대 질문을 하지 말아야 한다고 주장했는데, 그래서 나는 힘들어졌고 이것은 형사로서는 드문 설정이었다. 하지만 제법 괜찮은 제안이었다. 우리는 좀 더 독창적인 다른 방법으로 플롯에 필요한 정보를 입수하기도 했다. 포일은 교묘하게 용의자를 구슬려 원래 의도했던 것보다 많은 사연을 털어놓도록 유도하는 데 일가견이 있었다. 이런 식으로 해를 거듭하며 캐릭터가 발전했다.

아무튼 나는 학생들에게 이런 것과 기타 여러 가지 노하우를 전수했고 내 강연이 그들에게 얼마나 유익했는지는 잘 모르겠다. 하지만 나에게는 아주 즐거운 시간이었다. 작가가 글쓰기에 대해 이야기하는 것만큼 좋아하는 것은 없다.

나를 초빙한 사람은 차장이었다. 자기 신원을 밝히지 말아 달라고 했으니 〈리즈〉라고 하겠다. 나는 카페에서 그녀에게 연락했다. 다행히 그녀는 마침 그날 오후에 학교에서 근무하고 있었고 3시에 한 시간 동안 나를 만날 수 있다고 했다. 리즈는 똑똑하고 다소 열정적이며 나보다 나이가 몇 살 더 많다. 연기를 배우다가 작가와 연출로 방향을 틀었다. 언론과의 충돌로 상처를 입은 뒤에 다시 교직으로 돌아갔다. 좋은 의도에서 영국의 시크교도를 다룬 연극을 연출했다가 지방 의회 의원 두 명에게 선동당한 대중이 난리를 부리는 바람에 시끄러웠던 적이 있었던 것이다(그녀의 말에 따르면 의원들은 그 작품을 읽지도 보지도 않았다고 했다). 예술 감독은 비굴한 길을 선택했다. 연극은 취소됐다. 아무도 리즈의 편을 들어 주지 않았다. 몇 년이 지난 지금까지도 그녀는 익명으로 남길 원한다.

가워스트리트에 있는 왕립 연극 학교 본관은 묘한 곳이다. 1920년대에 앨런 더스트가 제작한 희극의 석상과 비극의 석상이 지키는 입구는 위풍당당한 동시에 여기가 입구인가 싶다. 좁은 문을 지나면 세 개의 극장, 사무실, 연습실, 공방, 기타 등등을 모두 수용하기에는 너무 작아 보이는 건물로 들어갈 수 있다. 온 사방에 회전문이 달렸고 하얀 복도와 계단으로 이루어진 미로 같은 곳이라 맨 처음 갔을 때 실험실의 쥐가 된 심정이었던 기억이 났다. 이번에는 1층의 제법 세련된 신상 카페에서 리즈를 만났다.

「데이미언 쿠퍼라면 아주 생생하게 기억하죠.」 그녀가 말했다. 우리는 올해 3학년생들의 흑백 사진으로 둘러싸인 공간에서 카푸치노를 사이에 두고 테이블에 앉아 있었다. 학생들 몇몇도 주변 테이블에 앉아서 잡담을 나누거나 대본을 읽고 있었다. 그녀는 언성을 낮추었다. 「처음부터 성공할 줄 알았어요. 시건방진 녀석이긴 했지만.」

「그때도 여기서 아이들을 가르치셨던 줄 몰랐네요.」 나는 말했다.

「1997년이었어요. 나는 부임한 직후였고요. 데이미언은 그때 2학년이었을 거예요.」

「그 친구를 좋아하지 않으셨군요.」

「그건 아니에요. 나는 학생들에 대한 감정을 드러내지 않으려고 최대한 신경 썼어요. 이 학교의 문제가 있다면 다들 초예민해서 툭하면 편애한다고 욕을 먹을 수 있다는 거거든요. 그냥 있는 그대로 말씀드리자면 그래요. 그 아이는 아주 야심만만했어요. 배역을 따낼 수만 있다면 자기 엄마라도 찔러 죽였을 거예요.」 그녀는 이렇게 내뱉어 놓고 곰곰이 생각했다. 「지금 상황을 감안했을 때 별로 적절하지 못한 발언인 것 같네요. 하지만 무슨 뜻인지 아시죠?」

「차장님도 〈햄릿〉을 보셨나요?」

「네, 그 아이는 정말 훌륭했어요. 인정하기는 싫지만요. 원래 캐스팅됐던 아이가 전염 단핵구증에 걸리는 바람에 그 역을 맡게 됐죠. 그해에 감염병이 유행해서 온 학교가 런던 대역병 때하고 비슷했어요. 물론 데이미언은 애초부터 주인공을 하고 싶어 했죠. 그걸 강조하려고 트리 때도 그 역을 했어요. 사실 방금 전에 선생님이 하신 말씀이 맞아요. 나는 그 아이를 좋아하지 않았어요. 사람들을 조종하는 데 일가견이 있는 것이 조금 섬뜩하게 느껴졌거든요. 그 이후에 딜에서 그런 일도 있었고요.」

「그게 왜요?」 나는 갑자기 호기심이 동했다. 호손은 모르는, 우리 둘 다 허투루 보고 넘겼던, 교통사고와 연극 학교 간의 연결 고리가 있는 걸까?

「아니, 그 아이가 연기 수업 시간에 그걸 이용하지 뭐예요. 군중 속의 고독이라는 걸 연습하는 시간이었고 학생들은 자기한테 의미 있는 물건을 들고 와서 다른 친구들한테 소개하기로 되어 있었거든요.」 그녀는 말을 하다 말고 멈추었다. 「그 아이는 플라스틱으로 된 런던 버스를 들고 왔어요. 녹음이 된 자장가도 틀어 주었고요. 〈버스 바퀴가 돌아요〉 하는 그거 있잖아요. 아시죠? 그러면서 자기 어머니가 운전하는 차에 치여서 죽은 남자아이 장례식 때 쓰인 노래라고 하지 뭐예요.」

「그런데 뭐가 그렇게 섬뜩하셨어요?」 나는 물었다.

「사실 나중에 그 아이와 살짝 언쟁을 벌였어요. 그 아이는 아주 감정적으로 대응하더군요. 그 노래 때문에 자기가 이만저만 심란했던 게 아니다, 머릿속에서 계속 맴돌았다, 어쩌고저쩌고하면서. 하지만 내가 보기에 그 아이는 그 사고에 공감하지 않았어요. 소품처럼 이용하는 느낌이었어요. 독백이 너무 자기중심적이었죠. 그것이 훈련의 목적이기는 했지만 이 경우에는 여덟 살 난 아이가 죽었잖아요. 전적으로 데이미언 어머니의 잘못은 아닐지 몰라도 그분이 아이를 죽인 건 맞고요. 그걸 수업 시간에 이용하다니 부적절한 처사라고 생각했고 내 생각을 그 아이한테 얘기했죠.」

「어맨다 리는 어떤 학생이었나요?」 나는 물었다.

「그 아이는 그만큼 생생하게 기억하지는 못해요. 아주 재능이 있지만 조용한 학생이었어요. 데이미언과 잠깐 사귀었고 둘이 아주 친하게 지냈어요. 학교를 졸업한 후에 활동을 별로 하지 못한 것 같아요. 뮤지컬 두어 편에 출연하고 끝이었죠.」 그녀는 한숨을 쉬었다. 「그런 경우가 가끔 있어요. 어떻게 될지 절대 예측이 안 되는 일이에요.」

「그러고는 실종됐죠.」

「신문 기사로 났고 경찰이 여기로 찾아오기도 했어요. 그 아이가 졸업한 지 4년인가 5년이 지난 다음이었는데도 말이죠. 팬을 만나러 나간 길이었다는 소문도 있었는데…… 스토커 말이에요. 나중에 경찰에서 사귀던 남자인 것 같다고 말을 바꿨어요. 말쑥하게 차려입었고 한집에 살았던 친구들 말로는 나갈 때 기분이 좋아 보였대요. 사우스런던의 어딘가에서 친구들이랑 같이 살았거든요.」

「스트레텀요.」

「맞아요. 아무튼 외출하고는 그 길로 사라져 버렸죠. 만약 그 아이가 좀 더 유명했거나 데이미언 쿠퍼와의 관계가 알려졌더라면 좀 더 시끄러웠을지 몰라요. 데이미언은 그때 이미 제법 이름을 날리고 있었거든요. 하지만 런던에서는 실종되는 사람이 워낙 많고 그 아이도 그중 한 명에 불과했을 거예요.」

「사진을 가지고 있다고 하셨죠?」

「네. 그 당시 사진은 남은 게 별로 없는 편인데 운이 좋으셨어요. 물론 요즘은 너나없이 휴대 전화가 있지만요. 이 사진을 보관하고 있었던 이유는 〈햄릿〉 때문이었어요.」 그녀는 들고 온 큼지막한 캔버스 가방을 테이블 위에 올려놓았다.「사무실에서 찾았어요.」

그녀는 흑백 사진이 담긴 액자를 커피 잔 사이로 꺼내 놓았고 나는 그 유리를 통해 1999년을 들여다보았다. 다섯 명의 젊은 배우가 아무것도 없는 무대 위에서 우스꽝스러울 정도로 진지하게 포즈를 잡고 카메라를 응시하고 있었다. 나는 데이미언 쿠퍼를 한눈에 알아보았다. 12년이라는 세월이 흘렀지만 크게 달라진 것이 없었다. 그 당시가 좀 더 호리호리하고 인물이 준수한데…… 시건방지다는 단어가 퍼뜩 떠올랐다. 그는 어디 무시할 수 있으면 무시해 보라는 눈빛으로 렌즈를 똑바로 응시하고 있었다. 블랙 진에 단추를 풀어 헤친 검은색 셔츠를 입고 하얀색의 일본 가면을 들고 있었다. 오필리아 역을 맡았던 그레이스 러벨과 레어티즈 역을 맡았던 남학생이 그의 양옆에 서 있었다. 둘 다 펼친 부채를 머리 위로 들고 있었다.

「저 아이가 어맨다예요.」 리즈는 긴 머리를 하나로 묶고 그들 바로 뒤편에 서 있는 여학생을 가리켰다. 남자 역을 맡았기 때문에 데이미언과 같은 옷을 입고 있었다. 솔직히 나는 사진을 보고 실망했다. 내가 뭘 기대했는지 모르겠지만 그녀가 사뭇 평범해 보였던 것이다. 그저 예쁘장하고 주근깨가 있고 머리를 하나로 높게 묶은 여학생이었다. 그룹의 맨 가장자리에 서서 옆쪽으로부터 다가오는 남자를 향해 고개를 돌리고 있었다.

「저 사람은 누구예요?」 나는 물었다.

남자는 프레임 안으로 들어올락 말락 한 찰나였고 얼굴이 흐릿했다. 흑인이고 안경을 썼고 꽃다발을 들었고 다른 아이들에 비해 확연하게 나이가 많았다. 「모르겠네요.」 리즈가 말했다. 「아마 이 아이들 중 한 명의 아버님이었을 거예요. 초연이 끝나고 조지 버나드 쇼 극장이 관객들로 가득했을 때 찍은 사진이거든요.」

「혹시……?」 나는 그녀에게 어맨다와 데이미언의 관계에 대해 물으려다가 무언가를 발견하고는 중간에 멈추었다. 사진 속의 한 사람을 쳐다보고 있다가 문득 그 사람의 정체를 알아차린 것이었다. 의심의 여지가 없었다. 내가 중요할 수도 있는 사실을 발견했고 이번 한 번만큼은 호손보다 먼저 선수를 쳤다는 데 신이 났다. 그는 모르고 나만 아는 것이 생긴 것이었다! 그는 그레이스 러벨의 집에서 나왔을 때 의도적으로 나를 조롱했고 초지일관 어떨 때는 경멸에 가까운 무관심으로 나를 대했다. 캔터베리에 다녀온 그에게 뭘 놓치고 지나갔는지 내가 가르쳐 줄 수 있다면 얼마나 짜릿할까? 나도 모르게 미소가 지어졌다. 한쪽 옆에서 말없이 지켜보며 그의 꽁무니를 좇아 런던을 돌아다녔던 그 모든 시간에 대한 달콤한 보상이 될 것이었다.

「차장님, 도움이 정말 많이 됐습니다.」 내가 말했다. 「이걸 빌릴 수는 없겠죠?」

사진을 두고 한 말이었다. 「죄송해요. 외부 반출은 안 돼서요. 하지만 원하시면 찍어 가셔도 돼요.」

「다행이네요.」 나는 휴대 전화를 테이블에 올려놓고 우리 대화를 녹음하고 있었다. 그걸 집어서 사진을 찍었다. 자리에서 일어났다. 「정말 감사합니다.」

왕립 연극 학교에서 나와 세 군데에 전화를 걸었다. 먼저 누군가와 만날 약속을 잡았다. 그런 다음 작업실에서 나를 기다리고 있는 어시스턴트에게 전화해 그날 오후에 작업실로 복귀하지 못할 것 같다고 전했다. 마지막으로 저녁 먹는 시간에 좀 늦을지 모르겠다고 아내에게 메시지를 남겼다.

사실 나는 저녁을 아예 건너뛰게 될 것이었다.

22
가면의 뒤편

나는 가워스트리트에서 전철을 타고 런던 서쪽으로 돌아가 해머스미스 교차로에서 5분 거리에 있는 풀럼팰리스로드의 네모반듯한 빨간색 벽돌 건물까지 걸어갔다. 그나저나 거기는 이제 없어졌다. 이걸 헐고 엘시노어 하우스라는 사무용 빌딩을 새로 지었다. 묘한 우연의 일치로 하퍼콜린스 본사가 여기 있다. 내 책의 미국판을 출간하는 출판사다.

내가 그날 찾아간 그 건물은 눈에 띄지 않게 일부러 불투명 유리창을 달았고 간판이 전혀 없었다. 현관 앞에서 벨을 누르자 성이 난 듯한 벌 떼 소리에 이어 딸깍하고 안쪽 어딘가에서 잠금장치가 해제됐다. 나는 CCTV 카메라가 지켜보는 가운데 벽은 휑뎅그렁하고 바닥에는 타일이 깔린, 텅 빈 로비로 들어갔다. 얼마 전에 문을 닫은 의원이나 아무도 모르는 병원의 한 부서를 연상시키는 분위기였다. 처음에는 사람이 없는 줄 알았지만 나를 부르는 목소리가 들렸고 모퉁이를 지나자마자 나오는 사무실로 들어가 보니 장의사 로버트 콘웰리스가 커피를 두 잔 끓이고 있었다. 책상 하나와 아주 실용적인 의자 — 솜을 넣었는데 조금도 편해 보이지 않았다 — 세트가 놓인 사무실은 이 건물의 다른 곳처럼 휑뎅그렁했다. 한쪽의 테이블 위에 커피 머신이 놓여 있었다. 벽에는 달력이 걸려 있었다.

여기는 맨 처음 만났을 때 콘월리스가 말한 곳이었다. 고객 상담은 사우스켄징턴의 사무실에서 이루어졌지만 시신은 여기로 옮겨졌다. 아이린 로스가 〈조문용〉이라고 했던 예배당이 이 근처에 있었다. 여기는 분명 아니었다. 내가 들어간 사무실에서는 조문에 걸맞은 분위기를 전혀 느낄 수 없었다. 나는 다른 사람들의 소리가 들리는지 귀를 기울였다. 우리 둘뿐일 수도 있다는 생각은 한 적 없었지만 늦은 오후라 다들 퇴근했을지 몰랐다. 나는 사실 콘월리스의 사무실로 전화했는데, 그가 여기서 만나자고 했다.

그는 이름을 불러 가며 나를 맞이했다. 내가 안으로 들어가 의자에 앉아 보니 그는 이전에 두 번 만났을 때보다 더 따뜻하고 느긋해 보였다. 양복을 입었지만 넥타이와 셔츠의 맨 위 단추 두 개를 풀었다.

「누구신지 전혀 몰랐어요.」 그가 한쪽 커피 잔을 내게 건네며 말했다. 내가 전화로 내 이름을 밝혔던 것이다. 「작가시더군요! 솔직히 정말 놀랐습니다. 제 사무실로 찾아오셨을 때도 그렇고 저희 집으로 오셨을 때도 그렇고 경찰 관계자인 줄 알았거든요.」

「어떻게 보면 관계자이긴 합니다.」 나는 대답했다.

「아니죠. 그러니까, 형사이신 줄 알았다는 말씀입니다. 호손 씨는 어디 계신가요?」

나는 커피를 조금 마셨다. 그가 내 의사를 묻지도 않고 설탕을 넣었다. 「지금 런던에 없습니다.」

「호손 씨가 선생님을 여기로 보내셨나요?」

「아뇨. 솔직히 그는 내가 당신을 만나는지 몰라요.」

콘월리스는 내가 한 말을 곰곰이 생각했다. 어리둥절한 표정이었다. 「전화상으로 책을 쓰고 계시다고 하셨죠.」

「네.」

「그거 반칙 아닌가요? 경찰 신문은, 살인 사건 신문은 사적인 정보인 줄 알았는데요. 저도 선생님이 쓰신다는 이 책에 등장합니까?」

「그럴 것 같습니다.」 나는 대답했다.

「제가 그걸 허락하고 싶은지 잘 모르겠는데요. 다이애나 쿠퍼와 그 아들에 얽힌 이 사건이 워낙 심란했던 터라 회사 이름이 거기에 연루되는 건 진심으로 원치 않습니다. 사실 제법 많은 관계 당사자가 이의를 제기할 겁니다.」

「그분들의 허락을 받아야겠지요. 그리고 정말로 반대하는 분이 있으면 이름을 바꾸면 됩니다.」 나는 공적 영역에 해당할 경우 실존 인물을 다루는 데 아무 제재가 없다고 덧붙일 수도 있었지만 그의 반감을 사고 싶지는 않았다. 「사장님의 이름은 바꾸어 드릴까요?」 나는 물었다.

「그래 달라고 강력하게 주장해야 할 것 같습니다만.」

「댄 로버츠라고 해드릴 수도 있는데요.」

그는 궁금해하는 눈빛으로 나를 바라보았다. 미소가 그의 얼굴 위로 번졌다. 「오랜만에 듣는 이름이네요.」

「그러시겠죠.」

그는 담뱃갑을 꺼냈다. 나는 그가 담배를 피우는 줄 몰랐지만 생각해 보니 그의 사무실에 재떨이 비슷한 게 있었다. 그는 담배에 불을 붙이고 사납게 손을 흔들어 성냥을 껐다. 「저한테 연락하셨을 때 왕립 연극 학교에서 전화를 거는 중이라고 하셨죠.」

「맞습니다.」 나는 말했다. 「오늘 오후에 거길 갔었어요.」 나는 그에게 차장 이름을 댔다. 그는 누군지 모르는 눈치였다. 나는 커피를 절반 마시고 머그를 내려놓았다. 「왕립 연극 학교 졸업생이라는 얘기를 하지 않으셨어요.」

「했을 텐데요.」

「아뇨. 호손이 사장님을 만나러 갔을 때 두 번 다 저도 따라갔어요. 당신은 왕립 연극 학교 졸업생일 뿐만 아니라 데이미언 쿠퍼와 같은 시기에 그 학교를 다녔죠. 그와 함께 작품을 했고요.」

딱 잡아뗄 줄 알았던 나의 예상과 달리 그는 눈 하나 깜빡하지 않았다. 「나는 왕립 연극 학교 얘기는 더 이상 절대 하지 않습니다. 아주 애틋하게 기억하는 시절도 아닐뿐더러 선생님이 하신 말씀으로 판단했을 때 연관성이 있는 얘기라고 생각하지 않았거든요. 선생님은 사우스켄징턴 사무실로 찾아왔을 때 선생님의 수사가, 아니 호손 씨의 수사라고 해야 할까요? 아무튼 딜에서 벌어진 교통사고에 초점을 맞추고 있다고 못을 박으셨으니까요.」

「어쩌면 연관성이 있을지 모릅니다.」 나는 말했다. 「데이미언이 그날의 사고를 언급했을 때 사장님도 그 자리에 있었나요? 연기 수업 때 그걸 도구로 활용했다고 하던데요.」

「네, 있었습니다. 물론 아주 오래전이라 선생님이 말씀을 꺼내기 전까지는 까맣게 잊고 있었지만요.」 그는 책상을 돌아 나와서 가장자리에 걸터앉아 나를 내려다보았다. 눈부신 네온등이 그의 안경에 반사됐다. 「빨간색의 조그만 버스를 들고 왔고 노래를 틀었어요. 어떤 사고가 벌어졌고 그것이 자기한테 어떤 영향을 미쳤는지 얘기했고요.」 로버트 콘월리스는 잠깐 생각에 잠겼다. 「그 친구는 자기 어머니가 두 아이를 쳐서 그중 한 명을 죽인 직후에도 오로지 자기와 자기 일 생각뿐이었다며 으스댔던 거 아십니까? 정말이지 대단한 모자지간이지 뭡니까.」

「그와 한 작품에 출연하셨죠.」 내가 말했다. 「〈햄릿〉에요.」

「가면극이었어요. 일본 전통극 스타일로 만든. 가면, 부채, 느낌의 공유……. 사실 어처구니없는 시도였죠. 우리는 부푼 꿈을 안고 있는 어린아이에 불과했지만 그 당시에는 그게 세상 그 어떤 것보다 중요했어요.」

「다들 당신 연기가 훌륭했다고 하던데요.」 나는 말했다.

그는 어깨를 으쓱했다. 「한때 배우가 되고 싶었던 시절이 있었죠.」

「그런데 장의사가 됐네요.」

「저희 집으로 찾아오셨을 때 말씀드렸잖습니까. 가업이었다고요. 우리 아버지, 할아버지…… 기억 안 나세요?」 그는 뭔가가 생각난 눈치를 보였다. 「보여 드리고 싶은 게 있어요. 보면 희한하다는 생각이 드실 수도 있는데요.」

「뭔데요?」

「여기가 아니라 옆방으로 가시면…….」

그는 자리에서 일어나며 나도 따라 일어나길 기다렸다. 나도 그럴 생각이었다. 그런데 아무리 애를 써도 일어날 수가 없었다.

그게 다가 아니었다. 내 평생 그렇게 무시무시했던 순간은 처음이었다. 꼼짝할 수가 없었다. 뇌에서 〈일어나라〉는 신호를 보내는데 다리가 말을 듣지 않았다. 두 팔은 몸에 붙어 있지만 연결은 끊긴 이물질이 되었다. 머리가 몸 위에 축구공처럼 얹혀 있는 건 느낄 수 있었지만 근육과 뼈로 이루어진 무용지물로 전락했고, 몸속 어딘가에서 공포에 질린 심장이 밖으로 뛰쳐나올 듯이 쿵쾅거렸다. 내가 그 순간에 느꼈던 심장이 철렁 내려앉는 공포를 완벽하게 설명할 방법은 없을 것이다. 내가 약에 취했고 심각하게 위험한 상태라는 것을 알 수 있었다.

「괜찮으십니까?」 콘월리스가 물었다. 잔뜩 걱정하는 얼굴이었다.

「무슨 짓을 한 거예요?」 심지어 목소리조차 이상하게 들렸다. 두 배로 끙끙거려야 말을 내뱉을 수 있었다.

「일어나…….」

「못 일어나겠어요!」

그러자 그가 미소를 지었다. 섬뜩한 미소였다.

그가 아주 천천히 내게로 다가왔다. 그가 손수건을 꺼내 내 입을 틀어막고 사실상 재갈을 물리자 나는 움찔했다. 그제야 비명을 질렀어야 했다는 생각이 들었지만 그래 봐야 아무 소용 없었을 것이다. 이제는 그가 우리 둘 말고는 건물 안에 아무도 없도록 확실히 조치를 취해 놓았다는 것을 알 수 있었다.

「가서 뭘 들고 올게. 금방이면 돼.」 그가 말했다.

그가 문을 열어 놓은 채 밖으로 나갔다. 나는 그 자리에 앉아서 전과 다른 몸의 느낌을 분석했다. 아니, 아무 느낌이 없는 것을 분석했다. 공포 말고는 아무것도 느낄 수가 없었다. 숨을 천천히 쉬어 보려고 했다. 심장이 계속 쿵쾅거렸다. 손수건이 목젖을 눌러 숨통을 조였다. 나는 공포에 질려서 누가 봐도 뻔한 사실을 알아차리지 못했다. 내가 태평하게 뫼자리로 걸어 들어왔다는 것을, 그리고 그 결과 죽을 게 거의 분명해졌다는 것을 말이다.

콘월리스가 휠체어를 밀며 돌아왔다. 시신 운반용으로 썼을지 모르지만 그보다는 고인에게 마지막 인사를 하러 온 고령의 친척들을 위해 마련해 놓은 것일 가능성이 더 컸다. 그는 나지막이 휘파람을 불고 있었고 표정이 기묘하고 멍했다. 색을 넣은 안경은 벗었다. 나는 반짝이는 그의 눈과 살짝 길러서 깔끔하게 다듬은 수염과 점점 벗어져 가는 머리를 보며, 그것이 이제 겉으로 드러난 괴물 같은 모습을 감춘 가면에 불과했다는 사실을 깨달았다. 그는 내가 움직이지 못한다는 것을 알았다. 그가 커피에 뭘 넣은 게 분명한데, 내가 바보같이 그걸 마시고 말았다. 나는 이미 나 자신을 향해 소리를 지르고 있었다. 이자가 다이애나 쿠퍼를 목 졸라 죽이고 그의 아들을 난도질했다. 하지만 왜 그랬을까? 그리고 나는 그렇게 분명한 사실을 왜 여길 오기 전까지 알아차리지 못했을까?

그가 허리를 숙이자 순간 나한테 입을 맞추려는 건가 하는 생각이 들었다. 역겨워서 몸이 움찔거렸지만 그는 나를 들어 휠체어로 털썩 옮기고 그뿐이었다. 내 몸무게가 85킬로그램쯤 되기 때문에 그는 잠깐 동작을 멈추고 숨을 골랐다. 그런 다음 자기 옷을 털고 내 다리를 반듯하게 놓고 계속 휘파람을 불며 나를 실은 휠체어를 밀고 밖으로 나갔다.

열려 있는 예배당 문 앞을 지났다. 양초, 나무 패널, 십자가나 가지 달린 촛대나 기타 알맞은 종교의 상징이 갖추어져 있을 제단이 언뜻 보였다. 복도 끝에 관을 실을 수 있을 만큼 큼지막한 화물용 엘리베이터가 있었다. 그가 나를 안에 싣고 버튼을 눌렀다. 문이 닫히자 내 모든 인생이 등 뒤에서 차단되는 기분이 들었다. 덜커덩거리며 엘리베이터가 아래로 내려가기 시작했다.

엘리베이터 문이 열리자 널찍하고 천장이 낮으며 일정한 간격으로 네온등이 달린 작업실이 나왔다. 뭐든 목격할 때마다 다시금 공포가 엄습했고 내가 속수무책이라는 사실로 인해 공포가 배가됐다. 저쪽 끝에 은색 캐비닛이 여섯 개 있었다. 셋씩 두 세트로 놓인 냉장실이었고 시신 하나가 들어갈 수 있을 만큼 넓었다. 바퀴 달린 철제 들것, 시커먼 유리병이 놓인 선반, 메스와 바늘과 칼이 나란히 놓인 테이블 등 기본적인 수술 도구처럼 보이는 것들이 이 끝에서 저 끝까지 방 한쪽을 차지하고 있었다. 그는 엘리베이터를 등지고 그 도구들을 마주 보도록 휠체어를 세웠다. 벽은 하얗게 칠한 벽돌이었다. 바닥에는 회색 장판이 깔려 있었다. 한쪽 구석에 양동이와 대걸레가 있었다.

「당신이 찾아오지 않았더라면 정말 좋았을 텐데.」 콘월리스가 말했다. 오랜 세월 동안 자기가 맡은 배역에 걸맞게 갈고닦은 그 이성적인 말투를 아직까지 유지하고 있었다. 나는 이제 그것이 배역에 불과하다는 걸 알았다. 로버트 콘월리스의 본모습이 내 눈앞에서 시시각각으로 공개되고 있었다.

「당신한테는 아무 감정도 없고 당신을 해치고 싶지 않지만 당신이 여기로 찾아와서 내 일에 참견하는 개같은 짓을 저질렀단 말이지.」 그의 언성이 점점 높아져 욕을 내뱉는 대목에 이르러서는 고음의 날카로운 비명이 되었다. 그는 흥분을 조금 가라앉혔다. 「왕립 연극 학교 얘기는 왜 꺼낸 거야?」 그가 말을 이었다. 「과거는 왜 들쑤시고 난리야? 여기 찾아와서 자꾸 그렇게 바보 같은 질문을 하면 나는 대답할 수밖에 없고 당신을 처리할 수밖에 없잖아. 정말이지 그러고 싶지 않은데.」

나는 뭐라고 말을 하고 싶었지만 손수건 때문에 할 수가 없었다. 그가 손수건을 풀어 주었다. 나는 입이 트이자마자 말을 쏟아 냈다. 「아내한테 여기 온다고 얘기했어. 그리고 어시스턴트한테도. 나한테 무슨 일이 생기면 그쪽에서 알아차릴 거야.」

「그쪽에서 당신을 찾을 수나 있을까?」 콘월리스가 대꾸했다. 무덤덤한 말투였다. 나는 다시 뭐라고 이야기하려고 했지만 그가 한쪽 손을 들어 보였다. 「상관없어. 당신이 하는 말은 더 이상 듣고 싶지 않아. 이제는 정말이지 아무래도 상관없어. 하지만 설명은 해야겠군.」

그는 손끝으로 옆통수를 두드리고 허공을 응시하며 생각

을 정리했다. 그러는 동안 나는 가만히 앉아서 말없이 비명을 질렀다. 나는 소설가야. 이런 일이 나에게 벌어지다니. 이럴 수는 없어.

「내가 어떻게 살았는지 짐작이라도 할 수 있겠나?」 이윽고 콘월리스가 말문을 열었다. 「내가 내 일을 좋아한다고 생각해? 태양은 빛나고 남들은 보란 듯이 잘 살고 있는데, 나는 날이면 날마다 사무실에 앉아서 딱한 사람들이 늘어놓는 죽은 자기 어머니, 아버지, 할머니, 할아버지 얘기를 들어 주고 장례식과 화장과 관과 묘비를 준비하는 걸? 사람들 눈에는 내가 양복을 입고 절대 웃지 않고 적절한 대사를 늘어놓는 재미없는 남자로 보이겠지. 〈상심이 크시겠습니다, 아 이런, 화장지 드릴까요…….〉 하지만 나는 사실 그 인간들 얼굴 위로 주먹을 날리고 싶어. 그건 내가 아니고 나는 그런 사람으로 살고 싶었던 적이 없거든.

콘월리스 앤드 선스. 그게 우리 집안이었어. 우리 아버지는 장의사였지. 할아버지도 장의사였고. 할아버지의 아버지도 장의사였고. 삼촌과 고모 들도 장의사였어. 어렸을 때 내가 알던 사람들은 모두 검은 옷을 입고 다녔지. 부모님은 나를 밖으로 데리고 나가서 영구차를 끄는 말을 보여 주셨어. 그게 나한테는 특별한 구경이었지. 나는 저녁을 드시는 아버지를 보며 속으로 생각했어. 하루 종일 죽은 사람과 함께 있다 오셨겠지, 죽은 사람의 살을 만진 손, 바로 그 손으로 나를 안으셨겠지. 죽음이 아버지를 따라 우리 집 안으로 들어왔어. 온 가족이 거기에 물들었어. 죽음이 우리 삶이었어! 가장 끔찍했던 건 나도 언젠가는 그렇게 될 거라는 사실이었지. 부모님이 날 위해 계획하신 미래가 그거였으니까. 반론의 여지가 없었어. 왜냐하면 우리는 콘월리스 앤드 선스였고 내가 그 집 아들이었으니까.

학교에서는 친구들이 나를 놀려 댔지. 다들 콘월리스라는 이름을 알았으니까. 버스를 타러 가려면 우리 사무실 앞을 지나는데, 존스나 스미스나 뭐 그런 식으로 쉽게 잊힐 만한 이름이 아니잖아. 친구들은 나를 〈초상집 죽돌이〉라고…… 〈좀비 보이〉라고 불렀지. 우리 아빠는 시체를 만지면 흥분하느냐고…… 나도 그러냐고 물었고. 알몸인 시체는 어떻게 생겼는지도 궁금해했어. 고추는 발딱 섰는지. 손톱은 계속 자라는지. 어떤 선생님들은 나를 섬뜩하게 여겼지. 나 때문이 아니라 우리 가족의 직업 때문에. 다른 친구들은 대학을 운운하고 직업을 운운했어. 그들에게는 꿈이 있었지. 미래가 있었지. 난 아니었어. 내 미래는 말 그대로 죽음이었으니까.

하지만 웃긴 게 뭔지 알아? 나에게도 꿈이 있었다는 거야. 살다 보면 희한한 일이 벌어질 때가 있잖아. 어느 해에 학교 연극에서 내가 배역을 맡게 됐어. 거창한 역할은 아니었고. 〈말괄량이 길들이기〉의 호텐쇼. 그런데 문제는 정말 좋았다는 거야. 나는 셰익스피어가 좋았어. 그 풍부한 표현, 그가 온 세상을 창조하는 방식. 의상을 입고 조명을 받으며 서 있는데 그렇게 짜릿할 수가 없더군. 다른 사람으로 변신하는 희열을 그때 발견했는지도 몰라. 나는 열다섯 살 때 배우가 되고 싶다는 걸 깨달았고 그 순간부터 온통 그 생각뿐이었지. 그냥 단순한 배우가 아니었어. 유명한 배우라야 했지. 나는 로버트 콘월리스가 아니라 다른 사람으로 지낼 작정이었어. 그게 내게 주어진 운명이었어.

내가 왕립 연극 학교 시험을 보고 싶다고 했을 때 부모님은 좋아하지 않으셨지. 하지만 그거 알아? 내가 합격할 줄은 꿈에도 몰랐기 때문에 허락해 주셨다는 거. 속으로는 나를 비웃었지만 소원대로 하게 내버려 둬야 접고 다시 돌아와서 가업을 이을 수 있겠거니 생각하신 거야. 나는 말없이 왕립 연극 학교, 웨버 더글러스, 센트럴 연극 학교, 브리스틀 올드 빅에 원서를 넣었고, 될 때까지 다른 10여 군데 학교에 지원할 작정이었어. 하지만 그럴 필요가 없었지. 사실 나는 능력이 출중했거든. 연기를 하면 새롭게 태어났거든. 나는 왕립 연극 학교에 너끈히 합격했지. 나는 학교 측에서 나를 떨어뜨릴 리 없다는 걸 실기 시험을 본 순간부터 알고 있었어.」

이때 내가 뭐라고 말을 꺼냈다. 그즈음에는 성대에까지 약 기운이 번져서 말을 하기가 힘들었기 때문에 알아들을 수 없는 소음처럼 튀어나왔다. 아마 놓아 달라고 그에게 애원하려고 했던 것 같은데 그랬다 한들 시간 낭비였다. 콘월리스는 미간을 찡그리며 테이블 앞으로 가서 메스 하나를 집어 들었다. 내가 빤히 쳐다보는 가운데 그가 내 앞으로 다가왔다. 은색 칼날 위로 네온등 불빛이 어른거리는 것이 보였다. 이윽고 그가 일말의 망설임도 없이 칼날을 내 몸에 꽂았다.

나는 내 가슴 밖으로 삐죽 튀어나온 칼자루를 놀란 눈으로 쳐다보았다. 신기하게도 별로 아프지는 않았다. 피가 많이 나지도 않았다. 그가 그런 짓을 저질렀다니 믿기지 않을 따름이었다.

「아무 말도 하지 말라고 했잖아!」 콘월리스는 다시금 언성을 높여 쇳소리를 냈다. 「당신이 하는 얘기는 전혀 듣고 싶지 않아. 그러니까 입 다물어! 알겠어? 입 다물라고!」

그는 흥분을 가라앉히고 아무 일도 없었다는 듯이 하던 이야기를 이어 갔다.

「왕립 연극 학교에 입학한 첫날부터 나는 내 모습 그대로, 보이는 모습 그대로 받아들여졌지. 로버트 콘월리스라는 이름은 쓰지 않았고 우리 가족에 대해서도 함구했어. 댄 로버츠를 자칭했고…… 이름 같은 데 신경 쓰는 사람은 아무도 없었어. 어차피 내 예명이 될 거였으니까. 그리고 나는 더 이상 〈초상집 죽돌이〉도 아니었어. 앤서니 홉킨스였지. 아니면 케네스 브래나. 아니면 데릭 재커비. 아니면 이언 홈. 이런 이름들이 게시판에 적혀 있었고 나도 언젠가는 그중 한 명이 될 거였어. 그들처럼 될 거였어. 나는 학교 건물 안으로 들어설 때마다 나를 찾은 듯한 기분을 느꼈지. 이제 와 하는 얘기지만 그때 3년이 내 평생 가장 행복했던 시기였어. 그때 3년 말고는 행복했던 적이 없었지!

데이미언 쿠퍼도 학교를 같이 다녔어. 당신 말이 맞아. 하지만 오해하지는 말기 바라. 나는 그 친구를 좋아했으니까. 처음에는 동경했지. 하지만 그 친구를 잘 모르고서 그런 거였어. 내 친구, 내 가장 친한 친구라고 생각했지, 그 녀석이 얼마나 냉정하고 야심만만하고 교활한 새끼인 줄 모르고.」

나는 외설스럽게 내 몸 밖으로 고개를 내밀고 있는 메스를 흘끗 내려다보았다. 그 주변으로 피가 번졌지만 면적이 내 손바닥 정도였다. 다친 부위가 욱신거리기 시작했다. 속이 메슥거렸다.

「그게 곪아서 터진 게 3학년 때였어. 그 무렵에는 모든 면에서 경쟁이 더 치열해졌으니까. 우리는 모두 서로 친구인 척했지. 서로 응원하는 척했고. 하지만 쇼케이스와 마지막 작품을 준비하는 시점에서부터 피 튀기는 경쟁이 시작됐지. 에이전트를 구할 수만 있다면 누구든 친한 친구를 비상계단 아래로 밀어서 떨어뜨릴 수 있었어. 그리고 두말하면 잔소리지만 다들 교수님 비위를 맞추느라 정신이 없었고. 데이미언이 그런 걸 잘했지. 생글생글 웃고 번드르르한 말을 늘어놓으면서 계속 주인공에 눈독을 들이고. 그러더니 결국에는 무슨 짓을 저질렀는지 알아?」

콘월리스가 말을 멈추었지만 나는 겁이 나서 입도 벙긋할 수 없었다. 그는 나를 빤히 쳐다보더니 메스를 다시 하나 집었고 내가 비명을 지르는데도 이번에는 어깨에 꽂아서 그대로 두었다.「그러더니 무슨 짓을 저질렀는지 아느냐고!」그는 소리를 질렀다.

「당신을 등쳐 먹었겠지!」나는 속삭였다. 내가 무슨 소리를 하는 건지 나도 알 수가 없었다. 그냥 무슨 말이든 해야만 했다.

「그 정도가 아니었어. 내가 햄릿으로 캐스팅되니까 그 자식은 노발대발했어. 그 역할을 자기 거라고 생각하고 있었거든. 트리 때 이미 시범도 보였고. 자기가 얼마나 잘하는지 보여 주고 싶었던 거지. 하지만 이번에는 내 차례였어. 그 역할은 내 것이었어. 그 마지막 작품이 온 세상과, 그 자식과, 나를 가지고 장난친 그 자식의 여자 친구 년한테 내 능력을 보여 줄 수 있는 기회였어. 그 둘이 공범이었지. 계획적으로 나한테 병을 옮겨서 연습에 참석하지 못하게 했어. 캐스팅을 다시 할 수밖에 없게.」

그게 무슨 소린지 알 수 없었지만 상관없었다. 나는 투우장의 황소처럼 메스를 두 개 꽂고 앉아 있었고 다친 부위가 점점 아파 왔다. 이렇게 죽을 게 분명했다. 그는 내가 뭐라고 말을 해주길 기다리는 눈치였다. 입을 다물고 있었다가 그의 부아를 돋울까 하는 두려움에 나는 중얼거렸다. 「어맨다 리…….」

「어맨다 리. 바로 그년이지. 그 자식이 그년을 이용해서 나를 엿 먹였지만 내가 결국에는 찾아내서 혼쭐을 냈어.」 그는 혼자 키득거렸다. 그렇게 그럴듯한 정신병자의 초상은 내 평생 처음이었다. 「내 손에 고통스러워하다가 사라졌거든. 그년이 어디 있는지 알아? 알고 싶다면 가르쳐 줄 수 있지만 찾으려면 무덤 일곱 개를 파야 해.」

「데이미언도 당신이 죽였지.」 나는 쉰 목소리로 말했다. 모든 기운을 쏟아부어야 단어를 만들어 낼 수 있었다. 심장이 당장이라도 터질 것 같았다.

「맞아.」 그는 기도하듯 두 손을 모으고 고개를 숙였고, 나는 그런 순간에도 그의 행동이 부자연스럽다는 것을 느꼈다. 이것은 단 한 명의 관객을 위한 연극이었다. 「〈햄릿〉을 준비하는 동안 다들 나더러 훌륭하다고 했어.」 그는 하던 이야기를 계속했다. 「내가 햄릿이었어야 하는데. 하지만 나는 병에 걸리는 바람에 결국 레어티즈를 맡았고 레어티즈 연기도 훌륭했지. 하지만 문제는 뭔가 하면 레어티즈가 등장하는 장면이 대여섯 군데밖에 안 된다는 거야. 거의 작품 내내 무대

밖에 있어야 해. 대사도 60행 정도밖에 안 되고. 그게 다야. 나는 졸업 후에 원하던 에이전트와 계약을 하지 못했고 내가 원하던 일을 하지도 못했어. 노력하지 않은 게 아니야. 몸매를 유지하고, 연기 학원에 다니고, 오디션도 받았지만 타이밍이 잘 맞질 않더군.

브리스틀 올드 빅 극장에서 〈십이야〉가 상연되던 시즌에 페스테 역을 맡았을 때 이제 되겠다 싶었지. 하지만 그 뒤로 아무 일도 벌어지지 않았어. 거의 다 됐는데! 〈카리브해의 해적〉 팀에서는 나한테 세 번이나 연락을 해놓고 다른 사람에게 배역을 줬어. TV 드라마도 있고 새로운 연극도 있었고……. 나는 항상 이제 잘 풀리기 시작할 거라 생각했지만 웬일인지 잘되지 않았고 그러는 동안 나는 계속 나이를 먹었고 돈은 점점 떨어져 갔고 몇 개월이 몇 년이 되면서 내 안에서 뭔가가 망가졌다는 사실을, 어맨다와 데이미언이 그걸 망가뜨렸다는 사실을 받아들여야만 했지. 배우에게 일이 없는 건 암세포와 같아. 기간이 길어질수록 치료법을 찾을 확률이 낮아지지. 게다가 우리 가족은 줄곧 사이드라인에 서서 예의 주시하며 내가 실패하길, 그래서 원래 자리로 복귀하길 기다리고 있었단 말이지. 그래 주길 거의 기도하면서.

뭐, 일이 계속 꼬였지. 에이전트는 나하고 계약을 파기하기로 결정하고. 나는 술을 너무 많이 마시기 시작하고. 땡전 한 푼 없이 더러운 방 안에서 눈을 뜨면 이건 사는 게 아니라는 생각이 들고. 그러다 마침내 깨달음이 찾아오지. 난 이제 댄 로버츠가 아니야. 이제 로버트 콘월리스야. 나는 까만 양복을 입고 사촌 아이린이 있는 사우스켄징턴의 사무실로 합류하지. 그렇게 게임 오버.」

그가 말을 멈추자 나는 메스를 또 하나 집어 드는 건 아닌가 싶어서 움찔했다. 첫 번째와 두 번째 메스가 꽂힌 자리가 화끈거렸다. 하지만 그는 자기 이야기에 심취해 나를 더는 해칠 생각이 없었다.

「나는 사실 이 일에 아주 소질이 있었어. 타고났다고 볼 수도 있지. 나는 이 일을 한순간도 좋아해 본 적이 없지만 이 세상에 명랑한 장의사라는 게 있을까? 나는 비참했기 때문에 이 일에 더 적격이었을지 몰라. 노래 가사를 빌려서 표현하자면 나는 주어진 삶에 충실했지. 그녀의 삼촌 장례식에서 바버라를 만나 — 로맨틱하지 않아? — 결혼까지 했으니! 나는 그녀를 사랑한 적 없어. 그냥 해야 하는 일이었을 뿐. 우리는 아들 셋을 낳았고 나는 좋은 아버지가 되려고 애를 쓰고 있지만 사실 아이들은 내게 이질적인 존재야. 나는 아이들을 원한 적이 없어. 그 어떤 것도 원한 적이 없지.」 그는 보일락 말락 하게 미소를 지었다. 「앤드루가 배우가 되고 싶다고 했을 때 신기하더군. 그걸 어디에서 물려받았겠나? 물론 나는 허락하지 않을 거야. 무슨 수를 써서라도 그 아이를 그 지옥의 구덩이로부터 보호할 거야.

지난 12년 동안 내 삶은 지옥이나 다름없었지. 어맨다하고 묵은 빚은 청산했어. 어느 날 더는 감당하지 못하겠다 싶었을 때 그녀가 어디 사는지 찾아내 저녁을 같이 먹자고 불러내서. 내가 맨 처음 죽인 사람이 그녀였고 솔직히 진정한 만족감이 느껴지더군. 나를 악마 같다고 생각하겠지만 그녀가, 그녀와 데이미언이 나한테 무슨 짓을 했는지 몰라서 그래. 내가 정말 처리하고 싶은 인간은 그였어. 상을 받고 미국에서 영화를 찍으며 점점 더 유명해지고 있던 데이미언 쿠퍼. 하지만 나는 그게 꿈에 불과하다는 걸, 그는 내 손이 닿지 않는 곳에 있다는 걸 알았지. 내가 어떻게 그의 근처에 접근할 수 있겠어?

그러니까 어느 날 그의 어머니가 우리 사무실로 들어왔을 때 내 심정이 어땠을지 상상할 수 있겠지? 〈내 방으로 들어와, 거미가 파리에게 말했어요!〉 나는 그녀를 한눈에 알아보았어. 왕립 연극 학교를 자주 드나들었고 그 〈햄릿〉 공연 때도 왔었거든. 심지어 내 연기를 칭찬하기까지 했지. 그런데 그녀가 내 앞에 앉아서 자기 장례식을 준비하다니! 그녀는 나를 알아보지 못했지만 알아볼 이유가 없었어. 내가 연극 학교를 졸업한 뒤로 좀 많이 달라졌어야 말이지. 머리는 빠지고 수염을 기르고 안경을 썼으니. 게다가 누가 장의사를 안중에 두겠나? 우리는 일종의 집단이야. 죽은 자를 처리하며 어둠 속에서 사는 사람들. 우리가 그 자리에 있다는 걸 알은체하고 싶어 하는 사람은 없어. 그래서 그녀는 조잘거리며 고리버들 관과 노래와 기도문을 골랐고 내가 망연자실하게 앉아 있다는 건 알아차리지도 못했지.

왜냐하면 엄청난 생각이 퍼뜩 떠올랐거든. 그녀를 죽이면 데이미언이 장례식에 참석할 테고 그러면 그를 죽일 수 있겠구나! 약 1분 만에 떠오른 생각이었어. 그리고 정확히 그걸 실행에 옮겼지. 그녀가 적은 주소지로 찾아가 그녀를 목 졸라 죽였어. 그런 다음 2주 뒤에 데이미언을 그의 근사한 아파트에서 칼로 찔러 죽였고. 그때 내가 얼마나 즐거웠는지 당신은 상상조차 하지 못할 거야. 나는 장례식장에서 용의주도하게 그를 피했지. 개인적으로 접촉할 일은 모두 아이린에게 맡기고. 내 정체를 밝혔을 때 그의 표정을 당신도 봤어야 하는데! 그는 내가 칼을 꺼내기 전부터 자기가 내 손에 죽게 됐다는 걸 알아차렸어. 이유도 알았고. 좀 더 뜸을 들였어야 하는 건데. 그 자식이 괴로워하는 걸 더 즐기고 싶었는데.」

나는 그의 이야기가 이어지길 기다렸다. 아직 설명이 안 된 부분이 많았고 그는 말을 하는 동안에는 나를 공격하지 않았다. 하지만 그는 주춤거리며 멈칫했고 우리 둘 다 바로 그때 그에게 더는 할 말이 없다는 것을 알아차리지 않았을까 싶다. 나는 팔다리를 여전히 움직일 수가 없었다. 무슨 약에 취한 건지 궁금했다. 하지만 내 몸이 마비되었을지 몰라도 감각이 없는 건 아니었다. 가슴과 팔에서 통증이 사방으로 퍼졌고 셔츠에 피가 많이 묻었다.

「날 어쩔 셈이야?」 나는 간신히 단어를 조합했다.

그는 멍하니 나를 쳐다보았다.

「나는 이 사건과 아무 상관 없어.」 나는 말했다. 「나는 그냥 작가야. 이 사건에 발을 들인 이유도 오로지 호손이 자기를 주인공으로 책을 써달라고 했기 때문이고. 나를 죽이면 범인이 당신이라는 걸 그가 알아차릴 거야. 이미 아는 것 같긴 하지만.」 뭐라는지 알아들을 수 있게 말을 하려면 애를 써야 했지만 그에게 계속 말을 걸수록 목숨을 부지할 수 있는 가능성이 높아질 것 같았다. 「나는 부인도 있고 아들도 둘이야.」 나는 말했다. 「당신이 데이미언 쿠퍼를 죽인 이유는 이해가 돼. 개차반이었으니까. 나도 똑같은 생각을 했어. 하지만 나를 죽이는 건 다른 얘기지. 나는 이 사건하고 아무 상관도 없는데.」

「당연히 너를 죽여야지!」 콘윌리스가 테이블에서 세 번째 메스를 낚아채자 내 심장이 저 밑바닥으로 철렁 내려앉았다. 이것이 살인 무기가 될 것이었다. 그는 이제 살짝 흥분해 얼굴이 붉으락푸르락했고 두 눈은 초점을 잃었다. 「내가 이런 얘기를 다 해놓고 당신을 살려 둘 거라고 생각했나? 이 사태는 당신 잘못이야!」 그는 메스로 허공을 가르며 포인트를 강조했다. 「왕립 연극 학교에 대해서 아는 사람은 아무도 없는데…….」

「내가 여러 사람들한테 얘기했다니까!」

「안 믿어. 그리고 상관없어. 그러게 한심한 어린이 책이나 계속 쓰고 있을 것이지. 왜 괜히 끼어들어 가지고는.」

그는 한 발, 한 발 나를 향해 다가왔다.

「정말 유감스럽게 생각해…….」 그가 말했다. 「하지만 당신이 자초한 일이야.」

그 마지막 순간에 그는 새로운 손님을 맞이하는 전문 장의사 특유의 감성이 풍부한 표정을 짓고 있었다. 그의 손에 들린 메스가 비스듬히 위로 올라갔다. 그는 눈으로 나를 훑으며 어디를 찌를까 고민했다.

바로 그때 있는 줄도 몰랐던 문이 벌컥 열렸고 누군가가 안으로 들어오는 것이 내 시야의 저 끝에서 포착됐다. 나는 간신히 고개를 돌렸다. 호손이 거의 방패처럼 자기 레인코트를 앞으로 들고 있었다. 무슨 수로 거기 서 있는지 전혀 알

길이 없었지만 그를 만나서 이보다 더 기쁠 수가 없었다.

「그거 내려놔.」 그가 이렇게 말하는 것이 들렸다. 「다 끝났어.」

콘월리스는 나와 2~3미터밖에 안 되는 거리를 두고 앞에 서 있었다. 그가 호손에게서 내 쪽으로 다시 고개를 돌렸고 나는 그가 어쩌려는 건지 궁금해졌다. 나는 그가 결심한 순간도 목격했다. 그는 메스를 내려놓지 않았다. 그 대신 자기 목으로 가져가 가로로 단칼에 그었다.

그에게서 피가 뿜어져 나왔다. 그의 손 위로 쏟아지고 가슴을 타고 줄줄 흘러 발치에 고였다. 그는 지금까지도 내 악몽 속에 등장하는 표정을 지으며 그대로 서 있었다. 내가 보기에는 의기양양하게 기뻐하는 표정이었다. 그러다 잠시 후에 온몸을 경련하듯 뒤틀며 쓰러졌고 사방으로 피가 조금 더 번졌다.

나는 더 이상 보지 못했다. 호손이 휠체어 손잡이를 잡고 돌렸다. 그와 동시에 저 멀리 어딘가에서 경찰차가 사이렌을 요란하게 울리며 달려오는, 안심이 되는 소리가 들렸다.

「여긴 뭐 하러 왔어요? 맙소사!」

호손은 내 옆에 쭈그리고 앉아서 휘둥그레 뜬 눈으로 메스 두 개를 쳐다보며 내가 왜 일어나지 않는지 의아해했다. 솔직히 왓슨이 셜록 홈스를 아무리 우러러보았다 한들, 헤이스팅스가 푸아로를 아무리 존경했다 한들 바로 그때 내가 호손을 사랑한 것에는 미치지 못했을 테고, 나는 그가 내 편이라 다행이라는 생각을 끝으로 정신을 잃었다.

23
면회 시간

이제 와 생각해 보면 일인칭 시점으로 쓰기로 한 것이 한심한 선택이었다. 내가 죽지 않는다는 것을 처음부터 공표한 셈이었으니 말이다. 내가 좋아하는 영화「선셋 대로」에서는 오프닝 장면을 통해 모든 원칙을 깨고,『러블리 본스』처럼 그 비슷한 전철을 밟는 소설도 한두 권 있긴 하지만 작품 속 화자는 죽지 않는다는 것이 문학계의 정설이다. 내가 이 장까지 무사히 버텨서 풀럼팰리스로드 바로 옆 채링 크로스 병원 응급실에서 눈을 뜬다는 것을 모르게 할 방법이 있으면 좋겠지만 나로서는 도무지 생각이 나지 않는다. 긴장감은 개뿔!

수사를 한 건 하는 동안 두 번이나 기절했다니 조금 창피하지만, 의사는 간이 작아서라기보다 약물 때문인 게 더 크다며 나를 다독였다. 내게 쓰인 약물은 자그마치 데이트 강간 약물이라 불리는 로히프놀이었다. 콘월리스가 그걸 어디서 구했는지 알아낼 길은 없겠지만 그의 아내 바버라가 약사였으니 그녀를 통해 입수했을 수도 있었다. 그나저나 그녀와 아이들은 어떻게 됐는지 모르겠다. 사이코패스와 결혼했다는 걸 알고 나면 기분이 좋을 수 없을 것이다.

나는 관찰차 하루 동안 입원했지만 상태가 대체로 양호했다. 메스에 찔린 두 곳이 엄청 아프기는 했지만 각각 두 바늘씩 꿰매고 그만이었다. 내가 너무 심하게 겁을 먹었다. 약 기운이 사라지려면 여덟 시간에서 열두 시간이 걸린다고 했다.

문병객들이 다녀갔다. 맨 먼저 아내가 바쁜 프로그램 제작 중간에 짬을 내 3층 병동으로 옮겨진 나를 찾아왔다. 나를 보고 아주 기뻐하지는 않았다. 「도대체 뭐 하고 다닌 거야?」 그녀는 따져 물었다. 「하마터면 죽을 뻔했잖아.」

「나도 알아.」

「그리고 이걸 정말 책으로 낼 생각은 아니지? 당신이 얼마나 한심해 보이겠어? 거긴 왜 찾아간 거야? 그자가 범인이라는 걸 알았다면…….」

「아무도 없을 줄은 몰랐어. 그리고 그자가 범인인 것도 몰랐고. 그냥 뭔가를 숨기고 있는 건 아닌가 했지.」

사실이었다. 나는 리즈가 보여 준 사진에서 로버트 콘월리스를 알아보았지만, 범인은 앨런 고드윈이 아니라면 그레이스의 아버지 마틴 러벨일 게 분명하다고 속으로 이미 결론을 내린 뒤였다. 그도 사진 속에 있었다. 꽃다발을 들고 프레임 안으로 막 들어선 남자가 그였다. 그는 데이미언 쿠퍼가 죽길 바랄 만한 충분한 이유가 있었다. 딸을 보호하고 그녀가 다시 연기를 시작할 수 있도록 도울 수 있다면 무슨 짓이든 저지르고도 남을 남자였다. 나는 내 짐작이 맞는다고 워낙 확신했기 때문에 섣불리 달려들었고 그랬다가 하마터면 목숨을 잃을 뻔했다.

「이 책을 쓰고 있다고 왜 나한테 얘기하지 않았어?」 아내가 물었다. 「당신 원래 나한테 비밀이 없는 사람이잖아.」

「알아. 미안.」 나는 비참한 심정이었다. 「당신이 반대할 줄 알았어.」

「당신이 다치는 게 싫어서 반대했겠지. 이걸 봐. 집중 치료라니!」

「네 바늘 꿰맨 게 다야.」

「당신 얼마나 운이 좋았는지 알아?」 바로 그때 그녀의 휴대 전화가 울렸다. 그녀는 화면을 흘끗 확인하고 자리에서 일어났다. 「이거 들고 왔어.」

그녀는 들고 온 책을 침대 위로 꺼냈다. 「포일의 전쟁」을 준비하느라 읽고 있던 리베카 웨스트가 쓴 『반역의 의미』였다. 「ITV에서 새로운 시리즈 소식을 기다리고 있어.」 그녀가 일깨워 주었다.

「이것 다음으로 쓸게.」 나는 약속했다.

「목숨이 붙어 있어야 글도 쓰지.」

두 아들은 문자를 보냈지만 병문안을 오지는 않았다. 작년에 그리스에서 오토바이 사고가 났을 때도 그랬다. 아이들은 내가 누워 있는 것을 보는 데 거부감이 있었다.

하지만 힐다 스타크는 잠깐 얼굴을 내밀었다. 같이 점심을 먹은 뒤로 만나거나 전화 통화를 한 적이 없었는데, 그녀는 BAFTA 후보작 상영제에 가는 길에 급히 내 방에 들러 의자에 걸터앉아서 나를 잠깐 훑어보았다. 「좀 어때요?」 그녀가 물었다.

「괜찮아요. 그냥 검사차 붙잡아 놓고 있는 거예요.」

그녀는 못 미더워하는 눈치였다.

「내가 약에 취했었거든요.」 나는 설명했다.

「로버트 콘월리스라는 남자가 당신을 공격했어요?」

「네. 그러고는 자살했어요.」

그녀는 고개를 끄덕였다. 「이로써 그 책은 멋지게 마무리되겠다고 인정하는 수밖에 없겠네요. 그나저나 그것과 관련해서 새로운 소식이 있어요. 좋은 소식도 있고 나쁜 소식도 있고. 오리온에서 그 책 안 하겠대요. 어떤 내용인지 설명했는데, 관심 없다고 하더라고요. 그러면서 두 권 계약한 거 지켜 달라는데, 그 작업을 시작하려면 좀 기다려야겠네요.」

「좋은 소식은 뭔데요?」 나는 물었다.

「하퍼콜린스에서 미국 쪽 판권을 이미 가져갔어요. 환상적인 편집자 셀리나 워커하고 얘기했는데 마음에 든다고, 원고 빨리 보고 싶대요. 그쪽에서 계약서를 보내 주기로 했어요.」

내 앞으로 쌓여 가는 책들이 눈에 보이는 듯했다. 가끔 책상 앞에 앉아 있으면 뒤에 덤프트럭이 있는 것처럼 느껴질 때가 있다. 윙윙거리는 엔진 소리를 내다가 갑자기 싣고 온 것을 쏟아 내는데…… 수백만 개에 달하는 단어다. 그 단어들이 계속 폭포처럼 쏟아지는데, 얼마나 더 남았는지 알 수가 없다. 하지만 나는 그걸 멈출 재간이 없다. 단어들이 내게는 목숨과도 같다.

「경찰하고도 접촉 중이에요.」 힐다가 계속 말했다. 「사건이 신문에 소개될 게 뻔하지만 당신 이름은 빼려고 힘을 쓰고 있어요. 일단 경찰 측에서는 당신이 연루됐다는 사실 자체에 당황스러워하고 있는 데다 그보다 더 중요하게는 책이 출간되기 전에 스토리가 알려지면 안 되잖아요.」 그녀는 이제 그만 나가려고 자리에서 일어났다.「그나저나.」 그녀가 뒤늦게 생각났다는 듯이 말을 이었다.「호손 씨하고 얘기했거든요. 제목은 〈호손 사건집〉으로 하고 수익은 50 대 50으로 나누기로 했어요.」

「잠깐!」 나는 어안이 벙벙했다.「그건 내가 정한 제목이 아니고 그 조건은 수락할 수 없다고 당신 입으로 그러지 않았어요?」

그녀는 묘한 눈빛으로 나를 쳐다보았다.「당신이 그 조건에 합의했잖아요.」 그녀는 내 기억을 환기했다.「그리고 그 사람은 다른 조건에 합의할 생각이 없더라고요.」 그녀는 왠지 모르게 불안해했고 나는 호손이 그녀의 약점을 파악해 협상에 동원한 건 아닌가 하는 생각이 들었다.「아무튼 셀리나가 보낸 계약서가 도착하면 다시 얘기하기로 해요.」 그녀는 하던 말을 멈추었다.「뭐 더 필요한 거 있어요?」

「아뇨. 내일이면 퇴원하는데요, 뭐.」

「그럼 연락할게요.」 그녀는 내가 뭐라고 덧붙일 겨를도 없이 사라졌다.

마지막 문병객은 그날 밤, 면회 시간이 한참 지난 뒤에 찾아왔다. 간호사가 제지하려고 하자 그가 쏘아붙이는 소리가 들렸다.「괜찮아요. 나 경찰입니다.」 잠시 후 내 침대 발치에 호손이 등장했다. 쭈글쭈글한 갈색 봉지를 들고 있었다.

「안녕, 토니.」 그가 말했다.

「안녕, 호손.」 기분이 묘했지만 그를 만나서 진심으로 반가웠다. 그 정도가 아니라 아무 논리도 이유도 없이 그에게 애정이 느껴졌다. 바로 그 순간만큼은 제일 보고 싶은 사람이 그였다.

그는 힐다가 앉았던 의자로 가서 앉았다. 「몸은 좀 어때요?」 그가 물었다.

「많이 괜찮아졌어요.」

「이거 들고 왔어요.」 그가 봉지를 건넸다. 나는 봉지를 열어 보았다. 큼지막한 포도송이가 들어 있었다.

「고마워요.」

「그거 아니면 루코제이드[25]밖에 없더라고요. 당신이 포도를 더 좋아할 것 같았어요.」

「잘 먹을게요.」 나는 포도를 옆으로 치웠다. 나는 1인실로 배정됐는데, 경찰 수사 관련자라 그런 것 같았다. 불빛은 어둑어둑했다. 우리 둘과 의자와 침대뿐이었다. 「해머스미스 건은.」 내가 말문을 열었다. 「찾아와 줘서 정말 고마웠어요. 로버트 콘월리스가 나를 죽이려던 참이었는데.」

「그 인간 완전 또라이였지 뭐예요. 어이, 그런 데를 혼자 가면 어떻게 해요? 나한테 먼저 연락을 했어야지.」

「그가 범인인 걸 알았어요?」

호손은 고개를 끄덕였다. 「체포하려던 참이었어요. 하지만 그 전에 나이절 웨스턴 문제를 처리해야 했어요.」

「그는 좀 어때요?」

「자기 집이 불탔다는 데 조금 화가 났어요. 그것 말고는 멀

25 건강 음료.

쩡해요.」

나는 한숨을 쉬었다.「나는 도대체 아무것도 모르겠어요.」 나는 말했다.「범인이 콘월리스라는 걸 언제 처음 알았어요?」

「지금 설명 들을 수 있겠어요?」

「듣기 전에는 잠을 못 자겠어요. 잠깐!」 나는 휴대 전화를 향해 손을 내밀었다. 그러느라 가슴과 어깨에 난 상처가 뒤틀리자 움찔하고 놀랐다. 하지만 녹음을 해야 했다. 휴대 전화를 켰다.「맨 처음부터 부탁해요.」 나는 말했다.「하나도 빠뜨리지 말고.」

호손은 고개를 끄덕였다.「알았어요.」

이윽고 그가 이야기를 시작했다.

「내가 맨 처음에 이런 사건을 스티커라고 한다고 그랬잖아요. 메도스와 다른 경찰들이 알아차리지 못한 게 그거였어요. 어떤 여자가 장의업체를 찾아가서 자기 장례식을 준비하고 여섯 시간 뒤에 죽어요. 그게 핵심이에요. 만약 그녀가 장의업체를 찾아가지 않았다면 별로 이상할 게 없는 살인 사건이었죠. 메도스가 주장한 것처럼 강도의 소행일 수도 있었어요. 하지만 특이한 사건이 두 건 벌어졌고 그 둘 간의 연결 고리를 찾을 수가 없다는 게 문제였어요.

그런데 사실 내가 보기에는 다이애나 쿠퍼가 콘월리스 앤드 선스를 찾아간 이유가 확연했어요. 열차 안에서도 내가 말했죠. 그녀의 심리 상태를 생각해 보아야 한다고. 여기, 평생을 혼자 지낸 여자가 있어요. 그 여자는 같이 살던 집에 만들어 놓은 추모 공원을 아직까지 찾아갈 정도로 남편을 그리워해요. 아무도 믿지 못하고요. 얼마 전에는 레이먼드 클룬스에게 사기를 당했어요. 사랑하는 아들은 사이가 틀어져서 미국으로 떠나 버렸고요. 친구도 거의 없어서 살해당한 뒤에도 꼬박 이틀이 지난 다음에서야 시신이 발견됐고 그것도 발견한 사람이 청소부였어요. 나는 처음부터 그녀가 아주 우울했을 거라는 생각이 들었어요. 그래서 그녀는 스스로 목숨을 끊을 생각이었는데…….」

나는 헉하고 숨을 들이마셨다.「자살을 하려고 했다고요?」

「맞아요. 그녀의 화장실에 뭐가 있는지 봤잖아요. 테마지팜이 세 통 있었죠. 그 정도면 죽고도 남아요.」

「우리가 그 주치의도 만났잖아요!」 나는 말했다.「그녀가 잠을 잘 못 잤다고 했는데.」

「그거야 그녀가 한 얘기죠. 하지만 그녀는 약을 먹지 않고 모으고 있었어요. 그런데 이제 더는 못 견디겠다고 거의 결론을 내렸을 무렵에 기르던 고양이가 사라졌어요. 짐작건대 티브스 씨 때문에 그녀가 끈을 놓지 않았나 싶어요. 이미 앨런 고드윈이 찾아와서 협박까지 한 마당이라 그의 편지를 보고 그가 고양이를 죽인 게 분명하다고 생각했을 거예요. 〈나는 당신에게 소중한 게 뭔지 알아.〉 티브스 씨가 사라진 게 마지막 결정타였어요. 그래서 그녀는 계획을 실행에 옮기기로 마음을 먹었죠. 하지만 워낙에 깔끔하고 꼼꼼한 성격이다 보니 자기 장례식을 비롯해 모든 걸 정리하고 싶었어요. 그래서 같은 날 글로브 극장 임원직을 사임하고 콘월리스 앤드 선스를 찾아간 거예요.」

그의 설명을 듣고 보니 이보다 빤할 수가 없었다.「그래서 그녀는 자기의 죽음을 예견했군요.」 내가 말했다.「자살할 생각이었으니까!」

「그렇죠.」

「그런데 유서를 남기지 않았어요.」

「어떻게 보면 남긴 거나 다름없어요. 그녀가 장례식 때 선택한 것들을 보면. 맨 먼저 〈엘리너 릭비〉. 〈이 외로운 사람들은 대체 어디서 오는 걸까?〉 이 가사야말로 도와 달라는 외침 아닌가요? 그리고 실비아 플래스라는 시인과 제러마이아 클라크라는 작곡가도 그래요. 그 두 사람 다 자살한 게 과연 우연의 일치일까요?」

「〈시편〉은요?」

「〈시편〉 34편. 〈올바른 사람에게 불행이 겹쳐도 야훼께서는 모든 곤경에서 그를 구해 주시고.〉 자살을 암시하는 구절이에요. 목사한테 물어봐요.」

「당신은 물어본 모양이네요.」

「당연하죠.」

「다이애나 쿠퍼가 장의업체를 찾아갔을 때 제일 먼저 본 게 뭐였어요?」 나는 물었다. 「당신은 그게 중요하다고 했잖아요.」

「맞아요. 창문에 달려 있던, 대리석으로 만든 책이었어요. 거기에도 어떤 구절이 새겨져 있었죠.」

「〈불행이 닥쳐올 땐 혼자가 아니라 무더기로 오는 법.〉」 나는 그걸 외우고 있었다.

「〈햄릿〉의 한 구절이죠. 나는 셰익스피어에 대해 잘 모르고 그건 당신의 전공 분야에 더 가깝겠지만, 재밌는 건 뭔가 하면 이 사건의 곳곳에서 그가 등장한다는 거예요. 다이애나 쿠퍼는 냉장고에 셰익스피어의 작품 속 한 구절을 붙여 놓았고 계단에는 온갖 연극 프로그램이 쌓여 있었죠. 우리가 딜에서 본 그 분수대에도 다른 문구가 새겨져 있었고요.」

「〈잠을 자면 꿈을 꾸겠지.〉 그것도 〈햄릿〉에 나오는 구절이었어요.」

「맞아요. 그녀는 〈햄릿〉을 생각하며 장의업체 안으로 들어갔고 — 창문에서 본 게 그거였으니까요 — 그게 나중에 어떤 역할을 하죠. 하지만 그보다 먼저 로버트 콘월리스가 그녀를 알아보았어요. 사실 그녀의 성이 유명하긴 했지만 내가 생각하기에는 데이미언을 들먹이며 자랑했을 거예요. 그걸 듣고 콘월리스가 돌아 버렸죠. 사실 예전부터 제정신이 아니긴 했지만.

콘월리스가 데이미언 쿠퍼와 함께 왕립 연극 학교에 다녔던 건 당신도 이미 알고 있을 테고.」 호손은 재미있어하며 의자에 몸을 묻고 있었다. 「그의 사무실에서 본 그 재떨이 기억나요? 올해의 장의사 로버트 대니얼 콘월리스에게 수여된 상이었어요. 그의 이름과 가운데 이름을 떼어 내 서로 앞뒤를 바꾸면 댄 로버츠가 되죠.」

「그에게 들었어요. 자기 가족이 전부 장의사인 걸 아무한테도 들키고 싶지 않았다고.」

「재밌는 건 뭔가 하면 그레이스 러벨은 어맨다 리가 가명을 쓴 줄 알았다는 거예요. 이 배우 지망생들은 다른 친구가 자기 이름을 뭐라고 하든 별로 신경 쓰지 않았나 봐요. 그랬던 게 몇 년 뒤에 문득 콘월리스 입장에서는 아주 유용해졌죠. 배우가 되려다 실패했던 전적을 우리가 모르길 바랐으니까요. 왕립 연극 학교와의 연관성을 우리가 모르길 바랐으니까요.」

하지만 나는 알아차렸지. 나는 생각했다. 나는 연결 고리를 파악했어, 그 온전한 의미는 놓쳤지만. 내가 그냥 전화기를 꺼내서 호손에게 연락했더라면 모든 게 얼마나 달라졌을까!

「우리가 집으로 찾아갔을 때 그는 20대에 뭘 했는지 용의주도하게 숨겼죠.」 호손이 말을 이었다. 「질풍노도의 시기를 보냈다고 했지만 덧셈만 할 줄 알면 돼요! 그는 30대 중반이었어요. 장의사로 일한 지 10년쯤 됐다고 했고요. 그러니까 그 전에 최소 5년 동안 다른 일을 하고 있었다는 뜻이 되죠. 그리고 우리가 찾아갔을 때 그의 아들 앤드루가 배우가 되고 싶다고 했어요. 그러니까 바버라 콘월리스가 이렇게 얘기했죠. 〈배우의 유전자를 물려받았다 보니.〉 아빠를 닮았다는 뜻이었어요. 하지만 앤드루가 내려와서 자기 얘기를 하려고 하니까 아이 아빠가 당장 말허리를 잘랐어요. 〈그 얘긴 나중에 하자〉면서. 앤드루는 자기 아빠가 연극 학교 출신이라는 걸 알았기 때문에 콘월리스는 아이가 그걸 공개할까 봐 걱정이 됐던 거죠.」

「이게 다 그것 때문에 생긴 일이었어요.」 나는 말했다. 모든 게 딱 맞아떨어졌다. 「〈햄릿〉 공연! 로버트 콘월리스, 그러니까 댄 로버츠가 눈부시게 빛날 차례였는데. 학기 말 공연에서 주인공을 맡았고 거물급 에이전트가 모두 공연을 보러 올 예정이었으니 말이죠. 하지만 데이미언이 그 기회를 훔쳐 갔어요.」

「어떤 식으로 훔쳐 갔는지 그자가 얘기하던가요?」

「아뇨.」 나는 기억을 더듬었다. 「데이미언 쿠퍼는 어맨디 리하고 사귀고 있었어요. 하지만 그레이스가 말하길 그 둘은 헤어졌고 연습이 시작되기 직전에 어맨다가 댄과 부둥켜 안고 있는 걸 봤다고 했죠.」 문득 전부 이해가 됐다. 「진심이 아니었어요!」 나는 외쳤다. 「데이미언이 뒤에서 시킨 거였어요!」 그리고 생각난 것이 하나 더 있었다. 「내 친구 리즈가 말하길 그 무렵 심한 전염 단핵구증이 대유행했다고…….」

「전염 단핵구증은 키스병이라고 불리기도 하죠.」 호손이 덧붙였다. 「어맨다가 일부러 바이러스를 댄한테 옮긴 거예요. 댄은 연극에서 배제되는 수밖에 없었죠. 데이미언이 주인공 역할을 맡았고 그 이후는 우리도 아는 얘기고요. 다만 로버트 콘월리스는 그들을 절대 용서하지 않았어요. 4년 뒤에 어맨다 리를 찾아내 살해했으니까.」

「시신을 토막 내 이후 일곱 번의 장례를 치르는 동안 한 조각씩 묻었어요.」 나는 콘월리스에게 들은 이야기를 떠올렸다.

호손은 고개를 끄덕였다. 「시신을 없애고 싶을 때는 장의사라는 직업이 분명 도움이 되겠어요.」

「그의 아내는 이상한 조짐을 전혀 느끼지 못했다니 놀랍네요.」

「바버라 콘월리스는 오해했어요.」 호손이 말했다. 「그녀는 자기 남편이 데이미언이 출연한 작품을 전부 챙겨서 봤다고 했죠. DVD를 몇 번이고 반복해서 봤다고. 그녀는 자기 남편이 그의 팬인 줄 알았어요. 그에게 사실상 집착하고 있는 줄은 모르고. 그의 머릿속은 온통 배우로 성공하지 못한 과거에 대한 생각뿐이었어요. 딱 한 번의 성공을 잊지 못하고 아이들 이름까지 거기서 차용했죠.」

「토비, 서배스천 그리고 앤드루. 전부 〈십이야〉에 나오는 등장인물이네요. 나는 왜 그걸 알아차리지 못했을까요?」

「그게 그가 연극 학교를 졸업하고 출연한 유일한 작품이었어요. 그 딱한 인간은 날마다 데이미언 쿠퍼를 죽이는 꿈을 꾸었을 거예요. 모든 것을 그의 탓으로 돌리면서.」

「그런데 어느 날 다이애나 쿠퍼가 그의 사무실로 들어왔죠.」

「맞아요. 콘월리스는 데이미언에게 접근할 수가 없었죠. 그는 미국에 있었고, 유명한 배우였고, 항상 수행원이 따라다녔으니까요. 하지만 장례식이야말로 그가 원했던 것, 오래전부터 꿈꾸었던 계획을 실행하기에 완벽한 기회였죠. 그래서 그의 어머니를 죽였던 거예요. 데이미언을 불러들이기 위해.」

「그자한테 들었어요.」

호손이 갑자기 씩 웃었다. 「그 MP3 플레이어를 관 속에 넣은 건 내부인의 소행일 수밖에 없었어요. 생각해 봐요. 내부인은 어떤 스타일의 관이 쓰였는지 알 수밖에 없잖아요. 뚝딱 열 수 있는 관이 쓰였다는 걸. 거기에 손을 댈 수 있는 정확한 타이밍도 알 수밖에 없을 테고 이런저런 지시를 내린 사람이 콘월리스였단 말이죠. 그는 아무 때고 관 옆에 혼자 있을 수 있었어요. 게다가 그는 그 동요가 데이미언에게 얼마나 의미심장한 노래인지 알고 있었죠. 연기 수업 시간에 들었으니까요. 그의 노림수는 데이미언을 아파트로 돌려

보내 거기서 죽이겠다는 거였고, 완벽하게 그의 계획대로 됐죠. 내가 장례식이 끝난 뒤에 콘월리스에게 전화했을 때 그는 아마 테라스에서 기다리고 있었을 거예요. 그러다 데이미언 혼자 돌아오자 시작됐죠. 사이코 타임이!」 호손은 보이지 않는 칼로 허공을 난도질하며 무언극을 했다.

「그가 무슨 수로 그렇게 빨리 갈 수 있었을까요?」 나는 물었다. 그는 데이미언보다 그렇게 일찍 장례식장을 나서지도 않았다.

「오토바이가 있었거든요. 그의 집 차고에 세워져 있는 거 못 봤어요? 그리고 당연히 가죽옷을 입었죠, 피가 튀어도 몸에 묻지 않게. 그는 데이미언을 죽인 다음 가죽옷을 벗어서 어디 버리거나 집으로 들고 갔을 거예요. 똑똑한 인간이에요. 그날 오후에 우리가 찾아갔을 때 부인이 그에게 왜 양복을 갈아입지 않았느냐고 물었죠? 우리가 온다는 걸 알고 옷이 깨끗하다는 걸, 피로 뒤덮이지 않았다는 걸 보여 주려고 그랬던 거예요. 그는 학교 연극을 보러 갔어요. 집에 와서 차를 마셨어요. 단짝 친구를 토막 낸 바로 그날.」

나는 가만히 누워서 호손에게 들은 말을 곰곰이 생각했다. 전부 앞뒤가 맞았지만 하나 빠진 게 있었다. 「그럼 딜은 이 사건하고 아무 연관이 없었어요?」 나는 물었다.

「전혀요.」

「그럼 나이절 웨스턴을 공격한 사람이 누구예요? 왜 나 때문에 불이 났다고 했어요?」

「왜냐하면 당신 때문에 불이 났으니까요.」 호손은 담뱃갑을 꺼냈다가 병원이라는 걸 깨닫고 다시 넣었다. 「우리가

1차로 로버트 콘월리스를 만났을 때 당신이 그에게 다이애나 쿠퍼가 티머시 고드윈에 대해서 한 말이 없느냐고 물었잖아요.」

「당신은 왜 그랬느냐고 화를 냈고요.」

「어이, 그거 초보자의 실수였어요. 그에게 우리가 딜에서 벌어진 사고에 관심이 있다는 걸 알린 셈이었거든요. 그래서 그는 그걸 이용해 우리의 수사에 혼선을 빚으려고 했어요. 그가 〈버스 바퀴가 돌아요, 뱅뱅뱅〉을 생각해 낸 것도 그 말을 듣고 나서였을 거예요. 그걸 틀면 데이미언의 속을 뒤집어 놓는 동시에 우리를 엉뚱한 방향으로 유도할 수 있을 거라고. 그리고 웨스턴의 집에 불을 지른 건 기발한 아이디어였어요. 웨스턴이 다이애나에게 무죄를 선언한 판사였으니 표적이 된 거죠. 하지만 내가 처음부터 얘기했던 것처럼 그 사고가 벌어진 지 10년째가 아니었어요. 9년하고 11개월째였지. 앨런 고드윈이나 그의 아내가 다이애나 쿠퍼에게 복수하고 싶었다면 날짜를 딱 맞추지 않았겠어요?」

「하지만 다이애나 쿠퍼가 보낸 문자는 뭐였죠?」

호손은 천천히 고개를 끄덕였다. 「첫 번째 살인 사건으로 돌아갑시다.」 그가 말했다. 「그건 사전 계획 없이…… 즉흥적으로 저지른 범행이었어요. 콘월리스의 사무실로 쿠퍼 부인이 찾아왔죠. 그는 그녀의 주소를 입수했어요. 그녀가 혼자 산다고 언뜻 말했을 수도 있어요. 그는 분명 그녀에게서 최대한 많은 정보를 알아내려고 했을 거예요. 하지만 나중에 그녀의 집으로 찾아갈 핑곗거리가 필요했죠. 내가 부인 혼자 사무실에 있던 적 있느냐고 물었던 거 기억해요? 사무실에서 그녀의 동선을 정확하게 파악하려고 물었던 건데, 알고 보니 그녀가 화장실에 다녀왔다더군요. 아마 그녀는 핸드백을 콘월리스의 사무실에 두고 갔을 테고 그때 그가 슬쩍했을 거예요.」

「뭘요?」

「그녀의 신용카드요. 그게 그녀의 거실장에 있는 걸 보고 그때는 그게 왜 거기 있는지 의아했어요. 그리고 우리도 알다시피 콘월리스는 2시 직후에, 그녀가 글로브 극장으로 가고 있었을 때 그녀에게 전화를 걸었죠. 내가 이유를 물었더니 그는 그녀의 남편이 묻힌 묘지 번호가 필요해서 그랬다는 둥 헛소리를 늘어놓았잖아요. 그는 왜 그녀가 묘지 번호를 알 거라고 생각했을까요? 왜 예배당 사무실로 전화해서 물어보지 않았을까요? 나는 그가 거짓말을 하고 있다는 걸 알아차렸어요. 그는 그녀에게 전화해 아주 상냥하고 부드럽게 신용카드를 두고 갔다고 알리고 나중에 저녁때 가져다주겠다고 했겠죠. 〈걱정 마세요, 쿠퍼 부인. 전혀 번거롭지 않습니다.〉

그래서 나중에 그가 찾아갔을 때 그녀는 해가 지고 집에 혼자 있었음에도 문을 열어 주었어요. 〈카드 여기 있습니다!〉 그는 카드를 내려놓고 잠깐 대화를 나눴어요. 그리고 그때 퍼뜩 그녀는 깨닫죠. 다이애나 쿠퍼는 창문에서 본 〈햄릿〉의 구절을 기억하고 있었어요. 계단에 놓인 프로그램과 냉장고 자석이 도움이 됐을 수도 있고요. 아무튼 그녀는 문득 로버트 콘월리스를 알아보고 전에 어디서 본 적 있는지 기억해 냈어요. 오래전 일이었고 그들은 몇 마디를 주고받은 게 전부였을 수도 있어요. 그는 많이 달라져서 까만 양복을 입은 장의사가 됐어요. 하지만 그녀는 그가 댄 로버츠라는 걸 알아차렸고 그의 태도가 왠지 모르게 조금 섬뜩해서 그녀는 무서워졌어요. 그가 자기를 해치러 왔다는 걸 알아차렸어요.

그래서 어떻게 했을까요? 그녀가 경보를 울리면 그가 달려들 게 분명했어요. 어쩌면 그녀는 그가 제정신이 아니라는 걸 간파했을 수도 있고요. 그래서 그녀는 웃으며 뭐 좀 마시겠느냐고 물었죠. 〈네, 감사합니다. 물 마실게요.〉 그녀는 부엌으로 들어갔고 콘월리스는 그때 그녀의 목을 조르는 데 쓸 커튼 끈을 풀었어요. 그녀는 최대한 빠르게 아들에게 문자를 보냈죠.」

마침내 그의 말이 떨어지기 전에 내가 알아차렸다. 「휴대전화가 자동 수정을 했군요!」

「맞아요. 〈레어티즈Laertes였던 아이가 왔어. 무섭다.〉 그녀는 그의 이름을 몰랐지만 거실에 누가 와 있는지 아들에게 알리고 싶었어요. 불안해서 허둥지둥 문자를 보내느라 마침표를 쓸 겨를도 없었고요.

그랬으니 문자가 이렇게 자동 수정된 것도 보지 못했죠. 〈파열된lacerated 아이가 왔어.〉 나는 좀 이상하다는 생각이 들었어요. 아무리 급했다 하더라도 쿠퍼 부인이 제러미 고드윈을 파열된 아이라고 했겠어요? 다친 아이라면 모를까. 다친 아이. 오히려 글자 수도 더 적잖아요. 우리가 신문에서 뇌 파열 어쩌고 하는 기사를 읽고 엉뚱한 결론을 내린 건 안타까운 우연이었죠.」

나는 그 말의 진위가 의심스러웠다. 호손은 일당을 받고 일했다. 수사가 광범위하고 찾아다니는 곳이 많을수록 돈을 더 많이 받을 수 있었다. 내가 삐딱하게 생각하는 것일지 몰라도 모든 가능성을 검토하는 것이 그로서는 이익이었다.

그는 말을 이었다. 「그녀는 문자를 보낸 뒤에 물을 들고 다시 거실로 갔죠. 아마 콘월리스에게 나가 달라고 할 생각이었을 거예요. 데이미언에게 상황을 알렸으니 조금 용감해지기도 했을 테고요. 하지만 콘월리스가 너무 신속하게 움직였어요. 그녀가 물을 내려놓자마자 끈으로 목을 졸랐어요. 그런 다음 강도의 행각처럼 보일 수 있게 온 집 안을 헤집고 다니며 물건을 몇 개 챙기고는 그 집에서 나왔죠.」

병원은 이상한 곳이다. 내가 맨 처음 채링 크로스 병원에 도착했을 때는 사방이 환하고 바쁘고 정신이 없었다. 하지만 면회 시간이 끝나자 누가 스위치라도 내린 것처럼 모든 게 멈춘 듯이 느껴졌다. 불빛이 어두어둑해졌다. 복도는 고요했다. 거의 불편할 정도로 잠잠했다. 나는 피곤했다. 꿰맨 곳이 욱신거렸고 팔다리를 움직일 수는 있었지만 움직이고 싶지가 않았다. 내가 아직 쇼크 상태일 수도 있었다.

호손은 이제 일어날 때가 됐음을 알아차렸다.

「얼마나 더 여기 있어야 해요?」 그가 물었다.

「내일 퇴원해요.」

그는 고개를 끄덕였다. 「내가 제때 등장한 걸 다행으로 알아요.」

「어떻게 시신 안치실에 갈 생각을 했어요?」

「당신한테 연락하려고 어시스턴트한테 전화했었거든요.

그녀가 거기 갔다고 알려 주더라고요. 들었을 때 믿을 수가 없었어요. 걱정이 됐고요.」

「고마워요.」

「뭐, 당신이 죽으면 누가 책을 쓰겠어요?」 그는 갑자기 멋쩍어했다. 전에 본 적 없는 표정이었고 나는 그의 껍데기 속에 숨어 있는 예전의 모습을 언뜻 감지할 수 있었다. 「저기, 음, 전부터 얘기하려고 했는데…… 내가 거짓말을 했어요.」

「언제요?」

「캔터베리에서. 당신이 잔소리를 퍼붓는 바람에 짜증이 났거든요. 하지만 이런 책을 쓰자고 다른 작가한테 얘기 꺼낸 적 없어요. 내가 접촉한 작가는 당신뿐이었어요.」

한참 동안 정적이 이어졌다. 나는 뭐라고 하면 좋을지 알 수가 없었다.

「고마워요.」 나는 결국 이렇게 중얼거렸다.

그는 자리에서 일어났다. 「당신 에이전트한테 연락받았어요.」 그는 무뚝뚝하게 말을 이었다. 「사람 괜찮던데요. 출간이 되려면 좀 기다려야 할 모양이지만 선인세를 두둑이 받아 주겠대요.」 그는 미소를 지었다. 「적어도 일이 이렇게 끝나서 쓸 거리가 생겼잖아요. 괜찮은 작품이 될 거예요.」

그는 떠났고 나는 그 자리에 누워서 그가 방금 전에 한 말에 대해 생각했다. 〈괜찮은 작품이 될 거예요.〉 그의 말이 맞았다. 어쩌면 이제 처음으로 그럴 가능성이 생겼다.

24
리버코트

나는 퇴원했다. 일을 시작했다.

작업 방식이 예전과 180도 달라졌다는 것을 느낄 수 있었다. 나는 대개 어떤 아이디어가 떠오르면 최소 1년 동안 머릿속에 묵혀 두었다가 원고를 쓰기 시작한다. 살인 미스터리물이라면 출발점이 살인 사건 그 자체가 될 것이다. 누군가가 어떤 이유에서 누구를 살해한다. 그것이 문제의 핵심이다. 나는 그들을 창조하고, 여러 용의자들 사이에 연결 고리를 만들고 각자에게 사연을 부여하고 서로의 관계를 구축하며 그들을 중심으로 점점 세계를 만들어 나갈 것이다. 나가서 걷는 동안에도 침대에 누워 있을 때도 목욕을 하면서도 그들에 대해 생각할 테고 스토리의 틀이 어느 정도 갖춰진 다음에라야 집필을 시작할 것이다. 나는 결말을 정해 놓지 않은 상태로 책을 쓰기 시작하느냐는 질문을 종종 받는다. 나에게 그것은 어디까지 연결하면 되는지 알지 못한 채 다리를 짓기 시작하는 것과 같다.

이번에는 모든 정보가 갖추어졌으니 실질적인 창작보다

배치가 관건이었는데, 마음에 들지 않는 부분들도 있었다. 솔직히 내게 선택권이 있다면 싹수 노란 할리우드 배우를 등장시키지 않았을 것이다. 내가 아는 그런 배우가 한두 명이 아닌 데다 가끔 같이 작업을 한 적도 있기 때문이다. 하지만 안타깝게도 살인을 당한 자가 데이미언 쿠퍼였으니 그의 어머니와 동거인과 장례식에 참석한 여러 지인들과 함께 그를 떠맡는 수밖에 없었다. 그들을 만난 시간이 너무 짧은 것도 걱정스러운 부분이었다. 레이먼드 클룬스, 브루노 왕, 버티모어 박사와 다른 사람들이 이야기 안에서 차지하는 역할은 아주 지엽적이었고 호손이 대화를 전담했으니 그들에 대해 나는 많은 것을 파악할 수도 없었다. 가상의 인물을 추가해야 할까? 딜에서 벌어진 일은 모두 이 사건과 거의 무관했던 것으로 밝혀졌다. 그런데 그냥 넣어도 되는지 궁금했다.

내가 한 고민은 사실에 얼마나 충실해야 하느냐는 것이었다. 몇 명의 이름을 바꿔야 하는데 그렇다면 사건도 똑같이 그래도 되는 것 아닐까? 나는 카드식 정리를 질색하지만, 다이애나 쿠퍼가 장의사를 찾은 시점부터 나의 등장을 거쳐 그녀의 집으로 찾아간 것 등 모든 면담과 모든 사건의 키워드를 카드에 적어 책상 위에 펼쳐 놓았다. 9만 단어를 채우고도 남았다. 사실 몇몇 장면 — 예컨대 나의 일상 — 은 아예 삭제했다. 주절주절 이어졌던 안드레아 클루바네크의 어린 시절에 대한 회상과 레이먼드 클룬스의 회계사와 보낸 유난히 지루했던 오후도 삭제 대상이었다.

메모와 휴대 전화 녹음 파일을 훑어 보니 다행히 내가 아예 미련하지는 않았다. 로버트 콘월리스를 처음 만났을 때

〈꼭 연극을 하는 느낌〉이라고 적어 놓았는데 그게 정답이었다. 그가 장의사라는 직업을 좋아하는지에 대해서도 의문을 제기했는데, 알고 보니 그것이 모든 문제의 핵심이었다. 아무튼 내 실력이 못 봐줄 정도는 아니었다. 나는 그의 집 앞에 세워져 있었던 오토바이와 현관 앞에 놓인 오토바이용 헬멧, 냉장고 자석, 물잔, 열쇠고리도 알아차렸고…… 사실상 가장 중요했던 단서의 최소 75퍼센트를 수첩에 적어 놓았다. 거기에 담긴 의미만 몰랐을 뿐이다.

이후 며칠 동안 나는 처음 두 장을 썼다. 이 책의 〈톤〉을 찾으려고 했다. 나를 실제로 등장시킬 거면 너무 도드라지거나 거치적거리지 않게 처리해야 했다. 하지만 나는 그 잠정적인 초고에서부터(결국 다섯 번의 수정을 거쳤다) 좀 더 심각한 문제를 감지했다. 호손이었다. 그의 생김새와 말투를 지면으로 옮기기가 너무 어려웠다. 그에 대한 나의 감정도 상당히 단도직입적이었다. 심란한 대목이 있다면 내가 그에 대해 얼마나 많은 것을 알고 있는가 하는 것이었다.

- 그는 갠츠힐에 사는 아내와 헤어졌다.
- 열한 살 된 아들이 있다.
- 똑똑하고 직감이 발달한 전직 형사지만 인기가 없다.
- 술은 마시지 않는다.
- 유명한 아동 성 착취범을 계단 꼭대기에서 밀쳐 떨어뜨린 죄로 강력계에서 잘렸다.
- 동성애를 혐오한다(덧붙이자면 동성애와 아동 성 착취를 결부하려는 의도는 없다. 양쪽 모두 짚고 넘어갈 만한 사

안이라고 생각했을 뿐이다).

- 독서 모임 회원이다.
- 제2차 세계 대전 때 쓰인 전투기에 대해 잘 안다.
- 템스강 변의 비싼 아파트 단지에서 산다.

이걸로는 부족했다. 우리는 같이 있더라도 당면 과제 말고는 거의 대화를 나눈 적이 없었다. 둘이서 같이 술을 마신 적도 없었다. 제대로 식사를 같이 한 적도 없었다. 해로온더힐 카페에서 먹은 아침은 열외였다. 그가 나를 따뜻하게 대한 것은 병원으로 문병 왔을 때가 유일했다. 어디에서 어떻게 사는지도 모르는데 내가 어떻게 그를 주인공으로 책을 쓸 수 있을까? 그 사람의 성격을 가장 먼저, 가장 극명하게 반영하는 곳이 집인데, 그는 아직까지 나를 자기 집으로 초대하지 않았다.

호손에게 전화할까 고민하고 있었을 때 더 좋은 생각이 떠올랐다. 메도스가 남쪽 강변의 리버코트에 있는 그의 집 주소를 알려 준 적이 있었다. 나는 퇴원한 지 1주일 정도 지난 어느 날 오후에 이리저리 흩뿌려진 인덱스 카드와 꾸깃꾸깃한 종이 뭉치와 포스트잇을 책상 위에 버려두고 그 주소지를 향해 출발했다. 날씨가 화창했고 꿰맨 부위가 셔츠 아래에서 당겼지만 따뜻한 봄 공기를 마시며 걷는 기분이 좋았다. 패링던로드를 따라 블랙프라이어스 다리에 다다르자…… 국립 극장이나 올드 빅으로 가는 길에 숱하게 보았던 것처럼 강 저편의 아파트 단지가 내 눈앞에 펼쳐졌다. 호손이 여기에 살다니 놀라운 일이었다. 메도스에게 맨 처음 주소를 들었을 때 들었던 생각이 다시금 떠올랐다. 무슨 수로 비용을 감당하고 있을까?

리비코트는 입지는 기가 막히지만 — 다리 바로 옆이있고 유니레버 하우스와 세인트폴 대성당을 마주 보고 있다 — 아름다운 건물이라고 볼 수는 없다. 1970년대에 색맹인 건축가 집단에 의해 설계되었고 그들이 영감을 얻은 곳은 성냥갑처럼 수학적으로 가장 단순한 형태였다. 좁은 창문과 다닥다닥 붙은 발코니가 위험해 보이는 12층 건물이다. 어떤 집에는 발코니가 있고 또 어떤 집에는 없다. 순전히 복불복이다. 으리으리한 유리 타워가 거의 날마다 솟아나는 도시에서 보기 괴로울 정도로 촌스럽게 느껴진다. 하지만 그토록 어처구니없는 데서, 21세기까지 끈질기게 버티고 있는 데서 느껴지는 어떤 매력이 있다. 게다가 전망도 끝내준다.

뒤편으로 돌아가서 옥소 타워와 국립 극장으로 가다 보면 입구가 나왔다. 메도스가 건물 이름 말고 아파트 호수까지 알려 주지는 않았다. 열린 문 옆에 수위가 서 있기에 다가갔다. 나는 주도면밀하게 챙겨 가지고 나온 봉투를 주머니에서 꺼냈다.

「대니얼 호손 씨에게 배달해야 하는 편지가 있는데요.」 나는 말했다. 「25호요. 기다리고 계실 텐데 벨을 눌러도 응답이 없네요.」

수위는 나이 지긋한 남자였고 햇볕을 쪼이며 담배를 피우고 있었다. 「호손 씨요?」 그는 턱을 문질렀다. 「그분은 펜트하우스에 사는데요. 여기 말고 입구가 따로 있어요.」

펜트하우스라고? 그가 이 아파트에 산다는 것도 놀라운데 펜트하우스라니 기절초풍할 노릇이었다. 나는 봉투를 흔들며 문 앞으로 갔지만 벨을 누르지는 않았다. 호손에게 나를 들어오지 못하게 막을 핑곗거리를 제공하고 싶지 않았다. 20분쯤 기다리자 드디어 입주민 한 명이 밖으로 나왔다. 나는 이제 막 문을 열고 들어가려고 했던 사람처럼 열쇠 뭉치를 들고 앞으로 걸음을 옮겼다. 입주민은 내 쪽을 쳐다보지도 않았다.

엘리베이터를 타고 꼭대기 층으로 올라갔다. 문이 세 개 있었지만 나는 직감이 이끄는 대로 강이 보이는 쪽 문을 선택했다. 벨을 눌렀다. 한참 정적이 이어졌고 호손이 외출했나 싶어 욕이 튀어나오려던 찰나, 문이 열리면서 그가 등장해 어안이 벙벙한 표정으로 나를 쳐다보았다. 늘 입고 다니던 양복 차림이었지만 재킷을 벗었고 셔츠 소매를 걷어붙였다. 손가락에 회색 물감이 묻어 있었다.

〈집에서 만나는〉 호손이었다.

「토니!」 그가 외쳤다. 「무슨 수로 나를 찾았어요?」

「나만의 방법이 있죠.」 나는 으스대며 말했다.

「메도스를 만나서 그 친구한테 주소를 들었군요.」 그는 생각에 잠긴 표정으로 나를 물끄러미 바라보았다. 「벨도 누르지 않았네요?」

「깜짝 놀라게 해주려고 그랬죠.」

「나도 들어오라고 하고 싶은데, 막 나가려던 참이라서요.」

「괜찮아요.」 나는 말했다. 「잠깐이면 돼요.」 이른바 교착 상태였다. 호손은 문을 막아섰고 나는 물러서기를 거부했다. 「책에 대해서 할 얘기가 있어서요.」 나는 덧붙였다.

결단을 내리기까지 다시 몇 초가 걸렸지만 그는 피할 수 없는 상황임을 받아들이고 뒤로 물러나 문을 활짝 열었다. 「들어와요!」 처음부터 나의 등장을 반겼던 사람처럼 그가 말했다.

이렇게 해서 전직 형사 대니얼 호손의 비밀이 부분적으로나마 밝혀졌다. 그의 아파트는 아주 넓었다. 최소 185제곱미터는 되어 보였다. 방들이 하나의 공간으로 뭉뚱그려져 있었고 널찍한 문이 부엌과 서재를 거실에서 분리했다. 강이 보이기는 했지만 천장이 워낙 낮고 창문도 너무 좁아서 감탄사를 유발하지는 못했다. 모든 게 건물 외관과 같은 베이지색이었고 모던한 분위기였다. 카펫은 새것이었다. 거실은 개성이 거의 없었다. 벽에는 그림 한 장 걸려 있지 않았다. 가구도 거의 없었다. 소파와 의자 두 개가 딸린 테이블과 선반 몇 개가 전부였다. 서재 책상에 큼지막한 컴퓨터가 한 대도 아닌 두 대 놓여 있었고 으리으리해 보이는 하드웨어가 전선 뭉치를 따라 연결돼 있었다.

테이블 여기저기 놓여 있는 책들이 내 눈에 띄었다. 알베르 카뮈의 『이방인』이 맨 위에 있었다. 책 옆에는 아무리 못해도 50권은 되어 보이는 잡지가 쌓여 있었다. 『에어픽스 모델 월드』, 『모델 엔지니어』, 『머린 모델링 인터내셔널』. 굵직하게 적힌 제목이 내 호기심을 자극하며 딜의 골동품 가게를 연상시켰다. 그러니까 그의 관심사는 역사가 아니었다. 플라모델 제작이었다. 좌우를 둘러보니 그야말로 수십 개의 군용 비행기, 열차, 선박, 탱크, 지프차가 선반에 놓여 있거나 카펫에 자리를 잡고 있거나 철삿줄에 매달려 있거나 반쯤 조립된 상태로 테이블을 지키고 있었다. 내가 벨을 눌렀을 때 그는 탱크를 조립하는 중이었고 문 앞까지 오는데 한참 걸린 이유가 그 때문인 듯했다.

그는 내가 플라모델을 살피는 것을 보았다. 「내 취미예요.」 그가 말했다.

「플라모델 제작요.」

「맞아요.」 호손의 재킷이 그가 앉아 있던 의자 등받이에 걸려 있었다. 그가 그 재킷을 입었다.

나는 테이블 위에 흩뿌려진 탱크를 바라보았다. 어떤 조각은 너무 작아서 핀셋으로 집어야 할 정도였다. 어렸을 때 받았던 에어픽스 키트가 생각났다. 나는 항상 의욕적으로 달려들었지만 금세 엉망진창이 되어 버렸다. 조각들이 서로 달라붙는 게 아니라 나한테 달라붙었다. 풀 때문에 손가락 사이에 거미줄이 생겼다. 나는 풀이 다 마를 때까지 기다리지 못했고, 가뭄에 콩 나듯 완성했다 한들 한쪽으로 기우뚱하거나 대책이 없을 정도로 엉성했다. 색칠은 더 심각했다. 그 조그만 물감 통을 한 줄로 나란히 세워 놓고 너무 듬뿍 붓에 적셨다. 물감이 줄줄 흘렀다. 얼룩이 생겼다. 다음 날 아침에 일어나서는 죄책감을 달래며 전부 싸서 쓰레기통에 넣어 버렸다.

호손의 작품은 나와 하늘과 땅 차이였다. 모든 모델이 엄청나게 세심하고 끈기 있게 조립된 완벽한 작품이었다. 색칠도 근사했다. 정글 카무플라주, 깃발, 날개의 줄무늬가 모두 정확하게 그려졌을 거라고 장담할 수 있었다. 그는 이런 작품을 만드는 데 수백 시간을 들였을 것이었다. 집에 컴퓨터는 있지만 TV는 없었다. 그의 취미 생활은 이게 전부가 아닐까 싶었다.

「이건 뭐예요?」 나는 물었다. 계속 탱크를 쳐다보며 묻는 말이었다.

「치프턴 마크 10요. 영국제예요. 1960년대에 나토의 작전에 투입됐죠.」

「복잡해 보이네요.」

「마스킹이 좀 까다로워요. 그래서 칠을 다 끝낸 다음 세부 조립에 들어가야 하고 포탑 바스켓이 극악이에요. 하지만 나머지 부분은 쉬워요. 잘 만들어졌어요. 뭘 아는 회사 제품이에요. 몰드가 훌륭해요.」

이런 말투는 딜에서 포케불프 전투기를 설명했을 때 듣고 그 이후로 처음이었다.

「이런 걸 조립한 지 얼마나 됐어요?」 나는 물었다.

그는 머뭇거렸다. 이런 마당에도 아무것도 공개하기 싫은 것이었다. 이윽고 그의 마음이 약해졌다. 「좀 됐어요.」 그가 말했다. 「어렸을 때 취미였어요.」

「형이나 누나나 동생 있어요?」

「있어요, 이복 남동생이랄까.」 그는 말을 잠깐 멈추었다. 「부동산 중개업자예요.」

이로써 아파트에 얽힌 수수께끼가 해결됐다.

「나는 플라모델 조립하는 데 젬병이었는데.」 내가 말했다.

「끈기의 문제예요, 토니. 시간만 넉넉히 확보하면 돼요.」

잠깐 정적이 흘렀지만 처음으로 어색하지 않았다. 나는 이제 그와 있어도 편안하다고 말할 수 있었다.

「그러니까 여기가 당신 집이네요.」 내가 말했다.
「지금은요. 임시 거처예요.」
「여기 관리인이에요?」
「주인이 싱가포르에 있어요. 여기 산 적은 없는데 비워 놓는 걸 싫어해서요.」
「그래서 이복 남동생이 당신을 여기서 살게 했군요.」
「맞아요.」 테이블 위에 있던 담뱃갑을 그가 낚아챘지만 안에서 담배 냄새가 나지는 않았다. 밖에서 피우는 모양이었다. 「책 얘기를 하고 싶다면서요.」
「그럴듯한 제목이 생각나서요.」
「〈호손 사건집〉이 뭐 어때서 그래요?」
「그 얘긴 이미 끝났잖아요.」
「그럼 뭘로 하게요?」
「오늘 아침에 메모를 훑어보다가 클라컨웰에서 처음 만났을 때, 당신이 나더러 당신을 주인공으로 책을 쓰지 않겠느냐고 했을 때 한 말을 발견했어요. 나는 사람들이 탐정 소설을 읽는 이유는 등장인물에 관심이 있기 때문이라고 했고 당신은 아니라고 했죠. 이렇게 말하면서요. 〈중요한 건 살인이에요. 그게 관건이라고요.〉」
「그런데요?」
「중요한 건 살인. 이거면 훌륭한 제목이 될 것 같은데. 이러니저러니 해도 나는 작가, 당신은 탐정이잖아요. 그게 핵심이잖아요.」
그는 잠깐 생각하다가 어깨를 으쓱했다. 「괜찮을 것 같네요.」

「어째 수긍하지 않는 목소리인데요?」

「좀 똥폼을 잡는 분위기라서요. 내가 바닷가에서 읽을 만한 책은 아니네요.」

「바닷가에도 가고 그래요?」

그는 대답을 하지 않았다.

나는 책 더미를 턱으로 가리켰다. 「『이방인』은 어쩌고 있어요?」

「모두 다 읽었어요. 끝으로 가니까 좋더라고요. 알베르 카뮈가…… 글을 쓸 줄 아는 작가던데요.」

우리 둘은 서로 마주 보고 서 있었고 나는 여길 찾아온 게 실수였나 하는 생각이 들기 시작했다. 이로써 나는 필요했던 것을 얻었다. 호손에 대해 정보를 알아냈다. 하지만 그 몰래 메도스를 만나고 허락도 없이 여기까지 찾아오다니 신뢰를 깨뜨린 것 아닌가 싶어서 마음이 불안했다.

「다음 주에 저녁 같이 먹어요.」 내가 말했다. 「그때쯤이면 두어 장 보여 줄 수 있을지 몰라요.」

그는 고개를 끄덕였다. 「그러든지요.」

「그럼 그때 봐요.」

그것으로 끝일 수 있었다. 나는 이 집을 찾아온 것을 조금 후회하며 그냥 나갈 수 있었다. 하지만 몸을 돌렸을 때 선반에 놓인 액자가 내 눈에 들어왔다. 줄에 매단 안경을 목에 걸고 있는 금발 여자의 사진이었다. 한쪽 손을 남자아이의 어깨 위에 올려놓고 있었다. 호손의 아내와 아들이라는 것을 한눈에 알 수 있었고 불현듯 그가 지금까지 나한테 너무한 것 아닌가 하는 생각이 들었다. 다이애나 쿠퍼의 집에서 그녀의 죽은 남편 사진을 보았을 때 그는 나에게 이렇게 땍땍거렸다. 〈이혼했다면 사진을 두었겠어요?〉 하지만 그는 이혼했다더니 사진을 두고 있지 않은가.

내가 그 말을 꺼내려고 했을 때 떠오른 또 다른 생각이 있었다. 나는 이 여자를 알았다. 전에 본 적이 있었다.

어디서 본 적이 있었는지 기억이 났다.

「에라이 나쁜 인간아!」 나는 말했다. 「이런 쓰레기!」

「에?」

「이 사람이 당신 부인이에요?」

「맞아요.」

「예전에 만난 적 있어요.」

「설마요.」

「당신이 나를 만나러 찾아오고 이틀 뒤에 헤이온와이에서 열린 도서전에 왔었어요. 나를 공격했어요. 내 책이 진실성이 없고 현실과 동떨어져 있다면서. 그녀 때문에 내가…….」 나는 말을 하다 말고 멈추었다. 「당신이 보냈군!」

「그게 무슨 소린지 모르겠네요.」

그는 어린애처럼 순진한 눈빛으로 나를 쳐다보고 있었지만 나는 속아 넘어가지 않았다. 내가 그렇게 쉽게 휘둘렸다니 믿기지가 않았다. 이자는 내가 그 정도로 바보인 줄 알았을까? 나는 화가 머리끝까지 났다. 「거짓말하지 마.」 나는 거의 고함을 지르다시피 했다. 「당신이 그녀를 보냈지? 다 알고 그랬으면서 왜 이래?」

「토니…….」

「그건 내 이름이 아니야. 나는 앤서니야. 어느 누구도 나를 토니라고 부르지 않아. 그리고 이 일은 없던 걸로 하지. 황당한 발상이었고 나는 하마터면 목숨을 잃을 뻔했어. 애초에 당신 말을 귀담아듣는 게 아니었는데. 나는 이 책을 쓰지 않겠어.」

나는 발소리도 요란하게 그 집에서 나왔다. 엘리베이터를 타지도 않았다. 12층에서 1층까지 계단으로 내려가 상쾌한 야외로 나섰다. 블랙프라이어스 다리 중간 지점까지 계속 걸었다.

거기서 걸음을 멈추고 휴대 전화를 꺼냈다.

나는 어떻게 해야 하는지 정확히 알았다. 에이전트에게 전화를 걸어야 했다. 계약이 깨졌다고 알려야 했다. 오리온에 넘겨야 하는 원고가 아직 두 편 남아 있었다. 「포일의 전쟁」 새로운 시리즈도 준비해야 했다. 해야 할 일이 산더미였다.

하지만…….

내가 그냥 발을 빼면 호손은 다른 작가를 찾을 테고 그러면 결과적으로 어떻게 될까? 나는 조수에 불과한 엑스트라로 남의 책에 등장할 테고 그건 내 책에 실존 인물로 등장하는 것보다 훨씬 나빴다. 그들은 뭐든 마음대로 할 수 있을 것이다. 마음만 먹으면 나를 천하의 바보로 포장할 수도 있었다.

반면에 내가 직접 책을 쓰면 주도권을 쥘 수 있었다. 호손도 실토했다시피 그는 다른 작가와 접촉한 적이 없었다. 이건 내 이야기였다. 힐다가 계약을 마무리 지었고 생각해 보니 이미 5부 능선을 넘었다.

나는 계속 휴대 전화를 쥐고 있었다. 내 엄지손가락이 단축 번호 위에서 머뭇거렸다. 하지만 강의 저편으로 건너갔을 때는 이미 결정을 내린 다음이었다.

감사의 말

이 책을 쓰기까지 많은 분들의 도움을 받았다.

왕립 연극 학교 교장 에드워드 켐프는 나를 교정으로 초대해 그의 연습 무대를 보여 주었다. 배우 교육부장 루시 스킬벡은 좀 더 심도 있는 기초 자료와 더불어 조이 웨이츠를 소개해 주었는데, 데이미언 쿠퍼와 얼추 비슷한 시기에 학교를 다녔던 그녀는 당시 학창 생활을 아주 생생하게 증언했다. 얼마 전에 이 학교를 졸업한 찰리 아처도 어떤 실기 시험을 치렀는지 설명해 주었고, 연극 감독 린지 포즈너는 아직까지도 세간에 회자되는 「햄릿」의 제작 노트를 보여 주었다.

나는 로버트 콘월리스를 이해하기 위해 앤드루 레버턴과 여러 번 만났지만 그의 장의업체는 이 책에 묘사된 회사와 전혀 다르다. 콜린 서턴은 호손처럼 여러 방송국과 함께 일한 전직 형사다. 솔직히 배후 디테일 면에 있어서 그가 호손보다 훨씬 도움이 많이 되었다. 다이애나 쿠퍼가 낸 교통사고와 이후 재판 과정의 법적인 측면은 내 동생 필립 호로위츠의 도움을 받았다.

나는 펭귄 랜덤 하우스를 통해 셀리나 워커라는 환상적인 편집자를 새로 만났고 호손과 나는 그녀가 이 원고를 수락했다는 데 기쁨을 금할 길이 없다. 그리고 성실 그 자체인 교열 편집자 캐럴라인 프리티와, 힐다 스타크가 공석이었을 때 귀한 조언을 아끼지 않았던 커티스 브라운 에이전시의 조너선 로이드에게도 감사할 따름이다.

늘 그렇듯 아내 질 그린과 두 아들 닉과 캐스에게 고맙다는 인사를 전해야겠다. 그들은 원고를 읽고 초기 단계에 도움을 주었을 뿐 아니라 이 책에 휘말렸음을 깨달았을 때에도 출간을 크게 반대하지 않았다.

옮긴이의 말

이 작품의 저자 앤서니 호로위츠는 매우 다채롭고 화려한 이력의 소유자다. 10대 탐정 소설 〈앨릭스 라이더〉 시리즈에서부터 시작해 아서 코넌 도일 재단의 의뢰를 받고 집필한 〈셜록 홈스〉 시리즈, 이언 플레밍 재단의 의뢰를 받고 집필한 〈제임스 본드〉 시리즈, 그리고 소설에 그치지 않고 TV 드라마와 영화 시나리오에 이르기까지, 40여 년 동안 온갖 장르를 넘나들며 종횡무진으로 활약했으니 그간의 작품을 제대로 소개하려 든다면 한두 면 정도로는 모자랄 것이다. 그런데 그 정도로는 성에 차지 않았는지 이번에는 자기 작품에 직접 출연을 감행한다. 그것도 번번이 헛다리를 짚는 어리바리한 조수로.

호로위츠는 새로운 미스터리 시리즈를 써보지 않겠느냐는 제안을 받고서 추리 소설의 오래된 공식을 바꾸면 좋겠다는 생각이 들었고, 그래서 착안한 것이 일인칭 시점이었다고 한다. 그의 말마따나 여러 면에서 애거사 크리스티의 분위기를 풍기면서도 휴대 전화 문자 메시지나 CCTV 같은 요즘 기술을 등장시키고 노인 고독사 같은 문제도 다루었으니, 고전적인 포맷 안에 현대적인 내용을 담았다고 하겠다.

이렇게 보면 이 작품은 탐정 소설의 클리셰를 그대로 답습했다. 그야말로 〈정통 미스터리〉다. 호손과 호로위츠는 홈스와 왓슨 또는 푸아로와 헤이스팅스의 조합을 닮았다. 사건을 해결하는 탐정은 유능하고 수완이 좋지만 일견 〈밥맛〉이다. 탐정의 조수는 (아무리 호로위츠 같은 대단한 작가라도) 바보 취급을 당한다.

하지만 거기서 한 걸음 더 들어가 보면 깨알 같은 신선한 매력 포인트가 많다. 이게 도대체 픽션인지 논픽션인지 헷갈리는 분위기를 조장한다는 점도 그렇다(저자의 수법에 말려들어서 이 안에서 호로위츠가 썼다고 언급한 TV 드라마가 실제로 방영됐는지 검색해 본 사람이 나뿐일까? 아니, 스티븐 스필버그와 피터 잭슨을 만난 일화까지 공개하니 더욱 알쏭달쏭할 수밖에 없다). 호로위츠의 능청스러운 너스레와 허세도, 독자들을 관객 삼아 펼쳐지는 두 주인공 간의 〈티키타카〉도 재미를 더하는 요소다. 그리고 여기에 어느 누구도 예상하지 못한 대반전이라는, 미스터리 소설의 가장 결정적인 미덕이 최종적으로 더해진다.

〈셜록 홈스〉 시리즈를 통해 성인 탐정물에 첫발을 들인 저자가 『맥파이 살인 사건』을 거치고 이 작품에 이르러 미스터리 작가로서 한 단계 업그레이드한 느낌이다. 원래 이 호손과 호로위츠 시리즈를 여러 권으로 기획했다고 하니(영국에서는 곧 5권이 출간될 예정이다) 호로위츠는 허구와 현실, 양쪽 모두의 세계 속에서 당분간 무척 바쁜 날들을 보낼 것 같다. 작가가 바빠지면 팬들로서는 감사할 따름이니 이쯤되면 〈건필을 바란다〉는 상투적인 문구에 진심이 실린다.

2023년 8월
이은선

옮긴이 **이은선** 연세대학교에서 중어중문학을, 국제학대학원에서 동아시아학을 전공했다. 편집자, 저작권 담당자를 거쳐 전문 번역가로 활동 중이다. 앤서니 호로위츠의 전작 『셜록 홈스: 실크 하우스의 비밀』과 『셜록 홈스: 모리어티의 죽음』을 비롯해 『미스터 메르세데스』, 『파인더스 키퍼스』, 『엔드 오브 왓치』, 『베어타운』 등 다양한 소설을 번역했다.

중요한 건 살인

발행일 **2023년 8월 30일 초판 1쇄**
2023년 9월 25일 초판 2쇄

지은이 **앤서니 호로위츠**
옮긴이 **이은선**
발행인 **홍예빈 · 홍유진**
발행처 **주식회사 열린책들**

경기도 파주시 문발로 253 파주출판도시
전화 **031-955-4000** 팩스 **031-955-4004**
www.openbooks.co.kr

ISBN 978-89-329-2347-5 03840